François Maspero
Das Lächeln der Katze

SERIE PIPER
Band 1102

Zu diesem Buch

Maspero erzählt von Luc, dem dreizehnjährigen Jungen im besetzten Paris von 1944, der von seinem Bruder Antoine liebevoll »Katze« genannt wird. Gemeint ist die Katze aus »Alice im Wunderland«, deren »Lächeln noch einige Zeit zurückblieb, nachdem alles andere schon verschwunden war«, und auch eine vom Stamm der Kiplingschen Katze, »die ganz alleine loszieht«.

Mit wachem Blick registriert Luc den gelben Stern auf der Jacke eines Schulkameraden, die nur noch ums Essen kreisenden Bedürfnisse der wohlhabenden Verwandtschaft, die allgemeine Resignation und das sich Arrangieren mit der Vichy-Regierung.

Als ganz Paris im Freudentaumel der Befreiung schwelgt, sammelt Luc Berichte aus den Konzentrationslagern, in die man seine Eltern deportiert hatte, weil Antoine als Widerstandskämpfer der Résistance gesucht wurde.

»Dieser Roman ist ohne Zweifel eines der spannendsten Bücher, die in den letzten Jahren in Frankreich über die Zeit der deutschen Besatzung geschrieben wurden.« Frankfurter Rundschau

François Maspero, Jahrgang 1932, gründete 1959 in Paris die Éditions Maspero. Sein Engagement für Autoren der Dritten Welt machte ihn rasch bekannt. Er war einer der Protagonisten des Mai 1968. »Das Lächeln der Katze« ist sein erster Roman.

François Maspero

Das Lächeln der Katze

Roman

Aus dem Französischen von
Simon Werle

Piper
München Zürich

Die Originalausgabe erschien 1984 unter dem Titel
»Le sourire du chat«
bei Éditions du Seuil, Paris.

ISBN 3-492-11102-5
Oktober 1989
R. Piper GmbH & Co. KG, München
Lizenzausgabe mit Genehmigung des Manholt Verlags, Bremen

Umschlag: Federico Luci,
unter Verwendung des Gemäldes »Le Grand Guignol
beweint Paris« von Anton Sailer

Satz: Satzbüro Goethestraße, Bremen
Druck und Bindung: Clausen & Bosse, Leck
Printed in Germany

»Wie du willst«, sagte die Katze und verschwand diesmal ganz allmählich, von der Schwanzspitze angefangen bis hinauf zu dem Lächeln, das noch einige Zeit zurückblieb, nachdem alles andere schon verschwunden war.
»So etwas!« dachte Alice; »ich habe zwar schon oft eine Katze ohne Lächeln gesehen, aber ein Lächeln ohne Katze! Das ist doch das Allerseltsamste, was ich je erlebt habe!«

Lewis Caroll

INHALT

Nie hat man die Welt richtig gesehen,
wenn man nicht träumte, was man sah.
Gaston Bachelard

Das Folgende trägt den Untertitel Roman, *denn da alles, was darin berichtet wird, erfunden, aber nichts völlig erfunden ist, steht nur soviel fest, daß es sich dabei in keinem Falle um eine Autobiographie handelt.*

Aber vielleicht war es dem Erzähler eben auf dem Umweg über die Phantasie – und nur auf diesem Umweg – möglich, sich aus einem Abstand von vierzig Jahren einer Wirklichkeit zu nähern, die er als seine eigene erlebt hat. Nichts ist verwirrender als die Erinnerung. Ihr Schillern und ihre luftigen Schatten im Ganggestein eines vorgeblich authentischen Berichts zu fixieren, hieße, ihre tausendfachen Facetten ein für allemal zu zertrümmern, um, eingesperrt und gefangen in der Falle der Wörter, ein für allemal nur eine einzige zurückzubehalten unter dem Vorwand, mit ihr bleibe die reine Wahrheit übrig. Aber selbst wenn sie sich auf die Geschichte stützen kann, ist die Erinnerung beim Spiel der Wahrheit immer die Verliererin.

Man sei sich also darüber im klaren, daß im folgenden alle Personen und alle Ereignisse völlig wahr und zugleich völlig unwahr sind. Manche Begebenheiten, von denen auf diesen Seiten berichtet wird, mögen dem Erzähler tatsächlich zugestoßen sein. Bei anderen ist dies nicht der Fall. Manche Personen ähneln denjenigen, die er gekannt, geliebt und manchmal (aber selten und nur für eine kurze Zeit) gehaßt hat. Bei anderen ist das nicht der Fall.

Tatsache bleibt indessen, daß dieses Buch geschrieben wurde, weil sich ein Kind vor langer Zeit einige Fragen stellte. Vierzig Jahre später ist ein Mann noch immer dabei, ihre Formulierung zu versuchen – selbst wenn er sich der Tatsache bewußt ist, daß die meisten dieser Fragen heute abgedroschen und längst überholt wirken, so zahlreich waren die, die in der Zwischenzeit ein für allemal mit ihnen aufgeräumt haben. Aber dies eine will trotzdem mehr sein als eine Geschichte von damals.

Das Problem, auf das ich in diesem Buch gestoßen bin, liegt im Sinn der Wörter selbst. Es hat mir Mühe bereitet, den Sinn des Wortes Freiheit *wiederzufinden.*

Der Autor möchte an dieser Stelle auch allen danken, die ihn bei seiner Suche begleitet haben. Es kann sie nicht alle einzeln anführen. Besonders zu erwähnen ist indessen Bahadur Schah, der Trageelefant Nr. 174 im indischen Register, der einst einem berühmteren Vorgänger zu Diensten war: obwohl sein schirmender Schatten ihn begleitete und schützte, traf der Autor leider zu spät ein, um in den Genuß seiner ritterlichen Gelehrsamkeit zu gelangen. Die daraus resultierende Lücke gehört durchaus zu den schwerwiegenderen in dieser Erzählung, wiewohl Bahadur Schahs Statur deren Rahmen bei weitem überragt: aber das ist eine andere Geschichte...

IM ERLENWALD

In seiner Familie heißt er die Katze. Als erster hat sein Bruder Antoine ihm diesen Spitznamen gegeben. Vielleicht deswegen, weil er so mager ist wie eine Katze. Schon als er noch ganz klein war, mochte er es gern, wenn sein Bruder abends im Dunkeln in sein Zimmer kam und ihm wie einer Katze den Kopf kraulte. Früher legte er seinem Bruder die Arme um den Hals und schmiegte die Wange an sein Gesicht. Oft sagte er ihm: »Ich liebe dich«; er sagte es mit verzückter Stimme, und das brachte beide zum Lachen. Sein Bruder hielt ihn an sich gedrückt und erklärte ihm alles, was die anderen ihm nicht sagten, weil sie ganz einfach nicht daran dachten oder weil sie keine Zeit hatten. Sein Bruder kann sehr gut erklären, man könnte meinen, er kennt alles: die Steine und die Sterne, die Züge und die Flugzeuge, er weiß, warum Krieg ist, wie es vorher war und wie es nachher sein muß.

Die Katze, die die anderen Luc nennen, ist dreizehn Jahre alt. Es heißt, er sei groß für sein Alter. Er hat dünne Beine mit dicken Knien, die seine Ziehharmonikahose ausbeulen, eine große schwarze Strähne fällt ihm über die Augen, von denen seine Mutter sagt, sie seien violett, es kommt auf das Wetter an, blaue Augen, graue Augen, Mandelaugen, Augen wie eine Perserkatze, und er hat einen Mund, der von einem Ohr zum anderen reicht, wenn er lacht, einen Mund wie ein Sparschweinchen. Im Sommer bekommt er Sommersprossen um die Nase: das hat er gern.

Heute lebt die Katze, als wäre sie in der Verbannung. Der Bruder hat ihm gesagt, in Italien würden die Leute, die mit dem Regime nicht einverstanden seien, sehr weit hinunter in den Süden geschickt, in abgelegene Dörfer, manchmal auch auf eine Insel. Die Katze sieht sich allein durch verlassene Gäßchen oder über kieselübersäte Strände gehen, und er findet, das wäre gar nicht so übel: es gibt schlimmere Strafen. Als Luc noch klein war, hat er so lange am Meer gelebt, daß er heute überall, wohin er auch fährt, das unablässige Rauschen der Wellen wiederzufinden versucht. Die Gegend hier, ungefähr 30 km von Paris entfernt, ist ein glanzloses Exil. Abends, wenn der Wind von Osten kommt, ist die letzte Metro der Linie Sceaux von Saint-Rémy zu hören. Hier kann er auch auf Waldwegen alleine spazierengehen, stillgelegte Mühlsteinbrüche entdecken und sich dabei erzählen, er sei von einem mächtigen Maquis abgesandt, um den Aufbau von Geheimbasen vorzubereiten. Aber alles ist flach, klein und ohne große Gerüche.

Heute: Ende Mai 1944. Die Exilwohnung der Katze ist ein seltsames Gartenhaus mit einem Türmchen auf dem Dach, das mit blauen Schieferziegeln gedeckt ist. Ein Zimmer des ersten Stocks ist in den Salon eingebrochen, und wo früher der Kamin stand, klafft ein großes Loch, so daß ein Teil des Hauses unbewohnbar ist; in anderen Zimmern sind die Tapeten und Wandbespannungen abgerissen. Lucs Vater sagt, die dreißig deutschen Unteroffiziere, die hier im Winter 1940/41 einquartiert waren, hätten alles so zugerichtet. Als während des harten Frostes im Februar 1941 die Pumpe ausgefallen war, hatten sie ein Zimmer zur Latrine erklärt, wo sie auf dem Boden ihre Notdurft verrichteten. Es ist nur normal, daß die Deutschen sich so unsauber aufgeführt haben. Es liegt in ihrer Natur.

Die Familie der Katze wohnt in Paris. Die Katze lebt seit Frühlingsanfang hier im Exil. Anscheinend sind die Zeitläufte so schwierig, daß man keine Muße mehr hat, sich richtig um die Katze zu kümmern. Luc fühlte sich sowieso nicht wohl in der Stadt. Er hatte entschieden, nichts sei schlimmer, als Tag für Tag in den grauen oder vergilbten Klassenzimmern des Gymnasiums alte Herren anzuschauen und zu ertragen, die ganz allein auf einem Podium reden oder herumbrüllen. Die Verteilung der Vitaminkekse ging immer zu schnell vor sich: der Deutschlehrer war für ihn eine kurze Ablenkung, weil er sich die Taschen damit vollstopfte. Er hieß Coquin (Coquin: deutsch etwa »Spitzbube«): Auf einen solchen Namen muß man erst kommen. Die Katze hatte manchmal gute Noten, vor allem dann, wenn nichts auswendig zu lernen war, denn er war schlau. Ansonsten erlebte er das bange Warten darauf, abgefragt zu werden und nichts zu wissen, auf die erteilten Nullen, die sich auf dem Notenheft, das man zu Hause unterschreiben lassen muß, im Nachhinein nicht ohne Risiko durch die Hinzufügung einer *Eins* in eine Zehn verwandeln lassen. Er klammerte sich an die wahnsinnige Hoffnung auf einen Alarm, an die Hoffnung darauf, daß die Sirenen gerade vor der Stunde aufheulen würden, die für die Klassenarbeit vorgesehen war, so daß das ganze Gymnasium im Keller Zuflucht suchen müßte.

Ein Jahr zuvor war er aus dem Süden nach Paris gekommen, und die große Masse der Schüler seiner Klasse erschien ihm immer noch wie ein fester und abweisender Block. Er hatte den Eindruck, sie handelten nach einer Art Gesetzbuch, das jeder einzelne ein für allemal auswendig gelernt hatte, nur er nicht, weil er zu spät gekommen war und man ihm das Buch nicht gegeben hatte: einige Bruchstücke hatte er zwar rekonstruiert, aber von einem Augenblick auf den anderen konnte man von ihm verlangen, das Ganze aufzusagen, was dann seinen Schwindel aufdeckte. Es war wie bei der Algebra: immer kam ein Augenblick, ab dem er sich sträubte, an die aufgestellte Gleichung auch nur zu denken, weil er am Ende einfach nichts Greifbares, nichts sinnlich Faßbares auftauchen sah: es quoll ihm aus dem Kopf wie ein Brechreiz, und dann verschwamm alles, er versuchte, sich an dem *x* und dem *y* festzuklammern, bis ihm die Tränen kamen. Sein Bruder hielt ihm lange Vorträge über die Abstraktion. Was ihm im Gymnasium Spaß machte, waren die Reiterschlachten; auf den Schultern seines stämmigen Banknachbarn, der gutmütig war wie ein Ochse, mähte Luc mit weit ausholenden Schlägen alles nieder, was ihm in die Quere kam. Unbesiegbar, wurde er wegen seiner Heldentaten bewundert. Alle diese Typen lernten ihre Lektionen rechtzeitig, sie mußten den Stoff für die Klassenarbeit am Ende jedes Trimesters nur noch einmal durchgehen, während er sich am Tag vor der Arbeit wie verrückt mit einem Schlag auf ein ganzes Jahrhundert Geschichte warf; diejenigen, die schlechte Noten bekamen, hatten genausoviel gebüffelt wie die anderen: sie hatten es ganz einfach nicht kapiert, obwohl sie sich wie blöde über ihren Lehrbüchern abgerackert hatten oder sie konnten sich nicht richtig ausdrücken. Und dann gingen sie ihm auf die Nerven mit ihren Vätern, die in deutscher Kriegsgefangenschaft waren; sie hatten sogar einen eigenen Weihnachtsbaum. Sie setzten ein frommes und würdevolles Gesicht auf: dabei hatten sie gar keinen Grund, besonders stolz zu sein. Ihre Väter hätten sich einfach nicht gefangennehmen lassen dürfen, oder sie sollten ausbrechen. Am Meer hatte er Leute gesehen, die wirklich ausgebrochen waren.

Er hatte einen Freund mit dicken Brillengläsern, der Klassenbester war und den er auf dem Nachhauseweg begleitete. Stundenlang diskutierten sie über alles, was sie in ihrem Leben kennengelernt hatten. Sein Freund trug den gelben Stern. Untereinander sprachen sie nie darüber. Auch in der Klasse sprach nie jemand darüber. Der Stern hätte genausogut nicht da sein können, aber dieses Schweigen war nicht so einfach, dazu lastete es viel zu schwer. Der Stern war sorgfältig auf all seine Kleider genäht. Der Stern und das Schweigen machten die Katze wütend. In der freien Zone, aus der Luc kam, gab es so etwas nicht. Wenn irgendwo Typen anfingen, Judengeschichten zu erzählen, dann schlug er zu. Er war der Jüngste seiner Klasse, aber er schlug immer schneller zu als alle anderen, und wie eine echte magere Katze verwandelte er sich in einen ungreifbaren Knäuel von Fäusten und kratzenden Fingernägeln, der um sich herum Panik verbreitete. (Schon seit seiner frühesten Kindheit hat sein Bruder es ihm immer wieder eingeschärft: sobald du dich einmal entschieden hast zuzuschlagen, erinnere dich daran, daß du dem anderen wehtun mußt, denn sonst lohnt es sich nicht: wehtun und als erster zuschlagen. Wenn du es nicht verstehst, der Entschlossenere zu sein, dann halte dich lieber klein. Hau auf die Nase und in den Bauch. Und er gab ihm Anleitungen.) Aber in Paris herrschte Schweigen. Auch das gehörte zum Gesetzbuch. Er konnte und konnte nicht verstehen, wie die Leute mit diesem Ding vor der Nase leben konnten und dabei taten, als ob nichts wäre. Er hatte mit seinem Bruder darüber gesprochen. Aber der wiederholte immer wieder, der Stern gehöre zu den Dingen, für die bei der Befreiung bezahlt werden müßte. Sehr teuer bezahlt. Ein für allemal. Was man dann aufbauen würde, würde die Welt für immer säubern von dieser ganzen Ungerechtigkeit und dieser ganzen Dummheit. Aber bis dahin? Hätten es nicht alle so machen können wie der König von Dänemark, der mit einem gelben Stern auf die Straße gegangen war?

Die Katze hatte begriffen, daß es oft einfacher ist, überhaupt nicht ins Gymnasium zu gehen. Schon um neun Uhr morgens begab er sich auf endlose Streifzüge durch die Pariser Metro, in den penetranten Gestank von Zitronenkraut und Urin, in die warme Geborgenheit des winterlichen Drecks; er erlebte Pannen, Fliegeralarme und machte lohnende Entdeckungen wie bei jener Fahrt in einem überfüllten Wagen, als er die ganze Zeit mit dem Bauch gegen das knirschende und weiche Kunstseidenkleid einer parfümierten Dame gepreßt wurde (war es wirklich sie oder war es Lucs Phantasie, die diese Erinnerung vervollständigt hatte durch jenen Zusatz, der in der Tat für das Gesamtbild unverzichtbar war...); sie hat ihn angelächelt, so lange angelächelt und ihren Handrücken auf den Samt seiner kurzen Hose gelegt: und zum erstenmal hatte ihm jemand anderes, eine Frau, dieses wie ein Schiffbruch über ihn hereinbrechende Vergnügen verschafft, das er bisher nur allein und auf mechanische Weise erlebt hatte – um bei der nächsten Station auszusteigen, während er mit rotem Gesicht und pochendem Herzen zurückblieb. Später am Tag fand er zu einer dumpfen Ruhe zurück, indem er sich in das Halbdunkel der durchgehend geöffneten Kinos hineinziehen ließ, die in Saint-Lazare oder auf dem Champs-Élyées Wochenschauen oder Propagandafilme vorführten. Auf diese Weise sah er zum Beispiel die klägliche und unwahrscheinliche Geschichte von drei jungen Leuten, die sich ihrer Franzosenpflicht, dem Zwangsarbeitsdienst in Deutschland, entziehen, weil sie sich auf Abwege bringen lassen von üblen, lichtscheuen Gestalten, die mit ihren Bartstoppeln, ihren glänzenden Haaren und der Kippe im Mundwinkel eindeutig als Schurken zu erkennen sind: als erbärmliche Zulieferer für den Maquis, als Gaullisten, Terroristen, Juden oder all dies zugleich. Die jungen Leute beteiligen sich an einem Attentat auf einen Zug und werden gefaßt, während ihre Helfershelfer feige die Flucht ergreifen. Der Film endet mit einer langen Kamerafahrt an den umgestürzten und aufgerissenen Waggons entlang, über den Bahndamm, der mit den Leichen von Zivilisten, von französischen Frauen und Kindern übersät ist, während ein braver Polizeiinspektor den Jungen, die unter Tränen endlich – aber zu spät – zur Einsicht gekommen sind, eine erbauliche Rede hält über die echten Werte des Vaterlandes, über den Aufbau des neuen Europas und den Glauben an den Marschall Pétain. Die Dümmlichkeit der Geschichte amüsierte ihn. Er weiß sehr genau, daß der Maquis die Freiheit bedeutet und daß die Widerstandskämpfer dort, wo sie sind, nur überleben, weil die Leute Vertrauen zu ihnen haben. Er hat auch einen anderen Film gesehen, der sich eindeutiger als Schauergeschichte gibt: zu den Klängen eines Trauermarsches graben deutsche Soldaten in endlosen Schluchten zwischen Birkenstämmen Berge von Leichen aus, von Skeletten, die wie Fächer auseinanderfallen und an denen Fetzen verfaulter Umhänge kleben: Katyn. Der Kommentator beschuldigt die Russen und die bolschewistische Barbarei, Tausende von gefangenen polnischen Offizieren ermordet zu haben, doch dieses Verbrechen sei dank des deutschen Vormarsches aufgedeckt worden. Luc ist überzeugt, daß es sich hierbei wie bei dem ersten Film um niedere Propaganda handelt, und sein Bruder stimmt ihm darin zu: die Deutschen, so erklärt er, hätten den Zynismus besessen, die Leichen von Polen auszugraben, die sie selbst erschossen hätten. Die Rote Armee ist die Armee des Volkes, sagt sein Bruder weiter: sie befreit, sie mordet nicht. (Es ist nicht die Zeit der halben Gewißheiten.)

Aber wenn er so die Schule schwänzte, konnte es ärgerlicherweise geschehen, daß seine Eltern seinen Lehrern über den Weg liefen, was zu schrecklichen Szenen führte, in denen die Katze, die man als gemeinen

Lügner bezeichnete, in bodenloser Verzweiflung herzzerreißend weinte, von Schluchzern geschüttelt wurde, die niemanden zu rühren schienen, so daß die Verzweiflung sich schließlich in einem wahnsinnigen Jähzorn verwandelte, und Luc seine Wut herausschrie. Bei dieser Gelegenheit hatte er die segensreiche Wirkung eines bestimmten stechenden Bauchwehs entdeckt: manchmal hatte er den Eindruck, ganz tief in seinem Inneren nage ein Tier mit spitzen Zähnen. Diese Bauchschmerzen versetzten seine Eltern in große Aufregung. Bald ging er dazu über, sie zu simulieren. Daraufhin entdeckte man die gesunde Wirkung der Landluft und der Milch vom Bauernhof. Dieser letzte Punkt entsprach einer Tatsache. Der Beginn der vierziger Jahre war für Luc nicht nur geprägt durch die Mittelmeersonne, sondern auch durch eine Lebensmittelknappheit, die an seiner Magerkeit durchaus mitschuldig war.

Die Katze sieht sich also auf dieses Familienanwesen verbannt, in das seit kurzem auch andere, echtere Verbannte eingezogen sind, nämlich Flüchtlinge aus Boulogne-sur-Mer. Die Vorstadt, in der sie lebten, ist durch englische Bomben dem Erdboden gleichgemacht worden, und die Gegend, die seit Beginn der Besetzung *Sperrgebiet* ist, wurde evakuiert. Die Familie besteht aus der keifenden Großmutter, der noch lauter keifenden Tochter und dem Großvater mit einem buschigen Schnurrbart und einem Holzbein oder vielmehr einem Stumpf, der mit einem schwarzen Gummiende aus der Hose ragt. Mit dem gesunden Bein gräbt er den Gemüsegarten um. Er ist ein Verdunveteran. Der etwas zurückgebliebene Sohn war für das Militär und den Zwangsarbeitsdienst untauglich, darum hilft er auf dem Feld mit. Beim Sprechen zieht er immer den Mund nach einer Seite: aber sie sprechen alle ein wenig so mit diesem nördlichen Akzent, der die Katze verwirrt und traurig macht; er fühlt sich fremd. Die Tochter hat zwei kleine Jungen, die noch lauter kreischen als sie selbst. Ihr Mann ist in Gefangenschaft. Hundertmal am Tag droht sie bei den verschiedensten Gelegenheiten mit dem Vater: ein Mann, der so viel leiden muß, der fern von den Seinen ist, kann ja nicht unrecht haben. Die stumme und allwissende Gegenwart dieses Märtyrers fällt der Katze maßlos auf die Nerven, und hinterrücks zwickt er die Kleinen, damit sie noch lauter kreischen. Daraufhin gibt die Mutter ihnen eine Ohrfeige und brüllt, siw würden ihrem Papa Kummer bereiten, der sie ja hören muß, weil er immer so fest an sie denkt.

Die Katze versucht, dieses Tohuwabohu zu überstehen, ohne sich allzusehr darauf einzulassen. Mehrere Male am Tag kommt die Fronarbeit des Wasserschleppens auf ihn zu. Seit die Barbaren die Motorpumpe massakriert haben, muß man das Wasser von der Gemeindepumpe holen: er lädt sechs Emaillekrüge auf den hölzernen Schubkarren und schiebt ihn die Straße entlang. Die Pumpe ist altersschwach, er muß seinen Arm ganz nach oben strecken, und der größere Teil des Rücklaufs greift ins Leere: erst im letzten Moment, kurz bevor der Schwengel gegen das Pumpengehäuse stößt, spürt er den Widerstand, es gluckert im Rohr, und das Wasser fließt heraus. Der Schubkarren ist schwer, und aus den Krügen tropft es. Die Arbeit ist endlos. Endlos ist auch die Plackerei, in einer Kaffeemühle Weizen oder Roggen zu mahlen. Dann muß man das Mehl sieben und es ohne Hefe auf der gußeisernen Platte des Küchenherdes, auf dem ständig ein Topf mit einem schwärzlichen Saft aus Zichorie und gerösteter Hirse steht, in feuchten Windeln in einer seltsamen, mit Kleie durchsetzten Teigwurst backen. Das Ergebnis ist kläglich. Er kennt nur eine Arbeit, die noch eintöniger ist: die verrichtet er ganz allein in einem Schuppen, den er hinten im Garten aufgebaut hat: stundenlang schabt er dort mit einer alten Feile an einem großen Aluminiumgehäuse; ein zerbeulter Reservetank, den ein amerikanisches Flugzeug im Tiefflug über einem Feld in der Ebene abwarf, und den die Katze mit den beiden Jungen vom benachbarten Bauernhof geholt hat. Er sammelt das Feilicht auf Zeitungspapier und hortet es in einer großen Keksdose. Das Aluminium ist hart, das bißchen, das er abkratzt, klebt an der Feile fest, und das Ganze macht einen Heidenlärm. Sein Bruder hat ihn gebeten, möglichst viel zusammenzubringen, weil er damit Sprengsätze basteln will.

Das Reich der Katze sind vor allem die Tiere. Luc herrscht über eine ansehnliche Kleintierzucht: zunächst einmal über drei Kaninchen, die unter den Linden in Käfigen hausen, die aus losen Brettern gezimmert sind. Das älteste heißt Patachou, es ist grau und ganz gewöhnlich. Es ist ein harter Bursche. Anfangs hielt er es unter einem vergitterten Gestell unmittelbar auf dem Gras im Garten; das ersparte ihm, Löwenzahn sammeln zu gehen. Aber Patachou fand stets ein Mittel, sich unter dem Drahtgitter hindurchzuzwängen, und das alles endete immer in langen Jagden im hohen Gras, bis er es wieder an den Ohren eingefangen hatte. Timochenko ist ein russisches Kaninchen; es hat ein weißes und ein schwarzes Ohr und trägt seinen Namen zu Ehren des Oberkommandierenden der Roten Armee. Die Katze war sich lange im Zweifel über Timochenkos wahres Geschlecht, denn sobald man sie zusammensperrte, stürzte Patachou sich mit männlichem Ungestüm auf ihn, wonach er immer wieder von neuem Timoschenkos Hinterteil peinlichst genau untersuchte, um den Beweis seiner Männlichkeit zum Vorschein kommen zu lassen. Schließlich hat er noch ein fettes, dreifarbiges Kaninchenweibchen, das angeblich schwanger ist: aber nach all der Zeit hat es den Anschein, als sei es ganz einfach nur vollgefressen. Mit den Käfigen, in denen die Meerschweinchen quieken, stehen so insgesamt sechs Käfige mit Türen aus Maschendraht und Scharnieren aus angenagelten Reifenstücken in einer Reihe neben den Käfigen der Flüchtlinge, in denen völlig gesichtslose Kaninchen wimmeln. Die Meerschweinchen sind der Stolz und die Sorge der Katze. Ab dem vierzehnten bringt er die Namen durcheinander. Des weiteren hält sich in der Umgebung der Katze hartnäckig das Gerücht, Meerschweinchen könne man nicht essen: wenn manche zugeben, sie hätten gehört, daraus ließen sich saftige Pasteten machen, so nur, um sofort danach zu beteuern, daß sie für ihren Teil so etwas nie gutheißen würden. Eine Tatsache, die dieser Haltung jeden rationalen Zweck nimmt. Man muß allerdings zugeben, daß auch der Gedanke, Patachou zu verspeisen, eine rein scholastische Hypothese darstellt: man zieht sich mit dem Argument aus der Affäre, Patachou sei durch die Hetzjagden im Garten im buchstäblichen Sinne dieses Wortes mittlerweile ein hartgesottenes Exemplar. Was Timochenko angeht, wie könnte man einen Oberkommandierenden der Roten Armee verspeisen? Die Katze liebäugelt mit dem Gedanken an eine Expedition nach Paris, um sich zu erkundigen, ob die Läden am Quai de la Mégisserie, die Meerschweinchen ganz gewöhnlicher Art verkaufen, auch welche ankaufen und wie der Kurs steht. Unterdessen trägt er oft eines in der Tasche spazieren, aber diesen Tieren fehlt es an Grips, sie geben nie das geringste Zeichen von Verständnis.

Und schließlich besitzt er noch eine Zwerghenne und einen Zwerghahn. Ist das ein gutes Geschäft? Es heißt, eine Zwerghenne fresse genausoviel wie eine normale Henne. All das kostet Arbeit.

*

Wenn er dreimal in der Woche beim Pfarrer von Magny Latein- und Griechischunterricht hat, marschiert er eine halbe Stunde durch den Wald bis zur Anhöhe. Auf dem Weg durch den Erlenwald wechseln rötlicher Lehm und sehr feiner, weißer, von roten Schichten durchzogener Sand miteinander ab.

Wenn er zu spät losgegangen ist, und das ist fast immer der Fall, legt er den Wechselgang ein: hundert Meter laufen, dann hundert Meter gehen, das erweist sich als sehr wirksam. Er kennt jedes einzelne Wegzeichen, die Bäume – Gehölze von Kastanien, Eichen, Buchen und einigen Birken –, die Steine und verfaulten Strünke und ganz oben auf dem Hügel den morastigen Tümpel, wo früher ein Mühlsteinbruch war und wo man Frösche und Karpfen fangen kann. Wenn es geregnet hat, stehen in den Fahrspuren große gelbe Wasserpfützen, in denen wie Schlittschuhläufer Schwimmkäfer umherflitzen. Auf dem Abhang des Hügels erstreckt sich im Heidekraut unter der Sonne ein Kaninchenbau. Seit er einmal ein Kaninchen den Weg herunterhoppeln sah, trägt er jedesmal, wenn er durch den Wald geht, einen sorgfältig ausgesuchten Stein in der linken Hand. Er hat zwar keine Kaninchen mehr gesehen, aber als Ersatz übt er sich unterwegs im Handgranatenwerfen, wie sein Bruder es ihm vorgemacht hat: er streckt beide Arme aus und bringt die Hände vorne zusammen, um zu zielen und die Granate mit einer kurzen Bewegung abzuziehen, dann wuchtet er den belasteten Arm nach hinten und schleudert den Stein gerade dann, wenn die Hand den Scheitelpunkt ihrer Bahn erreicht. Mit Schritten mißt er aus, wie weit er geworfen hat, und hebt seinen Stein wieder auf.

Hinter dem Hügel tritt er aus dem Wald wieder heraus und geht auf einen Baum zu, der allein auf dem Acker steht: die Hirtenulme. Ein verwitterter Grenzstein bezeichnet den rechten Winkel, den der Pfad bildet. Magny liegt am Ende der Anhöhe. In der stillen Kirche hängen an den Wänden in einer Reihe Grabsteine, die einst als Bodenplatten in der Abtei von Port-Royal gelegen hatten, und oft ist er mit seinem Vater hergekommen, um die alten, von den Schritten abgeschliffenen Schriftzeichen zu entziffern.

Der Pfarrer hält den Unterricht in seiner Bibliothek, die in einer Art kleinem Laden untergebracht ist, an der einzigen Straße des Dorfes, die nur aus einem steinigen, mit Schlaglöchern übersäten Weg besteht: in dem kühlen Halbdunkel und in dem heimeligen Glanz eines Sonnenstrahls, der durch tanzende Staubteilchen auf den Ledereinband alter Bücher fällt, beugen sie sich über den altvertrauten, honigfarbenen Tisch aus Kirschenholz. Der Pfarrer ist ein ehemaliger Missionar mit einem viereckigen grauen Bart. Er läßt ihn Cäsar übersetzen und erklärt ihm, woher sich die Namen der umliegenden Dörfer ableiten. Romainville oder Villeneuve sind ehemalige *Villae*, das heißt, römische Bauernhöfe. Die Gegend wird seit fast zweitausend Jahren landwirtschaftlich genutzt, oft vielleicht von denselben Familien. In Marles-l'Église zum Beispiel steht der Name Lainé, einer Familie, die an der Straße nach Saint-Rémy wohnt, schon im allerersten Pfarrregister aus dem Jahre 1680 mit der Berufsangabe *Tagelöhner*. Der Feldweg, auf dem er zurückgeht, und der vor nicht allzulanger Zeit der Weg des Briefträgers war, folgt in der Nähe der Ulme wahrscheinlich einer römischen Straße. Sind noch Spuren von ihr erhalten? Er erinnert sich daran, wie sein Vater ihm im Süden am Rande eines Heideweges die Überreste einer römischen Straße gezeigt hat: an die tiefe Spur im Stein, die sich im Laufe der Jahrhunderte unter den Rädern der Wagen eingekerbt hatte. Oft war er an diese Stelle zurückgekehrt und hatte mit der Hand in einer sanften, fast streichelnden Bewegung die glatten Rinnen in dem grauen Sandstein abgetastet. Er hätte sich gewünscht, der Stein würde sich bewegen und schnurren.

Aber hier ist von den Radspuren römischer Wagen in der losen, seit Cäsars Durchzug zweitausendmal umgepflügten Erde nichts übriggeblieben. Er fragt sich, ob die Landschaft sich seither verändert hat. Der Pfarrer zitiert ihm die Textstelle aus dem gallischen Krieg, in der Cäsar erzählt, daß seine Soldaten, wenn sie sich nicht in den bretonischen Wäldern verirren wollten, am hellichten Tag nur im Schein einer Fackel vorrücken konnten. Den gallischen Wald gibt es nicht mehr.

Sie essen Nüsse und Pflaumen aus einer großen Schale auf dem Tisch. Sie knacken die Nüsse zwischen ihren Handballen. Manchmal macht Luc den Kaspar, indem er mit seinen Zähnen Nußknacker spielt: ein Schlag in den Nacken und krach! Der Pfarrer sagt ihm, das sei nicht sehr gescheit, er müsse wissen, daß er nicht immer der Stärkere bleiben werde. Darauf sagt die Katze ihm die lange Tirade der Mausekönigin aus der Geschichte vom Nußknacker auf, der Königin, die sieben Köpfe und sieben goldene Kronen hatte:

> O Kratatuk, harte Nuß
> an der ich nun sterben muß
> o Leben so frisch und rot,
> von dir scheid ich, oh Todesnot.

Der Pfarrer ist stolz auf seine Nüsse: der Nußbaum des Pfarrhauses stammt von einem Setzling des Nußbaumes von Port-Royal, der von Pascal gepflanzt worden war. »Das sind Nüsse von Pascal«, sagt der Pfarrer. Die Katze mag ihn, weil er nie diesen Blödsinn über das heilige

Herz des Jesuskindes erzählt. Er behauptet auch nicht, Frankreich sei von Gott für seine Sünden bestraft worden, man müsse inständig zur Jungfrau Maria beten, damit sie dem Unglück des Landes ein Ende setze und die Gefangenen nach Hause bringe. (Die Katze erinnert sich mit Grauen an die langen gemeinsamen Gebetsgottesdienste im Jahr 1941: er war neun Jahre alt, Hinz und Kunz, Kinder aus den Schulen und aus dem Katechismusunterricht wurden zu Hunderten in eine große, dunkle und kalte, der heiligen Bernadette geweihte Betonkirche gepfercht und mußten stundenlang auf den Knien *Gegrüßet Seist Du Maria* aufsagen und dabei Gott um Verzeihung für Frankreichs Sünden bitten: dabei war er sich völlig sicher, daß er mit der ganzen Angelegenheit nichts zu schaffen hatte – und wenn er es sich genau überlegte, sah er auch nicht ein, welche Sünden Frankreich begangen haben sollte.)

Mit Leidenschaft kommentiert der Pfarrer den Vormarsch der Russen in der Ukraine und der Alliierten in Italien. Er nennt Laval den »blutrünstigen Kohlenklau« und wiederholt immer wieder, Christus sei ein Jude gewesen. Wenn er vom Evangelium spricht, erzählt er von den Zeiten, die er in Jerusalem gelebt hat, und dann wird alles klar, es scheint so, als sei erst heute morgen Christus auf seinem kleinen Esel auf der Straße nach Bethanien vorübergeritten. »Wenn du dir Christus vorstellen willst, dann denke zunächst an den ersten Fellachen in einer Dschellaba, dem du auf dem Weg in den Weinberg vor den Feigenbäumen begegnest.« Aus dem Pfarrer leuchtet die ganze Sonne Palästinas. »Aber denke vor allem immer daran, daß es jeder Mensch sein kann, in jedem Land. Zu jeder Tages- und Nachtzeit.« Er erzählt ihm die Geschichte der Jünger von Emmaus. »Herr, bleibe bei uns, denn es will Abend werden.« Die Katze hat aus dem Süden sehr deutlich den von Eukalyptusbäumen gesäumten, von Quarz und Glimmer übersäten Weg vor Augen, der zu den Großeltern hinaufführt. Die Nacht kommt sehr schnell, und unter den länger werdenden Schatten ist der Wind fast verstummt, der Duft der Myrten und des Rosmarin wird durchdringender. »Verstehst du, sie hatten unrecht. Diese Worte hätten sie *vorher* sagen sollen. Bevor er sich zu erkennen gegeben hat. Vielleicht wäre er dann unter uns geblieben ... Aber wie will man Gott erreichen, wenn man sich um die Menschen nicht kümmert?« Er lacht, so daß seine gelben Zähne zu sehen sind, und zuckt die Schultern. Luc möchte es gerne ganz genau wissen, diese ganze biblische Einfachheit kommt ihm ziemlich obskur vor: »Jeder beliebige

Mensch? Sogar die Deutschen?« Der Pfarrer lacht noch einmal: »Ja. Das heißt, fast alle ...«

»Ich denke«, sagte der Pfarrer, »die Menschen machen es falsch. Im heiligen Land sind im Namen Gottes Dinge geschehen, bei denen einem das Blut in den Adern erstarrt. Nimm zum Beispiel die Grabeskirche in Jerusalem, es heißt, sie sei ein schönes Lied aus Stein, aber sie wirkt wie eine kriegerische Festung, und all diese Mönche, die sich in ihr eingenistet haben und sich gegenseitig hassen ... Ich konnte besser irgendwo in der Nähe beten, in der Menschenmenge der Suks und im Geruch der gebackenen Krapfen. Ich weiß nicht, ob die Hütte des heiligen Franziskus nicht vielleicht ein schöneres Glaubenswerk war. Ich kenne einen der schönsten Plätze der Welt, der zugleich auch einer der schrecklichsten ist: den Krakh der Ritter, den die Kreuzfahrer gebaut haben ...«

»Ich weiß«, sagt die Katze. »Meine Großmutter hat mir davon erzählt, und ich habe Bilder gesehen. Wir haben einen Vorfahren, der als Kreuzfahrer mit Gottfried von Bouillon mitgezogen ist: es war der dritte Ponte-Serra dieses Namens.«

»Natürlich«, antwortet der Pfarrer. »Auch meine Vorfahren haben die Kreuzzüge mitgemacht. Allerdings sind sie zu Fuß marschiert ... Und der Krakh der Ritter ist vielleicht der Stein gewordene Traum, den Satan Christus gezeigt hat, um ihn zu versuchen. Es ist ein Denkmal aus Stein, eine Seele aus Stein: alles daran ist versteinert, über allem liegt das Böse, denn über allem liegt der Krieg. Diese Männer haben vom Glauben nichts verstanden.«

»Ich weiß nicht, wie es bei uns weitergehen wird«, spricht der Pfarrer weiter und schaut aus dem Fenster auf das Grau der verlassenen Straße.« Die Leute hier sind müde. Das darf man ihnen nicht übelnehmen. Jeden Sonntag lese ich in der Messe die Liste der Gefallenen aus dem letzten Krieg vor: ja, aus dem Krieg, der der letzte sein sollte. Weißt du, hier ist es so wie in Marles, ein Familienname taucht manchmal mehrmals hintereinander auf, oft drei-, sogar viermal: Brüder, die manchmal am selben Tag bei demselben Angriff gefallen sind, weil es immer die Bauernregimenter waren, die in die vordersten Linien geschickt wurden. Sie waren aus der gleichen Gegend, aus dem gleichen Dorf. Der Lehrer und der Sohn des Bürgermeisters waren manchmal sogar die Reserveoffiziere: ihnen stand man näher als den Berufsoffizieren. Dieses Mal war es anders ...«

Die Katze weiß es: in Marles geht der Pfarrer sonntags quer durch die

Kirche, um sich vor die Gedenktafel für die Gefallenen des Ersten Weltkrieges hinzustellen, rückt seine Brille zurecht und liest wie bei einem Appell in alphabetischer Reihenfolge die Namen ab. Und jeden Sonntag ertönt unmittelbar vor dem Namen der drei Brüder Simon Lucs Familienname, der Name seines Onkels, der sechsundzwanzig Jahre alt war – ein brillanter Historiker, der eine monumentale Geschichte Ägyptens unter den Ptolemäern geschrieben hatte –, Onkel Antoine, der seine Schuhe weggeworfen hatte, um mit seinen Männern beim Sturm auf Vauquois in den Argonnen schneller laufen zu können, und der im September 1915 mit zerschossenem Kopf im Schlamm gestorben war: dann spürt er einen kleinen Knoten im Bauch, so als würde sein eigener Name aufgerufen.

»Es war so unnötig, dieser Krieg«, sagte der Pfarrer.

Auch das weiß die Katze, aber sie redet nicht mehr dazwischen. Luc hat *Im Westen nichts Neues* gelesen, einen Roman, den doch ein Deutscher geschrieben hat und auf den er unter den Büchern seines Bruders gestoßen ist, und er hat begriffen, daß es nur Opfer gab und die Helden nur Erfindungen der Überlebenden sind, mit denen sie sich dafür rechtfertigen wollen, daß sie noch am Leben sind. Die Tat von Onkel Antoine ist lächerlich. Vielleicht taugten auch die Schuhe einfach nichts, die er bekommen hatte. Aber hätte Luc vielleicht nicht genauso gehandelt wie er? Sein Bruder hat es ihm genau erklärt: der Krieg hat nur den Interessen der Reichen genutzt. Die Franzosen hatten Kolonien. Da wollten die Deutschen nicht leer ausgehen. Jeder weiß: als sich in Rußland die Armen erhoben, fiel die ganze Welt in schöner Eintracht über sie her. Aber zum erstenmal in der Geschichte haben die Armen gewonnen. Dieses Mal wird es genauso sein. Die Armen müsen gewinnen Und zwar ein für allemal.

»Du mußt wissen«, sagt der Pfarrer, »soviel Dreck, soviel Schlamm, soviel Tote. Und dann kommt heute dieser alte Knacker, weil er damals Anführer war, und versammelt diese vertrottelten alten Kämpfer, die nichts verstanden haben mit ihren Käppis ...«

Dieses Land hat sich von seiner Erschöpfung nicht erholt. Und doch bin ich sicher, daß es heute anders ist. Man kann dieses Pack nicht hundert Jahre lang das Gesetz bestimmen lassen. Die Rationierungen, das Elend, die Gefangenen und all diese Toten, ja, aber es ist nicht nur das. Sie bringen Menschen um, sie bringen Seelen um, sie bringen die Welt um: sie bringen Gott um. Ein für allemal. Die, die sagen 'Für Hunde und Juden verboten' oder 'Kommunisten sind keine Franzosen' (denn der Pfarrer ist ein eifriger Leser der Untergrundhefte *Christliches Zeugnis* und hat den Bericht von der Hinrichtung der Geiseln von Chateaubriant gelesen), die kann man nicht gewähren lassen, verstehst du, denn dann wird man so wie sie. Sie ziehen alles in den Dreck, aber sie sind schlimmer als der Dreck. Sie sind Steine. Ein Reich aus Steinen. Eine Welt aus Steinen.

Dieses Land wartet, aber ich spüre nicht, daß es sich regt. Die Leute sind nicht böse. Jedenfalls nicht die, die ich kenne. Sie treiben Schwarzhandel mit den Parisern. Mittlerweile würden sie lieber zur Résistance halten. Alle hören Radio London. Wenn die Engländer landen, dann müßte es Tausende von Gewehren, Zehntausende von Mistgabeln geben, die ihnen zu Hilfe kommen. Aber ich bin nicht sicher, ob es so kommen wird. All die Jungen, die 1914 gefallen sind, die Brüder Simon und die anderen, die hätten es getan. Sie haben es getan, aber es war zu früh. Es war umsonst. Die übrig geblieben sind ... Und dann all die Kriegsgefangenen, der Marshall, die Feigheit als größte Leistung der Nation ...«

Er zuckt noch einmal die Schultern:

»Wenn dein Vater dich aus Paris besuchen kommt, dann vergiß nicht, ihn daran zu erinnern, daß er mir eine Ration Tabak versprochen hat.«

»Ja«, sagt die Katze, die gern eine kleine Prise für sich selbst behalten will.

*

Zweimal in der Woche kommt die Pächterstochter von Montainville dazu.

Sie ist zwei Jahre älter als Luc und sie reden einander hartnäckig mit »Sie« an. Sie war krank und ist in Latein und Griechisch genau so weit wie er. Eine richtige junge Dame. Ihre Augen und ihre langen Haare sind bernsteinfarben wie Herbstlaub. Er begleitet sie auf dem Nachhauseweg, weiß nicht so recht, was er sagen soll und möchte am liebsten nicht von ihr weggehen. In Marles verspricht er seinen Kameraden, bald Sachen mit ihr anzustellen, die in seinen verbalen Bekundungen ebenso roh und eindeutig sind wie verschwommen und schwankend in seiner Phantasie. Abgesehen von den kleinen Mädchen am Strand, die völlig glatt waren und nicht zählen, oder all den Venusbildern der italienischen Meister, die man in den Museen sieht und deren sepiabraune Abbildungen sein Großvater in großen Alben sammelt und die aus einer anderen Welt zu kommen scheinen und insofern ebenfalls nicht zählen, kennt die Katze den weiblichen Körper nur durch die detaillierte und wiederholte Erkundung des Gipsabgusses der Hottentotten-Venus im Musée de l'Homme.

Wenn sie am Tisch des Pfarrers damit beschäftigt sind, die lateinische Syntax zu knacken, kann es passieren, daß Luc das Fräulein von der Seite unter den Wimpern anschaut, dann hört er alles nur noch undeutlich, er spürt nur noch diese Wärme, die ihm aus dem Bauch aufsteigt und bis in die Fingerspitzen dringt. Ein- oder zweimal hat er in seinem Fieber seinen Ellenbogen herabgleiten lassen, um ihn zwischen den Beinen gegen sein Glied zu drücken. Der Pfarrer sprach, und sie leierte Cäsar herunter, der Klang ihrer Worte drang zu ihm wie das Plätschern eines kühlen Rinnsals aus der Ferne. Er spürte, wie er rot wurde und zu schwitzen anfing, spürte die Scham bei dem Gedanken, ertappt zu werden, und weil er sich noch mehr geschämt hätte, wagte er es nicht, seine Schenkel stärker zusammenzudrücken, um seiner Erregung Luft zu machen. Und wenn er auf dem Nachhauseweg neben ihr hergeht und sie sich auf Wiedersehen sagen, dann fragt er sich, ob es wirklich derselbe Junge ist, der so etwas getan oder seinen Kameraden gesagt hat, er werde sie aufs Kreuz legen, diese Tussi, weil er jetzt nichts anderes möchte, als daß sie ihm mit der Hand durch die Haare fährt oder ihn bei der Hand hält und nie mehr weggeht. Sie ist ganz einfach eine völlig unberührbare junge Dame wie alle anderen jungen Damen auch, und die Katze ist nur ein schmutziger Bengel, und es bleibt ihm nichts anderes übrig, als das Schluchzen in seiner Kehle sich langsam zu einem Kloß verkrampfen zu lassen und sich ganz allein zu fühlen.

Am wohlsten fühlt sich die Katze auf dem Nachbarhof. Oft verbringt er dort mit dem Bauern von frühmorgens an den ganzen Tag, und schon mehrmals hat die Bäuerin ihn für ganze Wochen aufgenommen. Dann schlief er in demselben Zimmer wie die beiden Jungen, die ein wenig älter sind. Das Gebiet des Bauernhofs ist ein Königreich mit fernen Grenzen, die sich in Richtung Chevreuse bis ans Ende des Plateaus erstrecken, mit vielfältigen Besitzungen, die in die Felder anderer Bauern verschachtelt sind, mit manchmal ungeahnten Verlängerungen, die sich am Rand der Wälder in die Einschnitte des Tales zwängen. Ein Königreich: die Bäuerin ist absolute Herrscherin über Menschen und Tiere, und der Bauer bekräftigt jeden Tag von neuem die Herrschaft über sein Territorium, indem er es unentwegt durchpflügt. Ein Königreich mit eigenen Gesetzen, und vorab mit dem Gesetz, das die Zeit einteilt: man lebt nach dem Stand der Sonne. In der großen Küche mit dem ständigen Gesumme der Fliegen, die in Trauben an dem braunen, schmierigen Band hängen bleiben, das in Spiralen über dem Tisch von der Decke hinunterhängt, zeigt die emaillierte Wanduhr, die den Namen eines Aperitifs trägt, eine Zeit an, die sich von der Vorkriegszeit um eine und von der deutschen Zeit um zwei Stunden unterscheidet. Die Macht der deutschen Zeit, die im Radio, auf dem drei Kilometer entfernten Bahnhof von Saint-Rémy und in allen Häusern der nahegelegenen Siedlung allmächtig ist, überschreitet nicht die Grenze der Felder.

Die Bäuerin hat graue Augen; sie ist ruhig, beflissen, nur manchmal richtet sie wohlgezielte Wutausbrüche gegen die Tiere und die Kinder. Luc schiebt gerne den mit Klee beladenen Schubkarren hinter ihr her, wenn sie die lange Reihe der Kleintierställe abgeht, oder trägt ihr die Eimer nach, wenn sie nacheinander die Kühe melkt. Auf dem Hof arbeiten zwei Knechte: sein Kamerad René, der fünfzehn oder sechzehn Jahre alt ist und die Tiere versorgt; und ein Junge aus der Stadt, Lucien, der zur Zeit Landarbeiter ist, aber zunächst und vor allem Fabrikarbeiter, und der nur hier ist, um nicht zum Zwangsarbeitsdienst eingezogen zu werden. Aber wenigstens ist er ein richtiger Arbeiter, nicht so wie die beiden Studenten, die der Pächter Desbrosses umsonst eingestellt hat und die ebenfalls froh sein können, so dem Zwangsarbeitsdienst zu entgehen.

Zu den Feldern führt ein Weg den Hang hinauf, über den Ochsen zweirädrige Karren ziehen, die auf der Fahrt bergauf immer leer sind – außer im Frühjahr, wenn tonnenweise Mist transportiert werden muß, dessen Gestank sich dann tagelang in den Kleidern und am Leib festsetzt. Als zu Beginn des Krieges die Pferde beschlagnahmt wurden, ersetzte der Bauer sie durch zwei Paar Ochsen, die er sich anschaffen mußte: »Es ist nicht dasselbe Arbeiten«, sagt er mit Bedauern. Luc mag diese endlosen Tage, die er damit verbringt, über den Stiel seiner Harke gebückt die Furchen der zu jätenden Bohnen oder der zu lesenden Kartoffeln abzugehen. Die Unermeßlichkeit der Aufgabe faßt er als eine Herausforderung auf, desgleichen den Zwang, mit den anderen im Takt zu bleiben. Das langsame Vorrücken zum Ende des Feldes, dann die gnadenlose Rückkehr in der folgenden Furche, wobei gerade genug Zeit bleibt, sich einmal aufzurichten und den Körper zu strecken, versetzen ihn in Schwindel, so endlos scheint ihm dieses schmerzhafte, gebückte Tappen, und außer Atem, fast trunken vor Müdigkeit, läßt er den Himmel und den Boden in sich einströmen und all das aus sich hinwegschwemmen, was nicht der Geruch der Erde ist.

Was er dagegen nicht mag, ist das Kartoffelkäfersammeln, eine Arbeit, die den Jungen vorbehalten ist. Man muß die Schädlinge von den Kartoffelsetzlingen aufsammeln und sie nacheinander in eine Flasche fallen lassen. Der einzig interessante Augenblick kommt dann, wenn die Flasche zu drei Vierteln gefüllt ist. Der feierliche Akt besteht darin, sich breitbeinig über eine Ackerfurche zu stellen und zielgenau hineinzupinkeln. Diese Verrichtung bereitet um so mehr Genugtuung, als die Deutschen für gewöhnlich Kartoffelkäfer heißen: er pinkelt also auf die Deutschen, und in dem Wimmeln der gefangenen Tierchen ertränkt er so jedesmal eine ganze Armee.

Die Leute aus Paris kommen in ganzen Trupps vorbei. Am Sonntag strömen sie aus der Metro oder sie kommen auf dem Fahrrad oder sogar mit dem Auto. Die Jungen ziehen singend die Straße entlang, aber es kommen auch alle die, die sich mit Lebensmitteln eindecken wollen. Die Bauern können nicht an alle verkaufen, sie müssen eine Auswahl treffen, sie beliefern nur Bekannte: Mißtrauen ist angebracht. Auch die Deutschen kommen im Auto zum Bauernhof der Desbrosses, wo sie ihre festen Gewohnheiten haben und wo Butter gemacht wird. Eine entsetzte Nachbarin hat gesehen, wie sie einmal »in Helm und Stiefel nicht gerade zimperlich die Butter reinlöffelten«. Natürlich ist das mit dem Reinlöffeln vulgär: aber wenn er einen Batzen Butter vor sich liegen hätte würde selbst die Katze... Aber warum sollte er die Stiefel ausziehen, um Butter zu essen? Hier mag der Bauer die Deutschen nicht, er legt weder Wert auf ihren Umgang noch auf ihr Geld. Jedenfalls müßten sie bei all dem, was sie beschlagnahmen eigentlich auch so klarkommen.

Zweimal in der Woche backt die Bäuerin ein äußerst feines Weißbrot, das aussieht wie eine Brioche. Denn der Bauernhof ist ein Königreich, das autark ist. Drei Kilometer weiter geht nicht nur die Uhr anders: drei Kilometer weiter, ja sogar schon in manchen Nachbarhäusern wie in dem der Katze, gilt wie im gesamten nichtdörflichen Frankreich nur das Gesetz der Rationierungen, des Mangels und manchmal der Hungersnot: eine Brotration von 250 Gramm pro Tag für die J 2 und die A, von 325 Gramm für die J 3 und die Schwerarbeiter und von nur 200 Gramm für die V... Ein Viertelliter Milch ist vorbehalten für die E, J 2 und die V, aber nur, wenn man als Kunde auf der Liste eines Ladens steht und jeden Tag dort einkauft. Und die Scheine, auf denen Buchstaben stehen, bei denen man im voraus nicht weiß, ob sie einem Anrecht geben auf künstliche Marmelade, auf Muckefuck oder auf Schuhe mit Holzsohlen – oder ob sie ganz einfach gar nicht angenommen werden. All dies gilt nicht im Königreich des Bauernhofs. Was man nicht selbst produziert, wird eingetauscht.

»Ich möchte gerne Landwirt werden«, sagt Luc im Gemüsegarten einmal zu René, als er in einer Pause auf dem Griff des Schubkarrens sitzt.

»Bauer, das geht, wenn dir das Land gehört«, erklärt René. »Als Knecht ist es zu hart, und du verdienst nichts. Du wirst alt, und wer kümmert sich um dich? Ich habe Bettzeug und Lucien auch, weil er ein Arbeiter aus der Stadt ist, aber schau dir an, wo er schläft, im Pferdestall, sein Zimmer sieht aus wie ein Verschlag. Auf den großen Bauernhöfen haben die Knechte nur eine Bettstelle über den Pferden. Nur die Fuhrknechte haben ein eigenes Zimmer. Ein Knecht wird nie Herr auf dem Hof. Das Land ist zu teuer, und wer gibt dir Kredit, um es zu pachten?«

»Ich werde meinen Vater fragen«, sagt die Katze. »Und ich werde wieder in den Süden gehen.«

Er denkt an die Orangen- und Eukalyptusbäume. Aber eigentlich weiß er sehr genau, daß er nicht fragen wird. Er kann sich nicht einmal vorstellen, wie er es ihm erklären sollte. Sein Vater würde sowieso nur von der Hochschule für Agronomie oder für Wasser- und Forstwirtschaft anfangen.

»Ich werde nicht Knecht bleiben«, fährt René fort. »Mein Vater wird aus Deutschland zurückkommen, und mein Onkel wird ihm sein Land zurückgeben.«

René ist also ein gefallener Prinz, ein Prinz ohne Land, und auch sein Exil ist nur vorübergehend. Aber über seine Zukunft ist er sich unsicher. Während sein Vater nicht da ist, läuft seine betrunkene Mutter schreiend durch das Dorf: eines Abends wäre sie beinahe im Teich des Schlosses ertrunken, weil sie auf dem giftgrünen Wasserlinsenteppich tanzen wollte.

Auf dem Hof wartet man auf die Befreiung, ohne sich Fragen zu stellen, außer der einen, wie lange es wohl noch dauern wird. Auf dem Plateau liest man die Flugblätter auf, die von den amerikanischen und englischen Flugzeugen abgeworfen werden. Ohne es groß zu verbergen, empfängt man mit dem großen Apparat aus gefirnistem Holz Radio London. Als Lucs Bruder einmal da war, hat er über den Hof bis zu den großen Bäumen im benachbarten Garten die dünnen, fast unsichtbaren Fäden einer hochempfindlichen Antenne gespannt, die einen sehr klaren Empfang ermöglicht. »Man hört sogar Japan«, sagen die Jungen voller Staunen. Sie haben ihren Spaß an der langen Reihe der »persönlichen Durchsagen« und kennen den jeweiligen Refrain auswendig, wie zum Beispiel diesen, der am häufigsten wiederkehrt: »Hier sprechen die vom Maquis – die von der Résistance – hier sprechen die vom Maquis – wir sind bald in Paris.« Den Refrain findet die Katze furchtbar dämlich.

*

Aber vielleicht wären zu allererst die Geräusche zu nennen gewesen. Die unzähligen Geräusche der Erde: im Morgengrauen das Muhen der Kühe oder das Scheppern der Eimer im Hof vor den Ställen; oder das Gezwitscher der Lerche zu Mittag, wenn sie über den Feldern zur Sonne auffliegt; oder am Abend das Klirren der Wagen, der Eggen, der Walzen, die über die steinigen Wege von der Anhöhe herunterkommen; und in den Frühlingsnächten das Quaken der Frösche, so leise wie das Plätschern der Wellen am Strand, wenn das Meer sehr ruhig ist. Alles alltägliche, vertraute Laute ... Aber in Wirklichkeit alle wenn nicht überlagert, so zumindest auf die Nebenrolle eines Kontrapunkts oder einer tagtäglichen Geräuschkulisse verwiesen durch das Dröhnen der Panzer und der Flugzeuge in allen Registern und allen Tonlagen, zu jeder Stunde des Tages, von dem Basso Continuo der rasselnden Panzer bis zu dem peitschenden Donner der Jagdflugzeuge und dem trockenen Knallen der Flakkanonen. Jetzt, wo auch dieser Frühling zu Ende geht, klingt das Leben auf den Feldern anders. Der Lärm der Kriegsmaschinen überzieht plötzlich das Land zu jeder Tages- und Nachtzeit, um den Luftraum zu durchpflügen.

Zehn Kilometer weiter, im Lager Satory, befindet sich eine Panzerschule und ein Übungsplatz. Die Panzer walzen über alle Straßen der Gegend. Es sind mächtige Plattformen auf Ketten, schwarze Ungetüme ohne Karosserie und ohne Stahlplatten; schon ab Saint-Lambert hört man sie kommen, das Dröhnen schwillt an, wird schriller, bis es alles übertönt, der Boden, die Wände und Fensterscheiben zittern, wenn sie vorüberfahren: kaum daß man Zeit hätte, behelmte, halbnackte Männer mit dicken Brillengläsern wahrzunehmen, die sich an Bord zu schaffen machen, so ist der riesige Eisenkoloß schon in einer dicken, stinkenden Wolke hinter einer Straßenkehre verschwunden, und die Stahlzähne lassen auf dem Asphalt die Spur ihres tiefen Bisses zurück, wenn sie ihn nicht wie an manchen Steigungen in ganzen Platten aufreißen.

Sehr viel näher, drei Kilometer Luftlinie nördlich, unmittelbar hinter der Anhöhe von Montainville und hinter dem Tal der Mérantaise befindet sich zwischen Voisons-le-Bretonneux und Guancourt der Flugplatz der deutschen Jagdflieger. Er ist schon mehrmals bombardiert worden, und die beiden Dörfer in seiner Umgebung liegen in Trümmern. Die Kirche von Voisons ist eingestürzt. Die Einwohner haben sich in die umliegende Gegend zerstreut, was unter anderem auch die Einwohnerzahl von Marles hat ansteigen lassen. Seit einigen Wochen starten die Flugzeuge sofort, sobald Alarm gegeben wird, lösen ihre Formationen auf und kreisen in geringer Höhe, um nicht am Boden zerstört zu werden. Es heißt, die Startbahnen seien bis in den nahe gelegenen Wald verlängert worden und bestimmte Flugzeuge blieben getarnt unter den Bäumen stehen. Tagsüber ist Stunde um Stunde das Dröhnen der Motoren zu hören, die am Boden zur Wartung nacheinander im Leerlauf angeworfen werden. Zwischen den Alarmphasen hört man ununterbrochen Übungsflüge, Manöver der Jagdflugzeuge und Sturzflüge der Stukas, die gerade über dem Tal umdrehen, so daß der Katze oft ist, als wenn sie das Türmchen des alten Hauses ins Visier genommen hätten. Auf der Hochebene fliegen die Messerschmitt in Baumhöhe, und die, die auf den Feldern arbeiten, sehen sie hinter den Wipfeln der Bäume hervorschießen und langsam Höhe zulegen, um über den großen, mitten auf dem Feld einzeln stehenden Apfelbaum hinwegzudonnern: deutlich erkennen sie über den beiden schwarzen Kreuzen den Piloten. Regelmäßig fliegen auch ganz langsam die dreimotorigen Ju 52 vorbei, deren hämmerndes Brummen wie ein Basso Continuo wirkt. In krebsförmiger Formation befinden sie sich offenbar im Landeanflug auf Toussus oder Villacoublay.

Der Durchflug der amerikanischen und englischen Bomber wird von einem entfernten, verzerrten Sirenenton angekündigt, der je nach Windrichtung von Trappes oder von Saint-Rémy herübergetragen wird. In Paris hat die Katze sich schon seit langem auf den Rhythmus der großen nächtlichen Bomberwellen eingestellt, die im Anflug auf ihre deutschen Ziele die Seine heraufkommen und die Stadt in einem ungeheuren Summen überqueren, einem Summen, das nur von den dröhnenden Explosionen der Flak durchbrochen wird: an ihrem vertrauten Ton erkannte er die nächstgelegene Batterie, die der Brücke von Passy, die mit einem scharfen, metallischen Bersten alle Häuser der Straße in ihren Fundamenten erschütterte. Es bestand keinerlei Gefahr: die Alliierten werfen keine Bomben auf das Zentrum von Paris. Hier bietet sich ein grandioses Panorama. Die beste Beobachtungsstation hat man, wenn man sich auf die Straße stellt. Nachts leuchten im Norden die Lichtbündel der Scheinwerfer und die kurzen Blitze der Flak, die die Flugplätze umgibt. Und wenn das Konzert der Motoren und des Kanonendonners verstummt ist, hängt in der überall sirrenden Luft das helle, kristalline und unendlich feine Vibrieren der Granatsplitter, die wieder zu Boden fallen. Dann sucht man besser Unterschlupf unter einem Vordach. Luc hat gewellte und gezackte Splitter verschiedenster Größe aufgelesen. Einer dieser Splitter, der mit einem dumpfen Geräusch neben ihm auf dem Pflaster eingeschlagen war, hatte noch gebrannt. Manchmal trägt der Wind auch Tausende silberner oder schwarzer Papierstreifen heran, die die Flugzeuge abwerfen, um das Radar zu stören. Man steckt sie in Kränzen auf die Stachelbeersträucher, um die Vögel zu verscheuchen.

Ende Mai kommen die Bomber auch tagsüber immer häufiger. Manchmal stehen sie alle gemeinsam auf der Straße, schauen in den Himmel und halten sich eine Hand vor die Augen, um sie vor der Sonne zu schützen, die sich plötzlich für einen Sekundenbruchteil auf dem Flügel eines Flugzeugs spiegelt: der Bauer und seine Frau, die Knechte, die drei Jungen und in einiger Entfernung die Flüchtlinge, zumindest die beiden Frauen und der Schwachsinnige, und noch weiter weg vereinzelt die anderen Familien. Sie zählen die Formationen ab, die Dreieck nach Dreieck aufeinanderfolgen (und an was anderes kann Luc viele Jahre später denken, wenn er im Frühling die Zugvögel über den Sankt Lorenz und die anderen großen Ströme fliegen sieht, als an jenen so weit zurückliegenden anderen Frühling?) inmitten Tausender weißer Wölkchen der Flakgranaten, die ihr Vorrücken begleiten. Dann, wenn es den Anschein hat, der Strom der Wellen werde nie aufhören, verliert Luc, der mit weit gespreizten Beinen dasteht und den Kopf in den Himmel reckt, den Halt, er ist überwältigt von dem Branden dieser ungeheuren Macht, die den ganzen Raum ausfüllt, und er fühlt sich unendlich frei und glücklich. Er sieht, daß nichts sie aufhalten kann. Die anderen rufen, und er ist sich sicher, daß auch sie sich freuen.

Sie können die 'Fliegenden Festungen' der Amerikaner von den englischen Lancaster unterscheiden. Manchmal zählen sie mehr als hundert. Auf dem Hinflug. Auf dem Rückflug weniger. Immer öfter sehen sie tieffliegende Jagdflugzeuge, Lightnings mit doppeltem Rumpf, die wie sehr schnelle Gleiter fast lautlos über den Boden huschen. Wenn sie hinter der Steigung der Anhöhe verschwinden, untermalen sie ihren Flug über dem Gelände von Guyancourt mit dem Rattern schwerer Maschinengewehre. Die deutschen Flugzeuge suchen keinen Kampf.

Die Ziele rücken immer näher. Anfang des Jahres haben Bombenangriffe auf Billancourt mehrere hundert Menschenleben gekostet: eine gewaltige schwarze Wolke, die von dem Rot der brennenden Gasometer durchzogen war, stieg hinter dem Plateau auf. Dann folgten die Angriffe auf die nahe gelegenen Flugplätze und schließlich, Ende Mai, der Bombenteppich auf den Verschiebebahnhof in Trappes: man mußte die Toten unter den Trümmern der Häuser bergen, und daraufhin wurde auch der kleine Ort evakuiert. Am Tag nach dem Angriff wollte die Katze mit dem Fahrrad hinfahren, aber aus den noch rauchenden Straßen wurde er von Polizisten vertrieben.

Eines Morgens ist sehr früh eine Kette von Bomben auf das Tal niedergegangen, die ohne Schaden anzurichten in die sumpfigen Felder einschlugen, an denen hinter der Mühle der Desbrosses der Fluß vorbeifließt: nur wenige hundert Meter vom Haus der Katze entfernt. Es war, als ob ein Zug zwischen einer engen Hügelkette hindurchdonnert, und dann wäre fast die Welt eingestürzt. Zurück blieb nur das gewohnte Dröhnen der Flugzeuge, skandiert von den Schüssen der Flak, und der Rauch der Explosionen, der hinter dem Fluß aufstieg und sich mit dem Frühnebel vermischte. Es hieß, die Bomben seien für den Flugplatz bestimmt gewesen. Vielleicht wollten sie die getarnten Startbahnen im Wald treffen? Anscheinend hatte jemand gesehen, wie das Leitflugzeug als Zielmarkierung eine rote Rakete abfeuerte, aber der Wind hatte sie nach Süden abgetrieben.

In der Abenddämmerung zog eine von Osten kommende 'Fliegende Festung', die offensichtlich in Schwierigkeiten war, mit stark rauchendem Motor im Tiefflug vorüber. Sie warf ihre Bombenladung zwischen Marles und Saint-Lambert ab. Obwohl diesmal die Entfernung sehr viel größer war, war das Getöse fast genauso laut und der Aufprall genauso heftig wie beim vorhergehenden Mal. »Sechs-Tonnen-Bomben« stimmten die Katze und die Jungen mit fachkundiger Miene überein. Sie explodierten in der Nähe der unbewohnten Mühle Favart und ließen am Fluß eine Kette von Trichtern zurück. Bombenangriffe auf französisches Gebiet finden immer tagsüber statt, und es heißt, die Flugzeuge flögen niedriger. Die Flugblätter, die sie paketweise abwerfen – *Die Luftpost, Die Stimme Amerikas* – erklären wie Radio London, daß es darum gehe, alles zu tun, sich den Zielgebieten zu nähern, ohne die befreundete Bevölkerung zu gefährden.

Anfang Juni stehen sie alle auf der Straße und beobachten, wie eine Formation mehrerer Staffeln in zwei- bis dreitausend Meter Höhe vorüberfliegt. Die 'Fliegenden Festungen' sind von den Wölkchen der Flak dicht eingerahmt, und mehrere beginnen zu rauchen und sich aus ihrem Verband zu lösen. Eine weit zurückgebliebene Maschine scheint Flammen in die weiße Rauchspur auszuspeien. Und dann entfalten sich, einer nach dem anderen, kleine weiße Flecke in der Kielspur des Kondensstreifens. Unter den offenen Schirmen baumeln schwarze Punkte: aus mehreren Flugzeugen sind die Männer mit den Fallschirmen abgesprungen; man zählt ein Dutzend, die langsam hinunterschweben, während die Formation Richtung Westen verschwindet. Das am stärksten getroffene Flugzeug ist schon hinter den Bäumen abgestürzt. Aber sie sind in Sicherheit. Wird es ihnen gelingen, nicht in Gefangenschaft zu geraten, wenn sie auf dem Boden niedergehen? (Einmal haben die Deutschen einen verwundeten Fallschirmspringer mehrere Stunden auf dem Bürgermeisteramt von Marles eingesperrt, und anscheinend haben Leute ihm Blumen gebracht.) Auf halber Strecke erscheinen plötzlich Flammen und Rauch am Himmel. Die Katze braucht einen Augenblick, bis sie mit den anderen begreift, daß die Männer dort am Himmel verbrennen werden: die letzten Fallschirme haben Feuer gefangen. Erst langsam, dann immer schneller fallen sie herab, sie holen die anderen ein. Sie werden immer deutlicher sichtbar, und mittlerweile erkennt man schon die aufzuckenden Flammen, die unter den Rauchsäulen die Schirmseide zerreißen und die noch immer hin- und herbaumelnden schmalen, schwarzen Gestalten, die die Flammen mittlerweile eingeholt haben. Eine nach der anderen gehen die menschlichen Fackeln hinter den Baumwipfeln der Anhöhe nieder. Wie lange hat das gedauert? Wann haben sie begriffen, daß sie sterben würden? Sind sie am Boden zerschmettert oder lebendig verbrannt? Auf der Straße waren Rufe zu hören; Frauengeschrei von dort, wo die Flüchtlinge standen. Und dann sind alle stumm. Für heute ist die Vorstellung zu Ende. Im übrigen ist es Zeit zum Abendessen.

EIN »AUF WIEDERSEHEN«

Davon abgesehen ist alles wirklich ziemlich ruhig. Aber wie kann man so ohne Klavier leben? Das fragte sich die Katze oft. Nicht daß Luc wirklich spielen könnte. Er ist vor allem dazu in der Lage, ganze Stunden damit zu verbringen, aus dem Gedächtnis oder der Phantasie Melodien und ungefähre Akkorde auf den Tasten zu klimpern. Diejenigen, die ihm zuhören müssen, können schließlich, auch wenn sie ansonsten äußerst gutmütig sind, vor Ärger aus der Haut fahren. Von seinen musikalischen Darbietungen sagt sein Vater, lieber würde er ihn noch die Katzenorgel spielen hören: diese Orgel ist ein raffiniertes Instrument, das aus einer ganzen Reihe von Katzen besteht, die sich hinter einer Wand befinden, durch die nur durch entsprechende Löcher ihre Schwänze herausschauen: der Virtuose sitzt diesen Schwänzen mit dem Gesicht gegenüber und zieht oder zwickt sie mit soviel Geschick, daß er melodisches Miauen oder melodische Akkorde erzielt. Aber ist es denn sein Fehler, wenn in dieser Familie, in der das Musikmachen anscheinend etwas so Natürliches ist wie das Sprechen, das Singen oder das Englischkönnen, alle Welt spielt, Noten liest und improvisiert, nur er nicht? Mit sieben, acht Jahren hätte er anfangen sollen wie sein Bruder, aber durch die Kriegserklärung hatte man keine Zeit, sich darum zu kümmern. Er allein hat also keinen Anteil an dieser Fähigkeit, und er fühlt sich fast wie behindert.

Jedesmal, wenn die Familie sich seit Beginn des Krieges für einen mehr oder weniger langen Zeitraum zusammengefunden hat, stand das Klavier für die wiedergefundene Ruhe: als lege die Zeit im Herzen des von den Noten gebildeten Raumes eine Pause ein. Sein Vater spielt Schubert und Schumann: den *Karneval*, Eusebius im spitzwinkligen Zwiegespräch mit Florestan, drei Pirouetten; die Katze kauert sich ganz dicht an die Rückwand des Klaviers und hält das Ohr an das Holz, während der Philistermarsch gespielt wird, dann ist es so, als befände man sich *in* der Musik: alle Elefanten des Zirkus Amar kommen in den Salon hineinmarschiert, jeder hält in seinem Rüssel den Schwanz des vorhertrottenden; oder man macht den Bärentanz nach, indem man schwerfällig von einem Fuß auf den anderen tapst und dabei die Ellenbogen hinter dem Rücken um einen Stock legt. Die Partituren muß man in den Stapeln großer Alben suchen, bis man die richtige gefunden hat, die auf der Halterung über den Tasten aufgeschlagen wird; er kann gerade gut genug Noten lesen, um die Seiten umzublättern. Manchmal begleitet der Vater die Mutter, wenn sie Schubertlieder singt. Die Lieblingsmelodie der Katze ist der Erlkönig: *Wer reitet so spät durch Nacht und Wind – es ist der Vater mit seinem Kind.* Dieses Gedicht hat Luc im Gymnasium in der ersten Klasse im Deutschunterricht gelernt. Der Vater läßt die linke Hand erdröhnen: das Kind zittert in der Nacht vor Fieber, und die Katze versteht nicht, warum es am Ende des Liedes sterben muß: hat sein Vater es nicht fest genug im Arm gehalten? Die Mutter spielt Straußenwalzer vom Blatt. Die rituelle Gebärde, mit der sie dabei die Ringe – einen Rubin, einen dunkelblauen Saphir – abstreift, um sie neben die Partitur auf die Konsole des Klaviers zu legen, kehrt von Generation zu Generation in allen bürgerlichen Familien immer wieder; oder sie spielt die Melodien aus einem alten roten, illustrierten Album aus ihrer eigenen Kindheit, das ihnen überall hin gefolgt ist, *Volksweisen und Volkslieder:* »Veillons au salut de l'Empire«, das Lied der Chouans »Prends ton fusil Grégoire, Prends ta Vierge d'ivoi-oi-oi-re...« und das andere, das ihm besser gefällt: *La Parisienne:* »Peuple français, peuple de bra-a-ves...« Sein Bruder hingegen versucht, an die Begabung des Großvaters wieder anzuknüpfen, der es verstand, am Klavier alle großen Opernklassiker von Wagner, den er mehr als alle anderen bewundert, bis Offenbach aus dem Gedächtnis zu spielen. So spielt Antoine z. B. die Themen nach, die sie von manchen Rundfunkkonzerten im Kopf behalten haben. Sie singen auch zu zweit ohne Begleitung große Duos, Fugen und Kanons, bei denen ihre Stimmen sich abwechseln, allerdings nicht ohne falsche Töne, Dissonanzen und Unsauberkeiten: »Noch immer steht das goldene Kalb!« von Gounod oder »Bacchus ist König, Bacchus ist König!« von Offenbach. Für solche Gelegenheiten ist es günstiger, in einem großen, wenn möglich mehrstöckigen Haus mit guter Akkustik zu sein, wobei der beste Effekt dann erzielt wird, wenn sie sich beide jeweils auf einem Treppenabsatz postieren können und ihre Stimmen sich von einem Stockwerk zum anderen überkreuzen, wobei das Treppenhaus als Resonanz dient. Vor einigen Jahren haben sie eine Radioübertragung von Griegs *Peer Gynt* gehört. Sein Bruder hat ihm die Geschichte erzählt: unerschütterlich wartet Solveig, bis der Seemann aus der Ferne zurückkehrt, aber läßt ihn der schreckliche Mann mit dem Löffel, jener Unhold, den er unterwegs am Ende der Welt getroffen hat, nach der Überwindung so vieler

Hindernisse zu guter Letzt nach Hause zurückkehren? Dieser Mann sammelt die Seelen mit dem Schaumlöffel ein, um sie wieder von neuem in einen großen Kochtopf hineinzuschütten, und so geht der Kreislauf des Lebens nie zu Ende. Das Thema des Mannes mit dem Löffel ist ihre Lieblingsmelodie geworden, diese eigentümlich rollende und stampfende Todesgigue (wie jenes von roten Schatten überzogene, halb abgeblätterte Fresko, der *Totentanz*, den sie bei dem Besuch der Chaise-Dieu gesehen haben). Auf die Melodie singen sie ziemlich zusammenhanglose Worte, in denen es um Uferschnecken und Elefanten geht, und sie beschließen das ganze normalerweise mit einem düsteren Rezitativ:

Als Glöckner zog Ivan am Glockentau,
Die Liebe hatte ihn zur Welt gebracht.
Er schuftete für seines Bruders Frau,
Er schuftete bei Tag, er schuftete bei Nacht.

Eines Tages trank er zuviel Wein
Er träumte, daß er Seemann wär.
Er ließ die Glocke Glocke sein
Und radelte zur Möwenjagd ans Meer.

Das Ende ist zwar etwas verworren, aber der allgemeine Sinn ist dennoch deutlich: denn der alte Glöckner kann sich (vielleicht weil sich ein Rad seines Fahrrades löst, während er auf die Klippe zufährt) nur zum Kind des Erlkönigs und vielen anderen Kindern im Topf des Mannes mit dem Löffel gesellen.

Einmal in ihrem Leben war die Katze in der Oper: allerdings in der Pariser Opéra-Comique, in der in jenem Winter *Tosca* auf dem Programm stand. Er war vom Pomp des Dekors und der Handlung etwas verwirrt. Als der Held, der heroische Maler, noch blutig von den erlittenen Folterqualen auf der Bühne erschien und seinen Glauben an die Freiheit der Völker und an die italienische Einheit verkündete, blieb dem Chef der österreichischen Polizei, dem schändlichen Scarpia, kaum die Zeit, in teuflische Sarkasmen auszubrechen, denn ein Geklingel ließ Schauspieler und Zuschauer erstarren: Alarm. Alle trafen sich draußen in den Straßencafés wieder, der Maler mit den Zebrastreifen roter Schminke im Gesicht, der über sein bauschiges, kunstgerecht zerfetztes Hemd einen Regenmantel geworfen hatte, sein Folterer, Tosca selbst, die Bühnenarbeiter, die Zuschauer, die Katze, der Bruder, die kleine rotnasige Cousine, die Antoine so gern mochte, und einige deutsche Offiziere, die in ihren schönen Uniformen an der Theke standen.

»Ich«, sagte die Katze als Kommentar zu der Stelle, an der die Handlung stehengeblieben war, »ich würde nie unter der Folter sprechen!«

»Du bist dumm«, wies ihn der Bruder zurecht. »Niemand hat das Recht, das zu sagen. Niemand kann wissen, was er wirklich tun würde. Und niemand hat das Recht, die zu verurteilen, die wirklich reden. Im richtigen Leben geht es sowieso ganz anders zu.«

»Trotzdem«, beharrte die Katze.

Der Alarm ging vorüber, jeder nahm seinen Posten wieder ein, die Schauspieler sangen, der Maler fiel unter den Kugeln, die eigentlich unecht hätten sein sollen, die aber durch die äußerste Tücke des schändlichen Scarpia echt waren, und in glanzvollen Tönen ihres Todeskampfs stürzte sich Tosca elegant von einer Mauer in einen Graben, der glücklicherweise nicht ganz so tief war wie der Orchestergraben. Kurzum, die einen starben, die anderen spendeten rasenden Beifall, allen voran die deutschen Offiziere, und alle gingen sehr zufrieden nach Hause.

*

Wenn er später versuchen wird, sich an die ersten Tage des Juni 1944 zu erinnern, wird er sich immer wundern, daß er in ihnen so viel Aufregung, so viel verschiedene Aktivitäten unterbringen konnte, daß er so viele verschiedene, große und kleine Ereignisse durchlebte (er, der in seinem späteren Leben einen ganzen Tag damit verbringen kann, von einer Klippe zuzuschauen, wie die immer gleichen, schönen und eintönigen Wellen gegen den immer gleichen Felsen branden).

So sieht er sich, wie er mit den Jungen vom Bauernhof und anderen aus dem Dorf an der Südflanke des Tales am Waldrand unter der prallen Sonne in dem weißen Sand Gräben aushebt und ein kleines Fort errichtet, das mit Ästen und Grassoden überdacht wird und es so erlaubt, die Straße zu überwachen, Flugzeuge am Himmel zu verfolgen und im kühlen Schatten des feinkörnigen Sandes Zigaretten aus Klimatis oder Unkraut zu rauchen – aber manchmal auch einige grüne, in Zeitungspapier eingewickelte Tabakblätter, die sie aus einem Gemüsegarten gestohlen haben. Eines Sonntags kommt ein deutscher Soldat mit einem Mädchen aus Chevreuse ganz in die Nähe, sie legen sich unter die Bäume vor das nahegelegene Getreidefeld und lieben sich. Die Jungen sehen nicht sehr viel, denn der Rücken des Soldaten verdeckt eigentlich alles: er hat seine Uniform angelassen, und als Luc aus seiner Schießscharte zusieht, wie sich diese graugrüne Masse hin und her bewegt, stellt er sich vor, er habe ein Gewehr in der Hand. Er zielt lange, aber kann man einen Mann bei der Liebe töten ? In diesem Augenblick hat er keinen Zweifel daran, daß man das darf. Die Frage und der Zweifel kommen erst später.

»Das ist horizontale Kollaboration«, sagt René. »Der Schlampe schneiden wir die Haare ab.«

Einen Tag später finden sie neben dem Kornfeld ein Präservativ und stellen gemeinsam Betrachtungen an über dieses geheimnisvolle, seltene Produkt der modernen Technik, das sie zum erstenmal sehen.

In diese Zeit fällt auch die Kirmes in Chevreuse. In wenigen Stunden gibt Lucien seinen ganzen Monatslohn aus. Das Karussell dreht sich in atemberaubender Geschwindigkeit und zieht die Schaukelsitze an langen Ketten fast in die Horizontale: die Jungen versuchen, den Sitz des Mädchens vor ihnen festzuhalten, alles unter lautem Geschrei und dem Gedudel der Jahrmarktsmusik... Am 4. Juni nehmen die Alliierten nach sechsmonatigen erbitterten Grabenkämpfen und unter dem Trommelfeuer von Artillerie und Bombern endlich Monte Casino, sie ziehen in Rom ein. Auf Flugblättern, die kiloweise auf die Felder niedergegangen sind, sieht man das Foto einer Parade der Franzosen in Rom: sie tragen Gandouras und englische Helme. In einer einzigen Nacht werfen achthundert Bomber zweitausend Tonnen Bomben auf Berlin, Tausende finden dabei den Tod. Die Russen rücken in der Ukraine vor, sie machen hunderttausend Gefangene in Minsk und befinden sich mittlerweile auf dem Weg nach Warschau. Die Nachrichten von Radio Paris wirken mit ihren stereotypen Formeln belustigend: »Nach einer feindlichen Offensive, die nach harten Kämpfen, bei denen der Gegner schwere Verluste erlitt, gestoppt werden konnte, haben sich die Kräfte der Achsenmächte auf vorbereitete Auffangstellungen zurückgezogen: diese Frontbegradigung erlaubt eine bessere Zusammenfassung der Kräfte.« Danach verkündet eine näselnde und groteske Type, ein gewisser Jean Hérold Paquis, jeden Abend zur festgelegten Stunde wie ein Kuckuck aus einer Kuckucksuhr: »Und seien Sie versichert, liebe Hörer, wie Karthago wird England zerstört werden.« Diese Tage sind sehr sonnig, und das kleine Kirmeskarussell ist eine der schönsten Erinnerungen im Leben der Katze.

*

In den ersten Junitagen verbringt die Mutter der Katze einige Tage in Marles. Dieser Besuch versetzt Luc in festliche Stimmung, aber er verlangt ihm auch eine große Selbstdisziplin ab. Er hat den Hof gefegt, in den Alleen Unkraut gejätet, die Käfige der Meerschweinchen ausgemistet, Patachou und Timoschenko gestriegelt, in geduldiger Arbeit eine kleine Portion Butter fabriziert, die allerdings ziemlich klumpig und weißlich geraten ist – eine ganze Woche lang hat er dazu von dem halben Liter Milch täglich den Rahm abgeschöpft und die Haut der gekochten Milch daruntergemischt. Zudem hat er einen Lupinenstrauß neben ihr Bett gestellt und Möhren geerntet.

Natürlich freuen sich beide über das Wiedersehen. Aber die Eltern sind eine seltsame Spezies. Anscheinend haben sie es sich zum Gesetz gemacht, sich nie zu einfachen Gefühlen hinreißen zu lassen, anscheinend entdecken sie überall lauernde Gefahren, vor denen sie ihre Kinder um jeden Preis bewahren müssen. Zugleich sind sie äußerst naiv, denn sie scheinen nicht zu wissen, daß auf diese Weise zwei parallele Welten entstehen, unter ihren Augen die Welt dessen, was sich gehört, und anderswo, außerhalb ihres Bereiches, eine andere Welt mit vielen ungeahnten Dimensionen – zum Beispiel die Welt, in der es ganz natürlich ist, das gebrauchte Präservativ eines verliebten Deutschen aufzulesen ... Ja eigentlich sogar drei verschiedene Welten: denn es gibt auch die Welt ihres eigenen Bereichs, den sie beschützen und der aus mehr oder weniger gut gehüteten Geheimnissen besteht *(not before the children)*. All das ist viel zu viel: man verliert die Orientierung, denn man müßte die Spielregeln kennen, dauernd den Ariadnefaden besitzen, um nicht alles durcheinander zu bringen und sich schließlich notwendigerweise daneben zu benehmen; nur dann hätte man wirklich eine Chance, »wohlerzogen« zu sein. Aber die Katze ist nicht wohlerzogen: vielleicht einfach deswegen, weil man nicht genügend Zeit hatte, ihn zu »erziehen«. (So kommt es zum Beispiel, daß er in dieser Familie, in der die Kinder seit Generationen ihre Eltern mit Sie anreden, im Unterschied zu seinem Bruder Du zu ihnen sagt. Auch dies ist durch den Krieg auf das Konto von Gewinn und Verlust zu verbuchen.)

Und sind sie nicht besessen von der Idee, einen zu dressieren? Kaum ist seine Mutter einige Stunden da, so stehen schon wieder demütigende Zurechtweisungen zwischen ihnen wegen ungewaschener Hände, wegen des Bettes, das nicht gemacht ist, und wegen des anormalen Schwindens eines gewissen Zuckervorrats.

Was Luc den Eltern am meisten vorzuwerfen hat und was er bei ihnen wie bei den meisten Erwachsenen lästig findet, ist ihr Anspruch, Herren über die Wörter zu sein. Die unumschränkten Herren. Sie sind es, die bestimmen, worüber man sprechen und wie man darüber sprechen darf; sie bestimmen, worüber man nicht sprechen und worüber man in einer bestimmten Weise nicht sprechen darf. Sie verstehen es, eine Frage zu ignorieren oder so darauf zu antworten, daß es noch schlimmer ist, als würden sie sie ignorieren (so hat der Vater eine ganze Reihe von Allzweckantworten parat, die eine lästige oder ungelegene Wißbegier zum Schweigen bringen sollen: »Wenn man dich danach fragt, dann sagst du, du hast keine Ahnung« oder »Wer? Der Papst der Bonzen!«, und wenn sich die Katze wegen irgendeines Wehwehchens ängstigt: »Es dauert nur noch drei Tage, bis du stirbst, und der erste zählt doppelt«). Sie beanspruchen zu wissen, was angebracht und was nicht angebracht ist, was wertvoll und was von vornherein schädlich ist, was zum Wohl der Kinder gereicht und was ihnen nachteilig ist. Und wie soll man mit dreizehn Jahren erraten, wieviel Ungewißheiten und Zweifel soviel Selbstsicherheit, soviel zur Schau getragener Sinn für die Pflicht und das einzig Richtige verbergen können? Luc ist jedoch für seinen Teil der festen Überzeugung, er sei groß genug, um allein zu beurteilen, was er verstehen kann und was nicht, was er schon jetzt wissen kann und was er für später aufheben muß.

In Paris hat er auf dem Nachttisch des Vaters ein schon recht altes und zerflettertes Buch gefunden, einen *Ärztlichen Ratgeber für die ganze Familie,* in dem die Seiten Eselsohren hatten, auf denen von Mumps und Stickhusten die Rede war, aber nur eine Seite war durch einen Zettel offensichtlich neueren Datums gekennzeichnet: die, auf der vom *verlogenen* Kind die Rede war. Auf ihr waren Wörter mit Bleistift unterstrichen. Er fühlte sich ein für allemal durchschaut. Die ganze Sache mit der *Eins* vor der *Null,* mit deren Hilfe in seinem Heft plötzlich die Note *Zehn* zustande kam, und noch andere, viel schlimmere, waren auf dieser Seite klar beschrieben und gebranntmarkt. Der Arzt, der diesen Ratgeber geschrieben hatte, schien verlogene Kinder nicht besonders zu mögen: er empfahl unnachsichtige Strenge, harte Strafen und kalte Umschläge, und er brachte diese Unart mit der abstoßenden und schrecklichen Masturbation in Verbindung. Nun ist aber, so führte er aus, derjenige, der masturbiert, ein Hypochonder.

Die Katze schaute im Wörterbuch nach: die Hypochondrie ist eine Erkrankung, durch die man eigenbrötlerisch und trübsinnig wird. Der Autor erklärte des weiteren, das verlogene Kind verliere durch seine Gewöhnung an Unaufrichtigkeit und Verstellung alle Willenskraft und den Sinn für Pflichterfüllung. Und die Katze meinte deutlich zu spüren, wie solche Laster einen auf die schiefe Bahn bringen würden.

Aber wie soll man auch die Aufmerksamkeit der Eltern erzwingen, wenn man merkt, daß sie auf etwas anderes gerichtet ist, wenn man merkt – liegt das an der schwierigen Zeit? –, daß sie sich um so viele andere Dinge zu kümmern haben: kräht denn kein Hahn mehr nach der Katze? Nie ist man dem gewachsen, was sie von einem erwarten; sind sie blind vor Liebe oder, noch schlimmer, blind vor Eigenliebe? Womit sonst soll man ihre Aufmerksamkeit erzwingen außer mit irgendwelchen Geschichten, die (vielleicht, wirklich nur vielleicht) nicht unbedingt alle wahr sein müssen (die aber dennoch wahr sein könnten ...)?

Dabei weiß er, daß er voreingenommen ist: meistens findet er die Eltern der anderen dumm, häßlich und vulgär; er würde nicht zulassen, daß man jene mit seinen eigenen Eltern auf die gleiche Ebene stellt. Ganz selten nur findet er bei den anderen dieses Gefühl gegenseitigen Vertrauens, das er in den besten Stunden seines Familienlebens kennengelernt hat.

*

Was die Sorgen der Eltern der Katze zu dieser Zeit angeht, so muß man wissen, daß der Vater die Mutter an einem Winterabend Anfang 1944 zu einem seltsamen Besuch in den Hallen mitnahm. Schon seit langem besprachen sie untereinander ihre Sorge um seinen Bruder. Dieser bereitete sich in einem großen Pariser Gymnasium auf die École normale supérieure vor, aber die Situation eines neunzehnjährigen Studenten wurde angesichts des ausufernden Zwangseinsatzes der Jugendlichen zum Arbeitsdienst in Deutschland immer kritischer. Einige ergriffen die Initiative und suchten in Frankreich Arbeitsplätze, die sie vom Einsatz in Deutschland befreiten, viele ließen sich von Bauern einstellen, und ein Freund seines Bruders war sogar in einer Feuerwehruniform aufgetaucht. Sein Bruder aber weigerte sich kategorisch, den Drückeberger zu spielen, und seine Eltern teilten diese Moral, in der sie sich wiedererkannten. Zugleich war es ihnen aber unmöglich zu übersehen, daß er sich immer enger der Untergrundbewegung anschloß. Außerdem billigte sein Vater es nicht, daß man Patriotismus und Kommunismus systematisch in eins setzte, und dieses Thema war innerhalb der Familie Gegenstand harter Kontroversen. Vielleicht nahm er auch für sich selbst in seiner eigenen Aktivität die Gefahren in Kauf, die er seinem Sohn nicht zumuten wollte. Mit Sicherheit sah er voraus, daß das Engagement Antoines unweigerlich zum Einsatz von Waffen und zu Blutvergießen führen würde, und glaubte, dafür seien so junge Leute noch nicht reif (auch wenn er verstand, daß sie sich gerade durch die Laschheit der meisten Älteren notwendigerweise dazu gedrängt fühlten). Falls er für seinen Teil die Logik der terroristischen Losungen akzeptierte, was indes nicht sicher ist. In Vater und Sohn standen sich also zwei Auffassungen von Widerstand gegenüber: wenn sie auch die gleiche Einschätzung, den gleichen Widerwillen gegenüber der fremden Besatzung empfanden, so waren sie in Bezug auf alles übrige so unterschiedlicher Meinung, wie es zwei so weit auseinanderliegende Generationen nur sein können. Antoine, der ungeordnet alles verschlang, was unter der Hand an Literatur über die große bolschewistische Revolution im Umlauf war, und der im Widerstand mit ehemaligen Angehörigen der internationalen Brigaden des Spanienkrieges in Berührung kam, erblickte im Kampf gegen den Nazismus die Verheißung einer neuen, noch aufzubauenden Gesellschaft; sein Vater war gegenüber Kommunisten und Gaullisten gleichermaßen mißtrauisch. Sein lebenslanges Studium der Geschichte der Gesellschaften von den Anfängen der Menschheit an hatte ihn wahrscheinlich skeptisch und argwöhnisch werden lassen gegenüber den großen religiösen oder politischen Projekten, die auf einen Schlag das Glück der Menschen herbeiführen wollen; seinem Gefühl nach waren sie vor allem dazu angetan, ihnen Unglück zu bringen; und ebensowenig glaubte er an einen Mann der Vorsehung. Er war zu der Überzeugung gelangt, es sei am besten, wenn Antoine sich einem Maquis anschlösse, wie die Widerstandsbewegungen sie damals für die Dienstverweigerer aufbauten – vor allem in den Gebirgsregionen oberhalb von Grenoble. Er sah vor allem die Sorgen, die seine Frau quälten: die nächtlichen Ausflüge ihres Sohnes nach der Sperrstunde, die durch keine noch so unbekannten und komplizierten Liebesabenteuer zu erklären waren, die Flut von Flugblättern und die Lagerung von Matritzen, die abendlichen Besuche von Freunden, die unmißverständliche Zeichen eines tiefgehenden Einverständnisses an den Tag legten, die Übernachtung gewisser anderer, die immer häufiger wurden, der Reigen unbekannter Fahrräder, später die Entdeckung einer Pistole; und schließlich tauchte in der Familie eine Jacke voller Blutflecke auf. Alle diese Dinge kollidierten heftigst mit der Vorstellung, die man sich von dem Leben eines Jungen macht, den man manchmal noch dazu auffordert, gefälligst die Ellbogen vom Tisch zu nehmen.

Madame Ponte-Serra spürte deutlich, daß diese Aktivität sich wahrscheinlich mit einer anderen, der ihres Mannes, kreuzte. Sie hatte Todesängste ausgestanden, als dieser im Jahre 1941 wegen einer Angelegenheit, über die sie niemals restlose Klarheit erhalten hatte, vierzehn Tage lang gefangengehalten worden war. Dies um so mehr, als auf ihr alle jene Sorgen des schwierigen Alltags lasteten, wie die Aufgabe, ihre Familie zu beschützen, aber auch zu ernähren; jene andauernde und quälende Jagd nach Lebensmitteln in einer grotesken, demütigenden, fast hysterischen Atmosphäre, in der es schien, als habe die Sorge ums Essen alle anderen Sinne der französischen Bürger umnebelt – und nicht nur die der Bürger: es galt, ein Gleichgewicht, ein elementares moralisches Empfinden zu bewahren, jenes moralische Empfinden, in dem sie selbst erzogen worden war und an dem sie stärker hing als an allem anderen; ein Gleichgewicht zwischen der quälenden Sorge, ihr Heim und ihre eigenen Eltern zu beschützen, und jener, nicht bedingungslos dem ungezähmten Trieb zum Rückzug auf den Egoismus des Überlebens, des Essens, der um jeden Preis zu bewahrenden Geborgenheit nachzugeben. In jener grausamen Welt des Pariser Bürgertums der vierziger Jahre suchte sie hartnäckig eine Verhaltenslinie zu bewahren, durch die sich die Würde mit der Liebe zu ihrer Familie vereinbaren ließ, die ihre Sorgen beschwichtigte und darüber hinaus die äußeren Umstände eines Familienlebens wahrte, das ebenso ungestört und ungetrübt sein sollte wie in den besten Tagen des Friedens und ihrer eigenen Kindheit in der Nähe der Plaine-Monceau, im Angesicht einer mondänen, indifferenten, ja feindseligen Gesellschaft. Verzweifelt versuchte sie, schlecht und recht standzuhalten, und es gelang ihr.

Durch eigene Aktivitäten kannte der Vater ein Widerstandsnetz. Daher hatte er in Paris Kontakt mit einem Angehörigen der Untergrundarmee aufgenommen, der mit der Rekrutierung und Verschickung der jungen Partisanen betraut war. Und weil er sah, wie seine Frau vergeblich Antwort suchte auf die zahllosen Fragen, die ihr die Aktivitäten ihres Sohnes aufgaben, hatte er es so eingerichtet, daß auch sie den Mann traf, damit sie sich selbst ein Urteil über die Ernsthaftigkeit der Organisation bilden konnte. Das war der Sinn des Besuches, den sie eines Abends gemeinsam dem Laden eines Transithändlers in den Hallen abstatteten.

Im Halbdunkel einer eisigen Lagerhalle, inmitten hoher Stapel von Lattenkisten, hatten sie ein Dutzend abreisefertiger junger Männer angetroffen, die alle durch ihr äußerst verlottertes Aussehen, ihre ungesunde Gesichtsfarbe und ihre ausgezeichneten Manieren auffielen. Sie hatten sich der Reihe nach sehr wohlerzogen vorgestellt und dabei mit scheinbar lässiger Miene ihre Tätigkeiten näher gekennzeichnet: Herr Soundso (natürlich ein Deckname) war Terrorist und aus dem Gefängnis von Rouen ausgebrochen, Herr Soundso, Doktor der Philosophie, war in Abwesenheit wegen bewaffneten Raubüberfalls zu dreißig Jahren Gefängnis verurteilt worden. Herr Soundso, drei Gleissprengungen, zwei Attentate. Und auch wenn sich herausstellte, daß der Funktionär, den sie aufgesucht hatten, beruflich als ehrbarer Kaufmann tätig und außerdem ein offensichtlich aus »besten Verhältnissen« stammender Reserveoffizier war, der ihnen gesetzt, präzise und vertrauenerweckend die Organisation der Maquis im einzelnen darlegte und ihnen aufzeigte, wie vorteilhaft es sei, wenn ein tatendurstiger junger Mann sich an eine straff geführte und organisch mit London verbundene Bewegung anschlösse, so ist es doch nicht sicher, ob dieser Besuch die Sorgen von Madame Ponte-Serra beschwichtigte. Jedenfalls blieb er folgenlos: kurz darauf flog das Netz auf.

»Siehst du«, sagte der Vater, als sie hinausgingen, »jetzt verstehst du, warum es besser ist, daß ich dir möglichst wenig davon sage.«

Es lag in ihrer Natur, daß sie ihm recht gab.

Aber es lag zweifellos ebenfalls in ihrer Natur, daß ihr zu keiner Zeit der Gedanke kam, den doch die meisten ihrer Freundinnen und die meisten Mitglieder ihrer riesengroßen Verwandtschaft hatten: das allerwichtigste sei, sich in diese Geschichten nicht einzumischen, sich zu verpuppen und zu warten, bis alles vorübergeht ... In einigen Jahren würde man über diese schwierigen Zeiten nur lachen: wenn man schlau genug gewesen war, sich ruhig zu verhalten und durchzukommen.

*

Als die Mutter am 6. Juni wieder abfährt, möchte Luc, daß sie noch ein wenig dableibt: noch ein wenig Nestwärme ... In diesem Augenblick ist ihm alles andere unwichtig. Aber sie ist schon von ihren Pariser Sorgen ganz in Anspruch genommen: von den Lebensmitteln, die sie der übrigen Familie bringen muß, von der Unruhe mancher, die auf sie warten. Die Katze startet eine Großoffensive und versucht, sich einzuschmeicheln. Warum soll er nicht mit ihr nach Paris fahren, und wäre es nur für einen einzigen Tag? Er könnte abends allein mit der Metro zurückfahren und sich endlich am Quai de la Mégisserie nach den Absatzmöglichkeiten für seine Meerschweinchen erkundigen. Er begleitet sie zu Fuß bis zum Bahnhof von Saint-Rémy und trägt ihre Tasche mit einem tags zuvor geschlachteten Kaninchen, Eiern, Butter und fünf Kilo Kartoffeln. Noch einmal versucht er, die Mutter zu überzeugen. Sie gehen ungefähr eine Dreiviertelstunde. Sie kommen an der örtlichen Kommandantur vorbei, einer großen, von dichten Hecken umstandenen Villa, vor deren Tor immer ein behelmter und bis an die Zähne bewaffneter Wachtposten steht; sein langer grüner Umhang ist so eng geschnürt, daß genau wie bei der Hottentotten-Venus bei allen deutschen Soldaten der Hintern grotesk absteht (man hat immer Lust, ihnen mit einer Nadel ins Hinterteil zu pieken, sagt sein Bruder). Er trägt ein Gewehr um die Schultern, und eine Handgranate steckt an einem langen Holzstiel in seinem Gürtel. Der Soldat verfolgt die Passanten ständig mit trägen Kuhaugen, denen Angst sicher besser stände. Die Katze begleitet die Mutter bis zum Bahnsteig und steigt sogar mit ihr in den Waggon. Er setzt sich ihr gegenüber, die Sonne scheint ihm in die Augen. Aber sein letztes Manöver mißlingt. Sie bleibt unnachgiebig, und kleinlaut gibt er ihr einen Kuß und steht auf. Eine Dame kommt herein und setzt sich auf seinen Platz, und vor diesem Zeugen wagt er nichts mehr zu sagen. Er macht sich auf den Heimweg, ohne auf die Abfahrt des Zuges zu warten.

Gerade ist er an dem Wachsoldaten vorbeigegangen, als er die Alarmsirene hört. Ganz leise singt er seine Version von Lili Marleen:

> An der Kaserne, vor dem großen Tor,
> da flennt ein Deutscher vor.
> Ich frage ihn, was flennst Du so?
> Er sagt mir: wir sind k.o.
> Wir haben die Russen am Arsch,
> wir haben die Russen am Arsch.

Er setzt seinen Weg fort, und als er in das Tal kommt, sieht er geistesabwesend den Flugzeugen nach. Ziemlich tief gleiten in lockerer Formation zwei oder drei amerikanische Lightnings vorbei. Ihm fällt auf, daß sie sich eindeutig immer mehr Freiheiten herausnehmen. Aus östlicher Richtung hört er einige vereinzelte Maschinengewehrsalven, die ohne Echo bleiben. Ein Geplänkel mit den deutschen Jagdfliegern, deren Maschinen an den vier Ecken des Horizontes dröhnen? Es ist ein hübscher Tanz unter der Sonne und dem Blau. Nichts Aufregendes. Er macht einen Umweg zum Berghang, um seine kleine Sandfestung zu inspizieren.

Als Luc eine Stunde später vor dem Haus ankommt, erwartet ihn die alte Frau aus der Flüchtlingsfamilie schon auf der Straße, sie winkt und ruft seinen Namen. Als er näher kommt, sieht er, daß ihr Gesicht aschfahl ist und daß sie lauthals schluchzt. Sie packt ihn, drückt ihn gegen ihre schmutzstarrende Schürze und sagt: »Mein Kleiner, mein Kleiner, seien Sie mutig, Ihre Mutter hat einen Unfall gehabt.« Sie schnieft, ohne ihn loszulassen. Er möchte sich gerne wieder befreien, nicht diesen unangehmen Lauchgeruch einatmen müssen und überlegt, daß er solche Sätze in Romanen gelesen hat, sie sind dazu bestimmt, den Verwandten behutsam mitzuteilen, daß jemand gestorben ist: schon beim Lesen wirken sie lächerlich, aber wenn man sie hört, klingen sie noch unechter. Sie schnieft immer noch, das Wasser rinnt ihr aus Augen und Nase, schließlich läßt sie ihn mit der ständigen Beteuerung los, er solle mutig sein und es sei nicht so schlimm.

Wir haben gerade von Michel Bescheid bekommen«, sagt sie. »Sie sind angerufen worden. Man hat ihre Mutter zum Arzt nach Chevreuse gebracht. Ein Unfall, es ist nicht schlimm, Ihre Mutter ist nur verletzt. Der Zug ist beschossen worden.«

Er nimmt das riesige, apfelgrün angestrichene alte Damenfahrrad, das er Mammut nennt, und rast wie ein Verrückter über die Steine und Schlaglöcher der Anhöhe.

Er ist schweißüberströmt. Seine Mutter liegt im Wohnzimmer des Arztes auf einem Sofa. Er sieht, daß sie ihn anlächelt. Ihr Haar ist offen, ihr volles, langes, sehr langes kastanienbraunes und goldglänzendes Haar – ihr Haar, das ihn immer an das Märchen erinnert, das sie ihm erzählt hat, das Märchen von dem Mädchen, das mitten im Wald in einem Turm gefangen saß und oben an ihrem Fenster ihr Haar löste, um es zu Füßen des schönen Prinzen herabfallen zu lassen, so daß er hinaufklettern und sie küssen konnte.

Er gibt ihr keinen Kuß. Er schaut auf das von der Trikolore umrahmte Bild Pétains an der Wand, über dem die Devise steht:

»Mein Leben für Frankreich.« Seine Mutter verfolgt seinen Blick, sie sagt nichts, sondern gibt ihm mit ihren hellblauen Augen ein Zeichen, still zu sein. Ungelenk und verschüchtert setzt er sich zu ihr auf den Bettrand. Er wagt es nicht, nach ihrer Hand zu greifen. Sie sagt ihm dann, daß ein Granatsplitter in ihrem Schenkel steckt, daß sie das Bein nicht rühren kann, daß es nicht mehr wehtut: man hat ihr einen Notverband angelegt, und sie wartet darauf, daß man sie zur Operation nach Paris bringt. Sie sagt ihm ferner, daß sie nicht recht verstanden hat, wie alles passiert ist: der Zug hatte den Bahnhof kaum verlassen, der Waggon war fast leer; die Dame, die ihr gegenübersaß, hat angefangen zu erzählen, daß sie in Paris ihre Kinder besuchen wolle, daß sie Marmelade und Schweinekamm mitbringe, daß die Sonne sie störe, und beide haben sie festgestellt, daß der Vorhang klemmt. Dann hielt der Zug unvermittelt an, es ertönte das Scheppern von Blech und das Bersten von Fensterscheiben, und die Dame kippte mit dem Kopf vornüber auf die Sitzbank. Dann half man ihr in dem allgemeinen Durcheinander, ins Freie zu kommen, und draußen am Bahndamm sah sie Verletzte. Sie zerriß ihren Regenmantel, um einem Herrn das Bein abzubinden, das fast abgerissen war und aus dem Blut hervorquoll. Sie kann so etwas, denn 1940 war sie Krankenschwester in einem Lazarett gewesen. »Schade darum«, sagte sie, »es war ein sehr schöner Mantel, den dein Vater mir in Montpellier gekauft hat. Außerdem ist mir das Kaninchen abhanden gekommen. Und dann ...«

»Und die Dame gegenüber?«

»Sie war auf der Stelle tot. Sie hatte einen Splitter im Hals.«

»Aber ich hatte doch dort gesessen«, sagte die Katze.

»Ich weiß, mein Kätzchen.« Seine Mutter lächelt ihn immer noch an! »Aber du warst es nicht. Du magst es ja auch gar nicht, wenn die Sonne dir in die Augen scheint.«

In diesem Augenblick kommt der Doktor herein und meldet, daß der Krankenwagen da sei. Er meldet auch, daß die Engländer in der Normandie gelandet seien. Der Krankenwagen fährt ab, und die Katze steigt wieder aufs Fahrrad. Es dämmert schon, und als er auf dem schattigen Weg nach Marles hinunter wieder über den Schotter schlittert, fröstelt er, weil der Schweiß auf seiner Haut noch nicht getrocknet ist. Am Abend kommt noch einmal jemand vom Bistro Canard mit der Nachricht vorbei, daß aus Paris angerufen worden sei: die Operation ist gut verlaufen. Es heißt auch, die Landung sei geglückt.

Vierzehn Tage später wird die Katze noch einmal bei dem Arzt vorbeischauen, um die Schuhe der Mutter und die Fetzen des Mantels mitzunehmen. Das Bild Pétains hängt nicht mehr im Wohnzimmer. Das Kaninchen hat man nicht gefunden.

*

Am Abend hört er auf dem Bauernhof im Radio die Rede des Marschalls. Die weinerliche Stimme hat einen flehenden Tonfall: »Franzosen, ich beschwöre euch ... Diese angebliche Befreiung ist das größte Trugbild, das man euch vorgaukeln kann ... Hört nicht auf die, die unser Unglück ausbeuten wollen und das Land in die Katastrophe führen.« Dieses zittrige Gejammer ist Luc richtig peinlich, als sei es etwas Obszönes, und er reagiert mit heftigen Kraftausdrücken. Man braucht sie bestimmt nicht erst noch zu beknien, all diese Feiglinge, die sich eh um nichts anderes kümmern als um ihre Lebensmittelzuteilung, um ihr Heizmaterial, ihren Tabak, ihr Benzin; diejenigen, die vollauf damit beschäftigt sind, sich in die Hinterzimmer der Läden einzuschmuggeln, ihrem Lebensmittelhändler den Hof zu machen; diejenigen, für die der Klassenkamerad ihres Sohnes, der eine Stunde lang zu Besuch kommt, schon eine Bedrohung oder noch etwas Schlimmeres darzustellen scheint, einen erklärten Feind, einen Juden, einen Aussätzigen, da er imstande ist, den Besitzstand der Familie um fünfzig Gramm Brot zu schmälern (es gibt Familien, in denen jeden Morgen die Ration für jeden einzelnen abgewogen wird und in denen jeder einen kleinen Beutel besitzt, um diese Ration sorgfältig wegzuschließen), da er möglicherweise gaullistische Eltern hat und sie somit gefährlich kompromittieren könnte. Diejenigen, die er überall in den Schlangen, in den Zügen, bei den Ausweiskontrollen, wenn ein Alarm war, wenn die deutschen oder französischen Gendarmen Leute mitnahmen, deren Gesicht ihnen nicht gefallen hatte, immer wieder hatte er sagen hören, das Ganze sei ein rechtes Unglück, aber was soll man machen, alle brauchten sich ja nur nach ihrem Beispiel zu richten: sie fallen nicht auf. Man darf nur nicht auffallen ... nicht auffallen, nicht auffallen, nicht auffallen ... Nein, man braucht sie wirklich nicht erst zu beschwören, sich ruhig zu verhalten, zu Hause zu bleiben, sich nicht einzumischen, nichts zu tun, was die Besatzungstruppen behindern könnte: als ob sie seit vier Jahren etwas anderes täten, als ob sie nicht die Absicht hätten, auch weiterhin den Kopf in den Sand zu stecken.

Für die BBC besteht kein Zweifel. Die Landung ist geglückt, die Befreiung hat begonnen, alle Kräfte des Widerstandes werden aufgerufen, mobil zu machen. De Gaulle hält eine Rede: »Für die Kinder Frankreichs, wo auch immer sie seien, ist es die nächste und heilige Pflicht, den Feind mit allen verfügbaren Mitteln zu bekämpfen.« London erinnert daran, daß alle Verkehrsverbindungen von jetzt ab unter Beschuß lägen, daß Eisenbahnknotenpunkte und fahrende Züge im ganzen Land zu jeder Zeit angegriffen werden können und daß die Bevölkerung dementsprechend dazu aufgerufen wird, von jeder Reise Abstand zu nehmen. Die Katze ist der Ansicht, daß sie das ein bißchen spät sagen.

In den folgenden Tagen werden die Bomberwellen immer häufiger, während ein Regen bunter Flugblätter mit den ersten Photos der Landungsflotte auf die Felder niedergeht. Der Bahnhof von Massy-Palaiseau geht im Bombenhagel unter, der Verkehr der Metro ist von nun an unterbrochen: um nach Paris zu fahren, steigt man in Palaiseau aus und gelangt zu Fuß oder im Omnibuspendelverkehr nach Massy-Verrière, wo man in einen anderen Zug umsteigt. Die Katze wird sich nicht so bald nach den Absatzmöglichkeiten für Meerschweinchen am Quai de la Mégisserie erkundigen können. Häufig wird der Strom abgestellt, nur abends ist für einige Stunden Licht da, und es wird immer schwieriger vom Canard, das als Telefonzelle dient, nach Paris zu telefonieren: manchmal muß man mehr als eine Stunde warten.

Wie in vielen Häusern ist auch im Bauernhof eine Karte von Westfrankreich aufgetaucht, in die man Stecknadeln piekt: die Engländer sitzen fest vor Caen, das im Bombenhagel liegt. Die Sperrstunde dauert mittlerweile von zehn Uhr abends bis fünf Uhr morgens. Eines Tages, als man frühmorgens die Kühe, die nachts auf der Wiese von Champmercy stehen, zum Melken holen will, findet man die Überreste eines schrecklichen Massakers: ein wildernder Schlächtertrupp hat eine Kuh gestohlen und sie an Ort und Stelle getötet, abgedeckt und ausgenommen. Übrig bleiben nur der Kopf, die Hufe und eine wabbelnde Masse hellroter und bräunlicher Eingeweide, auf denen sich Scharen von Schmeißfliegen niedergelassen haben.

Schließlich macht ein größeres Kontingent deutscher Infanterie auf dem Weg nach Westen im Tal halt und bezieht Quartier.

*

Anfang Juli ist die Mutter zu einem Genesungsurlaub nach Marles zurückgekehrt, und der Vater begleitet sie für einige Tage. Ungefähr dreißig Männer sind in den verwüsteten Zimmern im linken Flügel des Hauses untergebracht: aus Stroh haben sie die Wände entlang auf dem Boden Feldbetten aufgeschlagen, die durch lange Pfosten untereinander abgeteilt sind. Der alte Bau ächzt unter der Menge seiner Bewohner. In den beiden Zimmern des zweiten Stockwerks drängen sich die sechs Flüchtlinge, im rechten Teil des ersten Stocks wohnen die Katze und die Eltern; unten teilen sie mit den anderen die Küche und das Eßzimmer. Der Vater hat im Turm sein Arbeitszimmer mit den herausgerissenen Bücherregalen behalten können.

Unter den Linden vor dem Tor steht Tag und Nacht ein Posten Wache, die ewige Handgranate mit dem Holzstiel hängt ihm am Gürtel. In aller Frühe schon dringen aus dem Hof die Stimmen geschäftiger Männer, das Scheppern von Eimern und das Spritzen von Wasser, das Klirren der Feldbecher und des Kaffeekessels, der aus einem Nachbarhaus herangetragen wird. Tagsüber machen sie Schießübungen, und aus den Wäldern hört man das trockene Knallen der Mausergewehre. Abends nach dem Zerlegen und Reinigen der Waffen stehen sie oft in den letzten Sonnenstrahlen schlapp und müde mit halbaufgeknöpften Uniformen in kleinen Grüppchen im Hof und im Garten und warten fast wortlos, bis der dünne Nebel vom Fluß aufsteigt und das Tal mit seiner feuchten Kühle überzieht. Hinter den Lorbeerbäumen haben sie ihre Latrinen gebaut: einen tiefen, länglichen Graben und nebeneinander sechs horizontale Stangen auf Pfosten, die in den Boden gerammt sind. Latrinen mit sechs Plätzen!

»Immer ein ausgeprägter Sinn für das Gruppenleben. Und Sinn für das Übermaß«, kommentiert der Vater der Katze den Anblick.

»Dabei ist es ganz normal«, setzt er hinzu, »ihr Darm ist einen Meter länger als der aller anderen menschlichen Rassen. Das kommt deswegen, weil sie soviel Sauerkraut essen.«

»Stimmt das?« fragt die Katze, die diese Geschichte zum hundertsten Mal hört.

»Natürlich. Es ist wissenschaftlich erwiesen. Und es bleibt erwiesen, solange sie weiter ihre Geschichten von minderwertigen Rassen erzählen.«

Jedenfalls stimmt es, daß sie gruppenweise zur Latrine gehen und dort mit heruntergelassener Hose auf den Stangen sitzen und ruhig miteinander plaudern.

Sie sehen ganz anders aus als alle diejenigen, mit denen die Katze in den letzten Jahren zu tun hatte. Die sprachen laut, trugen tadellose Uniformen, glänzende Stiefel und funkelnde Waffen. Schon ihre Gegenwart allein schien den ganzen verfügbaren Raum auszufüllen, indem sie durch das Gewicht ihrer Körper, ihrer Stimmen, ihres Lärmens und ihrer Waffen die gesamte übrige Menschheit zu einer gesichtslosen und ehrfürchtigen grauen Masse degradierten. In der Gruppe vermitteln sie den Eindruck, hoch über allem, was sie umgab, in einer eigenen, überlegenen Welt zu leben. Wie durch einen unbezwingbaren Panzer schienen sie geschützt durch die massive Zurschaustellung ihrer Macht, ihres Zusammenhaltes, den sie noch unterstrichen durch ihr lautes Lachen, ihre Lieder, ihre Rufe, ihre Befehle, das Aufstampfen ihrer Schritte, das Klirren ihres kriegerischen Arsenals, ihrer riesigen Helme, ihrer eckigen Taschen, ihrer Granaten, die so groß waren wie Küchenstampfer, ihrer unhandlichen und klickenden Mausergewehre, ihrer Dolchbajonette, die ihnen rechts über das Gesäß baumelten; so wirkten jedenfalls die einfachen Soldaten in ihren engen Uniformen mit den tadellosen Falten, den schweren, bis zum Hals geschlossenen Jacken und den Umhängen aus dickem grünen oder grauen Tuch. Denn man sah auch Offiziere in unglaublich glänzenden Anzügen, in Mützen, die an Höhe mit bretonischen Hauben wetteiferten, in grünen Jacken oder Mänteln mit weißem Revers, mit goldenen Knöpfen, und jene ganz besonders auffälligen Erscheinungen, die an einer Kette einen kleinen vergoldeten Dolch trugen, den man am liebsten immer heimlich abschneiden wollte; und die »Hundekoppeln« der Militärpolizei, immer zu zweit, immer behelmt, mit der schwarzen Maschinenpistole quer über dem Bauch, die sogenannten Schweinebulldoggen, die so hießen, weil sie als Hemdbrust eine seltsame, riesig gewirkte Kette trugen; und die SS-Männer mit dem Totenkopf auf ihrem häßlichen schwarzen Käppi, der Pistole im Gürtel, die noch einmal eine eigene, besonders laute und anmaßende Welt für sich zu bilden schienen; und dann, bürgerlicher und dickbäuchiger, die Männer der Organisation Todt, Familienväter mit kahlrasiertem Schädel, deren Nacken sich in Falten legte und deren Gesäß ihre straffsitzende Jacke ausbeulte, in Khakiuniformen mit einer roten Hakenkreuzbinde am Arm ... Kurzum, eine ganze in sich geschlossene Männerwelt, eine Welt von Männern, die sich sicher waren, Männer zu sein, echte Männer, die einzigen, die sich als Männer gelten ließen, die unter sich blieben und hinter dem Wall ihrer Überzeugungen, ihrer Anmaßung oder gar ihrer Herablassung und gelegentlichen Freundlichkeit die übrigen Menschen nicht deutlicher wahrnahmen, als wären sie kurzsichtig gewesen. Und die im übrigen, wenn sie sich in der Menge befanden – im Zug oder in der Metro – isoliert waren durch einen Kreis des Schweigens, das kaum feindlich, sondern nach außen hin einfach nur gleichgültig war. Eine Welt von Männern, zu der die Katze keinen Zugang hat, auch keinen Zugang haben will, aber in die er, wie auch immer, hineinverstrickt ist, ob er will oder nicht. Von diesen Männern geht eine unbestimmte Drohung aus. Eine Todesdrohung? Sie tragen den Tod in sich, auch wenn sie selbst, wenn sie lächeln, es nicht wissen oder es vergessen. Sie haben das Recht über Leben und Tod. Sie machen das Gesetz, sie bestimmen, was gilt: von ihnen hängt es ab, ob die Papiere in Ordnung sind, und jeden Augenblick können sie etwas Neues einführen, zum Beispiel etwas so Sinnloses und Absurdes wie das Tragen des gelben Sterns.

Die Soldaten, die heute im Haus einquartiert sind, sehen nicht ganz so aus wie jene andern. Manchmal erinnern sie ihn sogar – gibt man sich Mühe, etwas zu übertreiben – an die armen italienischen Soldaten, die er im Süden kennengelernt hat und die so traurig darüber waren, von zu Hause fort zu sein.

Es sind Rekruten, die in ihren viel zu weiten Uniformen, die sich nur schlecht zuknöpfen lassen, keine gute Figur machen. Sie sind jung, mit Ausnahme einiger Offiziere, die auf ihrer Jacke das rotschwarze Band des Rußlandfeldzugs tragen. Wenn sie sich morgens auf den Weg machen, klingt das »Hallihallo!« nicht begeistert, und es hat den Anschein, daß sie, würden sie nicht ständig schikaniert und mit Arbeiten beschäftigt, die so unnütz sind wie zum Beispiel die Aufgabe, in einem besonders steinigen Boden mit dem Spaten Schützengräben auszuheben, am liebsten dem Vergnügen nachgehen würden, zwischen den Fliegeralarmen die gemächlich vorüberziehenden Wolken zu betrachten. Die Katze hört, wie sie sich unterhalten: sie hatten Glück, daß man sie nach Frankreich geschickt hat, daß sie vor den Russen davongekommen sind. Jetzt, wo sie zur Westfront unterwegs sind, haben sie ganz einfach Angst.

Nach zweieinhalb Jahren Deutschunterricht hat die Katze einige Grundkenntnisse. Als er in die Sexta kam, hat sein Vater entschieden, die Unterdrückung Frankreichs durch die Nazis sei kein Grund, daß er nicht mit der deutschen Kultur Bekanntschaft schließen sollte, so wie er selbst es zu Anfang des Jahrhunderts getan hatte, als er zu Fuß an den Ufern von Rhein und Neckar unterwegs war. Zu Hause sollte die Katze englisch reden und konnte in der Tat mit einigem Stottern ganze Passagen von *Alice in Wonderland* aufsagen; sein Englisch reicht im übrigen mühelos für eine normale Unterhaltung, auch wenn man sich in der Familie über seinen Akzent lustig macht und er sich unter diesen Umständen lieber zurückhält. Aber Deutsch sollte ihm durch die Reichhaltigkeit seiner Grammatik und seiner Syntax den richtigen Schlüssel zu den Fremdsprachen an die Hand geben. Die Anmut der ersten Goethegedichte, die er auswendig lernte, hatte ihn sehr berührt: das Röslein auf der Heide, das das Kind pflücken will, der Erlkönig natürlich und das Lied von dem Kameraden, in dem er schon, wenn auch sehr melancholisch, das Stampfen der Stiefel vernahm: *Ich hatte einen Kameraden, einen bessern find'st Du nit*, die verirrte Kugel trifft ihn an meiner Seite *als wär's ein Stück von mir.* Schon zu Ende des ersten Jahres hatte er damit begonnen, die *Lorelei* auswendig zu lernen, die in seinem Lesebuch stand: *»Ich weiß nicht, was soll es bedeuten* ...«; aber im Jahr darauf waren alle deutschen Lesebücher mit rechteckigen Zetteln gespickt, mit denen vom Verlag Seite für Seite bestimmte Passagen überklebt waren: so zum Beispiel alle Gedichte von Heine, denn Heine ist ein jüdischer Autor. (Das Ganze ereignete sich in der »freien Zone« unter der Vichy-Regierung.) Heine war aus der Geschichte gestrichen worden. Er hatte nie existiert. Luc erfuhr nie – oder vergaß es wieder – das Ende der Lorelei, denn selbst wenn er die Seite vor seine Leselampe hielt, gelang es ihm nicht, die überklebten gotischen Schriftzeichen durchscheinen zu lassen und die Gründe für soviel Trauer zu erfahren, die sich im ersten Vers ankündigt, dem einzigen, an den er sich noch erinnerte. All dies befähigte ihn indessen nicht zu einer normalen Unterhaltung. Er weiß nicht, was Würstchen heißt. Er kennt einige wichtige Wörter wie Butter (und das ist ganz normal, dazu muß man nicht studieren, denn anscheinend ist das Wort Butter der Sammelruf der germanischen Scharen im Felde, und die Suche nach der Butter scheint bei den normalen Helden an die Stelle der Gralssuche gerückt zu sein), und er hat natürlich auch gelernt, daß im Deutschen ein Präservativ zu einem Pariser wird.

Eines Abends hört er bei Einbruch der Dunkelheit ganz in der Nähe eine Explosion, dann eine Flut von deutschen Rufen und Befehlen. Alle fangen an zu laufen, poltern in ihren schweren genagelten Stiefeln die Treppe hinunter. Er erfährt, daß ein Radfahrer vorbeigefahren ist, auf den Wachsoldaten geschossen hat und um die Kurve verschwunden ist; der Wachposten hat ihm eine Handgranate nachgeworfen, aber zu spät. Er hat nur einen flüchtigen Schatten in der Dämmerung wahrgenommen. Spät in der Nacht bleiben die Männer im ganzen Dorf in Alarmbereitschaft, Motorräder knattern, Lastwagen kommen aus Chevreuse und donnern mit Vollgas vorüber, vollbesetzt mit behelmten und bewaffneten Männern, die aussteigen und die Wälder durchkämmen. Die Offiziere gehen von einem Haus zum andern, das Gebrüll steigert sich und ist schließlich selbst nur noch ein Stampfen von Stiefeln, ein Stoßen von Gewehrkolben. Plötzlich sind sie wie gehetzte Tiere, ihre Stimmen sind rauh oder schrill, ihr Blick starr, sie scheinen von ihrer Umgebung nichts mehr zu sehen: wie gehetzte Automaten. Der Katze sind sie so fast lieber. Er stellt sich vor, sein Bruder sei gerade im Dorf angekommen und habe es nicht unterlassen können, auf den Wachposten zu schießen: schon lange wartet die Katze auf ihn. Jedenfalls tut es ihm leid, daß der Wachtposten unverletzt geblieben ist. Es ist der Soldat, der ihm tags zuvor ein Würstchen angeboten hat. Nein, es war natürlich nicht sein Bruder. Ohnehin ist der vermeintliche Schütze wahrscheinlich nur der Angst eines kleinen Soldaten vor der großen Dunkelheit entsprungen.

Er macht mit seinem Vater einen Spaziergang durch die Wälder und Felder. Zunächst haben sie beim Bürgermeister eine Rast eingelegt, um die Zuteilung von Saatkartoffeln für den Garten zu klären. Dann gehen sie bergauf nach Magny, um dem griechisch lehrenden Pfarrer, der gerade dabei ist, seinen Apfelmost umzufüllen, guten Tag zu sagen und steigen dann nach Port Royal ganz ins Tal hinab. Es nieselt, und die Nässe tropft langsam von den Bäumen auf sie herunter; eiskalt rieselt es ihm in den Hals, und seine alten Schuhe saugen sich voll wie Schwämme. Er ist glücklich, wenn er mit seinem Vater wandern kann, so wie er es hier und in anderen Gegenden schon oft getan hat. Sein Vater ist ein unermüdlicher Marschierer: vielleicht hat sich das erhalten aus der Zeit, in der er zehn Jahre lang zu Fuß die Hochebenen von Annam und Tonkin erkundet hat, aus der Zeit seiner Expedition ins innere Yunnan. Er hält gerne mit ihm Schritt. Es ist kein gleichgültiges Dahingehen, nichts, was sie auf ihrem Weg umgibt, bleibt ihnen fremd. Niemand kennt den Sinn jedes einzelnen Gegenstandes, dem sie begegnen, besser als sein Vater, den Sinn der ganz einfachen, wie der ganz verborgenen, der Bäume und Felsen, der Umrisse eines Gebäudes, der Linie eines Weges und des Profils einer Landschaft. Das hat er ihm schon beigebracht, als er noch ganz klein war. Aus einem namenlosen

Gegenstand, aus einem Blatt oder einem Stein läßt sich eine vielschichtige, unendliche Geschichte herauslesen, man kann in der Zeit zurückgehen, man kann vergangene Generationen, Zivilisationen und – noch weiter zurück – geologische Zeitalter an sich vorbeiziehen lassen. Alles, was ihm begegnet, betrachtet er mit einer tiefen Achtung, so ähnlich wie der Pfarrer in Magny, aber er geht sehr viel weiter, und vor allem hütet er sich, eine Moral herauszulesen.

Schon vor langer Zeit hat ihm der Vater gezeigt, daß es zum Verstehen und zur tieferen Durchdringung dessen, was man sieht, kein besseres Mittel gibt als das Zeichnen. Den Bleistift über das Papier zu führen, das Auge vom Horizont zum sich allmählich schwärzenden Blatt hin- und herwandern zu lassen heißt, während des Aufbaus der eigenen Zeichnung geduldig, mit Zögern, Irrtümern und Korrekturen das nachzuvollziehen, was man sieht. Es ist eine geduldige Übung im Lesen von Linien und Mustern. Eine Panoramazeichnung der Landschaft: fährt man den Linien der Hügel nach und schraffiert dabei die Distanzen in mehr oder weniger dunklem Grau, so entdeckt man die Logik des Reliefs, der Verzahnungen, der Einschnitte, der ungeahnten Verschachtelungen. Hier fließt ein unsichtbarer Fluß, hier hat er seinen Durchbruch eingekerbt; diese nackte Felswand muß ein Steinbruch sein, ein Stück Berg, das die Menschen aufgerissen haben, diese abgerundete Kuppe ist eindeutig der Überrest eines völlig verwitterten Gipfels einer urzeitlichen Gebirgskette, dort kennzeichnet eine Linie über den Baumwipfeln am Berghang die Trasse einer Straße oder einer Eisenbahn; da zeigt sich die Fläche eines Kahlschlags zum Schutz vor Waldbränden oder die Spur einstigen Brachlands oder als plötzliche Lichtung eine Tenne zum Dreschen des Korns; und wie ließe sich der vollständig erhaltene Turm einer Schloßruine anders erklären als damit, daß er noch bis in die neuere Zeit als optischer Telegraph oder als Feuerwachtturm gedient hat? Und ist der dunkle Umriß riesenhafter Mammutbäume oder Zedern, die aus einem hellen Buchenwald ragen, nicht das sichere Zeichen, daß hier der aufgeklärte Verwalter irgendeines nahegelegenen, versteckten oder verschwundenen Adelssitzes gewohnt hat, ein Schüler Buffons oder ein Reisender, der vielleicht als Begleiter La Fayettes aus Amerika zurückgekehrt war: vor allem dann, wenn ganz in der Nähe eine Gruppe dreier alter Akazien ein Dreieck bildet, das ebenfalls nur ein aufgeklärter Mann hat pflanzen können, der den Freimaurern angehörte, für die diese Bäume ein Erkennungszeichen waren.

So prägt sich das Kommen und Gehen der Menschen auf die Oberfläche der Dinge ein. Wie eine letzte Flutwelle rollen hier an dem Plateau die Wogen ferner Abenteuer aus, die sehr viel blutrünstiger waren als die von Adligen, die neue Bäume aus Übersee mitbrachten. So hat die Rückkehr von den Kreuzzügen im ganzen Land ihre Spuren hinterlassen: in Namen, die aus dem Heiligen Land entliehen sind, wie bei dem zehn Kilometer entfernten Schloß Damiette, in Hospitälern, in denen man die Leprakranken zusammenpferchte, die nach den Reisen in die Levante Legion geworden waren, und Levy-Saint-Nom, einem Ort, der seinen Namen zu Ehren der Jungfrau Maria erhielt, denn die Kreuzfahrer wußten, daß es für die Gläubigen keinen Namen gab, der heiliger und Gott näher war als eben Levy. (Aber auf einen Beschluß des Stadtrats aus dem Jahre 1941 hin wurde der Name des Dorfes arisiert, mittlerweile schreibt man ihn Levis-Saint-Nom.) Der Vater ist mit den Händen sehr geschickt. Bei einer Bergtour im Zentralmassiv haben die Katze und die Mutter ihm ein kleines Taschenmesser mit unzähligen Klingen geschenkt – es hat sogar eine Säge und eine winzige Schere; auf Wanderungen trägt er es immer bei sich und schnitzt damit aus Kastanienholz Dinge, deren Idee die Form des Holzes nahelegt: ein Papiermesser in Form eines Dolches, das sehr gut in der Hand liegt, einen Stock mit einem Knauf, der aus einem griechisch anmutenden Kopf besteht (denn es gilt, der Versuchung zu widerstehen, einfach nur am Stamm entlang die Rinde abzuschaben, so daß eine Schlange herauskommt, die sich von selbst zusammenrollt.)

Wenn Luc mit ihm durch den Regen geht und lange vor einem Dornengestrüpp stehen bleibt, um die ersten klatschnassen Brombeeren zu pflücken, fühlt er sich ihm sehr viel näher als irgendwo sonst, vor allem sehr viel näher als in der großen Wohnung in Paris, wenn sein Vater neben ihm saß, um ihn zu zwingen, eine lateinische Übersetzung zu Ende zu bringen, die er nicht verstand, mit der er nicht zurechtkam, bis er die Nerven verlor und in Tränen ausbrach.

»Ich kapier das nicht. Ich weiß nicht, was das heißen soll.«

»Du bist ein kleiner Gimpel.«

Aber er half ihm nicht, und es war wie eine Kraftprobe zwischen dem Folterer und seinem Opfer. Und er selbst bemühte sich vergeblich, seinerseits den Text zu quälen, sich wie ein Schiffbrüchiger an das einzige Wort zu klammern, das ihm in dem Satz verständlich war und aus dem er alles übrige erschließen sollte, unter dem Vorhang seiner

Tränen brachte er nur ein verschwommenes Mischmasch hervor, was seinen Vater in kalte Wut versetzte.

Es blieb ihm nichts anderes übrig, als sich selbst einzugestehen, daß es stimmte: er war nur ein dummer und fauler Gimpel. Aber dadurch war noch nichts in Ordnung. Der lateinische Text war sehr viel schwieriger zu entwirren als die Landschaften, die Wälder, die Hügel und die Steine.

Als er noch richtig klein war, spielte er einmal mit einem anderen Jungen im Bois de Boulogne. Als sie zu zweit über die große Wiese gingen, waren sie auf zwei Pärchen gestoßen, die in der Sonne lagen, ihnen Bonbons zugesteckt hatten und sich einen Spaß daraus machten, sie auszufragen.

»Was macht denn dein Papa?«

Sein Kamerad hatte vorsichtig zur Antwort gegeben, sein Vater mache dasselbe wie alle Papas, was besagen sollte, daß er jeden Tag zur Arbeit ging und seine Mama zu Hause blieb: er war vielleicht Soldat oder Feuerwehrmann oder Pilot.

Aber die Katze gab besser Auskunft. Er wußte es ganz genau.

»Mein Papa ist Chinesisch-Professor.«

Sie hatten es ihn mindestens dreimal wiederholen lassen und kullerten vor Lachen im Gras: sie prusteten und konnten sich gar nicht beruhigen. Er hatte bemerkt, wie er knallrot wurde, als er begriff, daß es sich dabei um etwas Merkwürdiges und Geheimnisvolles handelte, das man nicht so ohne weiteres dem Erstbesten mitteilen durfte. Als er es zu Hause erzählt hatte, hatten auch seine Eltern gelacht. Sein Vater hatte zu ihm gesagt:

»Wenn du den genauen Titel nennen willst, dann mußt du sagen: Professor für chinesische und manschu-tatarische Sprachen und Literaturen.«

»Aber«, hatte seine Mutter hinzugesetzt, »besser sagst du ganz einfach Professor.«

Ja, aber damit hatte es nicht sein Bewenden: als er größer wurde und Klassenkameraden zu Hause besuchte, fragten ihn deren Eltern immer wieder: »Professor wofür?« oder »Professor wo?«, und er mußte antworten: »Professor am Collège de France«. Dann wurde er mißtrauisch gefragt, ob das eine Ordensschule sei, und plötzlich kam er sich ganz schäbig vor, wenn er versuchte, eine überzeugende Anwort zu finden.

In der großen Pariser Wohnung war ihm alles vertraut und zugleich ein wenig geheimnisvoll. Die Eltern sind nach ihrer letzten Reise in den Fernen Osten im Jahr seiner Geburt dort eingezogen. Es war so, als hätten sie am Landungssteg ein Schiff vertäut, in dem noch alles lagerte, was den größeren Teil des Lebens seines Vater ausgemacht hatte: ein Schiff, das vorläufig vor Anker lag und dessen Fracht man in Erwartung eines baldigen Auslaufens erst gar nicht richtig gelöscht hatte. Aber es war nicht wieder ausgelaufen. Das Familiensilber schimmerte im Dunkel neben den hellblauen Chinavasen, neben dem Blasgrün der Kakemonos. Die Diele war riesig und dunkel, weil das von der Decke einfallende Licht durch zwei umgekehrt aufgespannte chinesische Regenschirme abgefangen wurde: als sein Bruder noch jünger war, war dies der ideale Platz, an dem er an Geburtstagen seinen Kameraden Kodakstummfilme vorführen konnte; man mußte nur über den Piranesi, der hinten an der Wand hing, ein Bettlaken als Leinwand hängen. In den Schränken stapelten sich Stoffe, in denen man sich wunderbar verkleiden konnte, Terrakottafiguren, die in matt gewordenes Seidenpapier gewickelt waren und noch überraschend guterhaltene japanische Puppen, die man in ihren Schachteln vergessen hatte.

Sein Vater arbeitete nachts nach einer ausgefallenen Zeiteinteilung, die er aus dem heißen Klima Tonkins und Annams beibehalten hatte. Luc war es sogar manchmal passiert, daß er ihm kurz nach dem Aufstehen auf dem Weg zur Schule begegnete: er ging gerade zu Bett, nachdem er die ganze Nacht durchwacht hatte. Er hatte sein Arbeitszimmer in einem Raum, an dessen Wänden übervolle Regale standen, in denen sich europäische, chinesische und japanische Bücher stapelten; die letzteren bestanden aus Bündeln von Blättern, die von Seidenfäden zusammengehalten wurden oder zwischen Holztäfelchen steckten. Den Kindern kam es vor, als sei dieses Zimmer unergründlich, ohne feststellbare Grenzen, wie eine Höhle, denn man mußte sich behutsam auf einem gewundenen Weg vorantasten, der in zahlreichen Windungen zwischen Bergen von Büchern, Papieren, Rollen, Kisten aus Kampferholz, in denen Dokumente sich stapelten, und an ein paar Tischchen vorbei bis zu dem Schreibtisch führte, der ebenfalls mit Blättern zugedeckt war, auf dem aber auch Schalen voller sehr dünner Kalligraphierpinsel mit feinen Bambusgriffen standen, sowie Tintenfässer, deren schwarzer Boden oft schon rissig geworden war, und Elfenbeinfigurinen. Im Alter von ungefähr fünf Jahren hatte sich die Katze unter dem riesigen Tisch mit den zahllosen Schubladen ein kuscheliges Nest eingerichtet, in dem er sich mucksmäuschenstill verhielt und dem fast unhörbaren Rascheln lauschte, das anzeigte, daß der Vater an der Arbeit war, bei der er die Anwesenheit der Katze völlig vergaß: er fühlte sich wohl.

Er begriff, daß sein Vater mit ungeheurer Geduld die Geschichte alter Zivilisationen studiert. Denn wie läßt sich erfassen, wie jene Zeiten waren und wie kann man vordringen zu den Menschen, die sie geprägt haben, ohne sorgfältig die gebliebenen Zeichen zu erforschen: und muß man zum Studium der Funktion jenes Pfluges oder dieses astronomischen Fernrohrs nicht vorher in allen Einzelheiten die moderne europäische Technik der Fruchtwechselwirtschaft, des Ackerbaus und der Rechnungsmethoden der astronomischen Beobachtung in den verschiedenen Gesellschaften bis in unsere Zeit untersucht haben? Ebenso ist es notwendig, will man die langsamen Veränderungen der Sprache und des Ausdrucks in den Ideogrammen, die Umwege und Metamorphosen der Wörter verfolgen, in den Dialekten einsamer Bergbewohner jenseits der Wälder eine dreitausend Jahre alte Sprache als noch lebendig nachzeichnen. So tastet er sich an Fäden voran, die er behutsam verknüpft, indem er, ohne Rücksicht auf die Jahre, Punkt für Punkt Indizien sammelt, um sie dann in Büchern zu verwenden, deren Fertigstellung noch nicht abzusehen ist.

Die Katze erinnert sich noch an jene Winter, in dem die Mutter eine Unmenge zerknitterter, zerrissener und verdreckter Papiere, die manchmal nur aus winzigen Fetzen bestanden, Stück für Stück auf dem Wäschebrett bügelte. Es handelte sich um eine Urkundensammlung, die ein reicher Engländer bei einer Expedition ins Innere Zentralasiens in irgendeiner Klosterkarawanserei gefunden hatte. Diese mehr als tausend Jahre alten Papiere waren von unschätzbarem Wert, denn indem man sie wie ein Puzzle zusammensetzte, erlaubten sie es, die Chronik des materiellen und geistigen Lebens eines buddhistischen Klosters über einen gewaltigen Zeitraum hinweg zu rekonstruieren. Aber es hatte den Anschein, daß vor einigen hundert Jahren ein unbestreitbarer Verfall im geistigen Leben der Mönche eingetreten war. Der adlige Engländer hatte diese Papiere in arg verschmutztem Zustand auf einer Örtlichkeit entdeckt, die mit einer Bibliothek nichts gemein hatte, obwohl sie glücklicherweise schon seit langem nicht mehr benutzt wurde. Die Entzifferung der gebügelten, kaum noch leserlichen Ideogramme führte nach jahrelanger mühevoller Arbeit schließlich zur Veröffentlichung riesiger Bände in rotem Leinen mit goldenen Titeln.

Daran, daß das Schiff hier, in dieser ziemlich öden Pariser Straße, nur vorläufig gestrandet war, daß es eines Tages wieder in See stechen würde, daran zweifelte Luc nie; genausowenig zweifelte er daran, daß er mit an Bord sein würde. Wenn er bis jetzt noch nicht auf der schattigen Straße der Banyans von Siem Reap nach Ankor gezogen war, auf eben jener Straße, auf der einem Arbeitselefanten begegnen, die mit dem Rüssel Baumstämme tragen, so war das nur das Ergebnis einer üblen Wendung der Geschichte: eine vorübergehende Panne. Aber die Geschichte würde bald wieder ihren natürlichen Lauf nehmen. Wie der Vater würde auch die Katze auf Reisen gehen. Er würde die Elefanten wiederfinden und vielleicht einem auf den Rücken steigen, der kein anderer wäre als der gelehrte und weise Bahadur Schah, der Trageelefant Nummer hundertvierundsiebzig im indischen Register, eben derjenige, dem Kipling nach seinen eigenen Worten die schönsten Geschichten verdankte. Jedenfalls erwartete ihn Kambodscha: es war das ruhigste Land der Welt, das sanfteste und klügste Volk; nichts ereignete sich dort, nichts würde sich jemals ereignen als das langsame Verstreichen der Tage bei der Arbeit auf den Feldern unter dem schlafenden Blick der Lokalgottheiten.

Der augenscheinlichen Erstarrung des Ortes und der Dinge, der trägen Stille der Wohnung, die im Halbdunkel vor sich hin döste, durfte man nicht trauen. Die Katze wußte, sobald ein Schiff den Anker lichtet, sobald es ein paar Seemeilen auf die hohe See hinausgefahren ist, verwandelt sich der Raum, er bricht auf, überall dringt das Licht ein, die Korridore werden zu Promenadendecks, alles, was eng und beschränkt war, wird weit und öffnet sich der Unendlichkeit zwischen Meer und Himmel. Durch Erzählungen und Familienfotos kannte er die Etappen auswendig: Port-Said, Dschibuti, Bombay, Colombo, Singapur und schließlich Saigon an den gelben Wassern des Mekong, zwischen Korridoren von Mangroven.

Fünf oder sechs Jahre war er alt, als sein Bruder einmal gekommen war, um ihm den Gutenachtkuß zu geben – während er in seinem Bett wartete und im fahlen Licht der Straßenlaterne, das durch die geschlossenen Jalousien drang, auf die dunklen Umrisse starrte – und ihm erzählt hatte, er sei von einer Reise mit dem Flugzeug zurückgekehrt: im achten Stock gäbe es eine Landepiste auf dem Dach und er sei neben dem Piloten eingestiegen, um über Paris zu fliegen, nachdem er sich einen kleinen Fallschirm für den Notfall umgeschnallt habe. Die Katze hatte ihn gefragt, ob das Flugzeug immer noch da sei und gebettelt, er solle ihn mitnehmen: der Bruder hatte ihn huckepack genommen, eine lange Decke über ihn gehängt und war die Gänge entlanggeschlichen. In dem Augenblick, in dem er die Eingangstür zur Außenwelt, zum erleuchteten Treppenflur aufmachte, hatte die Mutter sie abgefangen: sie *zeterte wie ein Goldschmied*, wie es in der Familie hieß, und verbot ihm kategorisch, sich für Peter Pan zu halten. In Wirklichkeit war das Ziel der Reise für den Bruder weniger weit entfernt: im Stockwerk über ihnen wohnte die Großmutter: man brauchte nur von einem Stock zum anderen zu gehen, und schon war man in einem anderen Erdteil und begegnete einer kleinen, sehr respekteinflößenden und sehr alten Dame, die über die noch labyrinthischere Welt ihrer ägyptischen Erinnerungen mit der Selbstsicherheit einer Frau herrschte, die niemals vergessen hatte, daß ihr Mädchenname nicht weniger als drei *von* aufwies und daß die Laufbahn ihres verstorbenen Gatten – dessen Name im *Lexikon* stand – ihr den Titel *Lady* und ihm den Titel *Sir* eingetragen hatte, was vor allem den Kindern sehr imponierte: mit ebensoviel Achtung wie Ironie nannten sie sie oft Lady Ponte-Serra; sie selbst benutzte diesen Titel nie, denn ihre fanatische Germanophobie vertrug sich durchaus mit einem gewissen Mißtrauen gegen das perfide Albion, das auf die Zeit zurückging, in der sie in Kairo dem aus Faschoda entronnenen Kapitän Marchand Unterschlupf und Zuspruch gewährt hatte und in ihren Salons Lord Kitchener (of Khartoum) mit einem ihrer endgültigen historischen Aussprüche entgegengetreten war, die sie mit umso mehr Stolz wiederholte, als sie mehr als fünfzig Jahre lang hatte daran feilen können...

*

Immer noch im Regen kommen sie nach Port-Royal. Hier sind sie schon oft zur Besichtigung gewesen. Ersparen wir uns die Einzelheiten dessen, was sich die Katze vom Vater über diese undurchsichtige Jansenistenangelegenheit und den Zorn Ludwig XIV. erklären zu lassen versucht. Um ehrlich zu sein, ist ihm die Privatsammlung des Ruinenwärters wichtiger, der sie zu sich nach Hause mitgenommen hat, wo seine Frau ihnen einen schwarzen Tee serviert – woraus er wohl besteht? In diesen Zeiten ist es bestimmt kein echter Tee: es heißt, Möhrenblätter seien ausgezeichnet. Der Wärter sammelt Uniformen und Waffen, Säbel, Panzerhemden und Helmbüsche. Sein

Spezialgebiet ist die Belagerung von Paris. Er besitzt Plakate, auf denen die Preise für Ratten und Katzenfleisch ausgedruckt sind, und andere von der Commune von 1871. Hier hört die Katze zum erstenmal etwas über die Commune: darüber steht nichts in dem Geschichtsbuch, das in allen Gymnasien Frankreichs benutzt wird, im *Mallet.* (Denn ebenso wie Heine kein deutscher Dichter mehr ist, heißt der *Mallet und Isaac,* der drei Generationen junger Franzosen als Schulbuch gedient hat, nur mehr einfach *Mallet:* was macht es schon aus, daß Mallet 1915 gestorben ist und keine Zeit hatte, irgend etwas zu schreiben,und daß Jules Isaac nur aus brüderlicher Treue gegenüber dem Andenken seines toten Freundes zwanzig Jahre lang die Bücher der Reihe zwar allein verfaßt, aber immer mit ihrer beider Namen unterzeichnet hat?). Ohne zu verstehen, warum dieser Text an den Mauern von Paris aushing, liest er ein Plakat vom 22. Mai 1871:

»Commune von Paris

Alle aufrechten Bürger sollen sich erheben!
Auf die Barrikaden! Der Feind ist in unseren Mauern!
Vorwärts für die Republik, für die Commune und für die Freiheit!

Der Ausschuß für Öffentliche Wohlfahrt.«

»War das gegen Ende der Belagerung von Paris?«
»Nein. Nachher.«
»Als die Deutschen in Paris einmarschiert sind?«
»Nein. Die Versailler.«
»Die Versailler? Franzosen? Dann waren also sie die Feinde?«
»Ja.«

Der Vater spricht lange mit dem Wärter, der sich darüber ausläßt, wie hart bei der Nässe hier unten im Tal die Winter sind. Diese geduldige Aufmerksamkeit hat er immer: es nutzt nichts, Dinge zu betrachten, wenn man den Menschen keine Aufmerksamkeit schenkt. Seit er ihn auf seinen Wanderungen begleitet, weiß Luc, daß er immer sehr lange Gespräche führt, ohne dabei jemals laut zu werden – oft spricht er so leise, daß man sich anstrengen muß, um ihn zu verstehen –, daß er seine Gesprächspartner nach ganz bestimmten Dingen fragt, die ihn wie auch sie interessieren, und daß er sich unermüdlich ihre Antworten anhört. Und überall, wohin sie zurückkommen, werden sie als Freunde aufgenommen, wenn man sie wiedererkennt: hier bewirtet man sie mit bitterem Tee, im Süden mit Wein aus eingedampftem Most. Was muß man tun, um so ganz wie von selbst mit den anderen gut auszukommen? Die Rüstungen und Uniformen werfen einen matten Glanz in das Halbdunkel des feuchten Hauses. Immer noch unter eisigem Regen gehen sie in der Abenddämmerung wieder ins Freie. Die Katze verkündet ihre Bewunderung für die Sammlung des Wächters. Freundlich, aber bestimmt, sagt ihm der Vater, er sei ein kleiner Gimpel.

*

Heute marschieren die deutschen Soldaten ab. Die Sonne scheint, und sie ziehen auf der Straße nach Westen. Die Latrinen haben sie sorgfältig zugeschüttet, im Haus haben sie das Stroh und die Bretter entfernt, den Boden gefegt. Als einzige Spur ihres Durchzugs findet Luc in einem Winkel des verwüsteten Wohnzimmers drei farbige Bilder fülliger, rosig blonder Nackedeis mit prallem Busen und verschwommen abgebildetem Unterleib, was ihn sehr enttäuscht: nicht das geringste unerlaubte Detail.

Lustlos warten die Soldaten im Hof auf die Ankunft der Lastwagen, in der Hitze des Sommermorgens haben sie ihre Jacken aufgeknöpft. Der kleine Leutnant, derjenige, der das Eiserne Kreuz und das Band der Ostfront trägt, möchte den Vater der Katze sprechen.

Er verbeugt sich sehr höflich und erklärt dem Herrn Professor auf deutsch, er und seine Männer möchten sich am Ende ihres Aufenthalts bei ihm bedanken und er wolle nicht fortgehen, ohne ihm auf Wiedersehen zu sagen.

»... und ich möchte Ihnen auf Wiedersehen sagen.«

»Nein«, sagt der Vater lächelnd, »nein, nicht auf Wiedersehen, bitte.«

Der Leutnant sagt, er verstände nicht.

»Was heißt *adieu* auf deutsch«, fragt der Vater. »Zu Gott? Nein. Lebewohl, glaube ich.«

Nicht auf Wiedersehen. Lebewohl. Die Katze sieht, daß der Leutnant wie angewurzelt stehenbleibt, daß er mit leiser Stimme wiederholt, er verstehe nicht, nein, er verstehe nicht, und plötzlich sieht er viel älter aus, sehr müde und sehr traurig.

Und auch sein Vater sieht müde und traurig aus, trotz des erstarrten Lächelns auf seinem Gesicht.

Abends fahren dann auch die Eltern der Katze nach Paris. Luc sagt dem Vater weder Lebewohl noch auf Wiedersehen. Er ist im Wald, um nach leeren Patronenhülsen der Mausergewehre zu suchen. Er steckt jeweils fünf in ein Magazin und legt mehrere Magazine übereinander: er bläst darauf wie auf einer Panflöte, was eine hübsche Musik mit seltsamen Melodien ergibt. Er denkt an das Ende des Traums des kleinen Mädchens im Nußknacker, wenn der böse Pate Drosselmeier, der auf der Standuhr reitet, laut schnarrt:

> Perpendikel müssen schnurren
> Picken wolle sich nicht schicken
> schnarr und schnurr
> und pirr und purr!

Daraufhin kehren alle Bleisoldaten und die Lebkuchenhusaren, die gegen die Truppen der Mäusekönigin zu Felde gezogen waren, brav in ihre Schachteln zurück, und es tritt wieder Ruhe ein.

»FÁBRICA ESPAÑOLA DE ARMAS AUTOMÁTICAS«

Die Katze bekommt einen Brief von Vetter Gabriel, der sich in deutscher Kriegsgefangenschaft befindet. Er ist mit bläulichem Tintenstift auf karierte Blättchen geschrieben. Er ist auf dunklen Wegen nach Paris gelangt: vielleicht über die Schweiz? In Paris hat Lucs Mutter ihn einem Reisenden anvertraut, der nach Marles unterwegs war.

»Leutnant Gabriel Delage
Oflag 48 X 13. 2. April 1944

Meine liebe Katze, vermutlich ist es schon eine Ewigkeit her, daß Du nicht mehr so heißt. Aber weil ich hier festsitze, träume ich, daß die Zeit mit mir stillsteht: nur schwer kann ich mir den großen ernsthaften Jungen vorstellen, der Du in der Zwischenzeit geworden sein mußt...«

Gabriel schreibt, daß er sich langweilt. Daß diese Gelegenheit, unzensiert zu schreiben, einmalig ist und sich nicht noch einmal ergeben wird, und daß er sie ausnutzt, um der ganzen Familie zu schreiben. Er sagt all das, was man in einem solchen Brief sagen kann: er hofft, daß die Katze in der Schule gut lernt und daß die Lebensmittelversorgung in Paris besser ist. Er schreibt, was er zu essen bekommt, über die Kälte und die Zeit, die nicht vergeht; er schildert seine drei gescheiterten Ausbruchsversuche bis ins kleinste, um die Katze zum Lachen zu bringen. Er schreibt, daß er oft träumt und auf zwei Dinge Lust hat: wenn er wieder frei ist, will er sich zuallererst auf die Terrasse eines Cafés an den Boulevards setzen und einen Milchkaffee mit Croissants bestellen; und er wird in den ersten Zug nach Toulon steigen, ohne zu verschnaufen bis zum Haus seiner Großeltern in La Valerane laufen, sich dort an den alten Steinway-Flügel setzen und spielen, mit dem Gesicht zum Meer, spielen und nochmals spielen. Es ist ein langer Brief.

Ein langer Brief, der mit Sätzen schließt, die für die Katze einigermaßen sibyllinisch klingen:

»Ich habe Antoine geschrieben, ich habe versucht, ihm zwei, drei Dinge zu sagen. Aber ich kenne ihn: er handelt doch nur nach seinem eigenen Kopf, nach seinem verfluchten Dickschädel. Er ist so klug, er versteht so schnell, er fühlt sich so stark. Ich mache mir Sorgen. Hier habe ich ja genügend Zeit dazu. Die Zeit, mir alles Mögliche vorzustellen. Und mir einzureden, daß es stimmt.

Sage es Antoine noch einmal: um es mit Tante Nina aufzunehmen, muß man sich Zeit lassen. Tante Nina und ihre Freunde sind der Schandfleck der Familie; aber man muß warten. Abwarten, bis die ganze Familie sich zusammentut, um ihr endgültig das Maul zu stopfen. Ja, endgültig. Allein kann er den Gang der Dinge nicht beschleunigen.

Auf mich wird er nicht hören. Aber Du wirst ihm Fragen stellen, und er wird gezwungen sein, Dir zu antworten. Das bringt ihn vielleicht zum Nachdenken. Ich kenne Euch alle beide, Ihr habt Euch bestimmt nicht verändert: Du und Dein ewiges »warum«; und er, der Dir immer alles erklären will.

Heute morgen war es sehr kalt. Das Wasser in der Kanne war gefroren. Bis Ende März hat es geschneit. Ich habe einen alten Kipling auf deutsch gelesen: *Nur so Geschichten.* Die Geschichte der Katze, die ganz alleine loszieht. Ich habe an Dich gedacht.«

Tante Nina ist eine alte Bekannte. Der Legende nach gab es einst in der Familie wirklich eine Tante dieses Namens, die unbestreitbar deutschstämmig war. Aber in Wahrheit ereignete sich ihre Geburt ganz unvermittelt im Sommer 1940 im Briefwechsel zwischen den verschiedenen Mitgliedern der Familie, ohne daß es einer Absprache bedurft hätte. Es war die Zeit der ersten sogenannten Familienkarten, der einzig zugelassenen Form des Briefverkehrs zwischen besetzter und freier Zone. Auf diesen Karten stand eine Reihe stereotyper Formeln, die man durchstreichen oder aber in einigen wenigen mageren Lücken ergänzen konnte. In diese Lücken hat Tante Nina sich ganz unauffällig eingeschlichen. Zunächst ging es ihr ganz einfach schlecht, dann wurde sie unerträglich, schließlich richtiggehend krank, und in manchen Augenblicken der Euphorie lag sie schon in den letzten Zügen. Ihre Gestalt hatte schließlich feste Konturen, eine Persönlichkeit gewonnen, und die Katze sah sie leibhaftig einer Illustration aus *Hansi* entspringen in ihrem grünlichen Kostüm, das ihr auf die groben, eckigen Schuhe fiel, mit ihrem mürrischen Fuchsgesicht, ihrer kleinen Brille und ihrem Dutt, der ihr wie ein Pferdeapfel auf dem Schädel saß.

Luc freut sich, einen Brief von Gabriel zu bekommen. Das letzte Mal hat er ihn im Frühjahr 1940 gesehen. Gabriel war Leutnant bei den marokkanischen Schützen. Er war damals an der luxemburgischen Grenze stationiert und hatte ganz Frankreich durchquert, um zwei Tage Urlaub in La Valerane zu verbringen. Diese beiden Tage haben eine Erinnerung hinterlassen wie der Durchzug eines Orkans: Gabriel war ein sehr guter Pianist, und er hatte sich vorgenommen, den verlorenen Winter auf dem großen Steinway-Flügel nachzuholen; wie besessen hatte er fast zwanzig Beethoven-Sonaten hintereinander vom Blatt gespielt. Niemand hatte es ausgehalten. Die Mutter der Katze hatte sich oben in ihrem Zimmer eingeschlossen – es hieß, sie habe sich ein Kissen um den Kopf geschnallt, um nicht mehr zuhören zu müssen. Der Vater hatte sich zum Arbeiten in ein weit entferntes Zimmer des riesigen Gebäudes zurückgezogen; aber wie er später sagte, hatte er selbst dort keinen vernünftigen Gedanken fassen können. Die Großeltern waren ins Treibhaus umgezogen, um sich ihren Kakteen zu widmen. Nein, niemand hatte es aushalten können außer der Katze und Antoine. Am Ende einer jeden Sonate verlangte der Bruder noch eine, und zwischen den Sätzen redete und redete er. Die Katze sagte nichts: sie blätterte die Seiten um.

Bevor Gabriel wieder abfuhr, hatte Antoine ihn zu einem Wettkampf aufgefordert: bis zur Landspitze durch die Bucht und wieder zurück zu schwimmen. Gabriel hatte nicht mitgemacht, Antoine war alleine losgeschwommen. Es war Frühling, das Meer ist dann am kältesten. Es war einer jener Tage, an denen der Mistral bläst, die Sonne sehr stark scheint, ohne Wärme zu geben: der Himmel ist völlig klar, das Meer preußischblau, die Wellen sind kurz, abrupt und wuchtig. Zwei Stunden später stand Antoine triumphierend und unterkühlt wieder am Strand. Sie hatten die größte Mühe gehabt, ihm in dem schweren Boot mit dem flachen Boden, das man *Bête* nannte, nachzurudern. Die Haut Antoines war blau marmoriert, er schlotterte so sehr, daß sie ihn zu zweit abrubbeln und wieder aufwärmen mußten. Sie hatten ihm Rum zu trinken gegeben. Gabriel bewunderte Antoine.

Später erfuhr die Katze, daß Gabriel bei den Kämpfen um Lille verwundet worden war. Während er sich nach zehntägigem Häuserkampf aus der Stadt absetzte, sah er sich plötzlich auf dem flachen Feld einem Panzer gegenüber, dessen Maschinengewehr ihn drohend im Visier hatte. Er hatte sich in einen Graben geworfen. Aber sein Gesäß schaute noch über den Rand. Es wurde übel zugerichtet. Wehrlos mußte er sich gefangennehmen lassen, besinnungslos vor Wut (und vor Whisky: seine Kompanie hatte ständig ein Fäßchen mitgeschleppt, das sie im Keller eines englischen Stabes gefunden hatten). Als er wieder genesen war, hatte er in seinem Lager in Deutschland die Abschrift einer lobenden Erwähnung erhalten, in der ihm das Kriegsverdienstkreuz zuerkannt wurde. Später hatte er es seinen drei Ausbruchsversuchen zuzuschreiben, daß er in ein besonderes Oflag nach Ostpreußen verschickt wurde. Ein Oflag für die *Unbelehrbaren.*

Was die grundsätzlichen Überlegungen angeht, die die Katze Antoine übermitteln soll, so kann Luc sich nur schwer vorstellen, wie er von verworrenen Dingen eine klare Vorstellung geben kann. Normalerweise hilft ihm der Bruder, den Sinn der Dinge zu verstehen: Antoine scheint nie daran zu zweifeln, daß alle Dinge einen Sinn haben, wenn man sich nur die Mühe macht, danach zu suchen.

*

Was soll man mit einem grauen und verregneten Nachmittag anfangen, wenn eine Regenwand einen nicht zum Mähen kommen läßt und die Meerschweinchen erbärmlich in ihren Käfigen quieken? Was soll man machen, wenn man vor einem Kartenspiel sitzt, das irgendwelche Bengel zum Teil verschlampt haben, außer Kartenhäuser bauen, die bei der geringsten ungeschickten Bewegung in sich zusammenfallen? Die Katze ist Linkshänder; zu Hause und in der Schule hat man ihn darauf getrimmt, bei allen Dingen, die draußen im Leben wichtig sind, die rechte Hand zu benutzen: beim Schreiben, beim Essen. Aber bei spontanen Bewegungen benutzt er immer die linke. Oft ist er sich aber nicht sicher, und seine Hände greifen daneben. Das Kartengerüst hält solchen Fehlgriffen nicht lange stand.

An diesem Nachmittag hat er es endlich bis zu einem windschiefen dritten Stock gebracht, als plötzlich die Tür aufgerissen wird. Sein Bruder stürmt ins Eßzimmer und ruft: »Hände hoch!«

Das Kartenhaus fällt in sich zusammen. Er hat eine Pistole.

»Ist die echt?« fragt die Katze.

»Schau sie dir an.« Und er hält sie ihm hin.

»Nicht hier, sagt die Katze. »Hörst du nicht, sie sind in der Küche?«

In ihrem Zimmer zeigt der Bruder ihm die mattschwarze Waffe. Er nimmt das Magazin heraus und hält sie ihm hin. Luc liest auf der Seite eingraviert: *Fábrica española de armas automáticas. Calibre 9 mm.*

»Sie ist nicht komplizierter als deine Stöpselpistole. Nimm sie fest in die Hand, nein, in die rechte, nicht in die linke. Du entsicherst mit dem Daumen. Du lädst, indem du den Schlagbolzen nach hinten ziehst, so, den ganzen oberen Teil, du siehst, er bewegt sich. Dann streckst du den Arm aus und zielst, indem du ihn ganz langsam sinken läßt und ganz, ganz sachte auf den Abzug drückst. Denn wenn der Schuß losgeht, macht deine Pistole einen plötzlichen Ruck nach oben, und du schießt bloß ein Loch in die Luft. Du mußt immer ganz, ganz sachte abdrücken...«

(Es ist eine Lektion, die man nicht vergißt: noch Jahre später wird Luc sich mitten in der Karibik an sie erinnern, hinter der Stimme eines Ausbilders in olivgrünem Drillich wird er noch immer die Stimme seines Bruders hören: *Suave! Suave! Hay que apretar el gatillo hasta que el golpe te sorprenda...* »Sachte! Sachte! Du mußt auf den Abzug drücken, bis der Schuß dich überrascht...«)

Sein Bruder läßt die Kugeln aus dem Magazin gleiten, und die rundlichen Zylinder rollen wie große leuchtende Murmeln auf das Bett.

»Die Neunmillimeter ist gut, weil sie den Gegner auf der Stelle umwirft. Selbst wenn er nur am Arm oder an der Hand getroffen wird, ist der Schlag so heftig, daß er umfällt. Mit einem kleineren Kaliber muß man aus größerer Nähe schießen und sichergehen, mit dem ersten Schuß tödlich zu treffen: wenn du einen Deutschen mit einer 6,35 mm Kugel erwischt hast, ist er damit noch nicht außer Gefecht gesetzt...«

Die Katze befolgt die Anweisungen. Er zielt sorgsam durch das Fenster und läßt das Visier über die kleine Tür unter den Linden gleiten, als stünde dort die Silhouette eines Gegners in der Türfüllung. Alles mit der linken Hand.

»Nach dem Abendessen habe ich einen kleinen Ausflug vor.«

»Nimmst du mich mit?« fragt die Katze.

»Ja. Wenn dein Fahrrad in Ordnung ist.«

*

Im Juni war die Entscheidung gefallen, daß es 1944 keine Ausscheidung für die École normale supérieure geben würde. Im Mai hatte das Arbeitsministerium wie auch schon 1943 unter dem Vorwand des »Einsatzes in der Landwirtschaft« die Erfassung aller jungen Männer ab dem achtzehnten Lebensjahr beschlossen, um alle diejenigen einzuziehen, die nicht für die Wirtschaft des Landes lebenswichtige Positionen innehatten: in Wahrheit war dies das Vorspiel zu ihrer Verschickung zur Zwangsarbeit. Die Reihen der Studenten lichteten sich. Sie suchten nach Möglichkeiten, sich zu drücken. Einige wählten den Maquis oder den Untergrund und falsche Papiere.

Sein Bruder hatte sich intensiv auf die Ausscheidung vorbereitet, nachdem er im Jahr zuvor ganz knapp durchgefallen war; diesmal standen seine Chancen gut, es zu schaffen. Plötzlich war ihm also diese Perspektive genommen, und er konnte sich somit Aufgaben zuwenden, die er als dringender ansah. Seit seiner Ankunft in Paris Anfang 1943 hatte er sich eng dem geheimen Widerstand angeschlossen, mit dem er schon im Süden in Berührung gekommen war. Er hatte unter den Studenten die Nationale Front mitorganisiert und ausgehend von dieser Basis am allmählichen Aufbau von Freischärlerverbänden und kommunistischen Partisanengruppen mitgewirkt: zunächst im Rahmen von Blitzdemonstrationen an Gymnasien und Universitäten, dann zu den Hauptverkehrszeiten auf der Straße; an der Aufstellung von Schutzgruppen für diese Demonstrationen; an Kommandounternehmen gegen die Bereitschaftsdienste der LVF, der Miliz oder der Propagandastaffel; schließlich an der Bewaffnung dieser im *Dreimannsystem* aufgeteilten Gruppierungen. Schon vor der alliierten Landung war die Losung ausgegeben worden: »Schließt euch zusammen zum bewaffneten Kampf, auf den Dörfern, in den Städten, der Arbeiter wie der Unternehmer, der Pächter wie der Grundbesitzer, der Pfarrer wie der Lehrer, um Plünderung und Mord zu verhindern, für Frankreichs Freiheit.« Sich zusammenschließen, das bedeutet schwierige und gefährliche Begegnungen, Treffen zwischen den Führern verschiedener Organisationen, bei denen manchmal die Phrasendrescherei der Zuletztgekommenen die Oberhand hat, es bedeutet oft genug auch Wut über ständiges Hinauszögern. Und sich bewaffnen... Teile bunt zusammengewürfelten Sabotagematerials, Plastiksprengstoff, Zünder, die aus Fallschirmabwürfen gerettet worden sind, kommen ganz zum Schluß. Einige Pistolen eher symbolischen Wertes sind als gleichsam mythische Gegenstände bei irgendeiner arglosen Großtante versteckt, es sind Restbestände von vorangegangenen Gruppen, die hier in den Jahren zuvor durch die Repression dezimiert worden waren. Die Waffen muß man dem Feind abnehmen. Die ersten Überfälle auf deutsche Offiziere sind keine tödlichen Attentate: es geht darum, zu zweit den Träger einer Waffe niederzuschlagen, wenn dieser möglichst allein ist, und ihm seine Pistole abzunehmen. Erst mit diesen Waffen kann man zu richtigen Attentaten übergehen. Antoine läßt seiner quälenden Ungeduld freien Lauf: er will der schwankenden Geschichte einen Stoß versetzen, damit sie nach der richtigen Seite kippt. Denn es muß eine richtige Seite geben. Jedenfalls zwingt die Stunde dazu, daran zu glauben.

*

Die vorgesehene Expedition muß ohne großes Risiko vonstatten gehen. Es geht darum, in die Bürgermeisterämter zweier nahegelegener Dörfer, Senlisse und Chosel, einzubrechen, um sämtliche Lebensmittelkarten für das zweite Halbjahr 1944 zu entwenden, die jetzt Anfang Juli ausgeliefert worden sind, bevor sie an die Einwohner verteilt werden. Die paar hundert auf diese Weise ergatterten Rationen werden dann unter den Untergrundkämpfern in den Städten und an die Dienstverweigerer verteilt, die nicht in den Maquis gegangen sind. Möglicherweise haben die beiden nur vier Kilometer voneinander entfernten Bürgermeisterämter denselben Sekretär, der vielleicht selbst den Tip gegeben hat.

Auf allen Vieren auf dem Fußboden hockend stellt Antoine über der Karte von Paris seine Berechnungen an. Er macht es mit sehr viel Sorgfalt: seine dunkelbraunen, kurzsichtigen Augen sind immer hellwach, seine Statur ist ebenso stämmig, wie die der Katze schlacksig ist, aber er ist genauso nervös, wenn nicht noch nervöser, und wie die Katze trägt er einen dichten, schwarzen Haarschopf mit unbändigen Strähnen: Eselshaar, sagt ihr gemeinsamer Friseur. Und diese unerschöpfliche Energie, diese Neugierde, diese Begeisterung, die die Katze so oft überfordert haben – und viele andere auch.

»Mit den Umwegen macht es fünfundzwanzig bis dreißig Kilometer. Das ist viel für dich.«

»Du und deine Umwege: du willst immer alles ganz perfekt. Es geht doch nicht um einen Bankraub.«

»Nenn es, wie du willst. Aber wir können auf gar keinen Fall durch dichtbesiedelte Gegenden fahren: Chevreuse und Dampierre müssen wir umgehen. Um halb zehn, vor der Sperrstunde, fahren wir los. Auf dem Hinweg haben wir nichts zu befürchten. Wir werden langsam fahren. Wenn alles gut geht, bin ich in Senlisse vor Mitternacht fertig, und dann sind wir um halb zwei Uhr nachts wieder hier.«

»Wenn alles gut geht. Und wenn der Regen aufgehört hat. Und wie willst du in die Büros hineinkommen?«

»Schau her: wir sind perfekt ausgerüstet.«

Er holt eine Menge Krimskrams aus seiner Tasche. Zunächst eine lange, angerostete und am Ende gekrümmte Nickelzange: sie erinnert an ein bizarres Insekt, eine Art Gottesanbeterin, aber auch an ein chirurgisches Instrument.

»Das ist ein Brecheisen.«

In Arsène Lupins Abenteuern hat die Katze dieses Wort schon einmal gelesen.

Dann kommt ein Holzstab, an dessen Ende eine Art Rädchen befestigt ist.

»Ein Diamant.«

»Ein echter?«

»Natürlich nicht, du Blödkopf. Damit kann man Glas schneiden.«

»Das Glas macht doch Lärm, wenn es herausfällt.«

»Nein. Für alles ist gesorgt. Schau dir das an.«

Die Katze beugt sich vor, betastet und beschnuppert den Gegenstand. Das Zeug ist weich und hat einen leicht süßlichen Geruch.

»Ist das Plastiksprengstoff?«

»Nein, du Blödkopf. Plastiksprengstoff gibt es nur in Stangen, er hat eine angenehme grüne Farbe und riecht ganz stark nach Mandeln. Das ist Kaugummi. Aus Amerika.«

Wie alle Leute weiß Luc natürlich, was Kaugummi ist, und daß die Amerikaner ununterbrochen darauf herumkauen. Aber wie alle anderen hat auch er nie einen Kaugummi gesehen.

»Darf ich einen probieren?«

»Nein. Das ist nichts zum Naschen. Wenn man ihn gekaut hat, wird er ganz klebrig. Ich drücke ihn auf die Scheibe, schneide sie aus und kann sie ganz geräuschlos lösen.«

Zum Schluß taucht ein großer Hammer mit zwei stumpfen Enden auf.

»Den kann man den Deutschen überziehen?«

»Nicht unbedingt. Aber er ist nützlich.«

»Trotzdem«, sagt die Katze. »Damit kannst du einen Deutschen erledigen.«

»Ja«, sagt der Bruder.

*

Nach dem Abendessen, bei dem sie sich den Bauch mit Mangoldblättern und gekochten weißen Rüben vollgeschlagen haben, schleichen sie sich aus dem Haus. Die Flüchtlinge sind in ihre Zimmer hinaufgegangen, im Haus ist alles still und dunkel: der Strom ist abgestellt. In der Küche ist der Herd ausgegangen. Draußen ist es warm. Die Katze hat Mammut, dem Fahrrad mit dem treffenden Spitznamen, das wie ein Urzeittier aussieht, wieder die Reifen aufgepumpt. Bei Mammut hapert es vor allen Dingen an den Bremsen: die Vorderbremse hat ihre Mucken; bei der Hinterradbremse haben die Korkklötze die ärgerliche Unart, gerade dann aus ihrer Halterung zu springen, wenn man stark anzieht – das heißt also, gerade in dem Augenblick, wo man *wirklich* bremsen muß. Bleiben also nur noch die Füße: aber da wird die ganze Sache kompliziert, denn Mammut ist ein so großes Fahrrad, daß selbst bei der niedrigsten Einstellung des Sattels die Fußspitzen der Katze kaum den Boden berühren. Muß man noch eigens hinzufügen, daß er mit eifersüchtiger und grenzenloser Liebe an seinem Gefährt hängt?

Jeder der beiden hat einen alten Rucksack mitgenommen. Der der Katze ist eine unförmige Tasche, die an einer Ecke einen Fettfleck hat, der wohl noch aus der fernen Zeit stammt, als man noch mit Schinkenbroten nach Ramatuelle und an die Mühlen von Paillasse zum Picknicken fuhr. Luc hat ihn mit Hanffäden, die aus der Mähbindemaschine stammen, am Gepäckträger festgezurrt. Sein Bruder hat eine flache Taschenlampe dabei, ihre Batterie ist allerdings fast leer. Sie fahren ohne Licht. Der Mond wirft nur einen schwachen Schein, und die Häuser, an denen sie vorüberfahren, sind dunkel. Aber bis kurz hinter Saint-Lambert kennt die Katze die Straße fast auswendig, jedes Schlagloch, jede Stelle, an der die Ketten der Panzer den Asphalt aufgerissen haben. Von Zeit zu Zeit meldet ein Zischen, daß er durch einen frischen Kuhfladen fährt. Seine ganze Aufmerksamkeit muß er vor allem darauf konzentrieren, dem Bruder, dessen Pedale bei jeder Umdrehung schnarren, nicht in sein noch fast neues, von ihm auf den Namen Bukephalos getauftes Rad zu fahren.

Schon oft sind sie zu Fuß oder mit dem Fahrrad in noch dunkleren Nächten unterwegs gewesen. Sie fahren durch die verschiedensten Gerüche, die der Regen noch verstärkt, aber vor allem durch den, der mit dem Nebel aus den frisch gemähten Wiesen und aus dem gärenden, noch nicht eingebrachten Heu aufsteigt. Jetzt gilt es zu beweisen, daß Katzen auch nachts sehen können.

Hinter Saint-Lambert biegen sie links in die Hauptstraße ein, die über eine lange Steigung auf das Plateau hinaufführt. Die Katze schnauft schwer, tritt aber wacker in die Pedale. Kurvenreich geht es wieder bergab, und jetzt, irgendwo zwischen den Bäumen in der rabenschwarzen Nacht, können sie den Straßenrand nicht mehr erkennen und müssen den letzten Teil der Strecke zu Fuß zurücklegen. Sie stoßen wieder auf die Hauptstraße von Cernay, die an der Außenmauer des Schloßparks vorüberführt und schlagen dann einen schmalen Weg ein, der sie zur Ortseinfahrt von Choisel bringt. Sie erahnen die Umrisse ausgestorbener Häuser, eine schmale Straße, dann weitet sich der Raum: ein Platz, eine Kirche, und hinter einem Mäuerchen, seitlich versetzt, das Bürgermeisteramt, eine einstöckige Bruchbude. Sich an der Friedhofsmauer entlangtastend, schieben sie ihre Fahrräder hinter die Kirche.

»Du wartest hier auf mich. Wenn es brenzlig wird, wirfst du ein Steinchen gegen das linke Fenster. Das ist das Büro des Sekretärs. Und du bleibst bei den Fahrrädern, da, wo du bist.«

Der Bruder geht mit dem Rucksack los, steigt über die Mauer und schleicht sich von hinten in den Hof. Dunkelheit und Stille. Das ganze Dorf schläft. Eine im Meer versunkenen Stadt. Warten, nur warten, und dabei versuchen, normal zu atmen. Fünf Minuten später ist er wieder zurück.

»Alles klar. Wir fahren.«

Von Choisel nach Senlisse sind es vier Kilometer. Sie fahren die Anhöhe wieder hinauf und rollen dann eine langgezogene, gewundene Abfahrt hinunter, die in ein anderes Tal führt. Der Weg ist voller Schlaglöcher, Steine spritzen unter den Rädern weg, und Mammut scheppert fürchterlich. Als ganz in ihrer Nähe die Umrisse der ersten Häuser deutlich werden, halten sie an. Bukephalos' Bremsen quietschen. Immer noch kollern Steine. Das darf doch nicht wahr sein, denkt die Katze. Die wecken wir ja reihenweise auf. Gleich gehen die Lichter an und wir sind geliefert.

Zwischen den Mauern der Häuser und Umfriedungen machen sie eine Straße aus, die ins Dorf hineinführt. Sein Bruder stemmt zu beiden Seiten des Fahrrads die Füße auf den Boden; die Katze stellt sich neben ihn.

»Ich weiß nicht. Ich dachte, das Bürgermeisteramt wäre hier.«

Die Katze gibt sich einen Ruck.

»Vielleicht haben wir ja schon genug.«

»Halt die Klappe. Es ist bestimmt am anderen Ende der Straße.«

So leise wie möglich schieben sie die Räder den Hang hinunter. Der Himmel klart auf, und der Mond kommt schwach zum Vorschein. Rechts von ihnen sieht die Katze am Ende einer Mauer einen Vorsprung.

»Der Briefkasten.«

Das Bürgermeisteramt liegt dahinter. Wieder dasselbe Spiel. Sie verstecken die Räder weiter unten auf der gegenüberliegenden Straßenseite hinter einer Hecke. Der Bruder nimmt ihm den leeren Rucksack ab und gibt ihm seinen eigenen, der die erste Ladung enthält und den er tastend mit einer Reihe nicht gerade schulmäßiger Knoten auf Mammuts Gepäckträger festzurrt. Wieder allein, wieder warten. Er schlottert in seiner alten Jacke und in seinen kurzen Hosen. Ein vertrauter, altbekannter Schmerz schnürt ihm den Magen, so daß er sich zusammenkrümmt.

Der Bruder kommt zurück. Sie steigen auf die Räder und machen sich wieder auf den Weg, der jetzt im Mondschein deutlicher zu sehen ist; sie fahren wieder den langen Hang hinauf. Ist heute nacht das ganze Land ausgestorben? Als sie wieder auf die Hauptstraße nach Chevreuse kommen, versuchen sie, schneller zu fahren, aber da wird die Nacht wieder dunkler. Es fängt an zu regnen. Bald klatscht ihm der Regen ins Gesicht, auf die Nase, in die Augen, rinnt den Hals entlang, dringt unter die Jacke, vermischt sich mit seinem Schweiß. Er versucht, ihn auf der Oberlippe abzulecken: es schmeckt salzig.

Im Leerlauf rollen sie einen Berg hinunter, auf einen Hohlweg zu, der wie eine gerade Linie wirkt. Er kann den Bruder nicht mehr sehen und beschleunigt das Tempo, um ihn wieder einzuholen. Sein Fahrrad prallt gegen Bukephalos, und ohne sich zu sehen, kippen sie in einem Wirrwarr von Rädern und Beinen jeweils nach einer Seite um; sie fluchen und müssen laut lachen. Als Luc wieder aufsteht, merkt er, daß er auf Papier tritt.

»Mein Rucksack ist aufgegangen.«

Der Bruder kriecht auf allen Vieren heran und leuchtet rasch mit seiner Lampe über den Boden:

»Die ganzen Karten...«

Sie fangen an, die schon feucht gewordenen Marken bündelweise einzusammeln und sie in den Rucksack zu schieben.

»Paß auf«, sagt die Katze, die mit der Hand gerade in etwas Kaltes und Glitschiges geraten ist. »Alles ist voller Quas.«

Wenn er sehr aufgeregt ist, fällt er immer wieder in die Ausdrucksweise und den Akzent des Südens zurück. Die Lebensmittelkarten sind in einen Kuhfladen gefallen.

Er hebt den Kopf und sieht, wie sich auf dem Steilhang, den sie heruntergefahren sind, Lichter bewegen.

»Deutsche«, sagt der Bruder. »Nimm dein Fahrrad. Hinter die Bäume. Laß den Rest liegen.«

Sie preschen durch den Graben ins nächste Unterholz und zwängen sich wie besinnungslos mit ihren Fahrrädern durch die Äste und Dornen, die ihnen in die Quere kommen; sie werfen sich auf den aufgeweichten Boden. Die Katze schöpft wieder Atem und versucht, die Hand an dem nassen Gras abzuwischen.

Fünf Lichter kommen näher, Fahrräder knirschen über den Straßenbelag, leise surren Dynamos, Stimmen. Nur wenige Meter entfernt fahren sie vorbei. Im Schein ihrer Lampen erkennt man behelmte Schatten in weiten Mänteln, mit umgehängten Gewehren. Der letzte macht halt und leuchtet mit einer Taschenlampe über die am Boden liegenden Papiere.

»Da haben wir's«, flüstert der Bruder. Und die Katze hört, wie er in seinem Rucksack kramt: das leichte Klirren metallischer Gegenstände.

»Moment!« ruft der Soldat den anderen nach, die schon weitergefahren sind. Sie kommen zurück, sammeln die Papiere auf, betrachten sie und besprechen sich untereinander. Die beiden Brüder können ihre Worte nicht richtig verstehen.

Doch dann redet einer von ihnen lauter als die anderen, deutlich hören sie:

»Lassen Sie das. Was haben Sie vor?« Und beiden wird klar, was jemand empfinden muß, der sich mitten in der Nacht in eisigem Regen in einem fremden Land befindet und die Nase gestrichen voll hat:

»Gehen wir! Gehen wir!« Sie fahren weiter, reden immer noch aufgeregt, wütend und aufgebracht aufeinander ein...

Der Katze ist es eiskalt. Ohne nachzudenken sagt er einen Abzählvers aus seiner noch nicht lange zurückliegenden Kindheit auf, der nach wie vor auf den Straßen von Hyères gesungen wird:

Es war einmal ein Papagei
der hatte mächtig Schiß.
Und furzte er,
dann stank es sehr.

Oh ja, Mama spielte Schalmei,
Papa mit dem Gewehr!

Aber in diesem Augenblick ist es wohl er, der Schiß hat. Er stößt den Bruder mit dem Ellbogen an, will zeigen, daß er kein Hasenfuß ist.

»Hast du noch Kaugummi über?«

Der Bruder kramt in seinem Rucksack und gibt ihm einen Streifen.

»Paß auf. Man darf ihn nicht hinunterschlucken.«

»Sag: was hätten wir getan, wenn sie uns gesehen hätten?«

»Red keinen Quatsch! Jetzt fahren wir in die andere Richtung.«

Während er auf dem Kaugummi herumkaut, kommt ihm der bittere Gedanke, daß der Bruder ihn fast wie einen kleinen Gimpel behandelt hätte, er bleibt auf dem Bauch liegen, alle Viere von sich gestreckt, das Gesicht im feuchten Gras, am liebsten möchte er immer weiter unter dem strömenden Regen in die Nacht hineingleiten. Er rührt sich nicht mehr.

Er spürt, wie eine Hand ihm sanft über die klatschnassen Haare streicht, und er wimmert:

»Ich will hier bleiben. Ich kann nicht mehr. Liebst du mich trotzdem?«

Der Bruder lacht.

»Wir müssen ganz schnell weg. Oben auf dem Hügel nehmen wir die linke Abzweigung nach Dampierre.«

Die Böschung ist steil und glitschig. Der Weg, den sie einschlagen, ist voller Pfützen, die sie nicht sehen können: er führt an den Mauern von Bauernhöfen vorbei, dann den Park entlang unter großen Bäumen hindurch, wo es noch dunkler ist als auf dem freien Feld. Im eisigen Wind zittert er vor Kälte. Er hat Bauchschmerzen, überall tut es ihm weh. Kaum haben sie den schützenden Wald verlassen, da wird das Scheppern Mammuts ohrenbetäubend; das Rad springt nach links und rechts, am ganzen Leib spürt er die Unebenheiten des Weges.

»Mist! Ich habe einen Platten!«

Der Bruder kommt zurück.

»Sei still. Hier sind Häuser.«

Sie stellen sich unter ein Vordach, eine Dachrinne klappert, sie sind im Trockenen. Luc packt seinen Rucksack aus und versucht, Mammut mit heftigen Stößen wieder aufzupumpen, aber in der Dunkelheit hat er die Luftpumpe nicht richtig festgeschraubt. Als seine Mühe nicht fruchtet, dreht er das Fahrrad einfach um. Er tastet umher. Der Bruder läßt seine Taschenlampe ein paarmal kurz aufblitzen. Er holt die Werkzeugtasche hinter dem Sattel hervor und will die Flügelschrauben des Vorderrades aufdrehen. Er preßt seine klammen Finger mit aller Kraft dagegen, doch sie lassen sich nicht lösen; fuchsteufelswild versetzt er dem großen Gestell einen Fußtritt, so daß es mit einem rasselnden Todesseufzer gegen die Mauer purzelt.

»Ich habe die Nase voll von dem Mist!«

»Reg dich nicht auf. Ich mach das schon.«

Sie hören, wie ein Schloß geöffnet wird, und dann erscheint einen Meter vor ihnen in der Wand ein schwacher Lichtstrahl.

»Ist da jemand?« fragt leise ein Mann. Im Rahmen einer geöffneten Tür taucht eine Laterne auf.

»Ist da jemand?« wiederholt die Stimme.

Die Laterne nähert sich ihnen.

»Was macht ihr da?«

»Sie sehen, Monsieur«, sagt der Bruder sehr höflich und steht dabei auf. »Sie sehen: wir haben einen Platten.«

Die Laterne schwankt ganz nahe vor ihren Gesichtern.

»Aber es ist schon Sperrstunde. Es ist schon nach eins. Und bei diesem Wetter.«

»Wir waren bei unserem Onkel in Cernay.«

Das Licht kommt noch näher.

»So, so. Kommt besser herein. Ihr seid ja pudelnaß.«

»Das Fahrrad meines kleinen Bruders hat einen Platten, wir müssen den Schlauch flicken. Man erwartet uns.«

»So, so«, wiederholt die Stimme noch einmal ihre seltsame Antwort. »Schiebt eure Fahrräder dort hinein. Da seid ihr besser aufgehoben. Kommt mit.«

Sie sind drinnen, ihre Füße klatschen wie Saugnäpfe über die Fliesen. Eine Petroleumlampe wird angezündet. Sie befinden sich in einer Art Werkstatt mit einer Werkbank und Arbeitsgeräten an der Mauer und Topfpflanzen an einer langen Glaswand mit einem schweren Vorhang. Der Mann bläst seine Laterne aus. Er ist klein, kahlköpfig und hat einen schlurfenden Gang in seinen weiten Pantoffeln. Er kommt ihnen alt vor.

»Sieh dir das an!«

Sie ist nicht größer als er, und als sie hereinkommt, schnürt sie sich den Morgenmantel zu.

»Das kann man heutzutage bei uns auf der Landstraße auflesen.«

»Ihr armen Kleinen«, sagt die Frau, »wenn eure Eltern euch so sähen…«

»Madame«, fängt der Bruder möglichst würdevoll an, »entschuldigen Sie bitte die Störung. Wir haben einen Platten…«

»Und sie kommen aus Cernay zurück. Von ihrem Onkel,« sagt der Mann.

Er sieht zu, wie sie ihre Rucksäcke absetzen. Als der von Antoine gegen die Fliesen schlägt, klingt es, als würden Kochtöpfe gegeneinanderscheppern.

»Jedenfalls sind es keine Kartoffeln, was ihr da mit euch herumschleppt.

»Aber«, fährt er fort, »der Kleine schlottert ja vor Kälte. Und vor noch nicht zwanzig Minuten war die deutsche Patrouille da.«

»Wir haben sie gesehen«, sagt die Katze. »Wir haben sie gesehen und uns versteckt…«

Der Bruder tritt ihm heftig gegen das Schienbein.

»Ihr armen Kleinen. Ihr armen Kleinen«, wiederholt die Frau. »In diesem Krieg und in so einer Nacht. Ihr seid viel zu jung.«

»Um diese Zeit«, sagt der Mann, »schlafe ich nie. Dann arbeite ich hier in der Werkstatt. Ihr habt Lärm gemacht wie eine Herde Elefanten. Die ganze Gegend muß euch gehört haben. Aber das macht nichts: sie haben Angst. Hier bleibt jeder zu Hause. Und die Gendarmen gehen schon lange nicht mehr nach Einbruch der Nacht auf Streife. Trocknet euch jetzt ab, und dann werden wir den Reifen flicken.«

Seine Frau kommt mit einem Handtuch zurück.

»Rubbelt euch kräftig ab. Auf dem Herd steht Kaffee. Ihr werdet warten, bis es Tag ist.«

In diesem Augenblick merkt er im Schein der schwankenden Lampe, daß sein Bruder, der ebenfalls schlottert, blau ist, so blau wie damals, als er durch die ganze Bucht geschwommen war. Sie sitzen auf alten Gartenstühlen und trinken aus Schalen den heißen, seltsam gezuckerten Muckefuck. Die Frau trinkt aus einer kleinen Tasse.

»Ich habe Honig reingetan«, sagt sie. »Das ist besser als Sacharin.«

Inzwischen hatte der Mann den Schlauch herausgenommen, das Loch ausfindig gemacht und die Flickstelle in den Schraubstock gespannt und wartet nun, daß der Kleber trocknet.

»Wir denken an unseren Sohn«, setzt die Frau hinzu.

»Wir haben keine Scheu, es zu sagen: vor zwei Jahren hat er sich nach Spanien abgesetzt.«

»Haben Sie Nachricht von ihm?«

»Wir wissen, daß er gut angekommen ist. Ein Brief kam über die Schweiz. Er war in Algerien. Danach...«

»Heute ist er vielleicht schon wieder in Frankreich.«

»Das sagen wir uns auch. Aber ich weiß nicht, ob das gut wäre. Es geht dort drüben heiß her. Anscheinend kommen sie nicht vorwärts. Die Deutschen beißen sich fest.«

»Ja«, sagt der Bruder, der allmählich auftaut. »Aber die Russen, die kommen schon voran. Und hier in Frankreich gärt es überall. Und dann...«

»Schon gut. Eure Angelegenheiten gehen mich nichts an.«

Luc, der gemerkt hat, daß sein Bruder eben dazu ansetzt, eine lange Rede mit Hauptteil, Einleitung und Schluß vom Stapel zu lassen, sieht nicht ohne Genugtuung, wie Antoine mit offenem Mund dasitzt. Und er tritt ihm nun seinerseits unter dem Tisch heftig gegen das Schienbein.

»Hier seid ihr in Sicherheit. Oje, wir haben so manches über uns ergehen lassen müssen... Verhöre, Hausdurchsuchungen. Fast jede Woche waren die Gendarmen bei uns. Aber das ist lange vorbei. Die Gendarmen waren vor drei Tagen wieder hier. Aber diesmal ausgesucht höflich! Wahre Freunde... Mich gehen diese Geschichten nichts an.« Er zuckt die Schultern und schlurft in seinen Pantoffeln davon, um den Schlauch wieder aufzuziehen.

»Nehmt eure Räder, ich zeige euch den Schuppen. Ihr könnt im Heu schlafen. Wenn ihr früh weiterfahren wollt, müßt ihr uns nicht eigens wecken.«

Dann ist es wieder dunkel, und sie versinken bis zum Hals in trockenem, stechendem Heu.

»Jedenfalls«, sagt Antoine, »müssen wir nach der Befreiung wieder herkommen und uns bedanken.«

»Und jetzt?«

»Jetzt versuchen wir, zu schlafen, bis die Sonne aufgeht.«

»Ich habe kalte Füße.«

Und dann geht ihm, als er gerade in den Schlaf hinübergleitet, wieder eine Idee durch den Kopf:

»Sag, eben hast du nicht geantwortet, aber wenn sie uns gesehen hätten. Hättest du sie abgeknallt?«

»Ich weiß nicht. Du stellst dumme Fragen.«

»Trotzdem«, sinniert die Katze weiter. »Trotzdem. Fünf, das sind schon ganz schön viel.«

(»Mein Bruder«, schrieb Antoine einige Tage später in sein Notizbuch, »mein Bruder war abwechselnd ein Schreihals und ein Dichter.«)

Nach der deutschen Uhrzeit geht die Sonne spät auf. Es ist nach fünf, als ganz in ihrer Nähe ein Hahn losschmettert.

»In den Kochtopf, Knoblauchkopf«, brummelt die Katze, die versucht, sich schlotternd mit angezogenen Knien zusammenzurollen. Das Kneifen tief unten im Bauch ist verschwunden.

»Hauen wir ab«, sagt der Bruder.

Auf der Straße haben die Unbilden der Nacht sich aufgelöst. Der Himmel ist wieder klar, es ist ein schöner Sommermorgen. Sie treten wie verrückt in die Pedale, um sich aufzuwärmen, und auf der langen, schlaufenförmigen Abfahrt nach Saint-Lambert hinunter singen sie, ohne Atem zu schöpfen: *Aufgepaßt, aufgepaßt, Euch hört die weiße Da-a-ame, auf Euch schaut sie herab.* Vor dem Haus begegnen sie René, der die Kühe von Champmercy zurücktreibt.

»Die Pariser sind heute aber früh auf den Beinen!«

Geräuschlos schleichen sie sich in ihr Zimmer. Die Rucksäcke kippen sie einfach auf dem Fußboden aus, wo sich die Lebensmittelkarten zu einem kleinen Berg auftürmen. Sie stopfen sie unter die Kommode, der Bruder versteckt die Pistole unter seiner Matratze, und sie schlafen bis Mittag.

Hatte die Katze Angst?

Aber wo fängt sie an, die Angst? Die schreckliche Leere, wenn er seine Hausaufgaben nicht gelernt hatte, das Gefühl der Tabula rasa, wenn er ganz allein vor einer Klasse voller spöttischer Gestalten stand, drehte ihm genauso den Magen um, drang ihm genauso ins Blut, lähmte ihn noch mehr als das, was er in dieser Nacht empfunden hatte, als der deutsche Soldat die Marken auf dem Boden anleuchtete und er nur das Strahlenbündel seiner Lampe auf die nahegelegenen Büsche hätte zu lenken brauchen. Da war er nicht allein. Wenn sein Bruder dabei ist, hat er keine wirkliche Angst. Das rührt vielleicht aus der Zeit, in der sie alleine, ohne ihre Mutter, mehrere Wochen zusammen in Toulon gewohnt haben. Das war im Jahr 1941: der Vater war gerade aus dem Gefängnis entlassen worden. Die Mutter hatte es geschafft, den Ausweis zu bekommen, den Passierschein, mit dem sie die Demarkationslinie zwischen der freien und der besetzten Zone überschreiten durfte, den Passierschein, um den sie sich seit Monaten wegen ihrer Gesundheit bemüht hatte. Sie war in Paris geblieben, bis der ihr bewilligte Zeitraum abgelaufen war, und versuchte dann, von den deutschen Behörden eine Verlängerung zu erhalten. Natürlich hatten während dieser Zeit Freunde auf die beiden aufgepaßt. Aber als Luc krank geworden war und hohes Fieber bekam – er richtete sich nachts brüllend im Bett auf und starrte auf verschwommene Alptraumgestalten, die aus der Dunkelheit, aus dem plötzlich verzerrten Raum auf ihn zukamen –, war sein Bruder da, der ihn beruhigte, ihm zu trinken gab, leise mit ihm sprach oder schweigend und beruhigend bei ihm wachte und allein durch seine Anwesenheit Schrecken und Alpträume verjagte.

Und mehr noch als diese Zeit in Toulon verbindet ihn mit seinem Bruder alles, was sie zusammen in La Valerane erlebt und gemacht haben, wo die Eltern ihrer Mutter am Meer wohnen: dort ist das wahre Königreich der Katze.

*

Kletterpartien auf Felsen und Kiefern, über Terrassen roter Erde und Treppen, Orangenbäume, Kakteen und Palmen, von den höchsten Gipfeln des Mauresgebirges bis zum Meer.

Kurz vor der Jahrhundertwende hatten die Großeltern der Katze sich dort kennengelernt. Man kann sich einen friedlichen Nachmittag vorstellen: in der Hitze eines Frühsommers sitzt das junge Mädchen im Kreise der Familie – jenes junge Mädchen mit den langen, kastanienbraunen, von goldenen Schimmern durchwirkten Haaren und den tiefblauen Augen, jenes Mädchen, dessen Gesicht in einem Gemälde festgehalten ist, das die Eltern bei Renoir in Auftrag gaben, und das Luc mag, weil es auch seiner Mutter ähnelt. Da kommt dieser große, hünenhafte, ungelenke Junge mit kurzgeschorenem Haar, eingeschnürt in eine schlechtsitzende blaue Uniform: er ist noch nicht einmal fünfundzwanzig Jahre alt, hat eben seine Zeit als Assistenzarzt hinter sich und leistet im Militärhospital von Hyères seinen Dienst ab. Er ist linkisch, schüchtern, ungeschickt, kann sich nur schwer ins Gespräch einbringen, aber wenn er sich an den großen Flügel setzt und seine riesigen Hände auf die Tasten legt, spielt er fehlerlos und feinfühlig, alle lauschen. So schließen sie eine Liebesheirat, was in diesem Milieu so selten ist, daß die Großmutter der Katze noch fünfundvierzig

Jahre später erklärt, so etwas sei eine Provokation gegenüber allen Konventionen ihrer Familie gewesen – zumal diese Familie zum größten Teil noch immer die Ansicht vertritt, eine Tätigkeit als Arzt sei zwar vielleicht ein Beruf, wenn auch ein sehr dürftiger, aber keine *Stellung* in der Gesellschaft.

Im Laufe der Jahre ist aus dem schlacksigen jungen Mann der massige Riese geworden, den die Katze von klein auf als wackerer Liliputaner wie eine Art friedlichen Berg empfindet – der manchmal zu seltenen, aber schrecklichen Erdbeben erwacht –, der sich bis zum Gipfel besteigen läßt, wo sehr helle, sehr kindliche Augen und furchtbar stoppelige Wangen herrschen. Als Chefarzt, Professor und berühmter Spezialist hat er sich während seines ganzen Berufslebens mehr um seine Arbeit im Krankenhaus als um den Aufbau eines Privatpatientenkreises gekümmert. Kein Bereich dessen, was man zu seiner Zeit noch die *Naturwissenschaften* nennt, ist ihm fremd, und in den ersten Jahren seiner Ehe zog er mit der Familie auf wochenlangen Fußwanderungen kreuz und quer durch die Alpen, nahm in Chamonix oder Courmayeur einen Führer, lud seine noch ganz kleinen Töchter auf einen Maulesel und überquerte so Pässe in mehr als zweitausend Meter Höhe, kletterte am Seil auf Gletscher hinauf, um durch die italienischen Täler wieder bergab zu wandern und zum Abschluß der Reise in den kleinen Kirchen und großen Museen Norditaliens den Primitiven und den Malern der Renaissance einen Besuch abzustatten.

Aber seine offenkundigsten Leidenschaften galten wahrscheinlich der Botanik und der Insektenkunde. Dieser Koloß trat seine Reise nie ohne ein Sortiment an Angelruten an, ohne Schmetterlingsnetze und umgehängte Botanisiertrommeln, die im Verein mit den Stapeln der Hutschachteln seiner Gattin in den Bahnhöfen die Reisenden der Fernzüge verblüfften. Es kam vor, daß Luc auf dem Bahnsteig in Toulon feige so tat, als sei jener Fremde ihm völlig unbekannt.

»Ich werde dir zeigen, wie man eine Insektenfalle aufstellt«, sagte er seinem Enkelkind, wenn sie gemeinsam spazieren gingen. Und wie ein Trapper in den großen amerikanischen Wäldern legte er auf magische Weise einige Bröckchen eines zerrupften Pilzes aus, um am folgenden Tag zurückzukehren und aus seinen riesigen Taschen das Röhrchen mit dem äthergetränkten Wattebausch hervorzuholen, in dem seine Beute endete. Es war allgemein bekannt, daß er nicht durch Nîmes fahren konnte – was glücklicherweise selten vorkam –, ohne eigens im

Amphitheater zwischen den glühendheißen Steinstufen auf die Suche nach einigen sehr raren Exemplaren eines Käfers zu gehen, eines eigentlich ziemlich unscheinbaren Tierchens, das nur in dieser Gegend vorkommt.

Seit Kriegsbeginn wohnte er in La Valerane und verbrachte seine Zeit mit uferlosen und scheinbar chaotischen Aktivitäten. Diese beinhalteten zu allererst die Abfassung oder Aktualisierung seiner medizinischen Lehrbücher, mit denen er ständig in Verzug war. Auch deshalb zeigte er sich über die durch die Demarkationslinie noch vergrößerte Distanz glücklich, die ihn von seinem Verleger trennte, einem mythischen Wesen, dem alle Irrationalität und Lächerlichkeit, die man sich vorstellen kann, anhaftete und dessen angebliche Geschäftemacherei und Habsucht er geißelte. »Verlegerpack«, knurrte er, wenn er eines seiner Enkelkinder in flagranti bei einem Akt des Eigennutzes, der Mogelei oder der Engherzigkeit erwischte; oder er dröhnte, »ich muß eben meinen Verleger anrufen«, wenn er schnell zur Toilette mußte. Die Großmutter der Katze glänzte mit Erzählungen von Verlegerempfängen im Vorkriegsparis, bei denen man auf einen Blick die Verleger an ihrem wohlgenährten Äußeren von den ausgemergelten Gestalten der Autoren unterscheiden konnte. Die übrige Zeit verwandte er vor allem darauf, seine Besitzungen zu durchstreifen, auf denen er in allen Ecken zahllose Pflanzungen angelegt hatte: so besaß er auf einem ausgdehnten Steinhang einen eigenen Garten für Aloe und Agaven, Berglehnen, auf denen tausenderlei Arten von Kakteen, Cochenille-Kakteen, flaumigen Säulenkakteen und stacheligen Opuntien wuchsen, ein großes, sanft nach Süden geneigtes Gelände für exotische Baumgewächse, Terrassen für Mimosen, von denen es mehrere hundert Arten gibt und die sich mit Eukalyptusbäumen zu einer unendlichen Vielfalt von Zwittern kreuzen lassen, und weitere Terrassen für Wein und Orangenbäume. Zu seiner großen Enttäuschung war es ihm nicht gelungen, Pampelmusen zu ziehen, was draußen auf dem Meer Doktor Fournier, der Herr über die Insel Porquerolles, ohne weiteres fertiggebracht hatte.

Direkt am Meer stand genau gegenüber dem Landungssteg, an dem die Wellen nagten, die in immer gleichem Rhythmus auf dem stets menschenleeren Strand ausrollten, ein kleines Gebäude, das als Schuppen für Boote und Fischereigeräte diente; es wurde von einer Terrasse aus roten, unter der Sonne glühenden Ziegelsteinen überdacht, auf die ein kleiner Raum hinausging, der bei allen das

Laboratorium hieß. Die Tür zu diesem Raum war nie abgeschlossen, denn in dieser abgelegenen Gegend kamen nur Bekannte vorbei. Der Blick aus dem Fenster reichte bis zu den Inseln von Hyères, bis dorthin, wo am Horizont Meer und Himmel ineinanderübergingen. An den Wänden waren zahllose Glasbehälter aufgereiht, in denen in trübem Formalin die seltsamsten Seetiere schwammen, die die Fischer dem Professor regelmäßig überbrachten: aberwitzige Geschöpfe der warmen Meere, die sich in die seichten Küstengewässer der Formigue verirrt hatten, fliegende Fische, Mondfische, Sägefische und Katzenfische, riesige Seepferdchen oder ganz einfache Hundshaie und Muränen. Auf einem Tisch lag das Knochengerüst einer Riesenschildkröte, die es vielleicht von den Galapagosinseln an diesen Strand verschlagen hatte: um den riesigen Panzer herum lagen die vier mit Krallen bewehrten Füße und der Kopf mit den trockenen, harten und glatten Schuppen, die die Katze so gerne in der Hand hielt.

Seit frühester Kindheit war die Katze immer wieder hier gewesen, und als die Mutter 1940 nach den Sommerferien mit seinem Bruder und ihm nach Toulon gezogen war, hatte er von da an sämtliche Ferien und im Winter 1941 wegen einer Lungenentzündung sogar einen Teil des Schuljahres dort verbracht. Die Gegend war zu seiner Heimat geworden: alles andere waren nur Durchgangsorte; dieser Platz war sein Fixpunkt, alles übrige nur Exil. Im Sommer 1941 war er drei Monate lang barfuß gegangen – nicht freiwillig, sondern notgedrungen, weil die einzigen Pappsandalen, die er besaß, endgültig auseinandergefallen waren, und weil man bis zur Zuteilung im Herbst warten mußte, um Schuhe mit Holzsohlen zu bekommen. An seinen Füßen hatte sich eine dicke Hornhaut gebildet, weil er von morgens bis abends auf dem glühendheißen Strand und auf den Felsen herumlief.

Es gab damals wenig zu essen: so gut wie kein Fleisch, keine Milch, kein Fett, keine Butter, und bis auf die wenigen Kilo, die die Jungen ernteten, auch keine Kartoffeln. Dafür gab es je nach der Jahreszeit Tomaten, Mangold, bei dem man die Frucht genausogut wie die Blätter essen kann, Fenchel, Sellerie, Karden, Artischocken und deren bittere Blätter: alles Dinge, die man schnell satt hat, wenn man sie immer nur gekocht ißt. Und die roten Früchte des Erdbeerbaums mit ihren gelben Kernen, die hellroten und violetten Kaktusfeigen, die sich nur mühsam schälen lassen, sind zwar zart aber fade. Im Winter war das große Haus nicht zu heizen, und das häusliche Leben konzentrierte sich notgedrungen um den Kamin, um seinen riesigen, mit

Zinngefäßen und alten flämischen Bierkrügen geschmückten Rauchfang. Im Winter 1941 waren die Berggipfel verschneit; eines Tages lag sogar am Strand Schnee, wo er eine immer dicker werdende Schicht bildete, die sogar einige Stunden liegen blieb. In diesem Winter herrschte Hunger und Not. In einer einzigen Nacht erfroren sehr viele Eukalyptus- und Orangenbäume in einem großen, trockenen Brand.

Es war eine unzugängliche und sehr dünn besiedelte Gegend, in der im Umkreis von zehn Kilometern jeder jeden kannte: die Landstriche waren oft nach denen benannt, die dort gelebt hatten. Die schmale Ebene aus roter Erde, die aufs Meer hinausführte und von den dunklen Höhenkämmen des Mauresgebirges eingeschlossen war, befand sich fast ganz in der Hand eines einzigen Grundbesitzers, der über die Weinberge, die Blumenfelder, die Schafställe und die alten Olivenbäume herrschte. Die schmale Straße und die Gleise der kleinen Eisenbahn verliefen in Serpentinen am Meer entlang, und im Laufe der Jahre waren die Leute aus den Bergen heruntergekommen und hatten sich in ihrer Nähe angesiedelt, aber damals ergab das nicht mehr als ein Dutzend Häuser, zu denen noch ein von einem Schweizer geführtes Hotel, ein Lebensmittellädchen mit Café, das ein Normanne eröffnet hatte, der Bahnhof, die Schule und fünf oder sechs mehr oder weniger exzentrische Villen hinzukamen, darunter auch eine im Stil einer Moschee, die auf allen Seekarten verzeichnet war. Wenn der Herbst zu Ende ging, brachte die Kleinbahn die Rinderherden von den Almen und die versiegelten Honigwaben, die aus Digne und aus Forcalquier ins Tal hinuntergetragen wurden.

Aber es war auch eine Gegend, in der viele Wege nirgendwo hinführten: ausgetrocknete Flußläufe begannen einladend im Tal, führten die Berge hinauf und endeten in einem undurchdringlichen Gestrüpp, das einem mit scharfen Stacheln die nackten Beine zerkratzte, oder verloren sich auf kahlen Felsen, die mit leeren Schildkrötenpanzern und ausgefransten Schlangenhäuten übersät waren. An den Wegkreuzungen fand man geheimnisvolle, undeutbare Zeichen, trockenen, goldglänzenden Kaninchenkot, der manchmal nur schwer von Granateinsprengseln im Fels zu unterscheiden war, die einsame Spur eines Ebers in dem von kleinen Körnchen durchsetzten Lehm, lange Ketten großer, emsiger Ameisen, die auf ihrem Weg von einem Ameisenhaufen zum anderen, von Stadt zu Stadt, den Bergpfad überquerten. Um zu den im Berg versteckten Siedlungen hinaufzugelangen, mußte man sehr genau die Pfade kennen, die nur zu Fuß oder mit dem Esel zu erklimmen waren. Die ärmlichen Bauernhöfe wurden von friedlichen, ein wenig menschenscheuen Leuten bewohnt, deren Namen fast immer mehr italienisch als provenzalisch klangen. Als zu Anfang dieses Jahrhunderts die Eisenbahntrasse gezogen worden war, hatten viele schon seit Generationen dort ansässige Familien diese terrassenförmig auf den Felsen angelegten Parzellen verlassen und waren hinunter zur Küste gezogen, um dort eine lohnendere Arbeit zu finden. Sehr bald war die erste Welle von Einwanderern aus dem Piemont nachgerückt: denn dort war die Not der Bauern noch größer, und in jenen Jahren von 1900 bis 1910 nahm die Landflucht schreckliche Ausmaße an. 1915 kamen abermals Italiener, die der Einberufung und dem Krieg entgehen wollten. Noch später kamen dann die Antifaschisten. Sie lebten von harter Arbeit auf den Gütern der Küstenebene, verdingten sich mit der ganzen Familie für die Weinlese oder halfen im Maquis beim Schälen der Korkeichen, die ohne Rinde ihre glatten, nunmehr ockerfarbenen Stämme zeigten, oder beim Roden des Heidekrauts, dessen Holz und Wurzelwerk von Pfeifenfabrikanten aufgekauft wurde. Sie hatten ein paar Tiere, halbwilde Schweine und kleine Hühnerhöfe, auf denen die vielen sogenannten Kahlhalshennen mit ihrer gerupften Silhouette den Eindruck der Ärmlichkeit noch unterstrichen.

Auf dem Weg vom Meer ins Gebirge stieg man so nacheinander vom Reichtum zum Wohlstand, vom Wohlstand zur Armut, von der Armut zum Elend hinauf.

Wenn er frühmorgens die Augen öffnete, konnte Luc zu jeder Jahreszeit das Wetter allein schon dadurch erraten, daß er lauschte, mit welchem Geräusch das Meer einige hundert Meter weiter unten gegen das Ufer brandete: der Winter war geprägt durch das Geläute der Kuhglocken, das Frühjahr durch das lautere Zwitschern der Vögel und der Sommer durch das Zirpen der Zikaden.

Die Katze behauptete, provenzalisch zu verstehen. Wenn er mit dem Bruder die Berghöfe besuchte, wurden sie in den winzigen Zimmern sehr freundlich empfangen (vielleicht weil der Ruf des Professors sie begleitete); im Winter, wenn alle Öffnungen mit schwammiger Sackleinwand zugestopft waren, hing schwer und durchdringend über allem der bittere Geruch von Ziegen, Maismehl und Rauch. Im Sommer war die Luft erfüllt vom Summen der Fliegen, das manchmal untermalt war vom Rascheln der Holzperlenvorhänge, die vor der Eingangstür hingen. Der Bruder sprach von Krieg, und sie hörten ihm sehr gerne zu.

Sie waren immer gegen den Krieg, gegen alle Kriege: manche waren ohnehin schon besiegt, weil sie immer erfolglos gegen das Unglück und das Elend ihres Lebens angekämpft hatten, und im Vergleich dazu war alles übrige zu weit entfernt. (Und trotzdem kommen aus diesen Bergen im Jahr 1944 jene Männer des *Maquis des Maures*, die während der alliierten Landung in der Provence beim Sieg gegen die Nazis eine entscheidende Rolle spielen werden.) Antoine sagt zu ihnen, warum das Leben noch härter geworden war, wieso die Deutschen alles beschlagnahmten und wie Laval und die Verräter in Vichy ihnen auch noch den Rest in den Rachen warfen. Hatten die Russen nicht bei einer Offensive hinter den deutschen Linien hunterttausende Hektoliter Wein gefunden – und zwar Wein aus dem Var (hier übertreibt er, dachte Luc, der wie er Radio London gehört hatte: es war durchaus von Wein die Rede gewesen, aber natürlich von Wein aus dem Hérault), während hier, im Var selbst, zur Krönung des ganzen der Wein rationiert war? Die Deutschen stießen in die unermeßliche Weite Rußlands vor. Dort würden sie wie einst Napoleon in der Falle zugrunde gehen: die Russen verteidigten das Land, das sie aufgebaut hatten und das ein schönes Land war, sie würden siegen; dieser Krieg war kein Krieg wie alle anderen. Man würde die Generäle nicht mehr zu ihrem alleinigen Vorteil Frieden schließen lassen, nach dem Vorteil von ihresgleichen, dem Vorteil ihrer Klasse (er sprach sogar einmal von den »zweihundert Familien«, die sich in Frankreich die Frucht der Arbeit des Volkes angeeignet hätten); der Reichtum würde gerecht unter alle Menschen verteilt werden, die ihn erzeugt hätten: erst dann wäre kein Krieg mehr möglich. Sie lauschten mit um so mehr Aufmerksamkeit und Interesse den genauen, detaillierten Informationen, die er ihnen über den Gang des Krieges in der Welt und über seine unausweichliche Entwicklung gab, als in diesen Häusern Besuch selten war und es kein Radio und so gut wie keine Zeitung gab.

Als sie eines Tages wieder zum Meer hinuntergingen, fragte die Katze Antoine, was denn bei dieser großen Vision vom brüderlichen Teilen aus ihrem Land würde. Der Bruder sagte ihm, es müsse natürlich allen offen stehen und es würde daraus ein herrlicher öffentlicher Park, was sie selbst natürlich nicht daran hindern könnte, sich wie jeder andere auch nach Lust und Laune darin zu bewegen. Die Katze war nicht überzeugt: und wenn die Leute mit dem *bezahlten Urlaub* wiederkämen, wie es vor dem Krieg Mode geworden war, und auf den

Felsen ihre Butterbrotpapiere liegen ließen, in den »Hexenkrallen« ihr Geschäft verrichteten, unter dem Vorwand, schöne Sträuße herzustellen, in der Blütezeit Mimosenzweige abbrächen und über alle Kakteen und Sukkulenten herfielen, um Ableger zu bekommen? Und wenn man anfangen würde, auf Teufel komm raus Hotels zu bauen wie das *Latitude* in Saint-Tropez? Der Bruder beruhigte ihn. Wenn das Volk erst einmal zum kollektiven Besitzer aller Güter der Erde geworden wäre und damit auch die Verantwortung dafür trüge, werde es sich wie auch in allem übrigen reif und besonnen verhalten: die Bourgeoisie war es, die mit ihren grotesken Bauten die Natur verschandelte und gedankenlos das vergeudete, was sie nicht gerecht bezahlt hatte, nämlich die Arbeit. Wenn solche Ausbeuter es nicht kapieren, dann dürfe man kein Mitleid haben. Aber nachher hätten die Leute wie vor allen schönen Dingen auch Achtung vor schönen Pflanzen. Im Gegenteil, es würden Kredite bewilligt für neue Anpflanzungen, für neue Züchtungen, man würde Menschen wie ihren Großvater damit beauftragen, endlich die Pampelmusen in Frankreich heimisch zu machen, und das Laboratorium würde zu einem richtigen kleinen Museum, zu dem jeder einzelne eigene Entdeckungen beisteuern könnte. Kurzum, die ganze Küste wäre ein riesiger Park, in dem jeder auf den Besitz aller wie auf seinen eigenen aufpassen würde. Im übrigen war das nicht die dringendste Aufgabe. Die Dinge konnten einfach nicht so weitergehen, wie er es hier in exemplarischer Weise sah. Einige Großgrundbesitzer machten sich in der Ebene breit – und in Courdoulières gehörte das gesamte Land einem allein: es war fast wie zur Zeit der Lehensherrschaft! –, und ganze Familien in der Umgebung lebten von Brosamen. Das mußte man ändern. Angesichts dieser unbestreitbaren Tatsache konnte die Katze ihm nur beipflichten.

Im November 1942, als die freie Zone besetzt wurde, waren sie in La Valerane. Sie konnten nicht rechtzeitig aus den Allerheiligenferien zurückkehren, weil die Verkehrsverbindungen in der Umgebung von Toulon unterbrochen waren. Eine Spezialität der Katze war die pedantisch genaue Kenntnis der französischen Flotte: er besaß eine Sammlung kleiner grauer Bleimodelle der wichtigsten im Dienst stehenden Kriegsschiffe, von denen jedes in einer gelben cellophanbedeckten Schachtel steckte; es war keine Sammlung, sondern eher ein Schatz, den jedes Familienmitglied regelmäßig ergänzte.

Die Flotte von Toulon versenkte sich am 23. November selbst. Drei Tage später hatten sie in La Valerane einen Onkel zu Gast, einen

Schiffskapitän, der einen Kreuzer kommandierte und ihn frisch fröhlich auf den Grund gesetzt hatte. Es war ein Fünftausend-Tonnen-Schiff, Baujahr 1937, einer der modernsten und schnellsten leichten Kreuzer der Welt. Bei einem Besuch in Toulon hatte die Katze ihn staunend besichtigt.

Er war überrascht, seinen Onkel hier zu sehen. Es war ein Abend mit Ostwind, heftigem Regen, tobendem Meer, die Zweige der Palmen bogen sich: sie saßen alle zusammen vor dem Feuer. Der Onkel war offensichtlich mit sich zufrieden. Er trug immer noch – nur ein wenig aufgeknöpft – seine schöne Paschauniform mit fünf Streifen. Er erzählte, als Admiral Laborde aus Vichy den Befehl zur Selbstversenkung übermittelt habe, habe weder er noch irgendein anderer Marineoffizier in Toulon gewußt, ob die Versenkung gegen die Engländer oder gegen die Deutschen gerichtet war.

»Konntet ihr nicht auslaufen?«

»Wohin? Mit welchem Treibstoff? Die Ausfahrt war sowieso vermint: wir lagen vor Anker fest.«

»Von wem vermint?«

»Natürlich von uns. Jedenfalls«, sagte er noch, »wir haben den Befehlen gehorcht: das ist das Wichtigste. Wir haben blind gehorcht: eines der schönsten Beispiele für militärische Ehre und Disziplin.«

Am Kai hatten seine Matrosen ein letztes Mal mit ausgestrecktem Arm den Wimpel des Schiffes gehißt, die Marseillaise gesungen und damit die deutschen Soldaten, die das Hafenbecken umstellt hatten, gezwungen, kochend vor Wut drei Strophen lang in der Habtachtstellung zu bleiben. Dies schien er als einen Sieg zu betrachten: was konnte man nach der Niederlage und nach Mers-el-Kébir noch mehr erwarten?

Die Katze konnte es nicht fassen: immer hatten sich die Eltern über ihn lustiggemacht, wenn er sagte, er wolle Seemann werden und ein Schiff kommandieren: ob er nicht wisse, wiederholten sie ständig, daß im Falle eines Schiffbruchs der Kapitän als letzter an Bord bleibt und auf der Kommandobrücke seines Schiffes untergeht? So wollte es, hatte man ihm eingeschärft, das Gesetz von Ehre und Disziplin, jener beiden Wörter, die auf allen Kriegsschiffen so groß geschrieben werden. Ein schönes Märchen...

Die Großeltern sprachen von der neuen Wendung, die der Krieg genommen hatte, wo doch jetzt die Amerikaner in Nordafrika gelandet waren. Der Onkel redete über seine Zwangsdemobilisierung und machte sich Sorgen um seine Zukunft: sollte er sich nicht lieber nach einem zivilen Beruf umsehen?

»Wenn das so ist!«, sagte daraufhin Antoine halblaut, dessen ungewöhnliches Schweigen der Katze schon aufgefallen war, »wenn das so ist, wenn schon die Soldaten ihre Arbeit nicht tun...« Und er ging hoch ins Schlafzimmer. Bei jedem Schritt knarrten die Stufen der langen Holztreppe unter seinem Gewicht.

Luc ging ihm nach. Er stand vor dem Fenster und starrte auf die Nacht und das Toben des Sturms hinaus.

»Ein Soldat, der dafür bezahlt wird, daß er im Krieg auf seinem Posten steht, und dann kneift, wenn es ernst wird...«

»Ja«, sagte die Katze. »Er hat seinen Kreuzer versenkt.« Er nahm das Modell aus dem Schrank und setzte sich mit dem Schiff auf den Knien aufs Bett; stumm schaute er es an, während er vor Kälte schlotterte. Seine ganze Sammlung, all diese schlanken oder ausladenden grauen Rümpfe mit den drehbaren Geschütztürmen erschienen ihm in ihren gelben Schachteln wie ein lächerlicher, grotesker Friedhof von Wracks. Versenkt das Schlachtschiff *Strasbourg*, die *Suffren*, die *Marseillaise* und die *Galissonière*. Und sogar die inzwischen in *Océan* umgetaufte alte *Jean-Bart*, die so altersschwach und verrostet war, daß man ihr von den anderen Schiffen aus mit Kanonen den Rumpf einschießen mußte wie im Manöver, wie in einer Schießbude, weil sie nicht untergehen wollte...

Schließlich machte der Bruder das Fenster zu; der Regen peitschte gegen die Scheiben.

»Ein elender Kerl. Von seiner Sorte gibt es einfach zu viele. Mit denen darf man nach dem Krieg kein Mitleid haben.«

In den folgenden Tagen erlebten sie die Ankunft der italienischen Armee. Wenn Weihnachten naht, und Regen fällt, steigen aus dem frisch grünenden Unterholz alle Düfte der Bergpflanzen. Es ist die Zeit der schweren Ostwindböen, der Karawanen schwarzer Wolken, die die Gipfel des Mauresgebirges einhüllen, aber manchmal auch tief aufs Meer hinunterhängen und an den sturmgepeitschten Wipfeln der hohen Bäume zausen, und der tosenden Wellen, die an den verwüsteten Stränden seltsames Strandgut anspülen. Auf all ihren Hängen und Hohlwegen speien die Berge Wasser, das nasse Erdreich löst sich in große, silbrig glitzernde, gelbe Pfützen auf. An diese Tage des Orkans, an denen der Wind alles in einem herrlichen Chaos durcheinanderwirbelt, Himmel, Erde, Bäume und Meer, denkt Luc zwanzig

Jahre später zurück, als er in der Fremde, in den Tropen, die Zeit der Zyklone erlebt: er wird zu denen gehören, die schon mehrere Tage im voraus nach den Anzeichen des Sturms Ausschau halten: wie der Himmel sich mit bleierner Schwärze überzieht, wie alles plötzlich still wird, wie das Blut unter dem plötzlichen Druckabfall stärker gegen die Trommelfelle pocht: »Du bist ein ciclonero«, werden seine Kameraden in den Bergen zu ihm sagen. »So ist es bei uns: in den Familien gibt es oft einen Verrückten wie dich, der den Sturm im Blut hat und der einfach nach draußen gehen muß und die Luft einsaugt, wenn er spürt, daß er kommt...«

An manchen Abenden erfüllte der süßliche Duft der Blumen, des wassergesättigten Unterholzes und der Pflanzen des Maquis das ganze Anwesen, er hing über dem Ufer, stieg hinauf ins Haus und drang bis in den großen rauchigen Salon vor. An einem dieser stürmischen Abende marschierten ohne Fanfaren und Paraden die Italiener ein. Unauffällig zogen sie die Küste entlang, um das Gebiet zu besetzen, das dem Duce zugestanden worden war. Die Soldaten mußten durch die Dunkelheit und den Regen marschieren, und überall, auf dem Anwesen, dem »Kap der Batterien« und zwischen Eukalyptusbäumen und Felsen am Strand sah man große helle Feuer aufleuchten: sie schlugen ihre Biwaks auf. Einen Tag später erschienen die Offiziere: sie stiegen aus der Kleinbahn und beschlagnahmten ein paar reiche Villen. Diese Offiziere trugen großartige Uniformen, vor allem Hüte mit erstaunlichem Federschmuck, mit Aigretten und Helmbüschen. Sie mischten sich nie unter die einfache Truppe und lebten untereinander in Saus und Braus. Das Fußvolk bestand aus piemontesischen Bauern, aus schwermütigen *Alpini:* sie waren von Kopf bis Fuß in Grün gekleidet und wirkten irgendwie verschlissen mit ihren spitzen, abgeschabten Filzhüten, auf denen traurig eine zerrupfte Feder prangte; ungewaschen und schlecht rasiert schlotterten sie in ihren großen, oftmals geflickten Mänteln. Sogar die Kolben ihrer Gewehre, von denen sie sich nie trennten – selbst dann nicht, wenn sie sonntags in der Kapelle des Anwesens im Gänsemarsch zur Kommunion antraten, sich nacheinander hinknieten und dabei in ihr Lederzeug verhedderten –, sogar diese Kolben wirkten wie von Moder angefressen. Eher als an eine siegreiche Armee erinnerten ihre Gestalten an Operettenbanditen, die aus einem von Gustav Doré illustrierten Roman von Alexandre Dumas entstiegen waren, und wenn man ein wenig die Augen zukniff, wurden ihre Gewehre zu recht akzeptablen Knallbüchsen.

Die Nächte verbrachten sie unter freiem Himmel, eingehüllt in dünne Decken, in der Nähe ihrer Biwaks. Tagsüber gingen sie vor Kälte zitternd irgendwelchen undefinierbaren Arbeiten nach. Man hörte sie singen, und es hieß allgemein, ihr Lieblingslied beginne mit dem Satz: *»Mama, voglio tornare a casa.«* Der Hunger plagte sie und in ihren Kochtöpfen landeten die merkwürdigsten Dinge. Einmal sah man, wie einige abends von einem Streifzug zurückkehrten und wie Großwildjäger, die einen erlegten Tiger aus dem Dschungel transportieren, eine arme, magere Katze, die als »Wildkatze« gelten sollte, an den Pfoten gefesselt in ihr Lager schleppten. Niemand war so hartherzig, sie wie wirkliche Feinde zu behandeln. Natürlich gab es lautstarke Auseinandersetzungen, wenn die Leute morgens ihre Kartoffel-und Kohlfelder und ihre Orangenbäume verwüstet vorfanden, aber selbst dann stritt man sich in dem Ton, in dem unter Südländern Zwistigkeiten ausgetragen oder in der Familie diebische Kinder ausgezankt werden. Zu diesem Zeitpunkt fiel der Katze wie allen Leuten der Gegend auf, daß die Italiener perfekt provenzalisch sprachen. Oder besser und gerechter, daß sein Provenzalisch, auf das er so stolz war, nun, nachdem es von zwei Generationen von Einwanderern gesprochen worden war, sich in Wirklichkeit mehr und mehr dem Piemontesischen angenähert hatte. Daher bereitete es vielen Familien keine Schwierigkeiten, die *Alpini* zu empfangen, taten dies aber in einem Ton herablassender Freundlichkeit, ja sogar leichter Verachtung: manchen begegnete man bei den Martinellis, den Andreis, den Mascarellos, bei denen sie sich neben dem Herd aufwärmten oder den ganzen Tag lang mit dem *padrun* Karten klopften und dabei mit Sehnsucht von einer nahe bevorstehenden amerikanischen Landung sprachen: »Sobald sie da sind, ist der Krieg vorüber.« Sie sprachen von ihrer Familie, von ihrem Land und ihrem Dorf: sie waren ratlos und hatten Angst vor dem, was sie erwartete. Ohne Arg machte man sich über die armen Teufel lustig: hieß es nicht, sie hätten nur eine einzige Kanone, die zwischen Saint- Raphaël und Toulon zur Truppenausbildung hin und her transportiert wurde? Als diese nun in Courdoulières aufgestellt war, hatten sie das Geschütz auf einem Kap in Stellung gebracht und von dort aus einen ganzen Tag lang ein Felsenriff beschossen, das wie ein kleiner, schwarzer, von einem Mast überragter Fleck zwei Meilen vor der Küste lag: denn, so hieß es, das Oberkommando hatte es für ein amerikanisches U-Boot gehalten.

Als gegen Ende November das Meer ruhiger wurde, kam die Zeit des *Bargin.* Fischerkapitän Ravello aus Lavandou und seine Männer gingen an Bord ihres schweren Ruderbootes und legten wenige hundert Meter vor dem großen Strand von Courdoulières ein langes, mit Senkern beschwertes Netz aus. Am Morgen war das ganze Dorf am Strand, um der Mannschaft beim Heben des Netzes zu helfen. Das Einholen dauerte mehrere Stunden. Die Katze stand schon vor dem Morgengrauen auf, ging allein hinunter und reihte sich in eine Mannschaft ein. Erst gegen Mittag kamen die ersten Fische an die Oberfläche, eine lebendige, tausendfach schillernde Masse: eine wundersame Fischvermehrung. Die Schätze der See. An jenem Tag herrschte morgens strahlender Sonnenschein; die Sicht ist dann so klar, daß jede Einzelheit sich plastisch abzeichnet: die Inseln draußen auf dem Meer scheinen in wenigen Faden Entfernung vor Anker gegangen zu sein; ein Zeichen, daß bald der Mistral blasen wird.

Kurze Zeit nach dem Tag des *Bargin* verließ er sein Königreich. Sie fuhren nach Paris zurück. Da es keine freie Zone mehr gab, sah der Vater keinen Grund, die Familie noch länger getrennt zu lassen. In einer eiskalten Februarnacht hörte er in der Dunkelheit des Eisenbahnabteils, in dem sie zusammengepfercht saßen, wie ein Lautsprecher auf deutsch, dann auf französisch »Achtung! Achtung!« verkündete, sie wären in Châlons, hier wäre die Demarkationslinie und sie hätten ihre Papiere bereitzuhalten. »Den Ausweis, bitte.«

*

Als sie aufwachen, scheint durch das offene Fenster bereits die warme Sonne auf den Holzfußboden. Sofort machen sie sich an das Zählen der Karten: es sind mehr als eintausend ungestempelte Lebensmittelmarken, ein großer Haufen ungeordneter Blätter.

»Nach dem Krieg«, sagt der Bruder, »werde ich nie wieder etwas anstellen. Nach all diesen Einbrüchen habe ich die Nase voll. Ich werde bestimmt keine Lust mehr haben, etwas zu stehlen: ich käm mir lächerlich vor.«

»Gibst du mir welche ab?« fragt die Katze.

»Ich lasse dir zwei Zusatzkarten J 3 und T für Brot. Die Marken reißt du vorher ab, wenn du zum Bäcker gehst: es ist ganz einfach.«

»Aber bei den anderen: wie wollt ihr sie stempeln?«

»Du schreibst mit schwarzer Tinte in Spiegelschrift auf ein hartes Eiweiß oder eine rohe Kartoffel, und schon hast du einen Stempel

'Französischer Staat. Bürgermeisteramt sowieso ...', der genauso beschissen aussieht wie ein echter. Ich kann dir welche zeigen.«

»Ich habe einen Brief von Gabriel bekommen ...«, beginnt die Katze. Noch immer liegt er auf dem Bauch vor dem Fenster, umgeben von dem Flirren goldener Staubflocken, die in der Sonne tanzen.

»Ich weiß. Wir alle haben einen bekommen. Voll mit guten Ratschlägen, mit frommen Wünschen, mit Betrachtungen über Vergangenheit und Zukunft. Richtige Briefromane. Er langweilt sich, er ist deprimiert, ich glaube sogar, er spinnt ein bißchen.«

»Er sagt, du mußt aufpassen, daß es noch lange dauern wird.«

»Das sagt er dir? Alles klar: er spinnt wirklich.«

Luc holt tief Luft. Undeutlich hört er die Stimme des Pfarrers von Magny, die ihm im Kopf herumgeht, und an dieser bekannten Melodie hält er sich fest; er nimmt Anlauf:

»Ich weiß ja gar nicht, wie es hier weitergehen wird, aber ...«

»Gar nichts weißt du. Aber ich weiß es.«

»Dann sag es mir.«

»Es ist ganz einfach. Die Engländer und die Amerikaner treten auf der Stelle. Die Deutschen haben sie vor Caen zum Stehen gebracht; es kann noch sehr lange dauern. Wie in Italien: erinnerst du dich an die deutsche Propaganda im letzten Jahr: die Schnecke kriecht den italienischen Stiefel hoch, *it's a long way to Rome.* Aber heute sind sie in Rom. Und unterdessen marschieren die Russen immer weiter vor; die Deutschen können nicht ewig nach allen Seiten Widerstand leisten. Die einzige Art und Weise, den Zusammenbruch der Front zu beschleunigen, besteht darin, das ganze übrige Frankreich für die deutsche Armee unhaltbar zu machen. Kein deutscher Soldat darf sich noch irgendwo in Sicherheit fühlen.«

»Soweit ist es noch nicht«, unterbricht ihn Luc, der nun doch seine neuesten Kenntnisse an den Mann bringen will. »Letzten Sonntag habe ich hinter Champmercy einen gesehen, der mit einem Mädchen gevögelt hat, und ich kann dir sagen, der war in Sicherheit.«

»Laß diese Schweinereien«, sagte Antoine in spitzem Ton. »Jedenfalls haben wir damit angefangen, ihre Nachschubverbindungen zur Front zu sabotieren. Weißt du, um das Entgleisen ihrer Züge zu verhindern, ziehen sie jetzt alte Leute heran, die sie alle hundert Meter mit einer Armbinde an die Strecke stellen. Wenn ein Attentat verübt wird, nehmen sie die Alten als Geisel. Aber trotzdem werden Attentate verübt. Die Alten gehen in den Maquis. Und jeden Tag fliegen Lastwagen in die Luft: es ist einfach, eine Ladung Plastikbrennstoff anzubringen.«

»Und die Waffen? Deine Pistole?«

»Wir brauchen mehr; jede einzelne müssen wir den Deutschen abnehmen. Und sie dabei umbringen. Wenn es sein muß, werde ich es tun. Offiziere. Nur Offiziere. Richtige Nazis... Man müßte die richtigen erwischen. Und dabei wird es nicht bleiben. An manchen Stellen, vor allem im Gebirge, haben die Maquis eine so gute Basis, daß sie von einem Tag auf den anderen eine ganze Region befreien können. Die Maquis könnten autonome Regionen aufbauen, ohne daß die Alliierten auch nur einen Fuß dort hinzusetzen brauchten. Dort unten gibt es schon eine Verwaltung durch die Résistance, eine Polizei der Résistance.«

»Aber dann«, sagt die Katze begeistert, »dann könnte de Gaulle ja bald in den Alpen, im Zentralmassiv das Kommando übernehmen!«

»Wir brauchen keinen de Gaulle. Das Volk ist in der Lage, sich selbst zu organisieren. Es ist nicht nötig, Pétain durch de Gaulle und die Polizei von Vichy durch eine neue zu ersetzen, die auch nicht anders wäre. Wenn die Leute zu den Waffen greifen und kämpfen, um die Deutschen und die Kollaborateure aus dem Land zu jagen, dann nicht deswegen, um sich nachher von der Polizei und den Bossen herumkommandieren zu lassen, die man von oben eingesetzt hat, so als wäre nichts geschehen.«

»Es ist seltsam«, sagt die Katze, »daß du so sicher bist, daß alle Leute einfach so zu den Waffen greifen und kämpfen werden. Nimm doch zum Beispiel heute nacht: wir haben Glück gehabt, oder? Wir hätten auch auf jemand anderes treffen können als auf die Alten, und was dann?«

»Der alte Mann hat es dir doch selbst gesagt. Die andern haben Angst, sie mucken nicht. Wir haben nichts riskiert.«

»Drei Häuser von hier wohnt ein Milizsoldat. Wir wissen, daß er ein Milizsoldat ist: er hat seine Uniform Madam Chevrier zum Bügeln gebracht. Wir hätten genauso an ihn geraten können.«

»Frankreich ist vor allen Dingen voll von Leuten des *Juste-Milieu.*«

»Was ist das denn?«

»So nannte man früher die Leute, die abwarteten, bis die Sache sich in die eine oder andere Richtung entwickelt hatte, bevor sie sich für etwas entschieden. Unsere Familie zum Beispiel ist ein Maulwurfsbau von Leuten aus dem *Juste-Milieu.*«

»Dann«, sinniert die Katze, »ist es vielleicht gar nicht so schlecht,

Juste-Milieu zu sein.«

»Du bist und bleibst ein Bourgeois.«

»Ich ein Bourgeois?« Der Katze verschlägt es den Atem. »Aber was bist dann du? Und sowieso...« Plötzlich packt ihn sein Stolz: »Ich, das sage ich dir, ich bin kein Bourgeois! Nein, ich bin ein *Bauer*!«

Der Bruder lacht. Sie liegen noch immer im goldglitzernden Staub.

»Jedenfalls«, redet die Katze weiter, fest entschlossen, sich nicht beirren zu lassen, »jedenfalls wäre es für den Augenblick das Einfachste, sie alle umzubringen. Zum Beispiel eine riesige Bombe auf Deutschland, und hopp! mit einem Schlag wäre das Problem aus der Welt.«

»Nichts wäre aus der Welt. Du bringst alles durcheinander. Man darf die Hitlerleute nicht mit dem deutschen Volk in einen Topf werfen, das habe ich dir schon zwanzigmal gesagt. Und die Leute von Vichy, die Milizsoldaten, die Faschisten, die Schwarzmarkthändler, die Denunzianten, die LVF, die französischen Polizisten, die Juden verhaften, die foltern: eine richtige Bombe auf ganz Frankreich, und das Problem wäre aus der Welt? Und selbst wenn man es schafft, sie alle glatt und sauber zu erschießen, glaubst du, damit wäre das Problem gelöst, es kämen nicht neue nach, andere, die ebensolche Schweine sind wie die ersten? Nein: im Gegenteil, es müßte möglich sein, daß man niemanden umzubringen braucht. Man sollte stark genug sein, sich das erlauben zu können.«

»Wie auch immer«, setzt Antoine hinzu, »wie auch immer, es ist noch so viel zu tun. Es wird sehr lange dauern. Aber zum Beispiel in zwanzig oder dreißig Jahren ...«

»Ja. Aber werden bis dahin wieder Pommes-Frites-Verkäufer an der Straßenecke stehen? Ich kann es einfach nicht glauben. Wie war das eigentlich früher?«

Die Katze hört gerne zu, wenn der Bruder von den köstlichen Sachen erzählt, die es vor dem Krieg zu essen gab. Das sind ungeheuer spannende Gespräche: Antoine berichtet von erstaunlichen Dingen, von Zabaione, von Eiermilch, von gestürztem Karamelpudding, von Kapaun mit Speck, von Kalbsrouladen und von Räucherlachs. Aber vor allem gab es da unter den zehn verschiedenen Arten, Kartoffeln zuzubereiten, jene legendäre, phantastische, weil nämlich in ihrem Ruhm in weite Ferne entrücke Spezialität: die Pommes Frites. Sie waren goldbraun, knusprig und fest, zergingen aber auf der Zunge. Es ist kaum vorstellbar, daß es dieses erlesene und entschwundene Gericht einmal in Papiertüten auf dem Bürgersteig zu kaufen gab.

Ein Panzer fährt auf der Straße vorbei, läßt die Fensterscheiben klirren und wirbelt hinter sich eine dichte, schwarze Wolke auf, die für einen Augenblick das Glitzern der Sonne in den Lindenblättern überschattet.

»Also dann«, setzt die Katze wieder an, als der Lärm verstummt ist, »dann hat Gabriel recht. Es ist noch sehr viel zu tun. Du mußt aufpassen.«

»Ich passe auf. Natürlich bin ich vorsichtig. Den anderen zuliebe. Dir zuliebe. Den Eltern zuliebe. Aber nicht so sehr mir selbst zuliebe. Denn sonst... Weißt du, was mir Onkel François gesagt hat? ‚Ich bin voll und ganz mit dir einverstanden, mein Junge. Ich selbst bin ganz klar für de Gaulle. Und ich versichere dir, wenn ich könnte, würde ich in den Widerstand gehen. Genauso wie du. Allerdings habe ich Frau und Kinder. Ich habe Verpflichtungen. Ich muß aufpassen: ach wenn ich so frei wäre wie du!' Und es stimmt, ich bin frei. Aber trotzdem, wenn du wüßtest, wie gerne ich mich dieses Jahr für die École normale beworben hätte. Aber wenn ich mich in acht nehmen würde, wenn ich es genauso machen würde wie dieser Idiot, dann könnte ich mich ganz sicher mein Leben lang nie wieder frei fühlen.«

»Warum gehst du dann nicht in den Maquis?«

»Ich werde es tun. Bald.«

*

Hinter der Kreuzung des Roi de Rome liegt in den Wäldern ein verlassener Sand- und Mühlsteinbruch, in dem die Schienen und die verrosteten Kipploren noch intakt sind. Schon lange wollte die Katze dem Bruder die Stelle zeigen. Sie bleiben den ganzen Nachmittag: es ist ein phantastisches Spiel, die Waggons den Hang hochzuschieben, dann nach einem leichten Anstoß gekonnt aufzuspringen und sich mit Karacho bis zu der flachen Strecke vor der Mitteldrehscheibe hinunterrollen zu lassen. Aber der Bruder erklärt ihm, daß man es dabei nicht belassen sollte: mit den unbenutzten Schienen läßt sich eine Bahn bauen, die die Strecke in den Wald hinein verlängert; und in einer Stunde haben sie schon zehn Meter zustandegebracht, auf denen sie eine Kipplore hin und her fahren lassen. Es wäre toll, träumt die Katze, ganz für sich allein einen Geheimzug zu haben, der quer durch den Wald fährt...

»Wir werden weitermachen, wenn ich zurückkomme«, sagt der Bruder.

Gegen fünf Uhr sind sie wieder zu Hause, und die Katze lädt die leeren Kannen auf den Schubkarren, um Wasser zu holen. Der Bruder begleitet ihn zu Fuß und schiebt sein Fahrrad. Die Bäuerin des Hofes hat ihm für die Mutter eines jener Weißbrote mitgegeben, die aussehen wie eine Brioche:

»Zur Ernte bist du wieder da. Komm ja rechtzeitig.«

»Ich weiß nicht. Ich habe andere Pläne.«

»Du mußt zurückkommen. Wir brauchen dich.«

Sie gehen hundert Meter auf der Straße, und die Katze sagt zu ihm:

»Du hast etwas vergessen.«

»Ja, meine Pistole unter dem Bett.«

Sie gehen den Weg zurück und lachen über ihre Zerstreutheit.

»Trotzdem«, setzt die Katze noch einmal an, »trotzdem solltest du aufpassen.«

Sie sind wieder auf der Straße. Die Katze läßt den Schubkarren vor der Pumpe stehen und begleitet den Bruder noch ein Stück. Höflich grüßen sie die beiden Damen, die unten an der Straße am Waschplatz knien. Sie nehmen den Hang, der aus dem Tal nach Montainville hinaufführt. Die Sonne steht über den Wipfeln der großen Bäume des Schlosses und scheint auf das frisch gemähte Gras herunter. Der Geruch von feuchtem Heu, das den ganzen Tag in der Hitze gelegen hat, breitet sich über den Weg. Alles ist ruhig: man hört keine Flugzeuge und keine Panzer mehr. Das Schweigen eines Sommerabends, der so golden, schön und warm ist, wie alle Sommerabende es sein sollten. Es ist vielleicht der schönste, der geborgenste im ganzen Leben der Katze.

»Auf Wiedersehen«, sagt der Bruder. »Mama kommt am Montag.«

Er steigt auf sein Fahrrad und tritt stehend in die Pedale, bis er schließlich oben auf dem Hügel im Wald verschwindet. Langsam geht Luc den Hang hinunter, er kaut auf süßlich schmeckenden Grashalmen.

Am Montag kommt die Mutter. Und am folgenden Tag läutet an der kleinen Tür unter den Linden die Gestapo.

TANZPARTY IN DER RUE DE L'ABBAYE

Der schöne Sommer: noch immer brütet die Sonne auf den Pflastersteinen im Hof, auf den ovalen Beeten der Kapuzinerkresse, noch immer flimmert sie in den Zweigen und in dem wilden Wein. Es ist drei Uhr: es klingelt an der kleinen Tür unter den Linden, die Katze geht, um zu öffnen. Sie stehen zu zweit oben auf dem Treppenabsatz, ein Dritter sitzt lässig auf dem Kotflügel des schwarzen Autos, das an der Mauer geparkt ist.

Dunkle Anzüge und Krawatten aus Kunstseide. Korrekt. Der hochgewachsene Dunkelhaarige mit den graublauen Augen geht voran, geht wortlos über den Hof auf das Haus zu. Der Fettwanst bleibt vor der Katze stehen.

»Bist du Luc Ponte-Serra?«

Ein Knoten in seinem Bauch, ein tiefsitzendes Beben, das ihm wie eine Sturzwelle unerbittlich in alle Glieder dringt.

»Ist deine Mutter da? Wir sind die deutsche Polizei.«

Er kommt auf ihn zu und streichelt ihm lächelnd den nackten Arm.

»Und dein Bruder, mein Junge, weißt du, wo dein Bruder ist?«

Dieses Streicheln auf dem Arm ist schrecklich. Es prägt sich ihm auf immer ein. Man kann nichts dagegen machen. Dieses Streicheln auf dem Arm ist ein Alptraum. Es dauert nur kurz und läßt für eine Ewigkeit eine Spur zurück. Die Katze zieht sich innen zu einer harten Kugel zusammen. So muß man es machen: sich ganz innen, ganz tief im eigenen Körper zusammenkugeln; zu einem Knoten, den nichts und niemand je antasten oder lösen kann: er ist ganz fest zu. Und wenn er das schafft, dann wird er vielleicht auf wunderbare Weise unverwundbar.

Und während er noch hört, wie der Fettwanst sehr geduldig und sehr freundlich seine Frage wiederholt, ganz so, als gäbe er ihm ein Bonbon, spürt er gleichzeitig, wie die bleiche Hand an seinem Arm vorbeistreicht, und während er noch ganz deutlich den ekelhaften Geruch der Brillantine riecht, die ihm die Haare an den Kopf klatscht, denkt er:

»Der ist zu höflich, um ehrlich zu sein. Antoine haben sie jedenfalls nicht erwischt.«

Nachher herrscht drinnen im Haus Verwirrung, vor allem als oben auf der Treppe die schlacksige Gestalt des Halbidioten der Flüchtlingsfamilie auftaucht. Brutal stürzen sie sich auf ihn und glauben einen Augenblick lang, sie hätten den Bruder der Katze gefunden. Die Frauen sind mit den Kindern aus der Küche herbeigeeilt; an ihrer Spitze steht der Großvater mit dem Holzbein, mit zerzaustem Schnurrbart, zu allem bereit. Sie kontrollieren von allen die Papiere und drängen die Flüchtlinge in die Küche zurück.

Dann durchsuchen sie das Haus. Ohne übermäßigen Eifer. Sie öffnen Schränke und Schubläden. Sie bekunden höfliches Erstaunen über das verwüstete Wohnzimmer und berühren die Einbände der Bücher, die zerfetzt auf den Regalen stehen, nur mit den Fingerspitzen.

»In dem Haus haben ein Jahr lang deutsche Unteroffiziere gewohnt«, sagt die Mutter.

Darauf sagen sie nichts. Sie reden wenig. Es sieht so aus, als würden sie sich langweilen.

Im Zimmer der Katze finden sie im Nachttisch ein ganzes Bündel der Flugblattsammlung, die sie nachlässig durchblättern: *Die Luftpost, Die Stimme Amerikas, Christliches Zeugnis.* Und sie übersehen in der Schublade die Brotmarken. Sie öffnen eine andere Schublade und entdecken die leeren Patronenhülsen, die mit einem klingelnden Geräusch gegeneinanderstoßen, und den Umschlag voller Aluminiumfeilicht.

»Eine hübsche Sammlung hat der Junge«, sagt der Fettwanst, ohne zu lächeln.

»Ach wissen Sie«, sagt die Mutter, »die Kinder bringen alles mögliche nach Hause.«

»Wann haben Sie Ihren Sohn Antoine zum letztenmal gesehen?«

»Am Sonntag der vorigen Woche, glaube ich.« Sie ist verwirrt und überlegt.

»Hier?«

»Ja, in Marles.«

»Aber Sie sind doch erst seit gestern in Marles.«

»Das stimmt. Ich habe mich in der Woche geirrt.«

»Sehen Sie«, sagte der Hochgewachsene mit der strengen und angewiderten Miene eines Lehrers, der einen unverbesserlichen Dummkopf zurechtweist, »sehen Sie: schon fangen Sie an zu lügen.«

Der Fettwanst hakt nach:

»Sind Sie sich im klaren, Madame, was Ihr Sohn getan hat?«

»Nein.«

»Nun«, verkündet er mit besonderer Betonung, »nun, er hat einen deutschen Familienvater umgebracht.«

Und er scheint seine Wirkung genauso auszukosten wie das Minzebonbon, das er genüßlich lutscht.

Die Katze hört den Bruder sagen: »Es müßte möglich sein, nur die richtigen zu treffen. Nur Offiziere. Nazis.« Schließlich sind bestimmt auch die Nazis Familienväter. Und außerdem hätte er nur zu Hause bleiben müssen. Und außerdem...

»Sie müssen mit uns nach Paris kommen, Madame. Sie können ein paar Sachen mitnehmen. Man wird Ihnen und Ihrem Mann dort ein paar Fragen stellen.«

»Und das Kind?«

Schweigen.

»Wie alt bist du, mein Junge? Vierzehn?«

»Nein, dreizehneinhalb.«

»Noch nicht ganz dreizehneinhalb«, korrigiert die Mutter trocken. »In sechs Monaten wird er vierzehn. Das können Sie doch nicht tun.«

»Er kommt mit nach Paris. Dann sehen wir weiter. Madame, es geht nur um ein paar Formalitäten.«

Sie lassen sie in ihrem Zimmer allein. Die Katze bleibt einen Augenblick bei ihr.

»Wenn sie dich freilassen«, sagt sie wie erstarrt, »und wenn du vor mir hierher zurückkommst, dann lasse ich dir in dieser Schublade fünfhundert Francs.«

»Nimm die Zuckerration mit«, sagt die Katze. Er sucht im Vorratsschrank das Päckchen Würfelzucker, den Schatz des Schrankes. Mit großer Bestimmtheit legt er es in ihren Koffer: endlich hat er etwas Nützliches getan, etwas Wirksames. Der Fettwanst wartet auf der Treppe zur Küche, die zum Garten führt, und beäugt die Büsche und Bäume mit – wie die Katze meint – gespielter Gelassenheit. »Bestimmt sucht er noch Antoine. Er hat es nicht aufgegeben. In Wirklichkeit hat er Angst. Er hat nicht den Mut, hinunterzugehen und selber hinter den Bäumen nachzuschauen.« In seiner Phantasie sieht er, wie der Bruder mit einer Pistole in der Hand hinter der Blautanne, die bei seiner Geburt gepflanzt wurde, hervorspringt und schießt. Der Fettwanst fällt um und blutet wie ein Schwein. Aber vielleicht genießt der Gestapomann nur den Duft des Jasmins: ‚Erschaudernd steh ich hier, zu Tränen gerührt von Blumen und Wiesen', vielleicht denkt er an Goethes Verse zurück, die er im Gymnasium auswendig gelernt hat, als er so alt war wie die Katze?

»Komm mal her, mein Junge.«

Luc zögert, er will nicht noch einmal das Streicheln über sich ergehen lassen.

»Ist es schon lange her, daß du deinen Bruder zum letztenmal gesehen hast?«

»Sehr lange.«

»Weißt du wirklich nicht, wo er ist?«

Die Mutter kommt mit ihrem Koffer herunter. Widerwillig löst sich der Fettwanst aus seiner Betrachtung der blühenden Natur. Es folgt der lautstarke Abschied von der Gruppe der weinenden Flüchtlinge. Sie gehen an den Käfigen der Meerschweinchen vorbei, die hungriger sind als je und verzweifelt quieken. Auf der Straße sitzt der Chauffeur immer noch da und kaut Butterblumenstengel. Der Fettwanst schiebt die Katze als ersten hinten in den Wagen, dann läßt er die Mutter einsteigen, sperrt die Tür ab und steigt auf der anderen Seite ein. Luc wird ganz von ihm eingeklemmt, denn um seinen Bauch unterzubringen, muß der Mann seine Knie weit spreizen, und sein Schenkel preßt sich gegen sein nacktes Bein. Wieder riecht er den Duft der Brillantine. Eine Gruppe junger Leute, Jungen in kurzen Hosen und Mädchen in hellen Kleidern, auf einem Ausflug nach Port-Royal kommt um die Kurve. Sie tragen gelbe Ginsterzweige quer über ihren Rucksäcken. Und sie singen:

Ein Caballero
ist kein Di-i-ichter
ein Caball-e-ro
ist keine Frau.

Sie singen Fra-a-a-u, ganz langgezogen. Schwerfällig fliegt eine Ju-52 über ihre Köpfe hinweg. Die Wagentür wird zugeknallt. Unter diesen Geräuschen geht das Lied unter. Sie fahren los.

»Wir fahren in die Rue des Saussaies«, sagt der Fettwanst.

Mit einem Seufzer der Zufriedenheit macht er sich auf dem Rücksitz breit.

»Welch schöner Tag. Ein schöner Sommer! Als ob es keinen Krieg gäbe... Ach, Frankreich!« schwärmt sein Kamerad, der neben dem Chauffeur sitzt.

»Ach, was habt ihr in Marles für ein gutes Restaurant.«

So erfahren die Katze und die Mutter, daß sie um Mittag in Marles angekommen sind. Als sie bei *Michel* vorbeikamen, haben sie sofort Auskunft eingeholt: 'Wo befindet sich das Haus von Madame

Ponte-Serra? Wohnt sie zur Zeit in ihrem Haus?'

Beruhigt haben sie dann beschlossen, gemütlich unter der Gartenlaube zu Mittag zu speisen, und sind bis drei Uhr geblieben, um die ländlichen Gaumenfreuden von Madame Michels Küche zu genießen, die als wahre Patriotin die Gelegenheit ausnutzte, ihnen zu schwindelerregenden Preisen ihre Geheimvorräte aufzutischen. Daher ihre zufriedene Miene: sie schweben noch in den Höhen der französischen Gastronomie.

*

Zweimal verfahren sie sich bei Palaiseau in einem Gewirr zerbombter Straßenzüge. Sie fragen Passanten nach dem Weg, aber wenn diese von weitem angesprochen werden, gehen sie, sobald sie hören und sehen, mit wem sie es zu tun haben, abgewandt und mit eingezogenen Schultern weiter. Ein junger, zuvorkommender Mann mit einem militärischen Abzeichen an der Mütze gibt ihnen endlich eine genaue Auskunft, die sie nach einer langen, ruckelnden Fahrt zwischen verrotteten Gartenhäuschen und über lose Pflastersteine zu einem Feldweg führt, der bei Arpajon zwischen Erbsenfeldern endet. Wem sollen sie glauben? Später erklärt in einem Gäßchen in Bourg-La-Reine eine alte Dame, die ihnen den Weg zur Porte d'Orléans sagen soll, mit Würde:

»Ich kann Ihnen keine Auskunft geben: wir haben Alarm.« Und sie trabt so schnell sie kann in die andere Richtung.

»Scheiße. Nichts als Lügner!« brummt der Chauffeur.

Endlich sind sie an der Place de la Concorde. Dann kommen spanische Reiter, Schilderhäuschen aus Beton, eine schmale leere Straße, dann französische Polizisten in Käppis, behelmte Gendarmen in grünen Uniformen und mit ihren ‚Hundehalsbändern'; das Auto fährt durch einen dunklen Torbogen, der so lang ist wie ein Tunnel, und hält unter dem Glasdach eines düsteren Hofes, der wie das Ende einer langen Röhre zwischen die Mauern schwarzer Gebäude eingepfercht ist. Rue des Saussaies. Geheime Staatspolizei.

Die beiden Männer übergeben sie den wachhabenden Polizisten. Französische Polizisten in Uniform? Von hier an werden seine Erinnerungen vage: eine graue klebrige Wolke schwebt über ihnen, grau wie alle Gänge, die er in der Folge durchquert, grau und klebrig wie die Treppen, die Büros, die Holzbänke. Später wird er Überlebende ausfragen, gefaßtere, mündigere Leute als er es war, die ebenfalls dort gewesen waren. Gab es im Juli 1944 uniformierte französische Polizisten im Hauptquartier der Gestapo in der Rue des Saussaies? Die einen sagen, das sei unmöglich, die anderen versichern, es sei so gewesen, aber nicht in Uniform oder vielleicht... Man müsse es überprüfen.

Ein Nebel, in dem die Abfolge der Ereignisse durcheinandergerät, so daß er nicht mehr weiß, was wann geschah. Eine Aufeinanderfolge von verschwommenen Bildern und Tönen wie bei einer Bildstörung. Vielleicht hat er das alles im Grunde nur geträumt: ist er nicht in Wahrheit ganz allein, allein mit seiner Angst und seinem Schmerz, in der niedrigen Tür unter den Linden stehengeblieben, während er zusah, wie das Auto mit seiner Mutter um die Kurve verschwand?

Ein Traum? Büros, deren Türen zugeschlagen werden, es herrscht ein Kommen und Gehen von Personen, die sich auf deutsch Sätze zurufen, hallende Schritte, der Klang von Stiefeln auf losen Dielen; oder aber Sekretärinnen huschen leise vorüber, graue Mäuse, die sich von der Farbe der Fußböden kaum abheben. Um ihn herum steht eine unbestimmte, sich ständig ändernde Anzahl von Gestalten, eine verschwommene Masse, in der er keine Gesichter unterscheiden kann, die mal feindselig, mal nur – aber wie soll man das genau wissen – gleichgültig sind.

Zunächst: die Überprüfung seiner Personalien. Man hat ihn in ein kleines Büro vor eine Art glatzköpfigen Professor in Uniform geschoben, der ihn auf französisch nach seinem Alter fragt und die Frage noch dreimal wiederholt, als hätte er vorher gar nicht hingehört, und dabei über den Rand seiner Brille seinen Schülerausweis kritisch betrachtet (denjenigen mit dem Foto aus Toulon, kurz vor seinem zehnten Geburtstag, er sieht darauf aus wie ein grinsender Breitmaulfrosch mit riesigen Augen: er verabscheut das Foto).

»Du bist also vierzehn Jahre alt?« Und er zählt es an seinen Fingern ab.

»Nein. Dreizehneinhalb. In einem Monat.«

Er zählt immer noch an seinen Fingern ab.

»So. Dreizehn Jahre und fünf Monate, nicht wahr?«

»Aber Sie sehen doch«, empört sich die Mutter, »Sie sehen doch, daß er am 25. Februar 1931 geboren ist.«

»Schon gut.« Noch einmal zählt er an seinen Fingern ab und diktiert der grauen Maus an der Schreibmaschine etwas auf deutsch, was die

Katze nicht versteht. Und dann fragt er ihn mit gelangweiltem Blick, so, als glaube er selbst nicht daran:

»Und dein Bruder, mein Junge...«

»Nein«, fällt die Katze ihm ins Wort. »Nein. Ich weiß es nicht.«

Dann: er hat wahrscheinlich stundenlang allein auf einer grauen Bank gewartet, in einem grauen Gang, über dessen abgetretenen Linoleumfußboden von neuem geschäftige Schritte hallen, vor einer grauen, gepolsterten Tür, die sich hinter seiner Mutter geschlossen hat. Es wird dunkel, nur ein paar nackte Glühbirnen erhellen den Flur. Die Zeit steht still. Hinter den Wänden und den sich manchmal öffnenden Türen hört man das Rattern von Schreibmaschinen. Ein junger Mann im Jackett setzt sich neben ihn und raucht eine Zigarette.

»Na, mein Kleiner, du bist aber noch ziemlich jung.«

Er ist Franzose.

»Ich möchte auf die Toilette.«

»Da mußt du *die* fragen. Ich hab hier nichts zu sagen.«

Dann kommt ein Augenblick, in dem man ihn wieder in ein sehr großes Büro schiebt, wo ein angenehmes Licht herrscht. Er sieht den Vater dasitzen, er wagt nicht, ihm einen Kuß zu geben, er wagt nicht, ihm etwas zu sagen, er bleibt an der Tür stehen, als hätte man ihn vergessen. Hinter dem Schreibtisch steht ein Zivilist mit frisch frisiertem und nach hinten gekämmtem grauen Haar. Eine graue Maus, die Dolmetscherin, hält ein Blatt in der Hand und liest mit sehr lauter Stimme und einem fürchterlichen Akzent vor. Ein Soldat hämmert auf einer Schreibmaschine.

»... die Gesetze des deutschen Reiches ... terroristischer Straftaten verdächtigt.«

»Bitte lesen und unterschreiben Sie, Herr Professor«, sagt der Grauhaarige.

Der Vater steht auf, und die Katze sieht, daß seine Hand zittert, das erstaunt und verwirrt ihn. Es tut ihm schrecklich weh, zu sehen, wie diese Hand zittert. Er schaut die Katze an und lächelt schwach.

»Sie werden das Kind freilassen.«

Der Mann lächelt gleichfalls, macht zur Katze hin eine Handbewegung.

Und noch später: die Katze ist in demselben Büro, der Vater ist nicht mehr da, und der Grauhaarige beugt sich über den Tisch und lächelt immer noch. Die Katze sitzt auf einem Stuhl und spürt hinter sich und um sich herum die Gegenwart einer Gruppe schweigender, stehender

Männer, die ihn von oben herab betrachten und eine verschwommene, aber undurchdringliche und feindliche Wand bilden, eine dunkle, bleischwere Drohung. Worauf warten sie? Auf ein Zeichen? Wie auf den Einwurf bei einem Rugbyspiel, bei dem er der Ball wäre? Wie eine Meute an der Leine?

Aber nein, er träumt wohl immer noch, denn die Männer sind nicht mehr da. Sind sie jemals dagewesen? Und er ist nicht allein, die Mutter sitzt neben ihm, und der Grauhaarige fragt ihn, als wäre es zum erstenmal, als wäre er der erste im Verhör:

»Und dein Bruder, mein Junge?«

Aber er braucht gar nicht zu antworten, denn seine Mutter spricht, spricht mit einer durchdringenden, fast mondänen Stimme, als wäre sie im Salon einer alten, etwas schwerhörigen Tante:

»Aber nein, der Junge kann nichts wissen, er war doch auf dem Land, seit Wochen schon, er war krank, er hatte eine Bronchitis und fast eine Lungenentzündung ...«

Sie fällt der Katze furchtbar auf die Nerven.

»Herr Doktor ...«

Ein großer Karton wird auf den Tisch gestellt. Dokumente. Noch ein weiteres ziemlich altes Foto: ein Foto des Bruder, das er gut kennt, es stammt aus dem Jahre 1939 und wurde aufgenommen, als er von seinem Aufenthalt in einem englischen College zurückkam; er trägt eine schottische Krawatte mit einem großen Querknoten und einen sauber gezogenen Scheitel. Noch ein richtiger Junge.

Der Uniformierte, der den Karton hereingebracht hat, bleibt stehen. Es ist ein schöner Mann mit hellen Augen und einem offenen Gesichtsausdruck. Er greift nach einem Bündel Blätter.

»Ihr Mann bekommt *solches Zeug* ins Haus.«

Er liest vor, stolpert über die Worte, liest in abgehackten Satzfetzen:

»*Freie Universität.* 1942: die Patrioten im Einsatz, die Freischärler, die wahrhaftigen Symbole eines Frankreichs, das wieder zu sich findet, das stark und ewig jung ist, werden die Unterdrücker des französischen Volkes und ihre einheimischen Lakaien an jeder Straßenecke und an jeder Wegkreuzung für ihre Verbrechen zur Rechenschaft ziehen ... Erhebt euch! Die Zeit des passiven Widerstandes ist vorüber. Wir müssen zur Offensive übergehen!«

Er hält im Lesen inne.

»Hier, hier ist ein Fehler. Sie haben 'pasiv' geschrieben: 'pasiver Widerstand'. Wirklich: p,a,s,i,v. Das nennt sich 'Freie Universität':

arme französische Sprache. Armes Frankreich!«

Er zählt weitere Flugblätter auf: *Front national, Libération, Défense de la France, Bir-Hakeim, Les Étoiles, Les Cahiers du Témoignage chrétien.*

»Rüste für die Rache das Bett meiner Geburt ...«, und diese handgeschriebene Notiz: »abschreiben und weitergeben.«

Er seufzt.

»Ach wissen Sie«, schmettert eilfertig die Mutter der Katze, »mein Mann liest vor allem die *Pariser Zeitung.*« (Das stimmt: »Unnötig, die übersetzte Presse zu lesen«, sagte der Vater immer. »Eine Lüge wird auf französisch auch nicht wahrer, man geht besser gleich zu den Quellen.«) »Uns wird alles ins Haus geschickt. *La Gerbe, Je suis partout.* Sogar ein Abonnement für die *Émancipation nationale.* Verstehen Sie, man kann nicht über das bestimmen, was man im eigenen Briefkasten vorfindet, wenn man im *Tout-Paris* und im *Gesellschaftsblatt* steht.«

Gelangweilt feilt sich der grauhaarige Herr Doktor die Fingernägel. Dann geht es um ein Fahrradschild, das Antoine gehört hat. Schwer und gelb liegt es auf dem Tisch. Dann um ein weiteres Foto, das man der Mutter vorlegt. Sie betrachtet es mit einem abwesenden Gesichtsausdruck. Luc, der sie von der Seite beobachtet, erkennt – sicherlich genau wie sie – die Gestalt des Hünen mit den hellen Augen und den blonden, lockigen Haaren, einen Freund Antoines, der einmal im Winter zusammen mit einem anderen bei ihnen übernachtet hat, als sie sich verraten glaubten (sie wirkten damals ängstlich und verstört. Er war es – hat sie es sich später oft genug vorgeworfen? –, dem sie hartnäckig einen sauberen Schlafanzug verweigerte. »Aber Mama, ich bitte dich«, hatte Antoine sie zu erweichen versucht. »Jetzt reicht es aber«, hatte sie entschieden, »ich gehe gern jedes Risiko ein, denn es sind deine Angelegenheiten, deine Freunde, aber ich will mich nicht auch noch mit zusätzlicher Schmutzwäsche herumschlagen.«)

»Ich weiß nicht«, sagt die Mutter leise. »Mein Sohn hat viele Freunde, ich kenne sie nicht alle.«

Der Herr Doktor wacht aus seiner Versonnenheit auf und meldet sich wie beiläufig zu Wort:

»Das ist nicht so wichtig, Madame. *Wir* kennen ihn. Ein Terrorist. Wie Ihr Sohn. Er hat uns den Namen Ihres Sohnes genannt. Er ist hier.«

Und bringt man *später* wirklich auf einer Bahre diesen reglosen

Körper, den man zwischen den Stühlen wie eine Sache auf den Boden legt? Unter einer bräunlichen Decke sieht nur ein geschwollenes Gesicht hervor, an der Stirn kleben blonde Haare, und in den hellen, starren, ins Leere schauenden Augen ist kaum noch Leben.

»Aber *er* erkennt Sie doch?«

Schweigen. Die hellen Augen starren ganz weit in die Ferne. Von der Bahre kommt kein Wort, kein Zeichen. Nichts.

Und findet *danach* im selben Zimmer so etwas wie eine allgemeine Gegenüberstellung statt? Es herrscht große Aufregung, Männer diskutieren lautstark auf deutsch, und die ganze Zeit geht es um den *alten Professor,* sie deuten mit dem Finger auf den Vater der Katze, und wieder stehen alle um den abgelegten, reglosen Körper auf der Bahre: der Vater, die Zugehfrau, die man frühmorgens mit dem Einkaufsnetz und einem halben Brot für den Tag abgefangen hat, in einem kurzen, knallbunten Kleid, ein Junge, der im gleichen Haus wohnt und zu seinem Pech gerade auf der Treppe war, als die Gestapoleute kamen, und, um das Bild abzurunden, die Concierge des Hauses. Die Schreibmaschine rattert, die graue Maus übersetzt Protokolle.

Der schöne Mann in Uniform beugt sich zum Herrn Doktor vor:

»Herr Doktor. Der alte Professor … Wir können nicht …« Er seufzt:

»Der alte Professor. Alles Lügner.«

Er sagt, auch der alte Professor sei ein Lügner. Er wirkt dabei zutiefst betrübt.

Für die Katze gibt es kein Protokoll. Keine Unterschrift.

Und dann, *noch später:* wieder sitzen sie auf der schmierigen Bank in dem grauen Gang: alle drei, er zwischen dem Vater und der Mutter. Die Zugehfrau, die Concierge und den jungen Mann auf der Treppe haben sie wieder freigelassen. Hört er den Vater sprechen?

»Euch werden sie auch freilassen. Dich und die Katze. Ich bin mir sicher.«

»Und dich?«

»Ach ich, das ist ohnehin etwas anderes.«

Er redet leise:

»Antoine ist in Sicherheit. Das ist das Wesentliche.«

Und noch leiser. Er flüstert.

»Der Junge auf der Bahre wird sterben.«

Er schaut die Katze an.

»Sie haben geblufft. Er hat nicht geredet. Niemand hat geredet.«

»Nein«, sagt die Katze. »Niemand.«

Er sieht, daß die Hand des Vaters auf der der Mutter liegt: sie zittert nicht mehr. *In diesem Augenblick* tritt Ruhe ein; und dann werden sie abgeholt.

»Leb wohl, Luc«, sagt der Vater.

Dann fällt es ihm wieder ein, und er lächelt:

»Nein, nicht lebe wohl, auf Wiedersehen.«

»Natürlich«, sagt die Katze.

Und wird *dann* nur er durch eine Tür geschoben, die hinter ihm zufällt? Wo ist er? Im Halbdunkel einer leeren Toilette, in die von hoch oben durch mattes Fensterglas gelbliches Licht einfällt? Er kauert sich auf den Fliesenboden unter dem Waschbecken an eine Wand. Er wartet die ganze Nacht. Er denkt an Antoine.

Frühmorgens läßt ein Franzose in Zivil ihn hinaus auf den Gang; draußen ist es wieder Tag geworden. Er bringt ihm ein Glas sacharingesüßten Kaffee. Das alte Lied:

»Na, mein Kleiner, du bist aber noch ziemlich jung.«

Immer noch der Nebel und das Warten. *Endlich* wird er vor den glatzköpfigen Professor geschubst, der ihm seinen Ausweis zurückgibt.

»Du bist frei. Man wird dich nach Hause zurückbringen.«

Die beiden Gestapomänner, die ihn gestern festgenommen haben, holen ihn wieder ab. Der Fettwanst streckt die Hand nach ihm aus, und er versucht, ihm auszuweichen.

»Also mein Junge, siehst du ...«

Wieder das Auto, die Straßen, der Himmel, es ist spät am Morgen. Hat sich der Nebel dieser Nacht wie ein schrecklicher Vertrauter für immer in seinem Kopf eingenistet, sein Denken und Tun ganz eingehüllt?

In dem alten Haus in Marles ist der weinerliche Chor der Flüchtlinge immer noch vollzählig versammelt. Die Polizisten spielen noch einmal Hausdurchsuchung; aber sie schauen auf die Uhr: anscheinend haben sie es eilig.

»Du bist frei«, sagt der Fettwanst zu ihm. »Sobald wir deinen Bruder haben, wirst du deine Mutter wiedersehen. Ein Terrorist kommt nicht weit. Alles wird überwacht. Überall hängt sein Steckbrief. Wir haben ihn bald am Wickel. Sehr bald. Wir haben alles, was wir dazu brauchen. Er ist schon so gut wie gefaßt. Dann sehen wir uns vielleicht noch einmal wieder, mein Junge.«

Die Türen werden zugeschlagen. Sie fahren wieder zu *Michel*. Wahrscheinlich sind sie nur deswegen gekommen.

Nein. Diesen Mann sieht er nie wieder. Jahrelang spürt er immer noch den schwammigen Händedruck auf seinem Arm. In aller Deutlichkeit sieht er seine Figur und sein Gesicht vor sich, sein weißes mit Sommersprossen gesprenkeltes Gesicht, seinen Babymund, seine schwarzen, gewellten, nach hinten gekämmten Haare, ihren rötlichen Glanz, riecht den Gestank der Brillantine; er träumt davon, ihm wieder zu begegnen und ihn auf der Stelle umzubringen. Es ist der vernichtendste, der tödlichste Haß seines Lebens. Und eines Tages, eines schönen Tages viele Jahre später, merkt er zu seiner riesigen Überraschung, daß dieses Gesicht an Konturen verliert, daß er nicht mehr sicher ist, ob er es noch wiedererkennen würde, daß er ziemlich ratlos wäre, wenn er ihm wieder begegnete, daß er eigentlich nicht mehr den Wunsch hat, ihn umzubringen, daß der Haß nach und nach geschwunden ist und eine große Leere zurückgelassen hat, in der nichts nachgewachsen ist, ein Vakuum, das ihn verblüfft und ihn endgültig ratlos macht, als hätte man ihm seine letzte Gewißheit genommen. Und von diesem Zeitpunkt an kann er niemanden mehr wirklich hassen, ja nicht einmal *richtig* verabscheuen, denn wenn er noch nicht einmal mehr Haß für den da empfindet, wen könnte er dann überhaupt noch hassen? Und er fühlt sich erleichtert und zugleich ein wenig leer ...

Die Katze steht wieder allein an der Straße, auf der immer noch junge Leute singend vorüberziehen. Dieselbe Sonne. Dieselbe sommerliche Wärme. Ganz bestimmt hat er geträumt. Vielleicht ist in Wirklichkeit gerade eben das Auto mit der Mutter um die Kurve gebogen. Er ist allein. Allein.

Die Flüchtlinge sagen ihm, sie hätten seine Tante in Paris benachrichtigt; diese hat ihnen gesagt, wenn er allein zurückkäme, solle er sofort zu ihr kommen. Auch er möchte sie anrufen, aber zu *Michel* will er nicht gehen. In Marles wird er nicht bleiben: Antoine wird nie nach Marles zurückkehren. Vielleicht nach Paris. Seine Kameraden vom Bauernhof, René und die beiden Brüder, erwarten ihn schweigend am Straßenrand.

»Antoine ist in den Maquis gegangen«, meldet er ihnen im Ton felsenfester Gewißheit.

Ja. Antoine ist in den Maquis gegangen. Das ist sicher. Ganz sicher. Und er hat hier nichts mehr verloren. Er steckt ein paar Sachen in seine alte Tasche, unter anderem seine kostbare Flugblattsammlung und auch die beiden noch fast völlig unbenutzten Karten mit den Lebensmittelmarken: sie sind ein schönes Geschenk für seine Tante, er wird nicht mit leeren Händen in Paris ankommen. Die fünfhundert Francs aus der Schublade der Mutter.

»Mein armes Kind, mein armes Kind«, jammert die Großmutter der Flüchtlinge. Und wieder muß er sich an ihre schmierige Schürze pressen lassen.

»Deine Eltern, was für ein Unglück!«

Etwas später teilt sie ihm mit halb vorwurfsvoller Miene mit:

»Ein Meerschweinchen ist heute nacht gestorben. Ein Männchen.«

*

Jetzt läutet er also auf dem dunklen Treppenabsatz eines bürgerlichen Hauses im siebten Arrondissement an der Wohnungstür seiner Tante. Er ist in Saint-Rémy in den Zug eingestiegen und zwischen Palaiseau und Massy-Verrières, da, wo die Bahnverbindung unterbrochen ist, zu Fuß zwischen zerbombten Häusern und aufgerissenen Straßen entlanggegangen, um den stillgelegten Bahnhof zu umgehen; in beide Richtungen eilten Hunderte von Passanten an ihm vorbei. Für seine Sammlung hat er einige neue Flugblätter aufgelesen, mit denen der Boden bedeckt war.

»Ach, mein armer kleiner Luc ...«

Der Tante, dem Onkel und den beiden Vettern, die älter sind als er, muß er alles noch einmal von vorne erzählen, aber es fällt ihm schwer, ihn interessiert nur eine einzige Frage:

»Habt ihr Nachricht von Antoine?«

»Nein. Außerdem: dein Bruder, der wird sich schon irgendwie durchschlagen. Im Augenblick geht es erst einmal nicht um ihn.«

Da fällt ihm sein Geschenk ein. Er kramt in seiner Tasche, läßt die Flugblattsammlung auseinanderflattern, um schneller zum Boden vorzudringen, und schwenkt die Lebensmittelkarten.

»Da. Das sind Marken. Ich dachte, daß ihr die gut gebrauchen könnt, daß ihr euch freut.«

Ohne recht zu begreifen, streckt die Tante die Hand aus.

»Was ist das?«

»Brotmarken. Zusatzmarken J 3. Sie sind echt. Antoine hat sie ... Ich habe sie schon benutzt. Es ist ganz einfach.«

Schweigen. Ein völliger Schlag ins Wasser.

»Mein armer kleiner Luc«, sagt die Tante.

Hier nennt man ihn nicht mehr Katze. Außerhalb der Familie nennt niemand ihn Katze. Mit der Katze ist es vorbei.

»Mein armer kleiner Luc, du bist müde und schmutzig wie ein Schornsteinfeger. Erstmal mußt du in die Badewanne. Wir haben zwar kein Gas, aber ich habe das Artischockenwasser übrigbehalten, es ist noch lauwarm, das wird reichen. Danach gibt es etwas zu essen.«

Er planscht in grünlichem Wasser aus einem großen Kochtopf. Sein Hemd ist wirklich starr vor Dreck. Er zieht Sachen von seinen Vettern an. Er macht sich die Haare naß, kämmt seinen Schopf nach hinten und zieht vor dem Spiegel einen geraden Scheitel.

»Wir erwarten dich im Büro, Luc.«

Der Onkel ist Psychiater. Er ist Chefarzt eines großen Krankenhauses in Chevigny, einem Vorort von Paris, und verbringt seine Zeit zur einen Hälfte dort, zur anderen zu Hause. In seinem riesigen, schön getäfelten Arbeitszimmer mit Regalen voller Bücher, auf deren Rücken sein Monogramm eingeprägt ist, empfängt er seine Patienten. Wenn der Onkel nicht da war und Luc seine Vettern besuchte, spielten sie oft mit seinen Instrumenten: sie hörten sich mit dem Stethoskop ab, sie legten sich die Armmanschette an und pumpten sie mit der Gummibirne prall auf – dieses herrliche Zirpen, wenn man den Druck entweichen läßt, wenn der Ring in sich zusammenfällt und der Zeiger des Zählers verrückt spielt –, sie kontrollierten ihre Kniereflexe mit dem kleinen runden Gummihammer und suchten in den riesigen Medizinbänden nach den aufregendsten farbigen Abbildungen spektakulärer Geschlechtskrankheiten, nach den einzigen Bildern von Geschlechtsteilen, die sie zu sehen bekamen. Aber heute ist niemandem nach Spielen zumute. Der Onkel sitzt hinter seinem Schreibtisch, die Tante steht daneben, er klopft nervös mit dem Hämmerchen auf die vor ihm ausgebreiteten Lebensmittelkarten. Noch einmal soll er versuchen, die Geschichte zu erzählen. Aber was bleibt noch zu sagen?

»Die Flugblätter: wir müssen sie verbrennen. Sofort in den Kamin damit. Das ist ja Wahnsinn.«

Der Onkel ist ein Kriegsheld. Ein Held aus dem vorigen, dem ersten, dem großen, dem sogenannten letzten Krieg. Er hat den letzten Krieg mitgemacht: vielleicht meint er, er habe sein Soll erfüllt.

»Das ist ja Wahnsinn«, wiederholt er kopfschüttelnd. »Warum hast du das alles behalten?«

Sie zünden die Flugblätter an. Der Kamin raucht. Lächerlich: Feuer bei dieser Hitze zu machen.

Luc braucht nicht lange nach einer Antwort zu suchen. Er setzt eine Unschuldsmiene auf:

»Ach wißt ihr, Kinder bringen alles mögliche nach Hause.«

Aber das Gericht läßt sich nicht milde stimmen.

»Machst du dir überhaupt klar, was jetzt los wäre, wenn die Deutschen das gefunden hätten?«

Ja, er macht es sich klar. Er macht es sich so deutlich klar, daß er nicht einmal versucht, ihnen zu erklären, daß die Deutschen die Flugblätter ja tatsächlich gefunden haben, daß sie deswegen keinen solchen Aufstand gemacht haben wie sein Onkel, daß sie bestimmt andere Dinge zu tun haben, daß sie einfach gesagt haben, es sei eine schöne Sammlung, daß sie viel wichtigere Dinge suchen, Widerstandskämpfer, die Waffen besitzen und ihre Familienväter umbringen, vorzugsweise Nazis, aber nicht nur, sondern je nach dem, und daß das etwas ganz anderes ist als diese erbärmlichen Geschichten um alte Flugblätter. Aber vielleicht sprechen sie gar nicht von denselben Deutschen?

»Und diese Marken, diese Marken.«

Sie fassen sie mit den Fingerspitzen an und untersuchen sie mißtrauisch, als hätten sie Angst, eine versteckte Falle oder eine Feder könne zuschnappen und ihnen ihre Finger zerquetschen, als wären sie vorwitzige Mäuse.

»Wo hast du diese Marken her?«

»Antoine hat sie für die Résistance aus einem Bürgermeisteramt geklaut, und weil ich ihm dabei geholfen habe, hat er mir ein paar geschenkt.«

»Aber es sind doch gestohlene Marken. Das ist sehr gefährlich.«

»Nein. Ich habe in Chevreuse Brot damit gekauft. Es kann nicht gefährlich sein.«

Muß man ihnen wirklich alles erklären? Es sind »J3«, also Zusatzmarken, die nicht auf der Karte festgeklebt sind; sie lassen sich wie Briefmarken an den gezackten Linien abreißen; in den Bäckereien gibt man sie immer einzeln mit dem Geld ab. Wo also liegt das Problem? Es ist doch kinderleicht.

»Es ist gefährlich«, wiederholt die Tante. Sie stößt einen Seufzer des Bedauerns aus. Der Onkel nimmt das Blatt unter die Lupe. Soll er der Versuchung nachgeben?

»Und der Stempel? Der Stempel ist unleserlich.«

Luc kann seinen Stolz nicht unterdrücken:

»Den hat Antoine mit einer Kartoffel gemacht.«

Angewidert trennen sie jetzt sorgfältig die kleinen unnützen Ränder um die Marken ab und zerreißen sie in tausend Stücke.

»Gut«, denkt er erleichtert. »Sie werden sie also doch benutzen. Aber was für ein Aufwand!«

»Dein Bruder, was ist denn eigentlich in ihn gefahren? Was hat er denn angestellt?«

»Also wirklich«, denkt Luc, »Verhöre habe ich allmählich satt.« Er gibt keine Antwort. Seine Tante lächelt ihn an. Wenn sie lächelt, ähnelt sie seiner Mutter. Er fühlt, wie ihn für einen Augenblick ein wohliges Gefühl durchströmt. Sie hat rote, nach hinten zurückgekämmte Haare und eine – wie Luc findet – eigentlich ein bißchen zu spitze Nase. Trotz allem sieht sie der Mutter oft ähnlich.

»Jetzt mußt du das alles vergessen«, sagt sie. »Das ist kein Leben für ein Kind. Das ist wirklich keine Welt für dich. Dafür bist du noch viel zu jung.«

»Dreizehneinhalb«, betont Luc. »Jedenfalls bald.«

»Deine Eltern werden bald freigelassen. Bis dahin müssen wir durchhalten. Es dauert ja nicht mehr lange. Man hat schon entsprechende Schritte eingeleitet.«

»Und Antoine?«

»Zerbrich dir nicht den Kopf um Antoine... Du wirst nicht hierbleiben. Das wäre zu gefährlich. Sie haben auch die Wohnung deiner Großmutter durchsucht. Morgen kommst du zu Freunden. Dort bist du gut aufgehoben.«

»Was ist gefährlich?«

»Alles ist gefährlich. Das verstehst du nicht.«

Nein, er versteht es nicht. Ist vielleicht er selbst gefährlich? Das wäre seltsam. Um wen haben sie Angst? Um ihn? Um sich selbst? Sie werden ihn verstecken. Vor wem verstecken sie ihn? Er weiß genau, daß die Deutschen nicht wiederkommen, denn Antoine finden sie nie. Antoine ist der Stärkere.

Als er mit seinen Vettern allein ist, versucht er noch einmal, alles zu erzählen, aber es gelingt ihm nicht. Seine Vettern sind nett, sie zeigen ihm ihre Zimmer: der größere zeichnet mit Wachsmalstiften phantastische Landschaften, die bei ihm an den Wänden hängen, der andere hält sich eine stinkende, weiße Maus. Und dann, als er plötzlich merkt, daß sich in seinem ganzen Körper etwas lösen will, etwas, das von unten heraufsteigt, ihm in der Kehle steckenbleibt und ihn lähmt, als er merkt, daß er vielleicht endlich anfängt zu weinen, etwas nach außen dringen zu lassen, daß ihm die Tränen kommen...

»Was hast du?«

»Das verstehst du nicht.«

Er mag seine Stimme nicht, nicht diese Worte, die aufgesetzt klingen. Fängt er nicht an, auf die Tränendrüse zu drücken, den anderen Theater vorzumachen?

»Schau an«, witzelt der Vetter, der kleine Dicke. »Luc spielt sich auf.«

Da rückt alles wieder an seinen Platz. Tief drinnen in ihm straffen sich die Knoten, der schwere Stahlblock schweißt sich wieder zusammen. Er wird nicht weinen. Er kann nicht weinen. Übrigens stimmt es, er hat sich aufgespielt. Er hatte gar keine Lust zu weinen, er wollte sich nur interessant machen, sich bemitleiden lassen: es ist ihm nicht geglückt, das ist alles. Im Badezimmer entdeckt er eine dicke Klistierspritze und spritzt damit seine Vettern im Flur von oben bis unten naß. Sie jagen ihm nach. Es ist ein aufregendes Spiel. Seine Tante greift ein und versetzt ihm zwei Ohrfeigen: er hat sie verdient. Er trampelt vor Wut mit den Füßen und wirft sich mit aller Wucht auf den älteren der beiden Vettern. Mit großer Mühe sperrt man ihn in das Zimmer am Ende des Flurs, und durch das Pochen des Blutes in seinem Kopf hindurch hört er, wie der Vetter hinter der Tür seinen schulmeisterlichen Kommentar abgibt:

»Wenn Luc in Wut gerät, dann habe ich Angst. Ich bin stärker als er, aber wenn er seine Anfälle hat, dann bekomme ich Angst. Ich glaube, manchmal dreht er durch.«

Er kauert sich am Bettende zusammen und schämt sich. Aber mitten in dieser Scham empfindet er auch ein Gefühl glücklicher Zufriedenheit: er hat ihnen Angst eingejagt. Umso besser. Er schläft ein.

*

Aber einige Stunden zuvor hatte sein Bruder angerufen, um sich zu erkundigen, ob er da sei.

»Er ist gerade angekommen«, anwortete seine Tante.

»Ich bin gleich da.«

»Ich möchte nicht, daß du zu uns hinaufkommst. Ich werde unten auf dich warten.«

Sie hängte sofort ein.

Sie wartete also vor der Toreinfahrt auf ihn. Die Straße war fast menschenleer. Er hinkte.

»Ich möchte Luc sehen.«

»Nein. Ich lasse dich nicht in die Wohnung. Es ist zu gefährlich. Du hättest auf gar keinen Fall anrufen dürfen. Es ist Wahnsinn.«

»Eben. Ich kann doch nicht hier stehen bleiben.«

Sie gingen in die Einfahrt hinein. Vor dem Aufzug wiederholte sie:

»Du kommst nicht mit hoch. Ich verbiete es dir. Luc ist ein Kind. Ich will nicht, daß er dich sieht. Er muß alles vergessen. Was er jetzt braucht, ist wieder ein richtiges Familienleben.«

Er zuckte die Achseln:

»Die Leute, denen ich heute begegne, sind wirklich alle ...«

Er brachte den Satz nicht zu Ende. Er machte kehrt. Er ging die sonnige Straße zurück, noch immer vor Schmerz hinkend; krank vor Erschöpfung und Kummer machte er sich auf den Weg zu anderen, genauso ergebnislosen Verabredungen. Hat er überhaupt das Geld angenommen, daß sie ihm heruntergebracht hatte? All das erfährt Luc erst sehr viel später und auch dann nur sehr ungenau aus bruchstückhaften Einzelheiten.

Der 14. Juli 1944 hatte in Paris eine Zeit eingeleitet, die man als die der nationalen Erhebung bezeichnen kann. Es war ein Tag spontaner Demonstrationen im gesamten Stadtgebiet: vielleicht hunderttausend Demonstranten in Belleville, in Maubert, in der Rue Saint-Antoine. »Dieser Tag muß zu einem Tag des Krieges gegen die Deutschen werden«, hatte die KP verkündet. Für die Partei war es ein großer Tag. Aber dabei wollte es niemand belassen: »Das Blut der Wandalen soll auf dem Pariser Pflaster fließen.« Die Partei ging davon aus, daß angesichts eines noch sehr langen Krieges und heftiger, verlustreicher und in ihrem Ende noch nicht absehbarer Kämpfe an einer Front, bei der man nicht wußte, ob und wann die Alliierten sie durchbrechen könnten, dem Druck der Besatzungsmacht immer weniger standzuhalten sei: wenn sie nicht rechtzeitig reagierte, drohte der Résistance die Vernichtung. Ihr einziger Ausweg bestände darin, das Kräfteverhältnis zu verändern, die Besatzungsmacht das Gewicht ihrer Präsenz und ihrer Organisation spüren zu lassen. Sich Achtung zu verschaffen. Aber Paris verfügte über so gut wie keine Waffen, und im Gegensatz zu anderen Gebieten Frankreichs blieb dies so bis zum Ende. Nachdem er Schutzgruppen für Demonstrationen organisiert hatte, beteiligte sich Antoine an zahlreichen Aktionen gegen Soldatenheime, an

Anschlägen auf Lastwagen, an Überfällen auf einzelne Unteroffiziere, um deren Waffen zu erbeuten. Endlich konnte er ständig über seine sogenannte *Werkzeugkiste* verfügen, eben über jene Pistole, die er der Katze gezeigt hatte. Dadurch wurde für ihn alles anders. Den Diskussionen über die Prinzipien der gemeinsamen Aktion und über politische Richtungskämpfe blieb er von jetzt ab fern. »Endlich kann ich an die Arbeit gehen«, hatte er gesagt. Und er war an die Arbeit gegangen. Ist es vorstellbar, daß er – zumindest für einen kurzen Zeitraum – erleichtert, befreit, ja fast *glücklich* war? Wahrscheinlich nicht. Er machte sich nichts vor: er notierte, die Aktion könne eine Droge sein. Oder ein Betäubungsmittel.

Innerhalb einer Woche überfiel er, jedesmal mit einem anderen Kameraden, am hellichten Tage auf der Straße drei Offiziere und tötete sie aus nächster Nähe. Der dritte Überfall verlief nicht wie geplant. Es war an einem Spätnachmittag. Sie waren mit dem Fahrrad unterwegs. Sie sahen, wie der Offizier aus einem Soldatenheim in der Rue de la Faisanderie kam. Sie fuhren an ihm vorbei. An der Straßenecke stellten sie das Fahrrad ab. Sie luden ihre Pistolen durch und trennten sich. Antoine ging auf ihn zu. Er hatte keine Zeit gehabt, ihn zu mustern. Er nahm gerade noch die schwarze Uniform und das Gesicht wahr, auf das er zielen würde. Vielleicht überfiel ihn wie schon die Male davor für einen Sekundenbruchteil jener letzte Moment des Zögerns, jene völlige Leere, wenn man mit einem unaussprechlichen Staunen spürt, daß sich alles noch in der Schwebe befindet, wenn man den Eindruck hat, es sei nicht möglich, nicht wahr, man werde nie so weit gehen, man schaffe es nicht: noch zwei, drei Schritte, und nichts würde sich geändert haben, das Leben ginge ungestört weiter. *Nichts* wird geschehen sein. Er zog seine Pistole und schoß zweimal aus kaum einem Meter Entfernung in Kopfhöhe. Der Mann fiel um. Er schoß auf den Liegenden, bis das Magazin leer war. Dann zwang er sich, nicht sofort wegzurennen, sich zu bücken und dem Offizier die Waffe abzunehmen. Erst dann lief er mit klingenden Ohren zu seinem Fahrrad, fast betäubt von den Schüssen.

Eine Gruppe von Wehrmachtssoldaten kam aus dem Gebäude gestürzt, ohne noch recht zu begreifen. Er schleuderte ihnen sein Fahrrad zwischen die Beine, hastete um die Straßenecke, rannte so schnell er konnte bis zu einem Gäßchen, kletterte über das mit langen Eisenspitzen bewehrte Gittertor einer Privateinfahrt und landete mit schmerzendem Bein in einem Buchsbaumgehölz: bei dem Sprung hatte er sich den Fuß verstaucht. Er war sich sicher, daß er sich in einer Sackgasse befand. Damit hatte er recht: der einzige Weg nach draußen war das Portal, das zur Straße hin sperrangelweit offenstand.

Man kann sich nur schwer vorstellen, wie er aus dieser Situation herausfand. Wahrscheinlich läßt sich denken, daß er versuchte, wieder zu Atem zu kommen, um dann eine von ihm und seinen Kameraden schon oft angewandte Methode auszuprobieren: er setzte sich eine Baskenmütze auf, steckte sich ein militärisches Abzeichen an, das er bei sich trug, knöpfte seine blaue Jacke zu – wie ein aufrechter Jungmann des Marschalls –, trat nach einer Viertelstunde aus dem Portal und mied trotz starker Schmerzen das Hinken. Es war niemand da. Am Ende der Rue de la Faisanderie sah er eine dichte und aufgeregte Gruppe von Soldaten. Motorradfahrer fuhren die benachbarten Straßen ab. An der Ecke beobachteten Bewohner des Viertels und französische Polizisten die Deutschen aus respektvoller Entfernung. Wie ein Passant erkundigte er sich, was vorgefallen war. Ein Polizist gab Auskunft: zwei Terroristen hatten einen deutschen Offizier erschossen. Einen hatte man schon gefangengenommen, dem anderen war man auf der Spur: er hatte sich in Richtung Bois de Boulogne geflüchtet. Das Viertel war umstellt. Solange wie möglich blieb er unter den Schaulustigen und Polizisten, wenn möglich im dichtesten Gedränge. Das Warten nahm kein Ende. Nach und nach zerstreuten sich die Leute. Ein Krankenwagen transportierte die Leiche ab, mehrere deutsche Autos kamen angeschossen, rasten wieder davon. Es wurde dunkel. Schließlich, kurz vor der Sperrstunde, die Polizisten kehrten bereits auf ihre Wache zurück, mußte er gehen. Als sei es eine ganz natürliche Sache, ein Stück mit ihnen gemeinsam zurückzulegen, schloß er sich ihnen an. Er plauderte über die harten Zeiten, die Absurdität des Terrorismus und die ratsame Notwendigkeit, sich aus allem herauszuhalten. So passierten sie in der Avenue Henri-Martin eine deutsche Straßensperre. Erst in der Rue de Passy trennte er sich von ihnen mit einem freundlichen auf Wiedersehen. Die unmittelbar gefährliche Zone hatte er hinter sich. Hatten sie wirklich nichts gemerkt? Die Zeiten waren schwierig und unsicher, die Zukunft schon absehbar.

Von da gelangte er mit seinem geschwollenen Bein ins Zentrum von Paris, ohne auf weitere Straßensperren zu stoßen. Kurz vor Mitternacht kam er bei einem Kameraden an, von dem er wußte, daß er ihm Unterschlupf bieten und ihm helfen würde, alle diejenigen in der

Organisation zu alarmieren, die durch die Verhaftung seines Kameraden und die mögliche Entdeckung seiner eigenen Identität gefährdet waren. Von dort schleppte er sich zu Fuß weiter zur elterlichen Wohnung; nur Willenskraft, Verzweiflung und Stolz hielten ihn aufrecht. Um zwei Uhr früh kam er an. Wie immer um diese Zeit war sein Vater bei der Arbeit. Er erzählte ihm alles. Sein Vater machte ihm keinen Vorwurf. Vielleicht dachte er daran, daß er diesen Augenblick schon lange hatte kommen sehen, und daß er ihn nicht hatte verhindern können; daß er seinen Sohn nicht genügend unterstützt, ihn nicht vorgewarnt, ihm nicht mehr Zurückhaltung auferlegt hatte.

Er sagte zu seinem Vater, daß die Deutschen jeden Augenblick bei ihm eintreffen könnten und er fort müsse. Wahrscheinlich hat sein Vater die Stapel der Dokumente, Zettel und unvollendeten Manuskripte betrachtet, die in dem warmen Licht des grünen Lampenschirms auf dem riesigen Schreibtisch lagen und gesagt, er werde nicht fliehen, nicht vor den Deutschen. Wenn, dann sollten sie ihn hier finden. Es wäre ja nicht das erstemal. Vor drei Jahren hatten sie ihn schon einmal festgenommen. Seit langem lag ohnehin noch anderes gegen ihn vor. Er wolle Freunde im Haus benachrichtigen, die in aller Frühe am nächsten Tag bei *Michel* in Marles anrufen würden, um der Mutter eine verschlüsselte Botschaft zukommen zu lassen: dadurch bestand eine große Chance, daß sie und Luc sich in Sicherheit bringen konnten; und falls die Botschaft nicht zu ihnen durchkäme und er selber verhaftet werden sollte, würde die Gestapo sich bestimmt nicht für sie interessieren. Aber Antoine müsse fort. Auf gar keinen Fall dürfe er sich schnappen lassen. Er bat ihn darum. Diesen Sieg, diese Freude dürfe er ihnen nicht gönnen. Und auf gar keinen Fall dürfe er sich entmutigen lassen. Er brauche sich keine Vorwürfe machen, außer er ließe sich gefangennehmen. Allein vor seinen Kameraden und vor seiner Organisation müsse er Rechenschaft ablegen. Den Weg, den er gewählt hatte, müsse er bis zu Ende gehen. Es war wie ein Befehl, der letzte, den er ihm geben konnte. Beide hatten sie gekämpft, jeder auf seine Weise und jeder auf seiner Seite, und sie würden auf dem eingeschlagenen Weg weiterkämpfen, so gut sie konnten.

Aber vielleicht hat er dies alles gar nicht gesagt. Vielleicht hat er nur von ganz praktischen Dingen gesprochen, weil die Worte so überflüssig waren.

Antoine räumte rasch in seinem Zimmer auf. Mit Hilfe seines Vaters verbrannte er alle Unterlagen. Dann wartete er bis zum Tagesanbruch, während der Vater Ordnung in seine angefangenen Arbeiten brachte. In der Dämmerung kehrte er zu seinem Kameraden zurück und brach erschöpft zusammen. Konnte er schlafen? Noch um die Mittagszeit rief er in der Wohnung der Eltern an. Eine fremde Stimme meldete sich, ja, er sei mit Professor Ponte-Serra verbunden und er solle seinen Namen nennen. Er hängte auf und fing an, durch Paris zu hasten. Er versuchte, berühmte Kollegen seines Vater zu alarmieren. »Junger Mann«, erfuhr er fast überall, »verlieren Sie nicht die Nerven. Sie sind sehr aufgeregt. Es kann sich um ein Mißverständnis handeln. Wir werden uns mit den deutschen Dienststellen in Verbindung setzen. Manche von uns haben gute Kontakte. Aber warum gehen Sie nicht selbst hin? Jedenfalls wäre es besser, wenn Sie uns nicht noch einmal aufsuchen würden.« Einige kurze Verabredungen, die aufwendig vorbereitet werden mußten, verschafften ihm Gewißheit, daß in seiner Gruppe die Sicherheitsbestimmungen korrekt angewandt worden waren. In Paris fühlte er sich in der Falle, er wäre der ersten Razzia, der erstbesten Kontrolle ausgeliefert und selbst seine gefälschten Papiere erschienen ihm als Schutz nicht ausreichend, weil mit Sicherheit überall sein Steckbrief hing. Er konnte in der Stadt nichts mehr tun. Er konnte versuchen, sich nach Westen in Richtung Front zu einem Kameraden durchzuschlagen, der in seine Heimatgegend zurückgekehrt war, wo er versuchte, die Leute für den Gedanken einer baldigen Erhebung zu gewinnen. Jetzt, gegen Ende Juli, schienen die deutschen Linien zum erstenmal dem Ansturm der ersten und der dritten US-Armee auf Coutances und Avranches nicht mehr standhalten zu können.

Aber er wollte nicht losfahren, ohne Nachricht von seiner Mutter und von Luc zu haben und ohne zu wissen, was mit seinem festgenommenen Kameraden geschehen war. Am Abend jenes ersten Tages seiner Odyssee gelang es ihm, sich mit seiner rotnasigen Cousine zu treffen, die schon über alles informiert war und ihm die Verhaftung seiner Familie mitteilte. Sie war sehr nervös und kurz angebunden. Daraufhin begriff er, daß er dazu verurteilt war, abgesehen von einigen wenigen Kameraden wie dem, der ihm Unterschlupf gewährt hatte, nur auf Leute zu treffen, die ihm aus Angst nicht helfen würden. Das sagte er ihr brutal ins Gesicht.

Bevor er zu seiner Tante ging, schrieb er Luc für den Fall, daß sie sich nicht mehr sehen sollten, einen kurzen Brief. »Jetzt kommt die Zeit, wo die Katze alleine durch die Welt gehen muß. Schweigen und

Geduld.« Da die Zeit so drängte, weil seine Tante ihn möglichst rasch loswerden wollte, konnte er ihr den Zettel nicht einmal zustecken.

Der Gedanke ließ ihn nicht los, daß man seine Eltern freilassen würde, wenn er sich der Gestapo stellte. Aber zugleich sah er ein, daß dies unwahrscheinlich war. Was ihm sein Vater gesagt hatte, war richtig. Und sein Vater hatte ihm gesagt, er müsse weiterkämpfen; er habe Vertrauen zu ihm.

Auch hatte er erfahren, daß sein festgenommener Kamerad, nachdem sie ihn gefoltert hatten, reglos auf einer Bahre in die Rue de la Faisanderie zurückgebracht und genau an dem Schauplatz des Attentats erschossen worden war. Die Leiche war an Ort und Stelle liegengeblieben, und man hatte ihr ein Schild umgehängt: *Ich habe einen Offizier der deutschen Wehrmacht umgebracht.*

Nein. Er mußte da heraus. In Paris gab es für ihn nichts mehr zu tun.

Luc verbringt die Nacht im Arbeitszimmer seines Onkels. Er schläft auf der Couch der Patienten. Im Zimmer duftet es angenehm nach Tabak, Leder und nach dem undefinierbaren Geruch der Berger-Spirituslampe, die sein Onkel jedesmal anzündet, nachdem ein Patient gegangen war.

Am nächsten Morgen zieht er zu Freunden der Familie in die Rue de l'Abbaye. Es ist ein hohes, altes Hinterhaus in einem gepflasterten Hof, zu dem eine graue Straße mit düsteren Fassaden führt. Die friedliche Stille beginnt schon bei der schattigen Kühle der riesigen, mit einem schmiedeeisernen Geländer versehenen Steintreppe. In diesem Viertel stehen versteckte alte Adelshäuser, die einst zur alten Abtei von Saint-Germain-des-Prés gehörten; sie beherbergen friedliche Gärten. Hinter dem Haus gehen die hohen Fenster auf eine Wiese hinaus, auf der man unter einem Kastanienbaum Krocket spielen kann. Hier bleibt er die letzten Juli- und ersten Augusttage über. Die Wohnung ist riesengroß und in sich verschachtelt. Sie besteht aus einer Reihe sonniger, durch Türen untereinander verbundener Zimmer und aus Korridoren, die sich zwischen Schränken hindurchschlängeln. Die Freundin seiner Mutter ist sanft, die Kinder sind älter als er: wenn nicht gerade der Strom ausgefallen ist, hört der Sohn Swingplatten auf einem riesigen elektrischen Plattenspieler – einem Wunderwerk des Fortschritts, das man Pick-up nennt.

Ihr Mann ist ein hoher Beamter im Finanzministerium. Er kommentiert sehr sachlich die Ereignisse. Ohne Ungeduld wartet er auf das Kommen der Engländer und Amerikaner. Sie werden

Ordnung in die Geschäfte bringen, die Sachen in die Hand nehmen, die Gemüter werden sich beruhigen. Er ist klein, füllig, nur noch wenige weiße Haare kleben an seinem rosigen Schädel, hinter dicken Brillengläsern hat er Augen, die fast so weiß sind wie die eines Albinos. Im ersten Krieg war er bei den Luftschiffern gewesen und am 11. November 1918 hatte er seine Sternstunde gehabt. In einem mit riesigen Trikoloren geschmückten Ballon war er unter dem Beifall einer unzählbaren, begeisterten Menge in den Himmel über den Champs- Elysées aufgestiegen. Da er schon den letzten Krieg mitgemacht hatte, war er zu alt, um im jetzigen eingezogen zu werden, und darüber war er ganz zufrieden. Er versteht es, die kundige Miene derer aufzusetzen, die den Gipfel der Ehre erklommen haben, in aller Nüchternheit wieder heruntergestiegen sind und vom Leben nichts mehr zu lernen brauchen: sie kennen alle Geheimnisse und geben gelegentlich ein paar davon zum besten. Fast wie eine Selbstverständlichkeit trägt er auf all seinen Kleidern, sogar auf seiner Innenweste, das dünne, rote Band der Ehrenlegion. Jeden Tag kommt er um halb eins nach Hause. Um eins wird dann an einem großen, von dem Dienstmädchen mit Kristallgläsern und Tafelsilber gedeckten Tisch zu Mittag gegessen. Man speist von weißen Tellern mit vergoldetem Monogramm. Das Essen ist gut. Es gibt keine Mangoldblätter, keine Karden, keine gekochten Artischocken und keinen Möhrenkuchen. Seit vier Jahren hat sich die ganze Energie der Familie anscheinend auf das Essen und die Mittel zu seiner Beschaffung konzentriert. »Wieder eins den Deutschen weggeschnappt«, seufzt das Familienoberhaupt in Siegesstimmung, wenn es gerade ein saftiges Kalbsbries oder ein exotisches Perlhuhn verzehrt hat, das man gegen Gold über kostbare Kanäle beschafft hatte. Und in seinem bewegten Blick steht unverkennbar der Sieg geschrieben. Es ist ein tagtäglicher Kampf, ein Krieg, der richtige Krieg, der einzige, der die Mühe lohnt, bei dem es Pechsträhnen und heroische Augenblicke gibt. Für ihn ist die Lebensmittelversorgung auf dem Schwarzmarkt nach bestem Wissen und Gewissen eine Form von Résistance. Luc empfindet vage eine Art Schmach, wenn er an die täglichen Mühen seiner Mutter zurückdenkt, an ihre Heldentaten, die ihm jetzt ziemlich erbärmlich vorkommen, an die lange Pirsch nach Margarine oder nach grünem Kaffee ohne Marken, an das bange Warten auf ein Kaninchen, um das man schon einen Monat im voraus auf dem Bauernhof gebettelt hatte, an die vielen Male, wo sie in Toulon ab vier Uhr morgens Schlange stand, um – welch glückliche Erinnerung – Schweinsohren zu bekommen, an die Haut auf der Milch, die sie sammelte, an ihr Steckrüben- und Kohlrabimus. Er kann es kaum glauben: hier scheint alles so selbstverständlich.

Seine Frau erhebt niemals die Stimme. Schon am allerersten Tag hat sie an der Tafel, vor einer Schüssel Knollenziest in weißer Soße, die Dinge unmißverständlich klargestellt:

»Wie auch immer: wenn ich deine Mutter wäre, und mein Sohn mir das angetan hätte, was Antoine ihr angetan hat, ich würde ihm nie verzeihen.«

Und der Sohn, der zwei oder drei Jahre älter ist als Luc und der sie ohnehin voll hat, schweigt und steckt seine Nase in den Teller. Nicht, daß das etwa Bosheit wäre, es ist lediglich der gelassene Standpunkt des elementaren gesunden Menschenverstandes. Genau das ist es: sie bleibt gelassen in ihren Gewißheiten. Abends kommt sie an Lucs Bett und schlägt sein Laken ein: er ist ein braver kleiner Junge.

Die Abende sind wunderbar ruhig. Je mehr Tage vergehen, um so größere Stille breitet sich in diesem Pariser Viertel aus. Nach dem Abendessen macht die ganze Familie einen gemächlichen Spaziergang zur Seine hinunter. Man sieht keine Autos mehr, keinen Verkehr, kaum einen Radfahrer, dafür aber zahlreiche friedliche Spaziergänger. Man begrüßt Bekannte, man tauscht die neuesten Meldungen über den alliierten Vormarsch aus. Jeden Abend begegnet man am Quai Voltaire dem alten Raymond Duncan und seinen Schülern, die die Rückkehr zur Einfachheit der alten Griechen propagieren: sie tragen selbstgewebte Peplen und Riemensandalen an ihren bloßen Füßen, wenn sie draußen ein wenig frische Luft schnappen. Die Deutschen tauchen in diesen Vierteln nicht mehr auf. Es heißt, daß nachts Truppen mit der Metro Paris durchqueren. Die immer häufigeren Stromausfälle haben praktisch das ganze Leben lahmgelegt. Die Metro fährt so gut wie gar nicht mehr. Es ist wie in den großen Ferien.

Manchmal geht er mit dem Sohn des Hauses in die Schwimmbäder an der Seine, nach Deligny oder ins Bain Royal unterhalb der Tuilerien. Sie lassen sich im lauwarmen Wasser treiben, aber es sind zu viele Leute da, als daß sie sich auf die Planken in die Sonne legen könnten. Wenn sie am Flußufer entlangschlendern, verfolgen sie geduldig die Bahn der Korken der zahlreichen Angler, die mit Klappstühlen, Brotbeuteln, Köderkisten und an Schnüren ins Wasser hängenden Drahtkörben, in denen man manchmal für einen kurzen Augenblick die schon gefangenen Fische zappeln sieht, sich den Tag vertreiben. Es ist eine kleine, ruhige, in sich geschlossene und zeitlose Welt, mit gemächlichem und bedächtigem Geplauder, in dem die Welt von draußen nicht den geringsten Platz hat: man fachsimpelt über Tips für die Köderzubereitung, die Hinterlist der Fische, über Angelerlebnisse früherer Jahre an anderen Flußufern.

Jungen seines Alters machen sich an den sanft abfallenden Uferhängen zu schaffen, sie stehen bis zu den Knien im Wasser, gehen Schritt für Schritt vorwärts und drehen dabei die lockeren Steine um. Er sieht, daß sie durchsichtige, graue Krebse fangen, die sie in einen Sack werfen. So kommt auch er an mehreren Tagen jeden Nachmittag ans Ufer zwischen dem Pont des Arts und dem Pont-Neuf, zieht die Schuhe aus und dreht hartnäckig einen Stein nach dem anderen um. Aber er hat nicht den richtigen Griff. Wenn er einen Bruchstein hochhebt, wirbelt er Sand auf, der das klare Wasser des Flusses trübt. Manchmal sieht er, wie ein flüchtiger grauer Schatten ihm zwischen den Beinen hindurchschlüpft: zu spät. Er schließt Freundschaft mit anderen Jungen, die stolz ihr Beute vorzeigen. Sie machen sich über ihn lustig:

»Du solltest deine Zehe über die Steine hängen lassen und warten, bis sie anbeißen.«

Er fängt nichts. Naß und zufrieden kehrt er in die Rue de l'Abbaye zurück.

*

Er fühlt sich wohl hier. Wie in einer Wolke. Unwirklich: da und zugleich doch nicht ganz da; er weiß gar nicht genau wo. Wie alle verfolgt er die Kämpfe an der Front auf zusammengesteckten Michelin-Karten, die in der Diele an der Wand hängen. Und wenn er an den langen, stillen Nachmittagen vor den Nadeln, die den Frontverlauf markieren und sich nicht schnell genug bewegen, die Geduld verliert, fängt er an, mit Tusche und Farbstiften auf großen Blättern seine eigenen imaginären Landkarten zu zeichnen: ein Land, eine Insel natürlich, eine, die nur er kennt, mit einer Hauptstadt, mit Häfen, Dörfern, Flüssen und Eisenbahnlinien. Wenn er fertig ist, läßt er seine Armeen an Land gehen, um sie zu erobern; und hier bewegt sich die Front nach seiner Strategie; seine Eliteeinheiten sind unbesiegbar. So läßt er, über seine Insel gebeugt, ganze Tage verstreichen. Wenn am Abend eine befestigte Stadt belagert wird, geht er an Land, um sich selbst an die Spitze seiner Truppen zu stellen und das benachbarte Zimmer im Sturm zu nehmen: mit dem Kopfkissen trommelt er auf den in seinem Bett überraschten Jungen ein, der auf dem Rücken liegt und sich mit mächtigen Fußtritten verteidigt. Daraufhin tritt er unter der Wirkung schwerer Artillerie den Rückzug an.

»Man kümmert sich um deine Eltern«, wiederholt der Hausherr jeden Tag. »Deine Mutter ist in Romainville im Frauengefängnis. Dein Vater ist in Fresnes.«

»Kann man sie nicht im Gefängnis besuchen?«

»Nein. Zur Zeit befinden sie sich noch in Einzelhaft. Aber man darf ihnen bald Päckchen schicken. Aber das wird vielleicht nicht nötig sein. Man hat Schritte unternommen. Sie sind bestimmt bald frei.«

Luc weiß nicht, wer »man« ist. Aber die Autorität und die Sicherheit des Tones – der Ton desjenigen, der genau Bescheid weiß – verfehlen nicht ihren Eindruck auf ihn. Er bekommt es sogar mit der Angst zu tun, seine Mutter könne ihm nach ihrer baldigen Entlassung nach dem Verbleib der fünfhundert Francs fragen, die er in erster Linie durch den Kauf eines Elytroplans durchgebracht hat. Ein *Elytroplan* ist ein seltsames Segelflugzeug, das in seiner Mitte einen vertikal angebrachten gefiederten Pfeil trägt und mit einem Gummi abgeschossen wird: er hat es in den Wipfel eines Kastanienbaumes hinaufgeschossen, in dessen Ästen der Wind es seit einigen Tagen hin und her schaukelt, ohne daß es herunterfällt.

Sie sind *in Einzelhaft.* Genau betrachtet ist dieses Wort »Einzelhaft« kein gutes Omen. Er versucht, sich das Gefängnis vorzustellen. Bei seinem Vater ist das nicht allzu schwierig. Er erinnert sich an das, was er von seiner Verhaftung im Jahr 1941 erzählt hat, und es gelingt ihm, ihn sich allein in seiner Zelle in Fresnes vorzustellen; den Schalter und den Spion in der Tür, den Aborteimer, das Scheppern der Kochtöpfe, die zur immer gleichen Stunde durch die Gänge geschleppt werden, die Schritte und die Appelle, die Stimmen der Gefangenen, die durch den Hof hallen, wenn sie versuchen, von einem Stockwerk zum anderen und von einem Trakt zum anderen Meldungen durchzugeben, Botschaften, die durch die hohe Luke dringen, das Schreien der deutschen Wärter, die »Ruhe!« brüllen, und das Klopfen gegen die Rohrleitungen als ein weiterer Versuch, miteinander in Verbindung zu treten. Er weiß, daß man ihm bestimmt die Schnürsenkel und den Gürtel weggenommen hat, den sie ihm, als er 1941 freigelassen wurde, nicht zurückgegeben hatten, so daß er auf dem ganzen Weg von

Fresnes zu sich nach Hause die Hose festhalten mußte. Er weiß, daß er unbeirrbar an der Zellenwand einen Kalender führt, wie bei seiner früheren Haft, bei der er sich bemühte, jeden Morgen auf griechisch einen neuen Vers der *Odyssee* an die Wand zu schreiben. Aber bei seiner Mutter ist es etwas anderes. Man hat ihm gesagt, Romainville sei eine Festung. Er stellt sich finstere Verliese mit Wänden aus feuchten Steinen vor. Haben sie ihr wenigstens den Zucker gelassen?

*

In den ersten Augusttagen gibt seine Gastfamilie eine Tanzparty. Sie ist sehr gut besucht. Es ist spät nachmittags, der Abend muß wegen der Sperrstunde früh zu Ende gehen. Ungefähr vierzig Personen plaudern in den großen Zimmern, deren Fenster bei der Sonne und der warmen Brise weit offenstehen. Junge, sehr schicke Leute tanzen zu den Swing-Melodien des Pick-up. (Für die Zeit des Abendessens gibt es immer eine Weile Strom). Die Jungen sind in Hemdsärmeln, mit offenem Kragen. Am häufigsten wird dieses Lied gespielt:

> Dem Teufel hab ich meine Seel' vermacht.
> Für mich ist nichts zu viel,
> es wäre doch gelacht,
> wenn ich nicht alles krieg, was ich will.

Die Getränke machen die Runde, die Leute wirken entspannt und sorglos, alle sind aufmerksam gegenüber Luc, der eingeschüchtert auf die Tänzer blickt. Menschen, die er gar nicht kennt, sprechen ihn an, sagen ein paar nette Worte. Manche drücken durch ein vages Kopfnicken ihr Beileid aus, und fast alle wiederholen mit begütigender Miene, daß seine Eltern bestimmt bald freikämen.

Weit entfernt vom Plattenspieler sprechen die reiferen Herren vor einem Fenster gemessen und mit Sachkenntnis über den Gang der Ereignisse.

»Ich bin froh, daß mein Sohn aus der Patsche ist. Ich habe ihn als Buchhalter gut untergebracht. Sonst hätte er zum Zwangsarbeitsdienst oder in den Untergrund gehen müssen: eine Wahl wie zwischen Pest und Cholera.«

»Es gibt auch ernstzunehmende Widerstandsgruppen.«

»Sie scherzen. Die Kommunisten sind überall. Und die Gaullisten. Und dann noch die ganzen Kriminellen, die die Situation ausnutzen.«

»Vor allem ist es ein Jammer zu sehen, daß diese jungen Leute so schlecht geführt werden, zum Beispiel dieser Maquis, der in den Alpen aufgerieben worden ist. Die waren der Aufgabe einfach nicht gewachsen. Es ist eine Frage der Führung. Die Résistance hat keine richtigen Offiziere. Offizier wird man nicht einfach so. Ich weiß, wovon ich rede. Ich bin Kapitän der Reserve. 1940 habe ich ...«

Warten wir auf die Engländer.«

»Dieser de Gaulle ...«

Ein rothaariger junger Mann mit offenem Hemd setzt sich neben Luc und sagt ihm, sie seien Vettern.

»Erkennst du mich nicht?«

Freundlich redet er auf ihn ein. Er hat die sichere Stimme und den aufmerksamen, dynamischen und einnehmenden Gesichtsausdruck eines älteren Pfadfinders oder eines Jugendheimleiters, bleiche, von dünnen Wimpern umrahmte Augen und ein unverbindliches Lächeln.

»Dein Vater ist in Fresnes? Mach dir keine Sorgen. Ich kenne den Vollzug in Fresnes. Er ist ganz erträglich. Ich war einen Monat lang dort.«

Er erzählt Einzelheiten, die Luc schon kennt: den Tagesablauf, den dünnen Kaffee, die deutschen Wärter.

»Was hat denn dein Bruder eigentlich angestellt, daß es zu einer solchen Katastrophe kam...?«

»Und Sie, warum waren Sie in Fresnes?«

Der junge Mann macht eine unbestimmte Handbewegung:

»Ach, wegen nichts«, murmelt er.

»Aber warum denn?« läßt Luc nicht locker. »Warum?«

Er zögert und setzt dann ein nichtssagendes Lächeln auf, das Lächeln eines Schuhverkäufers vor dem Krieg:

»Wegen nichts. Ein Dienstvergehen.«

Er windet sich, steht auf und geht.

Ein Dienstvergehen? Was kann das wohl heißen?

Luc erkundigt sich bei der Hausherrin.

»Wie, das weißt du nicht? Aber das ist doch dein Vetter Bernard Maury. Er war an der Hochschule für Bergbau in der Ingenieurausbildung. Dann ist er in die Organisation Todt eingetreten. Das sind die, die den Atlantikwall bauen. Ja natürlich, in deutscher Uniform. Natürlich. Oh! Er ist nicht mehr stolz darauf: ein Dienstvergehen? Nun, das heißt, daß er irgendeine Dummheit gemacht hat, wie sie in allen Armeen der Welt vorkommen. Oder daß er in die Kasse gegriffen hat. Aber es war ja schließlich die Kasse der Deutschen ...«

Luc wendet sich von den Tanzenden ab. Ihm ist von der Sacharinlimonade etwas übel. In seinem Zimmer versenkt er sich wieder in das Kartenstudium seiner Insel.

*

In den ersten Augusttagen stoßen die amerikanischen Armeen über Avranches hinaus und durchbrechen endgültig die deutsche Front, die sie von hinten in die Zange nehmen, während die Engländer den Großteil der deutschen Kräfte weiter vor Caen binden. Die dritte amerikanische Armee, die Armee Patton, stößt nach Alençon vor, die siebte deutsche Armee ist in einem riesigen Kessel eingeschlossen. Auf der Karte purzeln die Nadeln mehrmals am Tag durcheinander. Es heißt, in Paris träfen die ersten seltsamen Gespanne ein, zurückströmende Truppen auf Pferdekarren und Lastwagen. Und als um den 10. August herum alle versammelt am Mittagstisch sitzen, sagt der Hausherr in aufgeräumter Stimmung zu Luc:

»Diesmal ist es sicher. In acht Tagen schlafen deine Eltern wieder zu Hause. Am 15. August werden alle politischen Gefangenen entlassen. Der schwedische Konsul hat mit den Deutschen verhandelt, und es ist ein Abkommen unterzeichnet worden.«

Er lächelt, nimmt einen Schluck Burgunder aus dem Kristallglas und trocknet sich mit der weißen Serviette die Lippen ab. Er wirkt so selbstsicher, so unbeirrbar zufrieden, daß alles ganz einfach scheint. Luc ist vor Freude aus dem Häuschen.

»Und jetzt werden die Engländer auch nicht mehr lange auf sich warten lassen. Paris wird bald eine offene Stadt sein. Man braucht nur zu warten.«

Man braucht nur zu warten. Und nur Radio London zu hören. Am 10. August geben die Eisenbahner eine Streikparole aus, die in den folgenden Tagen mehr und mehr befolgt wird. »Zwingt die Deutschen zum Rückzug!« Und am 15. August rufen die Pariser Polizisten ebenfalls den Streik aus, als die Deutschen die Absicht verkünden, sie zu entwaffnen. Bestimmt auch die in der Rue des Saussaies.

Luc wird unter dem Pont des Arts keine lockeren Steine mehr umdrehen. Man verkündet ihm, er könne jetzt wieder zu seiner Tante zurück und dort auf die unmittelbar bevorstehende Heimkehr seiner Eltern warten. Er darf auch wieder seine Großmutter, Lady Ponte-

Serra, besuchen. Bis dahin war man dagegen gewesen: aus Vorsicht, hieß es. Sie meinten, es wäre unvernünftig gewesen, wenn er sich im Haus der Wohnung seiner Eltern gezeigt hätte. Aber die alte Dame hatte nicht geduldet, daß man ihr so ihr Enkelkind vorenthielt, das ihr als einziges Mitglied ihrer Familie noch geblieben war. Dies brachte sie seiner Tante am Telefon energisch zum Ausdruck. Anscheinend waren zwischen ihnen verletzende und endgültige Worte gefallen, denn mittlerweile waren sie zerstritten und weigerten sich, mit Ausnahme einiger kurzer Sätze, die ihn betrafen, miteinander zu sprechen.

Luc geht zu Fuß zu seiner Großmutter. Durch stille Straßen geht er die Seine entlang zum Trocadéro. Vor dem Palais Bourbon und dem Invalidendom stehen immer noch spanische Reiter; große, mit Querstangen vergitterte Gerüste aus Gußeisen, nahtlos untereinander verbunden, sind in dichter Reihe aufgestellt, schwere Panzersperren, die die strategischen Punkte der deutschen Verteidigung nach außen abschirmen. Sonst sind in der ganzen Stadt keine Soldaten zu sehen. Am Trocadéro sieht er einen Wagen mit offenem Verdeck vorüberfahren, in dem vier Offiziere sitzen. Ein trockenes Knallen von Schüssen, der Wagen bricht aus, schleudert, fährt im Zickzack in vollem Tempo auf seinen geplatzten Reifen weiter – die vier sehr geraden und sehr würdigen Köpfe unter den Schirmmützen baumeln wie Gliederpuppen von einer Seite auf die andere – und verschwindet dann ohne abzubremsen in dem grünen Tunnel der Kastanienbäume der Avenue Jean-Chiappe. Unter seinen Felgen, die über den Straßenbelag donnern, stieben Funkengarben hervor. Weiter entfernt, unter den Bäumen des Reitweges, lehnen deutsche Soldaten recht unmilitärisch an ihren Fahrrädern. Sie verkaufen den Dienstboten der reichen Bewohner des Viertels, die das Sonderangebot angelockt hat, von ihnen auf dem Land beschlagnahmte Butter, die sie mit dem Bajonett zerlegen.

Er sieht, wie Leute auf den Straßen vor angeschlagenen Zeitungsartikeln stehenbleiben: es sind Berichte aus Résistanceblättern, die über den Aufstand und die Massaker im Vercors berichten, über die Grausamkeiten in Ascq, in Tulle, in Oradour. In Tulle hängte die SS am 10. Juni vor der versammelten Einwohnerschaft alle erwachsenen Männer an den Laternen der Hauptstraße auf. Berichte von Folterungen durch die Gestapo, ausgerissenen Augen, verbrannten Hoden, gespaltenen Schädeln. Aber Frankreich erhebt sich. Frankreich befreit sich. Die Leute kommen zusammen, lesen schweigend und gehen fast wie auf Zehenspitzen weiter, ohne ein Wort gewechselt zu haben.

Er steigt die Treppe des Hauses hoch und steht im vierten Stock vor der Tür der elterlichen Wohnung. Ein brauner Papierstreifen zwischen zwei roten Wachssiegeln, der einen großen Stempel mit dem Hakenkreuz unter dem Reichsadler trägt, verwehrt den Zutritt. Seine Tante hat ihn gewarnt, hat ihm eingeschärft: er dürfe ihn auf gar keinen Fall entfernen. Wie gelähmt starrt er auf den Streifen. Er spürt, daß er diesen lächerlichen Fetzen eigentlich abreißen sollte. Was wäre daran gefährlich? Also wirklich…

Im darüberliegenden Stockwerk liegt die Wohnung seiner Großmutter. Im Halbdunkel der geschlossenen Fensterläden, die sie wie einst in Kairo vor der großen Hitze schützen sollen, füttert ihn die kleine, alte Dame mit einem nahrhaften Steinpilzkuchen, den ihr Dienstmädchen nach langem Schlangestehen beim Bäcker hat backen lassen, und erzählt ihm, wie sie die Gestapo empfangen hat.

»Sie sind nicht lange geblieben. Ihr Anführer hat mich gefragt, wo Antoine sei. Ich habe ihm in die Augen geschaut. Er hat wohl verstanden, denn er ist zurückgewichen. Oh ja! Sie haben gemerkt, mit wem sie es zu tun hatten. Es wurde mehrmals angerufen. Unbekannte Stimmen fragten nach deinem Bruder. Schließlich habe ich das Telefon für eine ganze Woche abgestellt. Anscheinend kommen deine Eltern dank dieses schwedischen Konsuls bald frei. Aber Antoine. Wo ist der kleine Antoine? Deine Tante sagt mir nichts. Keiner sagt mir etwas. Man traut mir nicht. Vielleicht glauben sie, ich sei zu alt. Ich könnte etwas ausplaudern. Ich etwas ausplaudern?«

»Antoine ist im Maquis«, sagt Luc mit großer Bestimmtheit. »Ich bin ganz sicher. Er hat es mir gesagt. Bei der Befreiung kommt er zurück.«

»Ich habe Fahnen gemacht für den Tag der Befreiung. Ihr hängt sie dann aus dem Fenster. Ich habe mir Stoff besorgen können. Die englische Flagge mit all diesen sich kreuzenden Streifen, das ist sehr schwierig. Aber am schlimmsten war es mit den Sternen der amerikanischen Flagge. Ich wußte nicht, wie ich sie ausschneiden sollte. Dein Freund Philippe aus dem zweiten Arrondissement hat es mir dann gezeigt. Schau her.«

Mit all der Kraft ihres zerbrechlichen Körpers zieht sie eine schwere Kommode auf, holt eine Hutschachtel hervor, entfaltet selbstgenähte Rechtecke in den Farben der Trikolore, und er sieht, daß die amerikanische Flagge sechszackige Sterne trägt, die durch die Überlagerung zweier gleichschenkliger Dreiecke zustandekommen: Philippe trägt seit drei Jahren den gelben Stern.

»Aber die russische Flagge?«

»Also nein, das geht zu weit!«

»Antoine möchte bestimmt eine russische Flagge. Sie ist ganz leicht zu machen.«

Luc begrüßt eine alte Bekannte: die blaue Katze aus dem Tal der Könige, die inmitten kleiner Statuen und regenbogenfarben schillernder Gläser Wache hält: sie hockt kerzengerade auf ihren langen Vorderpfoten und streckt die Schnauze vor.

Wie in allen bürgerlichen Wohnhäusern haben auch hier die Wohnungen zwei Eingänge; den Dienstboteneingang, der in die Küche führt, erreicht man über eine Treppe, die genauso verlottert ist, wie die Haupttreppe peinlich sauber. Luc erklärt seiner Großmutter, er ginge in den Keller, um nachzusehen, ob das Fahrrad seines Bruders noch da wäre. In der Küche nimmt er, ohne etwas zu sagen, die Schlüssel der darunterliegenden Wohnung, die immer am Brett hängen. Er benutzt die Dienstbotentreppe: wie er gehofft hat, sieht er im tieferliegenden Stockwerk, daß die Tür kein Siegel trägt: Pfuscharbeit... Er geht hinein. Er schleicht auf Zehenspitzen. Hinter der Küche kommt er in das große, düstere Vorzimmer. Es riecht nach abgesperrter Wohnung, so, wie wenn man nach langer Abwesenheit am Ende des Sommers wieder heimkommt. Der Strom ist abgestellt. Er öffnet die Tür zum Arbeitszimmer seines Vaters und bleibt gelähmt zwischen den umgestürzten Bücherstapeln stehen: nein, er geht nicht weiter. Im Zimmer seines Bruders hat die Hausdurchsuchung noch deutlichere Spuren hinterlassen: das Bett ist umgedreht, der Inhalt der Bücherregale liegt auf dem Fußboden verstreut, Plato, Bergson, Aristophanes, Spinoza und Trotzkis *Geschichte der russischen Revolution*, die in den Umschlägen der beiden Bände des *Vicomte de Bragelonne* steckt.

Auf dem Tisch und dem Boden liegen Stapel von Aktenordnern und Zetteln, die die gedrängte Handschrift seines Bruders tragen: der Ägyptenfeldzug und die Anfänge des französischen Expansionismus zu Beginn des neunzehnten Jahrhunderts, Elemente zur Quantentheorie, der Sezessionskrieg, die Anfänge des modernen Kapitalismus in den USA. Auf einem Blatt steht die angefangene Inhaltsangabe eines Theaterstückes, das im letzten Winter in Paris gegeben wurde, *Die Fliegen* eines gewissen Sartre. Ein ganzes Heft über die *Kartause von*

Parma mit einer feinlinigen Federzeichnung: der dunkle Block des mächtigen Turms, in dem Fabrice gefangen saß, und daneben die Lage seines Zimmers, in blau sein Fluchtweg, die jäh abfallende Mauer hinunter, über den Graben hinweg, durch die umliegenden Gärten und Felder. Und auf einem anderen Blatt Verse, ebenfalls in seiner Handschrift. Von wem sind sie. Von ihm?

»Vom Baum, auf dem ein anderer als Merlin gefangen ist...«

Der normannische Schrank aus hellem Kirschbaumholz steht sperrangelweit offen. Eine frische Wunde, die von dem brutalen Einsatz eines Stemmeisens herrührt, klafft in Höhe des Schlosses auf beiden Türflügeln, als ob sich die Schnüffler in ihrer Eile nicht einmal die Zeit genommen hätten zu sehen, daß der Schlüssel steckte, daß man ihn nur umzudrehen brauchte. Sie haben die Tür ganz einfach mit Gewalt aufgebrochen. Das Innere ist durchwühlt, aber auch in dem Durcheinander kann ein eingeweihtes Auge noch die verschiedenen Schichten rekonstruieren, die von den Phasen einer schnell durchlaufenden Jugend Zeugnis ablegen. In den unteren Schichten, die mittlerweile an die Oberfläche kommen, liegen Löschpapierblätter, auf denen getrocknete Blumen auseinanderfallen, Schachteln mit Steinen, die nach ihrer erdgeschichtlichen Epoche und ihrer mineralischen Struktur geordnet waren: Paläozoikum, Granit und Glimmer... Tertiär: grober, metamorpher Kalkstein. Sein Bruder hat ihm oft gesagt: »Ganz La Valerane paßt in eine einzige Schachtel! Du legst eine Frucht des Eukalyptusbaums hinein, drei Granateinsprengsel, eine Muschel, ein Stück Koralle an einer trockenen Alge, eine Lavendelblüte, die nach Lammschweiß riecht, Wacholdersamen...«

Ganz La Valerane liegt in seiner Schachtel, dazu noch ein getrocknetes Seepferdchen. Hinter der großen, aus mehreren Fächern bestehenden Werkzeugkiste, um die er seinen Bruder immer beneidet hat, unter den japanischen Fischen aus Papier oder bunten Stoffen mit Schuppen aus unechtem Perlmutt, die an ihnen baumeln wie kleine Glöckchen, halb Banderolen, halb Drachen, die man aufrollen und im Zimmer an aufgespannte Seile hängen konnte, wie sie es gemeinsam an manchen Festtagen getan haben, findet er ein merkwürdiges Stück Modelliermasse, über deren wahre Natur er nicht lange rätseln muß; es ist eine grüne, hart gewordene Stange, fast schon kristallin, weil sie zu lange an der Luft gelegen hatte. Sie verbreitet einen betäubenden Mandelgeruch. Plastiksprengstoff. Ein gutes halbes Pfund. Was könnte man alles damit in die Luft jagen... Aber was soll er damit anfangen? Er schließt den Schrank wieder und bleibt unschlüssig stehen. Ihm kommt nicht einmal der Gedanke, in sein eigenes Zimmer zu gehen: zu lange ist es her, daß er es verlassen hat. Er wartet. Worauf? Früher, wenn sein Bruder heimkam, klingelte er dreimal kurz hintereinander. Das Erkennungszeichen. Dann rannte er an die Tür, um ihm als erster zu öffnen. Niemand klingelt.

*

Die folgenden Tage verbringt er bei seiner Tante, die die Jungen eingesperrt hält. Der Onkel sitzt in Chevigny fest. Alle Verkehrsverbindungen in der Umgebung von Paris sind unterbrochen. Sie gehen nur einmal am Tag aus dem Haus, um rasch Besorgungen zu erledigen. In der Stadt rufen Plakate zur »allgemeinen Mobilmachung« auf. Von den Straßen in der Nähe des Invalidendoms und des Palais Bourbon, wo sich die Deutschen verschanzt haben, hört man ständig lauter werdende Gewehrschüsse. Bei einem ihrer kurzen, täglichen Besorgungsgänge gerät die Familie in der Rue de Bourgogne in das Kreuzfeuer unsichtbarer Kämpfer, die sich von den gegenüberliegenden Straßenenden her beschießen. Hals über Kopf suchen alle das Weite. In der Wohnung hören sie in den nahe gelegenen Straßen patrouillefahrende riesige Tiger und Panther sowie mehrmals das dumpfe Heulen einer Granate, die dicht über die Dächer hinwegsaust, um irgendwo in der Ferne zu explodieren. Das Radio ruft die Bewohner dazu auf, sorgfältig die Fensterläden zu schließen und sich im Innern der Wohnung aufzuhalten, wenn die Panzer vorbeifahren. Als Luc es überdrüssig ist, durch die Ritzen der Fensterläden zu beobachten, wie unten auf der Straße die Tanks vorbeidröhnen, wie Wagen vorüberfahren, auf denen Zivilisten mit Trikolorearmbinden Pistolen und Jagdgewehre schwingen, bleibt ihm ohne Strom und damit ohne Radio nichts anderes übrig, als zu seiner Karte zurückzukehren und sein imaginäres Land weiter zu vergrößern.

Die Alliierten sind noch weit. Der deutsche Kessel in der Normandie ist noch nicht eingenommen, in der Gegend von Alençon toben erbitterte Kämpfe. Bei Rouen stoßen die Engländer zur Seine vor. Alle Brücken über die Seine, mit Ausnahme derjenigen in Paris, sind unpassierbar. Wie schnell und wie energisch die Alliierten auch vorstoßen, es läßt sich nur schwer ausmachen, wieviel Zeit sie noch brauchen: vierzehn Tage? Einen Monat? Oder länger? Wird das Radio schon am 17. August von den Aufständischen erobert? »Hier ist die Radiowelle der französischen Nation«, verkünden zwischen Reportagen und Kommuniqués Sprecher mit jugendlicher Stimme, die sich in raschem Wechsel ablösen und manchmal vor Müdigkeit stottern. Luc hört die nichtoffiziellen Stimmen gern, die am Mikrophon aufeinanderfolgen und oft außer Atem, glücklich, aufgeregt, ja manchmal sogar widersprüchlich in den Informationen sind, die sie in leidenschaftlichem Eifer wie Salven in den Äther jagen: es ist, als wären es nahestehende, fast vertraute Menschen. Er wäre gern ihr Freund; er lauert förmlich auf den Augenblick, wo der Strom wieder da ist und er zum Radio laufen kann, um ihnen wieder zuzuhören. Jedenfalls erfährt er am 17. August, alle politischen Gefangenen, die noch in Fresnes geblieben sind, seien freigelassen worden: die Intervention des schwedischen Konsuls hat gefruchtet. Warum hat er noch keine Nachricht von seinem Vater? Das Telefon funktioniert störungsfrei. Und die Frauen in Romainville? Was ist mit ihnen passiert? Aber das Radio kommt auf diese Nachricht nicht mehr zurück, sondern sendet in stetem Wechsel Aufrufe zu den Waffen, Warnungen an die Adresse der Deutschen für den Fall, daß sie weiterhin gefangene Aufständische einfach erschießen und sie nicht als Angehörige regulärer Truppen behandeln, und Lobeshymnen auf den Heldenmut der Résistance, der Barrikadenkämpfer, der Angehörigen der Garde Républicaine, die sich den Kämpfern angeschlossen haben. Das Radio berichtet von den Verbrechen der SS, von den Erschossenen im Bois de Boulogne, von den Gefolterten im Jardin du Luxembourg. Es kommt auch jener Mann zu Wort, der auf dem Boulevard Saint-Germain schon seine Granate abgezogen hatte, um sie gegen einen feindlichen Lastwagen zu schleudern, als er in letzter Sekunde merkte, daß er sich getäuscht hatte, daß der Lastwagen das Lothringer Kreuz trug, und er sich lieber die Hand abreißen ließ, als sie zu werfen.

Am 20. August meldet das Radio einen Waffenstillstand. Aus dem Fenster sieht Luc am Ende der Straße Autos vorbeifahren, auf deren Dächern Rücken an Rücken Angehörige der Garde Républicaine und der deutschen Wehrmacht sitzen, die gleichermaßen betreten aussehen. An allen Kreuzungen verkünden Lautsprecher den Waffenstillstand. Die Familie kann sich wieder nach draußen wagen.

Alle Welt ist im Freien. Auf den eher grauen Straßen des Viertels herrscht überall reges Treiben. In der Rue du Bac, in der Rue de

Bellechasse, in der Rue de Babylone baut man vor der Kaserne der Garde Républicaine mit herausgerissenen Holzbohlen und Luftschutzsandsäcken Barrikaden. Jungen in Lucs Alter helfen mit, bilden eine Kette, und er möchte sich ihnen anschließen. Die Tante schlägt es ihm unnachgiebig ab. Es sei lächerlich, sagt sie. Sie sind nach draußen gegangen, um zuzusehen, und nichts weiter. Luc bleibt hartnäckig.

»Sei nicht dumm«, sagen ihm seine Vettern. »Was hast du denn davon?«

Es ist wie im Fieber, wie bei einem Volksfest: man sieht Männer jeden Alters und auch Frauen mit Trikolorearmbinden, mit allen möglichen Waffen, mit Revolvern, viele auch mit zweiläufigen Jagdgewehren, manche tragen alte, zerbeulte, marineblaue Luftschutzhelme, andere sogar schlechtpassende Uniformstücke der französischen Armee. Luc mustert so genau wie möglich alle Männer, die er auf den Barrikaden sieht, alle, die auf den Kotflügeln der Autos oder auf Trittbrettern mit der Waffe in der Hand vorbeifahren. Nein, Antoine ist nicht darunter. Wenn er den Mut hätte, würde er die Männer fragen, würde er sich nach ihm erkundigen. Vielleicht kennen ihn manche. Aber er hat nicht den Mut. Wenn er Mut hätte, würde er Familie Familie sein lassen und ins Quartier Latin fahren, zur Präfektur, zum Hôtel de Ville, wo anscheinend die wichtigsten Barrikaden stehen, an denen sich schon erbitterte Kämpfe abgespielt haben. Aber er hat ganz einfach nicht den Mut.

Am folgenden Tag brechen die Kämpfe wieder aus. Es heißt, die SS habe den von der Wehrmacht unterzeichneten Waffenstillstand nicht akzeptiert. Am 24. August wird morgens gemeldet, eine amerikanische Kolonne von dreißigtausend Mann und dreihundert Panzern sei im Anmarsch auf Paris und schon bis Arpajon vorgedrungen. Am Abend hört die vor dem Radio versammelte Familie die Meldung, die ersten drei Panzer seien an der Porte d'Orléans angelangt, und dann ruft jemand, es seien Franzosen. Um neun Uhr abends stehen diese Panzer vor dem Rathaus. Das Radio ruft dazu auf, alle Glocken von Paris zu läuten.

»Rufen Sie den Pfarrer der nächstgelegenen Kirche an, wenn Sie nichts hören. Und vergessen Sie nicht, daß man nicht unbedingt Pfarrer sein muß, um die Glocken zu läuten.«

Luc verlangt von seiner Tante, sie solle den Pfarrer von Sainte-Clotilde anrufen. Wieso ist sie so schnell einverstanden? Sie ist außer sich vor Freude. Der Pfarrer fährt sie an: er weiß schon über alles

Bescheid. Alle Glocken von Paris beginnen zu läuten; und lauter als alle anderen die große Glocke von Notre-Dame. Am folgenden Tag wird in ganz Paris gekämpft, dann kommt die Kapitulation. De Gaulle ist da. Paris ist frei.

Am Abend des 25. August ruft Lucs Großmutter an.

»Sie möchte, daß du morgen zu ihr kommst«, sagt seine Tante. »Unter diesen Umständen ein Kind quer durch Paris zu schicken. Der reine Wahnsinn. Aber sie besteht ja darauf. Ich finde es unverantwortlich. Einfach Wahnsinn.«

»Hat sie eine Nachricht bekommen?« fragt Luc.

»Ich habe sie nicht danach gefragt. Ich glaube, wenn sie etwas erfahren hätte, hätte sie es mir gesagt. Aber bei ihr würde mich nichts wundern.«

So macht er sich frühmorgens abermals zum Trocadéro auf. Vor dem Invalidenbahnhof gegenüber dem Eingang des Außenministeriums sieht er den ersten Sherman-Panzer. Er ist ausgebrannt, der Turm zerschossen, die Ketten geborsten. Jemand hat mit Kreide auf die Panzerung geschrieben: »Hier sind drei französische Soldaten für die Freiheit gefallen.« Schweigend schauen Leute zu. Auf dem Pont Alexandre-III trocknet in einer Einbuchtung des Geländers in einer dichten, fast schwarzen Kruste eine riesige Blutlache. Ein Mensch muß hier gefallen und verblutet sein: kann so viel Blut aus einem einzigen Körper fließen? Er geht daran vorbei. Der Platz vor dem Invalidendom ist verwüstet. Und dann sieht er sie, auf der anderen Seite der Seine, auf dem Cours-la-Reine, überall vor dem geschwärzten, zum Teil eingestürzten Grand Palais, dessen Glasdach unter dem Feuer zersprungen ist. Er rennt über die menschenleere Brücke zu der stehenden Reihe der erdfarbenen Panzer, die sehr viel kleiner sind als die deutschen Panzer, zu den Spähwagen und den kleinen, hochaufragenden Fahrzeugen auf Rädern mit langen Antennen; jedes Fahrzeug trägt auf dem Kühler ein großes violettes, fast rosafarbenes Wachstuch, das vom Flugzeug aus leicht zu erkennen ist. Er mischt sich unter die Menschenansammlung, die die Panzer umringt. Hinter dieser Menge erkennt er auf und vor den Panzern Soldaten im Hemd oder in Reißverschlußjacken, von denen die meisten keine Helme, sondern rote Käppis oder troddelbesetzte Matrosenmützen tragen, und Reihen kleiner Zelte, die schon auf der langgestreckten Rasenfläche aufgeschlagen sind. Er versucht, sich bis zur ersten Reihe vorzuarbeiten, wo großes Gedränge herrscht.

»Es stimmt, es sind Franzosen, es stimmt«, sagen immer wieder ungläubige Stimmen. Und es regnet bewundernde Kommentare über die Reichhaltigkeit und die Qualität der Ausrüstung, über die Einfachheit der Uniform und die Robustheit der Schuhe. Bewaffnete, durch Armbinden gekennzeichnete Résistance-Kämpfer gehen zwischen den Panzern umher, sie sprechen mit geschäftiger, eingeweihter und fachkundiger Miene mit den Soldaten. Die Soldaten lassen Mädchen auf die Panzer steigen, zeigen ihnen die Innenausrüstung. Die Mädchen küssen sie und lassen auf ihren Gesichtern große rote Flecken zurück, die sie nicht abwischen. Ein Mann mit rotem Käppi wirft von einem Panzerturm irgendwelche Dinge in die Menge, und Luc begreift, daß dadurch das Gerangel in der ersten Reihe zustandekommt. Die Leute stürzen sich auf alles, was von oben heruntergeworfen wird, sie raufen und treten sich mit Füßen, um es an sich zu reißen. Und er sieht, daß die Soldaten in der ganzen Reihe dem Beispiel folgen und auf's Geratewohl unerschöpflich scheinende Rationen von Zigarettenpäckchen, Kaugummis und Konservendosen verteilen: Tausende von Händen strecken sich ihnen entgegen. Er selbst wird in den Trubel hineingezogen, plötzlich befindet er sich mitten unter ausgestreckten Händen direkt vor einem großen Burschen, der gerade den Inhalt eines großen, mit Frakturbuchstaben beschrifteten Sackes ausschüttet; »Deutscher Tabak«, rufen die Leute. Die Hälfte fällt auf den Boden. Unwillkürlich macht er es wie alle, er beugt sich mit gespreizten Beinen vor, hält dem Ansturm, der ihn umzuwerfen droht, energisch stand, streckt seine beiden zu einem Gefäß zusammengehaltenen Hände vor und wie um sich zu rechtfertigen, schreit er noch lauter als die anderen:

»Es ist für Papa.«

Er stopft sich eine Tasche seiner Jacke mit dem schwarzen Tabak voll, der ihm durch die Finger rieselt, bis ihm einfällt, es sei idiotisch, sein Vater raucht ja gar nicht, und außerdem ist er ja...

Er löst sich aus dem Getümmel, geht die ganze Kolonne ab und wendet sich wieder in Richtung Alma und Trocadéro. Die kleinen Räderfahrzeuge, die *Jip* heißen – das hat er schon aus der Menschenmenge aufgeschnappt – flitzen über die Avenuen. Auf den Bürgersteigen rufen, singen und klatschen die Leute, schwingen Fahnen, wenn die Fahrzeuge vorbeifahren. Auf der Place d'Iéna hastet im Laufschritt ein ungeordneter Trupp deutscher Gefangener vorbei. Sie sind alle barhäuptig und haben die Hände im Nacken verschränkt; an der

Spitze und am Ende des Zuges, der von Soldaten mit Maschinenpistolen eskortiert wird, laufen vereinzelte Widerstandskämpfer mit. Auf den Bürgersteigen stoßen aufgebrachte Männer und Frauen lautstark Drohungen aus, aber sie schreiten nicht zur Tat. Es liegt etwas Unglaubliches im Anblick dieses plötzlichen Sturzes, dieses plötzlichen Verschwindens von Glanz und Gloria, der aufgeknöpften Uniformen, dem Fehlen der Waffen, diesen schmutzigen Verbänden, den verängstigten Gesichtern, dem Rückfall zu einem jämmerlichen, laufenden Haufen vor sich hinstierender Männer. Unter dem Vorbau des Musée Guimet steht mit einer tressenbesetzten Mütze auf dem Kopf und einer mit Medaillen und Bändern behängten Jacke der Hausmeister und schreit inmitten einer Beifall zollenden Gruppe.

»Wir sind zu gut zu ihnen.«

»Ja«, sagt seine Frau. »Am Bahnhof von Orsay hat die SS zwölf Widerstandskämpfer zu Tode gefoltert, den dreizehnten haben sie am Leben gelassen, sie haben ihm das Blut seiner Kameraden aus einem Becher zu trinken gegeben, und dann haben sie auch ihn umgebracht. Es sind Monster. Sie gehören alle umgebracht. Und zwar nicht einfach so. Sie müssen für alles bezahlen. Sie sollen merken, daß sie sterben. Nur keine Gefangenen.«

»Keine Gefangenen«, schreit der Hausmeister nach. »Man soll sie den richtigen Widerstandskämpfern ausliefern. Uns soll man sie ausliefern. Ihr werdet schon sehen, was wir mit ihnen machen.«

Am Trocadéro stehen noch mehr Panzer, noch mehr Menschen und Zeitungsverkäufer mit Neuerscheinungen wie *Défense de la France, Combat, L'Humanité, Le Figaro.* Weiter entfernt, vor dem Haus, in dem sie wohnen, sieht er, wie auch hier der Hausmeister vor den Gaffern Reden schwingt. Er hat keine Lust, eine neue Version von dem Becher Blut zu hören, und noch weniger, vielleicht als Zeuge angeführt zu werden, und ungesehen schleicht er sich ins Haus hinein. Er geht die Treppe zu seiner Großmutter hoch und sieht, daß die ein Stockwerk tiefer liegende Tür immer noch versiegelt ist.

Die ganz in schwarz gekleidete alte Dame richtet sich in ihrer kleinen Statur auf, ihre Augen glänzen.

»Ich werde die Fahnen vor meine Fenster hängen. Heute nachmittag werden wir die Siegesparade anschauen. Deswegen wollte ich, daß du herkommst.«

Eine ihrer Nichten arbeitet in einem Krankenwagendienst auf den Champs-Élysées. Sie wird sie mit dem Wagen abholen.

»Wir müssen genau aufpasssen. Vielleicht sehen wir Antoine.«

»Aber meine Eltern?«

»Ich weiß es nicht. Sie hätten mit allen anderen Gefangenen aus Fresnes entlassen werden sollen. Inzwischen habe ich gehört, daß die Deutschen am 14. August einen Gefangenentransport nach Deutschland schicken konnten. Deine Tante müßte mehr wissen. Mir sagt sie nichts. Vielleicht waren deine Eltern bei diesem Transport. Nein, das ist nicht möglich.«

Und ihr Gesicht verzerrt sich.

»Nein«, sagt Luc.

*

Denn alle haben es ihm doch seit vierzehn Tagen immer wieder gesagt: es sei nicht möglich. Er brauche sich keine Sorgen zu machen. Es liefen doch diese Verhandlungen. Der schwedische Konsul in selbstlosem Einsatz. Und ganz Frankreich in Waffen, die Eisenbahner seit dem 10. August überall im Ausstand, die Eisenbahnknotenpunkte im Bombenhagel, zerstört, die Brücken unpassierbar, der Verkehr lahmgelegt: jedenfalls hatten die Deutschen angesichts des alliierten Durchbruchs wichtigere Sorgen – den Transport von Verstärkungen, die Sicherung des Rückzugs – als einen Gefangenentransport abzuschicken. Als Luc seinen Onkel am 15. August das letzte Mal in der Rue de l'Abbaye gesehen hat, war sein Gastgeber selbstsicherer, besser informiert, besser auf dem laufenden als je zuvor:

»Jetzt ist es nur noch eine Frage von Stunden. Wir werden den Champagner auf die Befreiung alle gemeinsam trinken. Die Flaschen habe ich hier. Der Konsul hat alles geregelt. Und die Deutschen können gar nicht anders. Bei der Atmosphäre, die in Paris seit einigen Tagen herrscht, ist es undenkbar, daß sie noch einen Gefangenentransport verschicken können. Das wissen sie.«

*

Unmöglich. Undenkbar. Am 15. August fuhr vor Mitternacht der Transport mit den politischen Gefangenen vom Bahnhof in Pantin ab. An den Tagen zuvor hatten im Gefängnis von Fresnes in ermüdendem Wechsel Befehle und Gegenbefehle einander abgelöst. Am Nachmittag des 15. August wurden die Gefangenen schließlich zum Abtransport im Gefängnishof versammelt. Männer und Frauen standen einander gegenüber. Entgegen den sicheren Informationen, die man Luc gegeben hatte, war die Mutter der Katze in Fresnes, und so sahen sich seine Eltern von weitem in der Masse der Gefangenen, die stehend sangen: »Ja, wir werden uns wiedersehen, meine Brüder. Es ist nur auf ein Wiedersehen.« Man hielt ihnen eine Rede, in der ihnen mitgeteilt wurde, bei jeder Zuwiderhandlung gegen die Anweisungen bekämen sie kein Wasser, die Männer würden erschossen.

»Und wissen Sie, was es bedeutet, am 15. August ohne Wasser zu sein?«

Man ließ sie in grünweiße Pariser Omnibusse steigen, in gute alte Omnibusse, wie sie in früheren Zeiten zum vertrauten Stadtbild gehörten. Wohl mehr als einer hatte dabei ein komisches Gefühl. Jeder Omnibus wurde von einem französischen Fahrer gelenkt, von einem Angestellten der TCRP mit Dienstmütze, neben dem ein SS-Mann eine Maschinenpistole im Anschlag hielt. Unter den Gefangenen ging das Gerücht um, den Chauffeuren sei angedroht worden, sie würden mit den anderen verschickt, wenn sie sich weigerten, den Omnibus zu fahren, und manche seien sogar verprügelt worden. Sie durchquerten Paris. In der Stadt herrschte nur wenig Betrieb, aber sie hatten vergessen, daß es das noch gab, nämlich Menschen, die sich in einer Stadt frei bewegen. Sie konnten es kaum glauben. Die Passanten betrachteten sie erstaunt und traurig. Einige Männer nahmen den Hut ab, als sie sie sahen. Auf dem Bahnhof in Pantin wurden sie in Viehwagen gepfercht, ohne Wasser und ohne Abort. (In dem Waggon seines Vaters bemerkte jemand, es sei wahrscheinlich ein Glück, daß es keinen Abort gäbe: die Deutschen seien somit gezwungen, sie regelmäßig austreten zu lassen; sie könnten ein wenig Luft schnappen; wenn sie hingegen einen Abort im Waggon hätten, wäre dieser rasch voll, würde stinken und überlaufen; er kannte sich damit aus, er hatte schon einmal einen Transport mitgemacht. Seine Erfahrungen waren einschlägig. Später wird ein Deportierter schreiben: »Lauter vernünftige Leute trifft man auf diesen Reisen«.) Erst haben die Deutschen Brot ausgeteilt und dann die Leute vom Roten Kreuz, völlig niedergeschmettert, einige wenige Lebensmittel, vor allem Blutwurst in Dosen. Die Türen wurden verriegelt. Wieder begann das Warten. Die meisten konnten nicht verfolgen, was sich am Ende des Zuges abspielte. Trifft es zu, daß fliehende Milizsoldaten und ihre Familien, darunter die *grauen Mäuse*, samt ihrem Gepäck versuchten, Waggons zu stürmen und die Deportierten hinauszuwerfen? Für sie war dieser Zug die letzte Hoffnung. In ihrer Panik waren sie zu allem fähig. Jedenfalls merkten die Gefangenen nichts davon. Sie hörten, wie Eisenbahner am Zug entlanggingen und ihnen durch die Wände der Waggons zuriefen, sie sollten den Mut nicht verlieren, sie würden nicht abfahren, jedenfalls käme der Zug nicht durch, er käme nicht weiter als bis Châlons. Sie sangen immer noch den *Chant des Adieux.* Kurz vor Mitternacht fuhr der Zug ab. Er fuhr langsam, rumpelte über die verbogenen Gleise und hielt häufig. Die Wächter ließen die Gefangenen regelmäßig in Vierergruppen aussteigen, damit sie neben dem Zug in einer Reihe austreten konnten. Aber da dieses Austreten zu selten war, mußten in den Waggons bald die Kartons des Roten Kreuzes und Marmeladeneimer herhalten. Es war unmöglich, sich hinzulegen. Endlos lange standen sie in der prallen Sonne, die die backofenheißen Waggons noch weiter aufheizte. Bei einem Fliegeralarm in der Nacht stand der Zug. Irgendwann auf der Reise blieb er stundenlang in völliger Finsternis in einem Tunnel stecken, fast wären sie am Rauch erstickt. Schließlich fuhr er wieder zurück. Man ließ sie aussteigen. Sie mußten in einer Kolonne antreten, die Frauen voran, und sie gingen drei Kilometer zu Fuß bis nach Nanteuil-Saâcy. Die Frauen hatten gehört, daß die Männer keine Gepäckstücke bei sich hätten. Darum ließen viele ihre eigenen fallen, damit sie sie aufheben konnten. Bewohner der Gegend, die sie vorüberziehen sahen, fanden Nachrichten am Weg. Man ließ sie in einen neuen Zug steigen. Die Güterwagen waren alt, voller Pferdeäpfel und Kohlenstaub. Man gab ihnen Stroh: Bündel aus ungedroschenem Getreide. Noch immer hielt die Hoffnung sie aufrecht, sie klammerten sich an die eine Gewißheit: sie kämen nicht weiter als bis Châlons. Sie ließen Châlons hinter sich. Vor Straßburg wurde das Rumpeln der Räder auf der bombardierten und nur notdürftig reparierten Strecke unerträglich: sie konnten sich noch immer nicht hinlegen. Es war die dritte Nacht, die vom 17. auf den 18. August. In Deutschland liefen die Zivilisten zusammen, um sich am Schauspiel der Frauen zu belustigen, die in einer Reihe am Fuß der Waggons ihre Notdurft verrichteten. Im Waggon der Mutter verlor eine Frau den Verstand. In ihrer Raserei verschmierte sie alles in ihrer Nähe mit Kot. Bei einem Aufenthalt baten ihre Kameradinnen, man solle sie aus dem Zug holen. »Sollen die Französinnen doch krepieren«, gab der Bahnhofsvorsteher zur Antwort. Am 20. August traf der Zug in Weimar ein, die Männer mußten aussteigen. Die Frauen fuhren weiter nach Ravensbrück. Der Transport hielt lange im Bahnhof von Berlin. Als sie sich dem Lager näherten, glaubten sie, der Alptraum gehe zu Ende. Einige zogen sich eine frische Bluse an.

Als die Nichte, die im Lazarett arbeitet, sie abholen kommt, teilt sie Lucs Großmutter mit, ihr Sohn und ihre Schwiegertochter seien bei diesem Transport dabeigewesen.

»Sie werden nicht bis zur Grenze kommen«, sagt sie. »Das ist unmöglich.«

*

Luc steht mit seiner Großmutter auf dem Balkon im zweiten Stockwerk eines Gebäudes auf den Champs-Élysées, ungefähr hundert Meter vom Arc de Triomphe entfernt. Sie stehen beide auf den Zehenspitzen, um in dem dichten Gedränge über die schwere Steinbrüstung hinuntersehen zu können. Sie sehen, wie de Gaulle inmitten einer vor Freude tobenden Menschenmenge vorüberzieht. Er schreitet einer fließenden Front von Zivilisten und Soldaten voran. Wie ein Dirigent bewegt er die Unterarme, es ist jene weitausholende, ihm eigene und immer wiederkehrende Geste, die historisch und vertraut werden wird. Dahinter folgt die Parade der zweiten Panzerdivision, Wellen von Panzern, Halbketten- und Schützenpanzern, Jagdpanzern, Kanonen auf Selbstfahrlafetten, Jeeps, Führungspanzern, GMC-Lastwagen, auf denen Spahis, Fremdenlegionäre und Marinefüsiliere sitzen – und manchmal springt einer von dem dahinrollenden Gefährt herunter und läuft mit ausgebreiteten Armen auf die Menge zu, wo er mitten in dem Menschengewimmel jemandem um den Hals fällt. Zur Krönung des Ganzen, als das ohrenbetäubende Dröhnen der Panzer seinen Höhepunkt erreicht hat, sehen sie einen riesigen deutschen Tiger, der das weiße Lothringer Kreuz der Résistance trägt und unter der Masse seiner fünfzig Tonnen alles in den Schatten stellt. Es folgt der kunterbunte Strom der bewaffneten Freischärler, hinter dem die wogende Menge sich wieder schließt. Wie soll man in dieser Masse ein Gesicht ausfindig machen? Er hat es versucht.

»Ich habe Antoine nicht gesehen«, sagt er zu seiner Großmutter.

»Was für ein Durcheinander«, sagt diese mit einem leichten Ton der Mißbilligung.

Sie sind schon wieder unten im Hof, als die Schießerei losgeht. Die Schüsse, die Salven der Maschinenpistolen dröhnen aus allen Richtungen – kommen sie von der Straße, aus den Fenstern, von den Dächern? – und werden von den Hofmauern zurückgeworfen und verstärkt. Stimmen brüllen: »In Deckung, in Deckung, es sind Milizsoldaten, die Schweine sind auf den Dächern!« Alle haben sich in die Einfahrten geflüchtet. Die Résistance-Kämpfer gehen mit der Waffe im Anschlag hinter den Pfeilern in Deckung, suchen den Himmel ab. Lucs Großmutter, die sich auf den Vordersitz des Sanitätslastwagens, der sie nach Hause bringen soll, gesetzt hat, bleibt allein und verlassen mitten im Hof. Im Lärm des Getöses und Geknatters kann er sie nicht hören, aber er sieht, daß sie schreit, ihr Mund ist angstverzerrt, und er wundert sich, daß man mit sechsundachtzig Jahren noch solche Angst vor dem Sterben haben kann. Haben alle immer Angst vor dem Sterben? Er ist zwischen den panisch flüchtenden Leuten eingekeilt und kann sich nicht rühren; auch er traut sich nicht, auch er hat Angst. Seinem Nachbarn, einem großen, ruhigen Burschen, der Pfeife raucht, ruft er zu:

»Da vorne ist meine Großmutter. In dem Auto.«

Der Bursche antwortet etwas, das in dem Getöse untergeht, und zuckt die Achseln. Ohne Hast tritt er vor, durchquert den Hof, der immer noch unter dem Knallen der Schüsse dröhnt, öffnet die Tür des Lastwagens und reicht der alten Dame die Hand, an der sie ihm nachtippelt. Da erst packt Luc die Scham, er geht ihnen entgegen, immer noch rufen Leute »Deckung, Deckung«, aber die Schießerei verebbt, sie scheint weiterzuziehen wie ein Gewitter, und nun kommen auch andere hervor.

Später, als sie wieder zu Hause sind, erzählt das alte Dienstmädchen, das die Parade auch mitangesehen hat, aber unten in der Menge stand, auch sie habe auf dem Bauch gelegen wie alle anderen, Zehntausende, die sich auf die Straße warfen und mehr als hundert Meter weit krochen, während von überall Feuer spie. Warum kriechen? Warum sich hinlegen? fragt sich Luc: von den Dächern aus gesehen sind die Leute im Liegen eine bessere Zielscheibe als im Stehen, oder? Aber er war nicht dabei. Er wäre wahrscheinlich genauso gekrochen wie alle anderen auch. Und sei es nur, um nicht aufzufallen. Mager wie er ist, hätte er hinter dem Gesäß seiner Nachbarn leicht Deckung finden können.

»Monsieur Antoine habe ich nicht gesehen«, sagt die alte Gilberte, »den *kleinen* Antoine. Sie waren ja ganz nett, all diese Burschen vom Widerstand, aber es waren so viele.«

*

Luc hat eine Idee. Er ruft zuerst seine Tante an. Er teilt ihr mit, seine Großmutter wolle ihn über Nacht da behalten. Seine Tante ist sofort einverstanden. Sie hat eben selbst eine Stunde lang auf dem Bauch gelegen. Dann erklärt er seiner Großmutter, seine Tante verlange, daß er nach dem Abendessen nach Hause komme.

Bei Einbruch der Nacht – die Wohnung liegt im Dunkeln, weil wieder einmal der Strom ausgefallen ist – verläßt er das Haus, nachdem er erneut in der Küche den Dienstbotenschlüssel zur unteren Wohnung an sich genommen hat. Er schlägt den Weg zum Cours-la-Reine ein. Er möchte mit den Soldaten sprechen. Und wenn möglich noch weiter gehen, andere fragen, so viele wie möglich treffen. Antoine finden. Etwas über Antoine in Erfahrung bringen. Aber jedesmal, wenn er auf eine Gruppe stehender Panzer, auf kampierende Soldaten oder Widerstandskämpfer stößt, hat er nicht den Mut, etwas zu sagen, er steht stumm und gelähmt bei den sich immer wieder neu bildenden Menschenansammlungen, die laut ihrer Begeisterung Luft machen. Wieder sieht er, wie Zigarettenpäckchen verteilt werden, er ergattert Camel und Lucky Strike, die nach Honig duften. Um Mitternacht steht er dann erschöpft auf dem Cours-la-Reine. Die Menge hat sich gelichtet, Soldaten und Widerstandskämpfer plaudern, trinken Wein und rauchen, manche schleichen sich mit Mädchen unter die Zeltbahnen. Es ist warm. Er setzt sich auf die Kette eines Panzers und bleibt dort stumm im Dunkeln sitzen. Da tönt eine Stimme vom Turm herunter:

»He Junge! Was machst du da?«

»Ich suche meinen Bruder«, sagt die Katze.

»Ist er in der zweiten Panzerdivision? Das hier sind die Tümmler.« (Tümmler, das klingt hübsch, denkt die Katze. Wenn der Mistral wehte, sah man sie weit draußen in der Sonne in ganzen Herden durch die Wellen gleiten. Mit seinem Bruder verfolgte er ihre Spiele durch das große kupferne Fernglas. Eines Tages wurde bei stürmischer See einer auf die Felsen der Landspitze geworfen. Sie fanden ihn morgens, das Meer war ruhig geworden, er lebte noch; es gelang ihnen, ihn wieder ins Wasser zu schleppen. Er tauchte in einer großen Fontaine, die sie ganz naß spritzte, hinunter und verschwand, ohne sich zu bedanken.) Ein Schatten steigt an der Panzerwand zu ihm herab, er erkennt einen Schnurrbart, eine Brille, eine Matrosenmütze.

»Nein, sagt die Katze, »ich weiß nicht. Er ist seit mehr als einem Monat aus Paris fort. Die Gestapo hatte ihn gesucht. Ich weiß, daß er weggegangen ist, um gegen die Deutschen zu kämpfen. Also muß er bei der Befreiung wieder zurückgekommen sein. Ich suche ihn.«

»Du würdest besser zu deinen Eltern nach Hause gehen.«

»Meine Eltern sind nicht mehr hier.«

Er bringt diese Worte nur schwer heraus. Sie kommen ihm stockend über die Lippen. Er fühlt sich mitleiderregend und lächerlich zugleich. Ein Waisenkind. Es ist eine Rolle, an die er sich noch nicht gewöhnt hat. Es fällt ihm selber schwer, an sie zu glauben.

»Wo sind denn deine Eltern?«

»Sie sind von den Deutschen verhaftet worden. Ich glaube, sie haben sie deportiert.«

»Bist du Jude?«

»Nein.«

»Dein Pech... *Nobody is perfect.*«

Die Katze errät das Lächeln, das sich unter dem Schnurrbart abzeichnet.

»Sie waren nämlich in der Résistance.«

»Ich bin Jude.«

»Woher kommen Sie?«

»Ich habe 1941 Paris mit meinen Eltern verlassen. Da war ich fünfzehn und wollte Musik studieren. Ich bereitete mich gerade auf das Konservatorium vor. Du kannst dir ja vorstellen, was jetzt mit meinen Fingern los ist... In der Nähe von Autun haben wir mit der ganzen Familie zu Fuß die Demarkationslinie passiert. Wir waren lange in der Dunkelheit unterwegs, eine ganze Gruppe. Mein Vater schleppte zwei schwere Koffer, er rackerte sich so ab, daß er mir leid tat. Ich trug meine Schwester auf den Schultern. Sie heulte vor Müdigkeit: sie konnte nicht mehr gehen. Ich erinnere mich noch, wie der Führer zu ihr gesagt hat: »Nicht weinen, Mademoiselle, bloß nicht weinen, man könnte Sie hören.« Er hat uns bis zu einem großen Feld geführt und gesagt: »Da sind wir, ich gehe jetzt zurück, ihr müßt nur geradeaus gehen, bis zur Straße, die müßt ihr überqueren; Patrouillen gibt's jede Stunde!« Mein Vater wollte ihm das Doppelte zahlen, aber er war nicht zu überreden, er sagte immer wieder, er hätte seinen Vertrag erfüllt, wir seien auf dem richtigen Weg. Die anderen Familien beschlossen kehrt zumachen. Wir sind weitergegangen und durchgekommen. Noch nie in meinem Leben habe ich so viel Angst gehabt. Dann waren wir bei Bauern im Zentralmassiv, bei Protestanten.«

»Warum sind Sie nicht dort geblieben?« fragt die Katze.

»Stimmt. Es ging uns gut. Ich hätte bleiben können. Aber dann bin ich 1942 doch losgezogen, und die Spanier, die Dreckskerle, haben mich sechs Monate lang eingesperrt. Ich bin froh, daß ich wieder in Paris bin. Gestern bin ich zu uns nach Hause in die Rue Vielle-du-Temple gegangen. Ich habe die neuen Mieter gesehen. Und die Hausmeisterin gesprochen. Zunächst wußten sie gar nicht, wer ich war. Als sie meine Uniform sahen, haben die Leute ihren Champagner hervorgeholt. Als ich gesagt habe, wer ich bin, wollte die Hausmeisterin es erst gar nicht glauben, sie war gerührt und verlegen. Ich habe unsere Nachbarn gesucht. Keinen einzigen habe ich gefunden. Ich habe mich nach ihnen erkundigt. Dann habe ich es kapiert.«

Er schwieg eine Weile.

»Ich hoffe, dein Bruder ist wie ich nach Paris zurückgekommen. Für die Befreiung lohnt sich das schon.«

Ganz in ihrer Nähe ertönt eine Stimme.

»Was hat dein Bruder denn gemacht?«

Der Schein eines Feuerzeugs leuchtet auf eine Maschinenpistole, auf Armbinden, auf die schlechtrasierten Gesichter zweier Zivilisten; es sind Widerstandskämpfer.

»Willst du eine Zigarette, Junge?«

Als wäre es eine Selbstverständlichkeit, zündet er sich seine erste amerikanische Zigarette an. Sie kommt ihm sehr mild vor.

»Er war Student. Er hat Attentate verübt. Auf Offiziere.«

Luc weiß nicht mehr, was er sagen soll. Er hat noch nie versucht, diese Geschichte zu erzählen. Er hatte sich bis dahin nicht vorstellen können, eines Tages so offen mit anderen darüber zu reden. Und bis jetzt war es ja noch nicht einmal eine Geschichte, seine Geschichte. Auf's Geratewohl fügt er hinzu:

»Er hatte eine Pistole.«

»Er hatte Schneid, dein Bruder«, sagt der Junge mit der Maschinenpistole. »Und Glück hatte er auch: eine richtige Waffe... Wir in Vanves hatten für eine Gruppe von fünfzehn Mann bis letzte Woche nur eine einzige alte Flinte. Eine Manhurin. Wir haben sie uns gegenseitig ausgeliehen. Die ganze Zeit mußten wir sie irgendwo anders verstecken. Was am Fallschirm herunterkam, war nie für uns. Wir mußten uns alles von den Deutschen holen. Ein einziges Mal habe ich das mit Kameraden versucht, es war eine Katastrophe. Der erste, den wir auf der Straße in die Mangel nehmen wollten, hat aufgepaßt: er hat seine Knarre gezogen, wir konnten gerade noch abhauen. Und als wir dann vor einem Soldatenheim schließlich doch einen SS-Mann in die Zange nahmen, waren die Kameraden zu aufgeregt, sie haben mit Eisenstangen auf ihn eingeschlagen, die sie im Ärmel versteckt hatten, er schrie wie am Spieß. Seine kleine Freundin quiekte genauso laut, mit den Händen hat er versucht, sich den Kopf zu schützen, es half ihm nichts, überall Blut: eine wahre Schlächterei. Und zum Schluß hatte die Sau noch nicht einmal eine Waffe dabei, der Pistolenhalfter war leer. Das war vielleicht eine Blamage. Zum Glück hatten die anderen Deutschen, die alles von weitem mitbekamen, noch mehr Schiß als wir. Der arme Teufel… Aber vielleicht ist er unter den jetzigen Umständen ganz froh, daß er im Lazarett liegt, er ist aus dem Schneider.«

»Es stimmt«, sagt der andere. »Waffen haben wir nie bekommen. Vielleicht waren wir bei denen da oben nie besonders beliebt. Im Juni bekamen wir immerhin Plastiksprengstoff. Mit einem Satz Farbstiften als Zünder. Für die unterschiedlichen Zündungszeiten jeweils eine andere Farbe. Das einzige Problem war nur, daß wir keine Gebrauchsanweisung hatten: wir konnten unmöglich wissen, welchen Zeitraum die jeweilige Farbe bedeutete. Das Ding konnte genausogut in zehn Sekunden wie in einer Stunde in die Luft fliegen. Wenn man eine solche Ladung unter dem Tank eines Lastwagens anbrachte, dann nichts wie ab durch die Büsche. Einmal habe ich gerade eine Ladung untergebracht, da merke ich, daß schon eine Stange dranklebte, ein Kamerad war vor mir dagewesen. Ich habe vielleicht die Beine in die Hand genommen.«

»Heute nachmittag wollten wir uns in die zweite Panzerdivision aufnehmen lassen. Wir sind eine Gruppe Partisanen. Wir wollten uns nicht trennen. Aber sie nehmen keine Gruppen auf: nur einzelne Personen. Fall für Fall. Als würden sie uns nicht trauen. Was haben wir denn? Sind wir nicht gut genug? Haben wir vielleicht Aussatz?«

»Das ist erste Wahl hier«, sagt der Tümmler, »die Elite. Anfangs, in Marokko, da war es noch anders.«

»In Paris sagen manche Leute schon, der Krieg sei vorbei. Die Studenten, die ich kenne, haben nur eine Sorge: ob im Oktober die Prüfungen nachgeholt werden. Wir möchten wirklich wissen, wie das alles ausgeht. Ich will nicht aussteigen. Ich will dabei sein. Und dann, wenn wirklich Frieden ist…«

»Wirst du weiterstudieren?«

»Ich weiß nicht, ob ich das kann. Ich hoffe, es gibt anderes zu tun, als zu studieren. Ich hoffe, wir haben nicht gekämpft, damit das alte Lied wieder von vorne anfängt. Daß wir etwas verändern können. Sonst gehe ich weg. Klimawechsel. Ich will saubere Luft atmen. Zusammen mit Kameraden habe ich einen Plan. Einen großen Plan: einen sehr starken Radiosender, der in die ganze Welt senden kann. Die Völker werden gegenseitig ihre Geschichte und ihre kulturellen Reichtümer austauschen. Dann wird der Krieg unmöglich. Wir werden es Radio-Sucre nennen. Denn wir errichten es in der höchstgelegenen Hauptstadt der Welt, und diese Hauptstadt ist Sucre in Bolivien, mitten unter den Rothäuten.«

»Bist du sicher, daß das die höchstgelegene Hauptstadt der Welt ist?« fragt die Katze.

»Nein. Aber darauf kommt es auch nicht an. Radio-Sucre klingt gut, das zählt.«

»Auch ich möchte bis zum Schluß mitmachen«, sagt der Tümmler. »Was dann kommt, weiß ich nicht. Dann wird es vielleicht Zeit zu sehen, was in Palästina passiert. Diesen englischen Arschlöchern klarzumachen, daß wir deshalb gegen die Nazis gekämpft haben, damit man die Juden endlich ein für allemal in Ruhe läßt. Ein richtiges Land. Eine neue Freiheit. Und dann erst kommt die Musik.«

Ein Knistern; im Innern des Panzers ruft eine vom Funkgerät verzerrte Stimme. Der Tümmler steigt wieder in den Turm. In die ganze Kolonne kommt Bewegung.

»Um fünf Uhr geht es weiter nach Saint-Denis«, sagt er, als er wieder heruntersteigt. »Wir müssen zuerst die Zelte abbauen und die jungen Damen an die Luft setzen.«

»Ich hoffe, wir kommen nach«, sagt einer der Widerstandskämpfer.

»Hör mal«, sagt der Tümmler, »du gibst uns den Namen deines Bruders und deine Adresse. Halt mir mal das Feuerzeug.«

Schwerer Benzingeruch. Der Schein der Flamme fällt auf ein kleines, zerrissenes Heft. Photos liegen zwischen den Seiten, vor allem Mädchenphotos. Bekritzelte Blätter. Luc buchstabiert seinen Namen.

»Wie der Historiker?« bemerkt der Partisanen-Student. »Bist du mit ihm verwandt?«

»Es ist mein Vater«, antwortet die Katze. »Oder auch mein Großvater.«

»Und wie heißt du mit Vornamen?«

»Luc. Aber mein Bruder nennt mich Katze.«

»Das ist hübsch. Du hast Glück. Hier Katze, mein Feuerzeug kannst du behalten. Paß gut darauf auf. Ich hoffe, wir sehen uns wieder. Du wirst mich deinem Bruder vorstellen. Wir werden uns eine Menge zu erzählen haben. Und so heiße ich; mein Name steht auf dem Papier. Julius Kleinberg. Nun geh wieder nach Hause.«

Er sagt den Widerstandskämpfern auf Wiedersehen. Er gibt ihnen seine Zigarettenpäckchen. Er würde lieber bei ihnen bleiben. Bei ihnen hat er sich wohlgefühlt. Wie in einer Familie. Er wäre gerne mit ihnen mitgefahren. Bis nach Deutschland. Bis nach Amerika: bis nach Sucre zu den Rothäuten, hoch oben in den Anden. Bis nach Palästina.

Durch die fast stockdunklen Straßen geht er wieder zum Trocadéro zurück. Hier und da hört man Musik, Singen und Lachen. Vor allem das kaskadenartige Lachen von Frauen. Eine weitere Kolonne hält auf der Avenue Kléber. Auf dem leeren Bürgersteig schlägt ihm aus nächster Nähe die Stimme eines Betrunkenen entgegen, der vor sich hin grölt:

»Da hab ich ihm gesagt, du machst mir keine Angst, so ein Scheißkerl wie du, da kenne ich andere, die Deutschen sind mir lange genug auf den Schlips getreten, dir werd ich's zeigen. Weißt du, was ich mit meinem Deutschen gemacht habe? Den Kopf in den Schraubstock und dann mit der Metallsäge drauf. Ah, der hat geschrien! Bis zum Schluß. Aber schließlich war der Saukerl ruhig. Ich habe keine Angst gehabt. Ich nicht. Dem hab ich's gezeigt.«

Die Katze hat Angst und wechselt den Bürgersteig.

*

Wieder ist die Katze in der großen, menschenleeren Wohnung. Es ist stockdunkel. Ganz Paris ist ohne Licht. Er ist durch die Garage hereingekommen, hat sich die Dienstbotentreppe hochgetastet. Jetzt tapst er von Zimmer zu Zimmer. Das Schiff liegt, von Mannschaft und Passagieren verlassen, am Kai. Vielleicht hat man es schon aufgegeben. Er sagt sich, daß es nie wieder auslaufen wird. Die fernen, vertrauten Häfen, die Hitze, das Licht, das Leben wird es nicht wiedersehen.

Es hat nie ein kleines Flugzeug auf dem Dach gegeben: Phantasien und Kindermärchen. Er will in sein eigenes Zimmer, aber wieder geht er zunächst in das des Bruders, stößt gegen die Gegenstände, die auf dem Boden liegen, gelangt schließlich zum Bett und kuschelt sich, ohne die Schuhe auszuziehen, unter die Decke; er liegt auf der Lauer, lauscht auf das leiseste Geräusch, auf ein einfaches Lebenszeichen, sucht nach einem vertrauten Duft, dem Duft all der Jahre seiner Kindheit, den er, als er das Gesicht in die Laken und Kissen vergräbt, einen Augenblick lang wiederfindet. In der Dunkelheit öffnet er weit die Augen. Er spürt keine Nähe. Aber immer noch kann er sich ausmalen, wie der Mann mit dem Löffel schweigend, ohne Musik, durch die Zimmer schreitet, um die letzten, noch übriggebliebenen Stücke Leben aufzusammeln und sie in seinen Kochtopf zu schütten.

Es muß schon nach zwei Uhr sein. Die Sirenen, alle Sirenen des Viertels, beginnen zu heulen. Durch die dann folgende Stille dringt das Dröhnen tieffliegender Flugzeuge. Ganz deutlich erkennt die Katze das eigentümliche Brummen, das tiefe, dumpfe Knattern der Ju-52. Für einen Augenblick huscht ein Scheinwerfer über das Fenster. Maschinengewehrsalven, dann ganz in der Nähe das trockene Knallen einer Schnellfeuerkanone, deren Geschosse in der Ferne explodieren: es klingt völlig anders als das gewaltige Getöse der deutschen Flakbatterien, an das er gewöhnt war. Dann aus noch weiterer Ferne im Osten, so als käme es vom entgegengesetzten Ende der Stadt, das Donnerkrachen abgeworfener Bomben. Vereinzelte Flugzeuge fliegen noch vorbei. Und dann wieder Stille. Die Deutschen haben Paris bombardiert.

Als er am Morgen aus dem Haus geht, pflügt, ohne anzuhalten, eine Kolonne amerikanischer Panzer und Lastwagen über die Avenue Henri-Martin. Die Leute bilden ein dichtes Spalier, sie klatschen und winken. Eine braune Konservenbüchse, die von einem Panzer heruntergeworfen wird, fällt ihm direkt vor die Füße. Überrascht hebt er sie als erster auf: *Cheese*.

Bei der Tante zeigen ihm die Vettern ihre Ernte vom Vortag: ein beeindruckendes Spektrum von Zigarettenpäckchen, von Kaugummi mit Minze- und Bananengeschmack und sogar Zahnpastakaugummi. Er ärgert sich, daß er nicht mithalten kann: er hat nichts vorzuweisen. Der deutsche Tabak ist längst durch die Löcher seiner Hosentasche gerieselt, nichts als schwärzlicher Staub blieb von ihm übrig. Nur die Büchse mit dem Käse, die ein rosiges, cremiges, nach Räucherspeck duftendes Inneres zeigt, trägt ihm die Achtung der Tante ein. Mit dem Feuerzeug ist es etwas anderes. Er spürt es deutlich in der Tasche seiner kurzen Hose. Das zeigt er nicht her.

Der deutsche Bombenangriff hat das Viertel der Halle-aux-Vins getroffen. Die Familie ist wie alle Leute im Haus in den Luftschutzkeller geflüchtet. Die Tante fragt ihn, ob die Großmutter ihn in den Keller geschickt hat, und er antwortet ungerührt nein. Im übrigen weiß er, daß im Haus nichts von einem Exodus zu hören war. Sie regt sich auf und sagt, das sei unverantwortlich.

»Aber im ganzen Krieg waren wir doch noch nie im Luftschutzkeller.«

»Das ist nicht dasselbe. Diesmal waren es die Deutschen.«

In den folgenden Tagen steigt er mit den Vettern auf das schräge Dach; sie kauern sich hinter die Kamine und beobachten den Reigen der amerikanischen Flugzeuge am Himmel über Paris, die großen Dakota-Transporter, die kleinen Beobachtungsflugzeuge Piper-Cub. Einmal treffen sie in der Nähe der Wohnung auf der Straße eine kahlgeschorene Frau, die ängstlich an den Hauswänden entlanghastet, in einen Regenmantel gehüllt, den sie oben krampfhaft mit einer Hand festhält. Ihr Gesicht ist aschfahl, von Tränen und Rotz entstellt. In einigem Abstand folgen ihr Männer, die sie ruhig, aber ausdauernd als Nutte und Hure beschimpfen.

»Kommt«, sagt die Tante gereizt zu den drei Jungen, die wie angewurzelt dastehen, »schaut nicht hin. Das ist kein Anblick für euch.«

Er findet, daß die Tante manchmal wirklich komisch ist.

*

Eine Woche später teilt sie ihnen freudig mit, Chevigny sei befreit, sie habe Nachricht von ihrem Mann und sie könnten alle zu ihm fahren. Es verkehren noch immer keine Züge, sie fahren mit einem Lastwagen, der frühmorgens an der Porte de la Chapelle Passagiere einlädt.

Jeden Tag hat er bis dahin in der Stadt nach seinem Bruder gesucht. Mittlerweile weiß er, daß er nicht in Paris ist; er ist irgendwo anders hingegangen, weiter weg, in eines jener Maquis im Zentralmassiv oder in den Alpen, in eine jener befreiten Zonen, die nach seinen eigenen Schilderungen schon vor dem Sturz Vichys unter der Kontrolle der Résistance standen. Man weiß inzwischen von der Landung in der Provence, und Luc sagt sich, Antoine werde vielleicht mit den Befreiern aus dem Süden kommen. Er weiß auch, daß seine Eltern sich in Lagern in Deutschland befinden, und die Tante vesichert ihm immer wieder, politische Gefangene würden dort gut behandelt.

Eines Morgens steigt er noch in der Dämmerung mit der Familie und einem Dutzend fröstelnder Gestalten in einen mit einer Plane abgedeckten und mit einem Holzvergaser betriebenen Lieferwagen: schlecht und recht macht es sich jeder auf den Kisten und Bündeln bequem. Er setzt sich an den hinteren Rand der Ladefläche, unter der die Straße an ihm vorüberhuscht, schließt die Augen und stellt sich vor, er befände sich an Bord eines Panzers und brause mit seinen Truppen nach Osten, er werde sich mit seinem Bruder treffen. Und dann ... Ja dann! Sie sind zu zweit auf der Straße von Battambang nach Siem Reap, zwischen den Reihen von Banyan-Bäumen rücken sie auf Angkor vor, vielleicht sogar auf dem schwankenden Rücken des Elefanten Bahadur Schah. Und dann wieder... Der dicke Süßigkeitenverkäufer von Chevigny, der mit ihnen reist, stößt ihm heftig einen Ellenbogen in die Rippen. Sie sind in Creil und halten Rast in einer Mondlandschaft tiefer Krater, in denen gelbes Wasser steht, am Fuß zerstörter Abschußrampen von V1-Raketen, die auf London gerichtet waren. Zwischen den eingestürzten Häusern, die noch nicht geräumt worden sind, wachsen schon Brombeeren, die sie pflücken, bis der Chauffeur lange genug in seinem röchelnden Holzvergaser herumgestochert hat.

DAS ASYL UND DIE HANDGRANATE

Man nennt es nicht Krankenhaus, man nennt es Asyl. Aber es heißt nie die Irren, es heißt immer die Kranken – auch wenn man sie in Gedanken durchaus als Irre behandelt. Und man dürfte nicht sagen Wärter, sondern Krankenpfleger: das vergißt man oft.

Chevigny ist eine große Gemeinde auf dem Land mit einem mittelalterlichen, von Viollet-le-Duc restaurierten Rathaus, das an der holprig gepflasterten Hauptstraße liegt, die zwischen Reihen von Läden zu einer spätgotischen, massigen, ländlich wirkenden Stiftskirche hinaufführt. Das ganze Leben von Chevigny dreht sich direkt oder indirekt um das Asyl. Alle sechstausend Einwohner von Chevigny, auch diejenigen, die nur mittelbar mit dem Krankenhaus zu tun haben, die nicht darin arbeiten, sind von diesem Komplex betroffen, der im Haupttrakt und den tentakelförmig in die Umgebung des Städtchens ausgreifenden Nebengebäuden ungefähr neuntausend Insassen beherbergt.

Luc kennt Chevigny recht gut, weil er mit seinem Bruder hier mehrere Male einige Ferientage verbracht hat. Er ist an das Haus seines Onkels, des Doktors, gewöhnt; es ist ein großes, zweistöckiges, von einem Garten umgebenes Backsteinhaus. Seine Fassade zeigt auf das schmale Gäßchen, das zum Haupteingang des Asyls führt, einem breiten, schweren Flügelportal aus Metall, flankiert von einer engen Tür für Fußgänger und einer Pförtnerloge. Das Asyl ist von einer hohen Mauer umgeben. Auf der anderen Seite des Gäßchens umschließt eine zweite geschlossene Mauer das Kreisgefängnis. Wenn er in seinem Zimmer aus dem Fenster schaut, sieht er hinter dieser Mauer direkt gegenüber an den niedrigen, vergitterten Fenstern des Gefängnisses Gesichter. Ein rechteckiger Bau mit abbröckelndem Putz, der vor etlichen hundert Jahren erbaut wurde. Hinter dem Anstaltsportal fällt sein Blick auf die grauen Asphalt- oder Schotteralleen, auf die schmalen, kahlen Wiesen, die mit knapp gestutzten Bäumen bestanden sind, und auf die langen, altertümlichen Gebäude, die die Wege säumen. Unmittelbar hinter dem Eingang liegt links eine Reihe niedriger, verfallener Bauwerke, die fast wie aneinandergereihte Hundehütten aussehen und deren leere Türöffnungen baufällige Wände sichtbar werden lassen. Es sind ausgediente Zellen, in denen früher die Tobsüchtigen angekettet wurden, und die heute aus humanitären Gründen nicht mehr benutzt werden. Die sich rechtwinklig kreuzenden Alleen sind weiträumig und leer. Einige kleine blaue Flecken, Kranke in Uniform, schlurfen im Schneckentempo auf ihnen dahin oder stehen reglos auf der Türschwelle. In dem Gäßchen unter seinem Fenster sind die Stunden Tag für Tag von denselben Geräuschen geprägt: der Schichtwechsel des Personals, hastende Trupps von Anstaltsarbeitern, die sich auf ihrem Weg durch die schmale Tür, wenn sie einander begegnen, lautstark begrüßen. Das große Portal öffnet sich nur für ein paar Lieferwagen, manchmal auch für einen Krankenwagen oder einen Mannschaftswagen der Gendarmerie, vor allem aber für den von einem Pferd gezogenen und einem einzigen Mann gelenkten Leichenwagen. In dieser Zeit ist der Leichenwagen der häufigste Benutzer des Portals: an manchen Tagen passiert er gleich mehrmals die Mauern des Asyls. Man muß gar nicht erst hinunterschauen, um eindeutig das Knirschen der Räder, den Hufschlag des Pferdes und das Quietschen des geöffneten Tores auszumachen.

Denn im Jahre 1944 wird im Asyl von Chevigny wie in zahlreichen anderen psychiatrischen Krankenhäusern und Anstalten Frankreichs viel gestorben. Schon in normalen Zeiten war es als Sammelbecken für die nördlich und östlich von Paris gelegenen Départements überbelegt, aber jetzt ist die Zahl seiner Insassen aufgrund der Evakuierung entfernterer Asyle, vor allem desjenigen von Rouen, noch weiter angestiegen. Angesichts der allgemeinen Lebensmittelknappheit und des Hungers gehören die Verrückten für die Behörden nicht zur nützlichen Bevölkerung. Aber das versteht Luc erst sehr viel später. Einstweilen gehört das Kommen und Gehen des Leichenwagens zum Alltagsbild. Alles ist ruhig. Von der Welt des Asyls kennt er nur das friedliche Leben in diesem Backsteinhaus im Schatten der Kastanien. Zahlreiche dienstbare, friedliche Hausangestellte gehen gemächlich ihrer Arbeit nach. Die Dienstboten sind ausnahmslos zuverlässige Patienten. Je nach Jahreszeit tragen sie blaues Leinen oder blaues, grobes Tuch, die Frauen einen schweren, überlangen Rock, die Männer sind kahlgeschoren, alle tragen sie grobe Stiefel oder Holzpantoffeln und kehren nach ihrem Tagwerk wieder in die Anstalt zurück. Edouard, der Gärtner, der liebevoll die Kaninchen versorgt und sie mit Geschick schlachtet und ihnen das Fell abzieht, ist bekannt dafür, daß er nett zu Kindern ist. Er ist der Liebling der Jungen. Es heißt, er habe um 1932 in einem Anfall von Eifersucht und Delirium tremens seine Frau und seine Kinder umgebracht; und auch das kam nur an den Tag, weil Lucs Vater ihn durch einen unglücklichen Zufall bei einem Besuch in Chevigny wiedererkannte, denn zur Zeit des Verbrechens diente er auf einem Schloß in der Nähe von Marles. Seine Vorgeschichte verliert sich im Nebel der Zeiten, und selbst der Doktor kann sich nur noch dunkel daran erinnern. Rosine, die Köchin, ist eine verrunzelte alte Bäuerin aus der Normandie, halb Hexe, halb Zeichentrickfigur, die Luc ins Herz geschlossen hat. Niemand weiß, warum sie in der Anstalt ist, und auch sie selbst scheint es schon lange vergessen zu haben. Sie ist wohl schon Jahrzehnte hier. Vielleicht war sie zur Zeit ihrer Einweisung eine aparte und gesunde junge Frau. Da sie aus Caen kommt, ist ihre Akte nicht nachgeschickt worden, und selbst wenn der Doktor wollte, könnte er den Grund nicht mehr feststellen, weswegen sie unter die Irren geraten ist. Jedoch weiß sie mit Sicherheit – und der Onkel bestätigt es Luc –, daß sie das Asyl nicht mehr verlassen wird. Ihr Leben ist untrennbar mit der Anstalt verknüpft. Hier wird sie sterben. Das Gesetz bestimmt, daß man die Anstalt nur dann verlassen kann, wenn ein Familienangehöriger die Entlassung verlangt. Aber was weiß sie nach so vielen Jahren noch von ihrer Familie? Und wer erinnert sich noch an sie? Diejenigen, die Zeugen ihrer Einweisung waren, die vielleicht die Papiere unterschrieben haben, sind schon lange tot. Was heißt es dann schon, daß sie – wie der Doktor sagt – »erstaunlich normal« ist, daß sie vor allen Dingen eine alte, lediglich vom Leben etwas mitgenommene Frau ist, deren Großzügigkeit aber an anderem Ort und unter anderen Umständen eine wunderbare Großmutter aus ihr machen würde? Und, sagt er weiter, hier sei sie so gut aufgehoben wie in einem Altersheim. Hier geht es ihr sogar noch besser, sie hat ihre festen Gewohnheiten. Es ist die einzige Welt, die sie heute kennt: es wäre grausam, sie daraus zu vertreiben. Und die Familie, für die sie arbeitet, ist ihr ans Herz gewachsen.

Nur die Haushälterin zeigt einige Anzeichen von Sonderbarkeit. Diese große, knochige Frau mit den zackigen Bewegungen und der Adlernase, die ständig im Wind schnuppert, nennt sich Madame Bataille und führt diesen Namen wie einen Titel. Sie trägt gerne auffällige Hüte, auf denen glasiertes, triumphierend hochdrapiertes Stroh mit künstlichen Blumen und exotischen violetten Bändern eine siegreiche Verbindung eingeht. Manchmal ist sie eine Zeitlang unsichtbar. Dann verschwindet sie für ein, zwei Wochen. Luc erfährt, dieses Verschwinden hänge mit Phasen von *Unruhe* zusammen, in denen sie sich etwas nachdrücklicher für Napoleon hält als sonst. Ihm kommt das lächerlich und nicht ganz glaubhaft vor: wie er weiß, sind die Irren, die sich für Napoleon halten, eines der Standardklischees zahlreicher Witze: aber daß es so etwas wirklich geben soll und dazu noch bei einer Frau, das kann sein Onkel noch so fest behaupten, er hat den Eindruck, man mache sich über sie lustig, so einfach sei es nicht. Und das Wort *Unruhe* ist für ihn sehr vage. Was macht sie, was macht man mit ihr während der Zeit, in der sie eingesperrt ist? Auf der anderen Seite der Anstaltsmauern herrscht völliges Schweigen, das nur von nichtssagenden Geräuschen durchbrochen wird. Selten bietet sich ihm die Gelegenheit, das Tor zu passieren. Trotzdem kam es schon vor, daß er für seinen Onkel eine Besorgung erledigen mußte, die ihn in sein Büro führte, oder daß er in der Hauptbäckerei Brot holte. Er ist über die Alleen gegangen, hat sich ohne allzu große Verlegenheit unter den blaugekleideten Gestalten bewegt, die linkisch umhertappen, als lebten sie in einem anderen Rhythmus, mit anderen Gebärden, in einem anderen Raum und in einer anderen Zeit, und die manchmal zur Ordnung gerufen werden von stämmigen Wärtern, deren wohlgenährte Gesichter unter ihren Schirmmützen hervorschauen (sie haben Anrecht auf die Ration T: Schwerarbeiter). Er ist durch große, menschenleere, modrige Säle gegangen, in denen lange Reihen grünlicher Badewannen stehen, die untereinander durch ein Röhrensystem verbunden sind. Man sagt ihm, es handele sich um ehemalige Hydrotherapieeinrichtungen. Sind sie noch in Gebrauch? Gewiß nicht, urteilt man nach dem Dreck, der abblätternden Farbe, den halb abgerissenen Röhren, den eingeworfenen Fensterscheiben und dem allgemeinen Verfall.

Sein Onkel, Doktor Pierrard, hat im Jahre 1936 die erste Diagnose gestellt, die auf eine Einweisung des berüchtigten Doktor Petiot plädierte. Noch war dieser nicht der Judenhenker, der Super-Landru der Rue Lauriston. Er war ganz einfach in der Auslage der Buchhandlung Gibert auf dem Boulevard Saint-Michel in flagranti beim Diebstahl ertappt worden. Doktor Pierrards Diagnose war eindeutig gewesen: Willensschwäche, Mutlosigkeit, Depression mit Angstzuständen, offensichtlich schon langjährige psychische Störungen mit Affektlabilität und Schrullenhaftigkeit, konstitutionelle, nicht wahnhafte Labilität, es handle sich um ein skurpelloses und amoralisches Individuum. In solchen Kategorien definiert stelle Petiot eine so große Gefahr für die Allgemeinheit dar, daß Doktor Pierrard vorbehaltlos für seine Einweisung in eine psychiatrische Klinik plädierte. Er drang mit seiner Auffassung nicht durch. Andere Gutachter beurteilten ihn als so normal, wie er ihn als unnormal eingestuft hatte. Jedenfalls war Doktor Pierrard skeptisch und eingestandenermaßen pessimistisch: gerne räumte er unbefangen und gutmütig ein, die genaue Trennlinie zwischen Normalität und Wahnsinn sei schwer zu ziehen, falls es überhaupt eine gäbe. (Wie dies bei den meisten Psychiatern der Fall ist, zögerten viele seiner Verwandten nicht zu behaupten, er habe selber einen gehörigen Dachschaden.)

Bei seinen früheren Besuchen hatte Luc Gelegenheit zuzuhören, wie sich sein Onkel mit Antoine über seinen Beruf unterhielt. Meistens war es der lange, ernüchterte Monolog eines Überarbeiteten.

»Eigentlich sollten wir behandeln. Auf einen Chefarzt kommen sechshundert Kranke. Und ich mache nur die reine Verwaltung.«

Antoine hatte von den neuesten Entdeckungen der Psychologie geredet. Der Onkel hatte die Achseln gezuckt und ironisch gelächelt.

»Bestimmt werden großartige Entdeckungen gemacht. Aber wir wissen nicht um ihre Folgen. Der Elektroschock ist ein großartiges Instrument. Ich wende ihn sehr oft an. Aber alles was wir wissen ist, daß ein sehr heftiger Stromstoß, den man ins Gehirn schickt, dort eine enorme Erschütterung auslöst, die die Logik der Wahnvorstellungen einfach ausschalten kann. Es ist ein mechanischer Eingriff. Alles andere ist reine Glückssache. Die Intensität eines Schocks läßt sich nicht dosieren, seine Wirkungen lassen sich nicht vorhersehen. Wir tappen völlig im Dunkeln. Wenn du willst, kann ich dich zu einem Elektroschock mitnehmen. Das wird dich interessieren.«

Für Luc verbinden sich mit dem Elektroschock alptraumhafte Bilder. Er neigt dazu, ihn mit dem elektrischen Stuhl in Amerika in Zusammenhang zu bringen, auf dessen Einzelheiten Klassenkameraden im Gymnasium geradezu versessen waren: er sieht das gräßliche Stahlgestell, die Gliedmaßen des Verurteilten in schweren Handschellen, die Eisenkalotte und die Elektroden auf dem kahlgeschorenen Schädel vor sich, er hört das Opfer brüllen wie ein waidwundes Tier.

»Wenn es uns erst einmal gelänge herauszufinden, wo es langgeht ... Man muß alles versuchen. Ich möchte alles ausprobieren, was die neuen Techniken an Positivem zu bieten haben. Insulin. Und Freud. Aber alles, was die Verwaltung von mir verlangt, besteht darin, die Verrückten ruhig zu halten. Und ehrlich gesagt, was könnte ich schon anderes machen?«

Um ihn herum wartete die Familie höflich, bis der Monolog verstummt war. Alle dachten, es handele sich um übertriebene Bescheidenheit; seine Patienten lagen ihm zu Füßen, er war ein berühmter Spezialist.

All das überstieg ein wenig Lucs Horizont. Er hatte versucht, mit Antoine darüber zu sprechen. Der hatte mit trauriger Miene zur Antwort gegeben: »Der hat resigniert.«

Es ist noch alles, wie es war.

Wenn der Onkel am späten Nachmittag aus der Anstalt nach Hause kommt, setzt er sich manchmal im leeren Wohnzimmer ans Klavier, und aus dem Garten hört Luc eine Lawine von Noten wie den Funkenregen eines großen Feuerwerks niedergehen. Er sagt seinen Vettern, es sei schön, sein Onkel spiele wirklich gut. Sie machen sich über ihn lustig und geben zur Antwort, es sei immer ein und dieselbe Wagnermelodie, es sei sein *Stück*, das einzige, das er auswendig könne.

*

Die Toilette im ersten Stock birgt Schätze, die Lucs Phantasie reichen Stoff bieten. Auf beiden Seiten der Klosettschüssel und der Wasserspülung stapeln sich in wirrem Durcheinander zerfledderte Aktenordner, aus deren ramponierten Deckeln Unmengen vergilbter, maschinengeschriebener Blätter flattern. Einige dieser Blätter, die sorgfältig zu kleinen Quadraten ausgeschnitten sind, dienen als Klopapier. Es sind psychiatrische Gutachten *abgelegter* Fälle, die als Archivmaterial hierher verbannt worden sind. Es genügt, sich aufs Geratewohl ein Blatt herauszugreifen: in einer geschraubten, wenn auch ziemlich monotonen Prosa eröffnen sich faszinierende Welten. So erfährt Luc, das der achtzehnjährige X im Alter von zehn Jahren angefangen hat, regelmäßig zu onanieren (ist dies ein erschwerender oder im Gegenteil ein mildernder Umstand, fragt er sich. Er bekommt keine Antwort und ahnt entsetzt, daß es sich um ein Symptom handeln muß, das die Entwicklung zu Verbrechertum und Wahnsinn begünstige), daß er seit seinem sechzehnten Lebensjahr sexuelle Beziehungen, aber schon als zwölfjähriger mit Kameraden einige Erlebnisse »mit ausgeprägt homosexueller Tendenz« hatte, und daß er nur dann zu einer vollständigen Erektion gelangen kann, wenn er sich vorstellt, daß man ihm den Penis in Scheiben abschneidet. (Es handelt sich hierbei um einen der Lieblingsfälle Lucs und seiner Vettern, auf den sie oft unter ausgiebigem Gekicher zu sprechen kommen). Daß Z an Krisen tiefer Melancholie leidet, aufgrund derer er häufig mit Prostituierten verkehrt (natürlich hält Luc sich nicht mit Einzelheiten auf: vielleicht sind die Krisen *tief* und nicht die Melancholie, vielleicht werden sie durch den häufigen Verkehr mit den Prostituierten verursacht und nicht umgekehrt, aber worauf es ja schließlich ankommt, ist doch wohl der allgemeine Tenor, oder?); und daß der einundzwanzigjährige Y, der *gestanden* hatte, an Ejaculatio Praecox zu leiden, eine Versagensangst aufweist, die bei ihm eine dauernde Affektlabilität bewirkt, welche seinen Hang zur Kriminalität erklären kann, ihn aber nichtsdestoweniger »einer Strafmaßnahme zugänglich« bleiben läßt, eine Formel, die wie das Amen in der Kirche bei den meisten Gutachten als Schlußfolgerung auftaucht. A, eine zweiundzwanzigjährige, »sehr charakterschwache« Prostituierte, hat nach einer schmerzhaften Entjungferung noch nie einen Orgasmus erlebt: sie weist eine außergewöhnlich kleine Klitoris auf und leidet an zwanghaften Rachevorstellungen gegenüber dem männlichen Geschlecht. Es besteht eine Tendenz zur Psychose, die sie zu jedem sozialen Leben unfähig macht und ein ständiges Risiko möglicher Fremdgefährdung darstellt, das in ihrem Fall die Einweisung in eine psychiatrische Klinik rechtfertigt. Und so weiter, in Hunderten von Fällen...

Luc entdeckt hier also die Geheimnissse jener unbekannten Welt und bewegt sich schwankend, irritiert und mit albernem Gekicher über die dünnen Fäden von Normalität und Perversion, deren Trennlinie sich für ihn immer mehr verwischt, je weiter er sich in diese verwirrenden Lebensgeschichten einliest.

*

Die Befreiung ist wie eine große Flutwelle über Chevigny hinweggeschwappt. Die amerikanischen Truppen sind nach Osten verschwunden. Wie das zurückflutende Meer, das am Ufer Strandgut zurückläßt, hat die Ebbe an den Kreuzungen der Landstraßen vor der Stadt ein paar zerstörte Panzer, Spuren von Einschüssen und klaffende Löcher in der häßlichen Fassade des Schulhauses zurückgelassen, während sich ein Trupp stets fideler Widerstandskämpfer in der Zitadelle eingenistet hat; manchmal sieht man, wie sie zu zehnt hinter einer einzigen Maschinenpistole zerlumpte, traurige und abgestumpfte deutsche Gefangene mit Fußtritten über die Hauptstraße zu irgendwelchen Arbeitseinsätzen treiben.

Am Radio verfolgt man den Vormarsch der alliierten Offensive – die Mosel ist erreicht, am 10. September wird Nancy befreit –, das rasche Vorrücken der Armeen, die am 15. August in der Provence gelandet sind, den Aufstand im Warschauer Ghetto. Aber wann kommen die Russen den Aufständischen zu Hilfe? Sie treten auf der Stelle, ohne die Stadt einzunehmen. In Chevigny sind die auffälligsten Anzeichen dafür, daß der Krieg weitergeht, die Tag und Nacht auf der Hauptstraße am Fuß des Städtchens vorüberfahrenden amerikanischen Lastwagen, die mit Vollgas und eingeschalteten Scheinwerfern nach Osten brausen, ohne jemals anzuhalten. Hier verläuft die Red Ball, eine der Hauptnachschublinien zur Front. Wenn die Jungen von der Jagd nach Stichlingen heimkommen, versuchen sie manchmal, Anhalter zu spielen: sie geben Zeichen, aber die Fahrer winken ihnen nur freundlich zurück, ohne je den Fuß vom Gas zu nehmen. »Es sind Idioten«, behaupten seine Vettern. »Warum halten sie nicht an? Wahrscheinlich verstehen sie nicht, was wir wollen.« Und sie versuchen es erneut mit genausowenig Erfolg. »Was wäre denn für sie schon dabei.«

Die Ablösung des Unterpräfekten und die Versetzung des Vizestaatsanwalts (der wieder zum Vizestaatsanwalt »der Republik« wird), lassen den Onkel um das Niveau des Schachklubs fürchten, in dem die Stammgäste einmal die Woche berühmte Partien nachspielen. Plötzlich ist aus dem Untergrund ein ganzer Schwung waschechter Widerstandskämpfer aufgetaucht. Sie lassen sich *amtlich registrieren.* Die Stadt hat ihre Helden. Bequemerweise ist es ein posthumer Held, der Elektriker an der Hauptstraße, der für London arbeitete. Er hatte einen Sender, und als Ende Juli die Deutschen kamen, um ihn zu verhaften, versuchte er, über das Dach zu flüchten: sie haben ihn mit einer Salve heruntergeholt. Seine Frau wurde festgenommen, in Fresnes eingekerkert und deportiert. (Und so sah sich die Mutter der Katze in Fresnes nach dem Ende ihrer Einzelhaft eines Tages mit ihr in ein und derselben Zelle; sie konnte erfahren, daß nur ein paar Tage zuvor ihr Schwager, der Doktor, im Laden war, um sein Radio zur Reparatur zu bringen; sie war etwas überrascht, ja fast schockiert bei der Vorstellung, daß außerhalb der Gefängnismauern das tägliche Leben ihrer Familie seinen gewohnten Gang nahm, aber alsbald staunte sie auch über ihr eigenes Staunen: konnte sie denn erwarten, daß der Alltag der anderen aus den Fugen geriete oder gar aufhörte, weil sie im Gefängnis war?

Wenn Luc und seine Vettern gerade mal gut miteinander auskommen, geben sie sich die Namen der »Nickelfüße«, von denen sie stapelweise Bilderbücher besitzen: Filochard, Ribouldingue und Croquignolle. Luc ist Croquignolle, weil er der magerste ist und eine große Nase hat. Sie gehen oft zum Sohn des Gerichtsvollziehers. Dieser fasziniert Luc, weil er andauernd mit der schrecklich schleppenden Stimme des abgebrühten Parisers von Ständern, von Eiern, von Pimmeln, von Schwänzen, Nutten, Puffs und Ficken erzählt. Was Luc wirklich imponiert, ist der Dialog zwischen dem Gerichtsvollzieher und seinem Sohn, zumindest wie er ihn wiedergibt:

»Siehst du«, sagte sein Vater bei der Befreiung zu ihm, »siehst du, mein Sohn, zum erstenmal seit 1940 sind wir wieder im Vormarsch.«

»Das stimmt, Papa, ihr wart ja auch lange genug im Arsch.«

Auch die Speicher des Gerichtsvollziehers enthalten vergessene Schätze, die Überreste alter Beschlagnahmungen: kleine, aus den Hinterzimmern von Cafés stammende Billardtische mit verschlissener Bespannung, rissigen Elfenbeinkugeln und schwarz angelaufenen Queues, Kachelöfen, ausgestopfte Tiere, und vor allem ausgefallene Musikapparate aus der Zeit, als es noch keine Plattenspieler gab, Laufwerke mit Walzen oder mit Metallscheiben, in die kleine Zacken eingelassen sind, die bei Drehung der Scheiben dünne, klingende Plättchen in Schwingung versetzen; raffinierte Spieluhren, die man aufziehen kann und dann alle bekannten Melodien wiedergeben. Luc kann sich gar nicht satthören. Manche nimmt er mit auf sein Zimmer und spielt sie ab, wobei er versucht, durch Umbiegen oder Abschneiden der Plättchen die Noten zu verändern oder mehrere Plättchen miteinander zu verbinden. Er träumt von neuen, selbstgebastelten Instrumenten, auf denen er als großer Maestro riesige Symphonien komponieren könnte; von Wasserorgeln, die einen schöneren Klang hätten als die Katzenorgeln seines Vaters und in denen der Kreislauf des Wassers zarte oder dunkle Töne hervorquellen ließe; von Kristallharfen wie jenen Glasschalen, die man in unendlich schnelle Schwingungen versetzen kann, indem man nach dem Essen mit dem nassen Finger möglichst schnell über ihren Rand reibt; und von Äolsharfen, die man im Freien aufspannt, und die der Wind zum Klingen bringt. Mit einbauen würde er die pfeifende Amsel, die gluckert, wenn man in das kleine Gummiröhrchen bläst, das in ihren wassergefüllten Bauch führt, und vielleicht auch die Gebetsmühlen der tibetanischen Mönche, von denen ihm sein Vater erzählt hat. Aber was genau ist eine Gebetsmühle? Er hat es schon wieder vergessen. Und in Chevigny kann niemand ihm in dieser Frage weiterhelfen. Handelt es sich um die bunten Spruchbänder, die an den Kreuzungen auf dem Hochland am Ende der Welt unter jedem Lufthauch immer und immer wieder die ewig gleiche Formel »Ome padme hum« gen Himmel entrollen; oder aber um die kleinen Matallklappern, die wie Spiezeugwindmühlen aussehen, die man nur zu drehen braucht, um immer und immer wieder die gleichen Noten ertönen zu lassen? Aus all diesen Dingen und noch vielen anderen Instrumenten wird er eine *Symphonie der Gegenstände* schaffen, und vielleicht verwendet er dabei auch Plattenspieler mit richtigen Vogelstimmen und allen Geräuschen der Natur, die sich wie die Tonleitern einer großen Panflöte zusammenfügen werden. Oder aber er stellt in allen vier Himmelsrichtungen, auf Bergpässen, an Wasserfällen und auf den Gipfeln der Vorgebirge Instrumente auf, die nach der Laune von Wind und Wetter ganz von selber spielen, seine Wind- und Wasserorgeln, aber auch Klappern und Schellen, Kuhglocken und Gongs, die dem unablässigen, tausendstimmigen und allgegenwärtigen Lied der Wellen und des Blätterrauschens eine rhythmische Ordnung verleihen. Und natürlich auch Trommeln...

»Man hört ja sein eigenes Wort nicht mehr«, ruft die Tante, die völlig außer sich heraufkommt. »Wir sind doch nicht in einem Irrenhaus. Geh lieber mit deinen Vettern spielen.«

*

Ihr Lieblingsspiel haben sie bald gefunden. Dieses Spiel war in jenem Jahr auf den französischen Dörfern weit verbreitet. Eine unauffällige Erkundung des Mauerwerks des verwüsteten Gymnasiums hat sie auf die Spur geführt: auf ihrem Weg durch die Flure, deren Glasfenster zu Bruch gegangen sind, finden sie in einem Klassenzimmer auf dem Boden zwischen dem Schutt einen größeren Stapel Gewehrpatronen. Es handelt sich um schwere, verschnürte Päckchen in dickem grünen, roten oder grauen Packpapier. Jedes enthält zwanzig kleinere Päckchen in demselben Papier und in derselben Farbe zu je zehn Patronen. Wenig weiter liegt ein Haufen leerer Karabinermagazine aus schwarzem Blech zu drei oder fünf Schuß und starre Ladestreifen für Maschinengewehre zu je fünfundzwanzig Schuß. Es fehlen nur noch die Waffen selbst. Auf dem Boden liegen überall deutsche Helme.

Die grünen Päckchen enthalten Patronen aus einem weiß glänzenden Metall, das wie Nickel aussieht – das sind die schönsten, sie wirken irgendwie prachtvoll; die roten Päckchen enthalten mattschwarze, fast rauhe Patronen. Die grauen beinhalten Patronen aus rötlich glänzendem Kupfer, die sie als »gewöhnliche« bezeichnen. Die Kupferhülsen sind alle gleich: anders als die zylindrischen Hülsen der deutschen Mauser verbreitern sie sich zum Geschoßboden, einer Scheibe, deren Ränder das Zündplättchen einfassen.

Hinter dem Rücken des Pedells unternehmen sie zahlreiche Expeditionen, um einen Teil des Vorrats abzutransportieren. Auf dem Dachboden des Hauses legt jeder einen eigenen Vorrat an. Das Pulver läßt sich leicht aus den Hülsen herausholen, aber auf Dauer ist das eine etwas lästige Arbeit. Man muß die Patrone in ein Schlüsselloch zwängen und die Hülse mehrmals mit aller Kraft hin- und herbiegen: schließlich öffnet sich die Patrone, und man braucht das schwarze Pulver der Hülse nur noch in das Gefäß rieseln zu lassen, wo sie bereits einiges angesammelt haben. Die Patronen können noch so verschieden aussehen, ihr Pulver besteht immer aus kleinen glänzenden Kügelchen: wenn eine Dose oder Tüte randvoll ist, ist es angenehm, sich den kühlen, dunklen Sand durch die Finger rieseln zu lassen.

Mit den leeren Hülsen ist nicht mehr viel anzufangen. Der Metzgerssohn, der als Draufgänger gilt und Wert darauf legt, diesen Ruf zu wahren, hat ein meisterhaftes Geschick entwickelt, mit einem kleinen Hämmerchen zielsicher auf den Geschoßboden einer Hülse zu klopfen, die er senkrecht in der Hand hält: Der Hammer prallt auf den Zünder, der Schuß knallt los, die Hülse springt aus der geschlossenen Hand und fliegt hoch in die Luft. Er hat keine Nachahmer. Mit dem Pulver hingegen lassen sich schöne Dinge anstellen. Sie gehen über die Felder zu einer Sandgrube am Waldrand und bauen dort kleine Hügel, ja manchmal regelrechte Sandburgen, die sie mit Pulver füllen. Sie legen Lunten, mit denen sie die Ladungen fernzünden können; sie verfolgen das grelle Zucken der zischelnden, blaugelben Flamme (manchmal geht es darum, wer der Schnellste ist, jeder hat seine eigene Zündschnur) bis der Sand schließlich mit einem dumpfen Knall und einer Stichflamme in die Luft fliegt.

Die Jungen von Chevigny halten ihre Vorratsquellen sorgfältig voreinander geheim. Das führt zu einer anspornenden Konkurrenz. So beutet der Metzgerssohn eine Lagerstätte von Achtundsiebzigmillimetergranaten aus, die nur er allein kennt. Seine Methode besteht darin, mit einer Metallsäge den Hals der großen Kupferhülse durchzusägen, um an den Inhalt, lange gewundene Makkaroni, heranzukommen. Die Säge erhitzt das Kupfer, und um jedes Risiko auszuschalten, wird dieses während des Vorgangs abgekühlt: nacheinander urinieren die Jungen auf den Riß im Metall, und der Mezgerssohn kann weitersägen.

In einem Graben finden Luc und seine Vettern unter Weißdorn und Brennesseln einen Haufen mit Zwanzigmillimeterpatronen bestückte Gurte eines schweren Maschinengewehrs, die wahrscheinlich ein havarierter Panzer abgeworfen hat. Die Gurte bestehen aus einer wechselnden Folge spitzer, schwarzer, blau umrandeter und gelber, in ein silbriges, stumpfes Ende auslaufender Patronen. Die letzteren, die ihrer Meinung nach Spreng- oder Brandladungen enthalten, jedenfalls aber gefährlich sind, lassen sie liegen. Die anderen nehmen sie mit nach Hause. Da sie keinen Schraubstock haben, in dem sie die Patrone von der Seite mit dem Hammer bearbeiten können, besteht die einfachste Technik, die Sprengladung zu lösen, darin, die Hülse zu packen und den Rumpf der Patrone gegen einen dicken Zedernast zu schlagen: schließlich lockert sich der Hülsenboden, läßt sich herausstemmen und das aus kleinen, schwarzen Stangen bestehende Pulver leeren. Wenn man Aspirinröhrchen damit füllt, erhält man Raketen, die sich auf einer aus Sand gebauten Abschußrampe in Stellung bringen, über eine Pulverlunte zünden und in die Baumwipfel schießen lassen. Dies verlangt jedoch eine sorgfältige Dosierung und viel Geschick, denn wenn das Röhrchen nicht richtig gefüllt ist oder nicht genau im richtigen Winkel liegt, kann es an Ort und Stelle explodieren, und der Spaß ist dahin. Die meisten Fehlversuche gehen auf das Konto von Luc. Die anderen schimpfen, er sei ein Tollpatsch.

Der Spaß wird ernst, als die Vettern beschließen, ihrem Vater einen Streich zu spielen, indem sie ihm Pulver in die Pfeife streuen. Sie wissen, daß er sich geistesabwesend und gedankenverloren seine Pfeife nehmen und, ohne irgend etwas zu merken, den Tabak sorgsam auf das Pulver stopfen wird. Und genau dies geschieht vor den Augen von Zuschauern, die den Atem anhalten und sich krampfhaft an ihren Stühlen festklammern. Er zündet seine Pfeife an, nimmt einen kräftigen Zug, und eine große Stichflamme schlägt ihm entgegen. Der Onkel macht »Oh!« Einen Augenblick lang ist er verblüfft, schaut verwundert in seine Pfeife, und da er im Kopf nichts mehr findet, versenkt er sich wieder in seine melancholischen Gedanken und stopft von neuem seine Pfeife, ohne dem Ereignis weiter nachzugrübeln.

Ein Reinfall. Am folgenden Tag machen die Vettern mit einer stärkeren Dosis einen neuen Versuch. Diesmal erreichen sie ihr Ziel: die Flamme schießt bis zur Decke, geblendet läßt der Onkel seine Pfeife fallen, faßt sich dann wieder, bekommt einen Wutanfall und verlangt eine Erklärung. Sie sind gezwungen, von Pulver zu reden, aber es handele sich nur um eine Messerspitze, nur um eine winzige Prise. Sie beteuern, schwören, daß sie nicht mehr hätten. Er fuchtelt wild mit den Händen und beginnt fürchterlich zu fluchen.

Dann wird aus dem Spaß wirklich Ernst. Vor den Augen seiner staunenden kleinen Schwester will der Metzgerssohn einer widerborstigen Hundertfünfmillimetergranate allzu stürmisch den Garaus machen: er spannt sie auf der Werkbank seines Vaters in einen Schraubstock und bearbeitet sie mit dem Vorschlaghammer. Die Ladung explodiert, dem Metzgerssohn werden beide Hände abgerissen, man bringt ihn ins Krankenhaus nach Creil. Einen Tag später ist er tot.

»Er war ein Spinner«, sagen die Vettern. »Das mußte ja passieren. Er war schon immer so.«

Ist es Zufall? An diesem Abend jedenfalls, zu eben der Stunde, als ganz Chevigny über den Leichtsinn des Metzgerssohnes und seine Strafe debattiert, steigt der Onkel auf den Dachboden und entdeckt den ersten Vorrat an Patronen und losem Pulver, der in der Nähe der Tür nicht sorgfältig genug versteckt war. Es ist Lucs Vorrat. Die Vettern haben ihre eigenen Reserven in entfernteren, besser geschützten Schlupfwinkeln untergebracht, und unter dem Schreck seiner Entdeckung sucht der Onkel gar nicht erst weiter. Der ganze Zorn der Familie zieht sich also über Lucs Haupt zusammen. Die Vettern setzen Unschuldsmienen auf. Er wird ultimativ aufgefordert, sein Arsenal auf der Stelle aus dem Haus zu schaffen. In der Abenddämmerung lädt er alles in einen großen Kartoffelsack. Ganz in der Nähe kennt er hinter der Mauer der Anstalt das Grundstück eines verfallenen Hauses, von dem nur mehr ein paar Steine und die ebenerdige Öffnung eines tiefen Brunnens übriggeblieben sind, über dessen Rand er sich oft hinuntergebeugt und von geheimnisvollen Höhlen geträumt hat, die noch aus dem Mittelalter stammen könnten. Er kauert sich an den Rand der Öffnung, wirft nacheinander die Päckchen hinunter und hört sie tief unten dumpf aufschlagen. Dann läßt er das Pulver hinunterrieseln: ein, zwei Kilo? Schließlich wirft er einen Haufen Makkaroni aus Achtundsiebzigmillimetergranaten hinterher. Als er schließlich nur noch eine

Handvoll übrig hat, bekommt er plötzlich irgendwie Lust, auf den Grund des Brunnens hinunterzuleuchten, um zu sehen, wie tief er ist, und ob die ganze Ladung unten angekommen ist. Er beugt sich vor, zündet einen Makkaroni an, wirft die stiebende Flamme in die Öffnung und streckt den Kopf vor, um ihr hinterherzuschauen. Welcher Instinkt bewirkt, daß er sich plötzlich zurückwirft, während die Flamme noch nicht den Grund erreicht hat? Kaum ist er zurückgewichen – vielleicht einen Sekundenbruchteil später –, da zuckt ein unerträglich stechender Blitz aus dem Loch, steigt hoch in den Himmel hinauf, und ein sengender Windstoß wirft ihn zu Boden. Nach dem Knall bleibt er starr vor Angst und Schreck eine Zeitlang mit dem Gesicht auf spitzen Steinen und Dornen liegen, grelle Lichtflecke tanzen ihm vor den Augen. Er schimpft sich einen Trottel und wartet darauf, daß die Leute herbeilaufen. Aber es kommt niemand.

Später geht er leise in sein Zimmer. Auf der Treppe hört er ein Gespräch zwischen seinem Onkel und seiner Tante:

»Luc macht mir Sorgen. Er ist unberechenbar. Er weiß nicht, was er tut. Er redet nie von seinen Eltern. Man könnte meinen, er denkt nicht einmal an sie. Alles scheint ihm gleichgültig zu sein. Alles gleitet an ihm ab.«

»Luc war schon immer ein verschlossenes Kind. Ein Einzelgänger.«

»Vielleicht verstellt er sich bloß.«

»Sein Bruder hat ihm einen so dämlichen Spitznamen gegeben: Katze.«

*

Die Ferien gehen zu Ende. Die Tante trifft Vorbereitungen, mit den Jungen nach Paris zurückzukehren. Am Tag vor der Abreise trifft morgens ein Brief von Antoine ein, den jemand mit großer Verspätung aus Paris mitbringt. Er trägt das Datum des 19. August. Er ist also fast einen Monat alt. Es ist eine kurze Mitteilung aus Orléans an seine Tante.

»Ich bin zur Zeit Dolmetscher in der amerikanischen Armee. Meine Einheit kommt nicht durch Paris. Diesen Brief gebe ich jemandem mit, der bei erster Gelegenheit hinfährt und Euch Näheres mitteilen wird. Hier meine Adresse: *hq comp., 3rd Bat., 14 infantry, AP 05 US Army.* Schreibt mir, ob Ihr etwas über meine Eltern in Erfahrung gebracht habt.«

»Wenn er durch Orléans gekommen ist«, sagt Luc, »dann ist er in der Armee Patton.«

»Du bist immer schlauer als alle anderen«, sagt seine Tante.

An diesem Morgen – es ist gegen neun – ist schönes Wetter, im Badezimmer rasiert sich sein Onkel zu den Klängen von Händels *Wassermusik,* die durch das ganze Haus schallen und durch die geöffneten Türen und Fenster nach draußen dringen; es ist die tägliche Titelmusik der »Stunde der französischen Kultur« der BBC. Oben in seinem Zimmer führt Luc den Taktstock in der linken Hand und dirigiert das Orchester ganz mit dem Ungestüm des *Sturm und Drang.* Das Dröhnen von Flugzeugmotoren mischt sich unter die Fanfaren, bis es sie schließlich übertönt. Er springt die Treppe hinunter, stürzt in den Garten und schaut zum Himmel: über den rotbraunen Kastanienbäumen fliegen niedrige Formationen, Hunderte von Flugzeugen, von denen jedes langsam, fast mühsam, ein riesiges, dunkles Segelflugzeug im Schlepptau hat. Sie halten Kurs nach Norden. Es ist der Beginn der englischen Offensive auf Arnheim, die blutig scheitern wird; die meisten Männer, die in diesen Seglern kauern, werden binnen weniger Stunden tot sein.

Da kommt ihm der Gedanke, daß er hier eigentlich nichts mehr verloren hat. Liegt es an den vorüberfliegenden Flugzeugen? Die Zeit zum Aufbruch ist gekommen. Mittlerweile hat er eine Adresse und eine Richtung, nämlich die des amerikanischen Vorstoßes, nach Osten. Er weiß, daß wieder einige wenige Züge verkehren; man hat ihm gesagt, jeden Abend fahre einer nach Paris. Als es Abend geworden ist, stibitzt er einen Tausend-Franc-Schein aus dem Schreibtisch seines Onkels – schon lange vorher hat er die Schublade ausgekundschaftet – und geht hinunter zum Bahnhof. Er hinterläßt eine Nachricht: »Ich fahre zu Antoine.«

Bei seinem Aufbruch trägt er seine alte Jacke aus dem gleichen marineblauen Tuch wie seine kurze, allzu kurze Hose, deren bis zum Schußfaden durchgescheuerter Saum ihm beim langen Gehen innen gegen die Schenkel reibt, seine Leinenschuhe und den fettfleckigen Rucksack, von dem er sich nie trennt. Am Bahnhof herrscht großes Gedränge. In dem Getümmel schwingen alle irgendwelche Papiere, und die Leute liefern sich Schimpfduelle mit den beiden in dem Strudel machtlosen Bahnbeamten, die immer nur ausrufen: »Ihre Reisepapiere, Ihre Reisepapiere!« Im Gedränge kommt er ohne Fahrschein durch. In der hereinbrechenden Dunkelheit steigt er in einen überfüllten Zug, der über notdürftig reparierte Schienen rumpelt und sich mit langen Fahrtunterbrechnungen in Richtung Paris bewegt. Es sind alte Waggons mit gelben Holzsitzen, mit klappernden Türen und Fenstern, bei denen oft Sperrholz die Fensterscheiben ersetzen muß. Jedes Abteil wird notdürftig durch eine Glühbirne erhellt, von der die blaue Farbe abblättert. Es gelingt ihm, sich auf eine Sitzbank zu zwängen. Um ihn sind nur Männer, junge Leute aus dem Norden; sie grölen, singen, fuchteln mit den Händen und trinken Flaschenbier. Sie lassen die Katze mittrinken, das Bier schmeckt lau und fade.

Von Chevigny nach Paris sind es achtzig Kilometer. Der Zug braucht die ganze Nacht. Manchmal hält er auf freiem Feld. Das Stimmengewirr wird leiser, diejenigen, die in der Nähe der Fenster stehen, schauen angestrengt in die Dunkelheit hinaus. Sie versuchen, auf die Stimmen und Geräusche zu lauschen, die vom Bahndamm kommen. In der auf dem Gang und in den Abteilen zusammengepferchten Menschenmenge werden bruchstückhafte Informationen weitergegeben. Man versucht, die Odyssee des Zuges zu rekonstruieren. Einige steigen während der Fahrtunterbrechungen aus, um Nachrichten einzuholen. Nach einem Halt, der noch endloser ist als die vorhergehenden, fahren sie ungefähr um Mitternacht ganz langsam, langsamer als im Schrittempo über eine knarrende, knirschende, ächzende, schwankende Brücke, die unter den Rädern ein Eigenleben zu führen scheint. Es ist Persan-Beaumont, eine Behelfsbrücke über die Oise. Später lehnt sich jemand in die undurchdringliche Dunkelheit hinaus und meldet in das Schweigen:

»Wir sind in Chaponval.«

Aber niemand weiß, wo Chaponval liegt.

Die Gefährten der Katze sind Widerstandskämpfer mit Marschrichtung Paris. Wie sie sagen, fahren sie ins Fort von Romainville. Anscheinend hebt es ihr Selbstvertrauen ungemein, wenn sie untereinander mit ihrem Repertoire an obszönen Liedern wetteifern – als wollten sie sich selbst und der ganzen Welt den Beweis liefern, daß keiner ihnen etwas anhaben könne. Alle kennen *Les Filles de Camaret*, und auch der Katze fällt es nicht schwer, die erste Strophe mitzugrölen, diejenige, in der es um den Pimmel und den Kaktus geht. Das trägt ihm allgemeine Achtung ein. Diese Achtung steigt noch erheblich, als er lang und breit »Der Makabäer – der stank an den Füßen sehr« zum besten gibt, denn die Anwesenden wissen nur den Refrain auswendig. Also bringt er seinen Abteilnachbarn die anderen Strophen bei. Er schließt Bekanntschaft mit den Abenteuern der Klosterschwester und mit der Klage des falschen Blinden, die er ziemlich eklig findet mit ihren Eiern, ihrem Stock und ihrer Sahne: »Vielen Dank, Madame, bitte nur mit Banane«, sagt der Blinde. Darauf grölt die ganze Mannschaft:

Tut ihm etwas Gutes
Gutes Gutes Gutes Gutes an
Dem armen Blinden, der schon nichts mehr sehen kann!

Das ist das Leib- und Magenlied, der Renner, das Lied, dem die ganze Nacht gehört. Mithalten können da nur das Klagelied der *Filzlaus auf der schnellen Kiste* (»sie hielt meinen Arsch für eine Pi-i-iste«, eine Neufassung, die der Autor des Originals, Théophile Gautier, so nicht vorhersehen konnte, die aber keinen Verrat am Geist des Dichters darstellt) und der *große Tanz der Mösen und der Ärsche:* »Auf drei klebrigen Haaren am Arsch, da streich ich meine Fiedel.« Und natürlich auch der Sprechchor zum martialischen Takt von Trommelwirbeln:

Kanister
Becher Kochgeschirr Kanister
Becher Kochgeschirr Kochgeschirr Becher Kanister
Spürst du ihn, da ist er
Spürst du ihn, da ist er.

Binnen weniger Stunden legt sich Luc ein stattliches, beeindruckendes Repertoire zu, ein Repertoire, mit dem er ein ganzes Leben lang auf Männergesellschaften glänzen könnte. Nach Mitternacht ist der Zenit überschritten, die Stimmung flaut ab, die Sänger verlieren allmählich die Lust und nicken ein.

»Wenn wir erst in Deutschland sind«, grölt der rechte Nachbar der Katze, ein bulliger Bauer, der ihn bei jeder Bewegung in die Ecke quetscht, »dann vögeln wir die Weiber durch, die alten wie die jungen, alle kommen sie an die Reihe. Wir machen den Schlampen lauter kleine Franzosen. Damit wäre die Deutschenfrage ein für allemal geklärt.«

Sein linker Nachbar ist als einziger in Uniform, er trägt eine Jacke mit Reißverschluß, hohe Stiefel aus gelbem Leder, in denen die Hosenbeine eng anliegen. Sie erregen die Bewunderung der übrigen.

»Na also! Wenn wir solche bekommen wie die!«

»Hast du 'ne Ahnung, die werden uns die Wickelgamaschen andrehen, die sonst keiner mehr will.«

»Auf dem Schwarzmarkt legst du für solche zweitausend hin.«

Der Uniformierte ist schweigsam. Er hat auf Fragen nur knappe Antworten gegeben. Ja, er gehöre zur zweiten Panzerdivision und sei auf Urlaub. Nein, bei der Befreiung von Paris sei er nicht dabei gewesen. Er wäre kurz vorher verwundet worden. Vielleicht hängt seine Zurückhaltung mit dem Drang der anderen zusammen, ihrer Stimmung durch lautes Gegröle Luft zu machen? Anfangs hat er der Runde Kaugummis und Zigaretten spendiert. Er hat seine Taschen geleert und sich dann wieder in seine Ecke zurückgezogen.

»Du kannst an meiner Schulter schlafen«, hat er zur Katze gesagt.

Bei einem Halt sieht die Katze, wie er in seiner Tasche kramt, mehrere Dinge wandern durch seine Hände, unter anderem eine Matrosenmütze mit roter Troddel. Luc wagt sich vor:

»Bist du ein Tümmler?

»Schlauberger.«

»Kennst du Julius Kleinberg?«

»Ja. Unteroffizier Julius, genannt der Astronom, Panzerführer. Wir sind in derselben Kompanie.«

»Das ist ein Freund von mir«, behauptet die Katze mit möglichst selbstsicherer Stimme.

»Du suchst dir deine Freunde ja gut aus. Wieso kennst du ihn?«

»Ach«, stottert die Katze. »Aus Paris vor dem Krieg...«

»Sag mal, wie alt warst du überhaupt vor dem Krieg?«

»Schon gut, ich habe ihn im August getroffen. Auf dem Cours-la-Reine. Er hat mir sein Feuerzeug geschenkt.«

Und er kramt das Feuerzeug hervor. Er bringt die rauchende, stinkende Flamme zum Brennen.

»Das letzte Mal, daß ich ihn gesehen habe, das war auf der Straße nach Saclay. Ich habe einen Splitter einer Achtundzwanziger in den Hintern abbekommen, ganz nahe an der Schlagader, und war dann im Lazarett. So ein dämliches Pech. Gut, daß du ihn gesehen hast. Seine Familie auch?«

»Nein«, sagt die Katze. »Er ist in die Rue Vielle-du-Temple gegangen. Er hat niemanden mehr angetroffen. Nur die Hausmeisterin. Er sah nicht sehr lustig aus.«

»Der Typ ist nie lustig. Außer wenn er Klavier spielt. Dann legt er los. Oder wenn er die Sterne betrachtet. Er kennt jeden einzelnen. Nachts darf man ihn nie allein lassen. Er vergißt alles um sich herum.

Neben ihm könnte eine Bombe einschlagen, und er würde nichts merken. In Marokko hatte er einmal Nachtwache, und dann fand man ihn in einem Loch: er hatte beim Gehen nur in den Himmel gestarrt und war hineingefallen wie Hans-Guck-in-die-Luft. Es gab ein fürchterliches Donnerwetter. Fast wäre er aus der Division geflogen. Aber er hatte mit dem Leutnant sechs Monate in Spanien im Gefängnis gesessen, der ließ ihn nicht im Stich. Trotzdem, gut, daß er bei der Befreiung von Paris dabei war.«

»Was das Klavier angeht«, sagt die Katze. »Er sagt, seine Finger wären...«

»Ja. So geht's. Ich habe 1939 für eine Ingenieursschule gebüffelt. Meinst du, ich weiß noch irgendwas? Glaubst du, wenn der Krieg vorbei ist, gehe ich wieder mit irgendwelchen pickligen Pennälern ins Gymnasium? Ich habe meine Kameraden getroffen. Die haben schon ihr Diplom. Man wartet nur auf sie, um Frankreich wieder aufzubauen. Wenn Frieden ist, sind wir ein jämmerlicher Haufen, der den Anschluß verloren hat.«

»Ich bin froh, daß ich meine Familie und meine Freunde wieder gesehen habe«, fährt er fort. »Ich war im Val-de-Grâce, und bevor ich wieder zu meiner Einheit mußte, bin ich abgehauen. Ich hatte für einen Nachmittag Ausgang. Bis zu mir nach Amiens habe ich zwei Tage gebraucht. Aber ich bin auch ganz froh, daß ich wieder wegfahre. Die Blumensträuße, der Champagner, ist ja alles sehr schön. Auch die Mädchen. Aber ich kam mir beschissen vor. Es ist schwierig, länger als zwei, drei Tage ein Held zu sein. Vor allem, weil mein Vorrat an Heldentum zu Ende ging.«

»Und du«, fragt er in der unheimlichen Stille eines neuen Halts, als die Lokomotive ganz weit in der Ferne mit einem langgezogenen Pfiff ihren letzten Seufzer ausgestoßen zu haben scheint und das Zittern von knirschendem Metall den Zug in seiner ganzen Länge durchläuft. »Und du, wohin fährst du so ganz alleine?«

»Ich bin allein«, fängt die Katze an, »weil...«

Mittlerweile fällt es ihm weniger schwer, seine Geschichte zu erzählen. Es gelingt ihm sogar, sie interessant und glaubwürdig zu finden. Seine Eltern sind nach Deutschland deportiert worden. Sein Bruder ist in der amerikanischen Armee. Die Attentate. Die Gestapo. Die Pistole.

»Bist du sicher, daß es eine spanische war?« fragt der Tümmler. »Was ich an spanischen Waffen gesehen habe, darauf würde ich mich nicht verlassen.«

»Aber es stimmt: ich habe sie gesehen.«

»Jedenfalls verstehe ich, warum du ein Freund von Julius bist. Du bist sein Typ. Wo fährst du hin?«

»Ich möchte versuchen, bis Nancy zu kommen. Dort wohnen Verwandte von uns.«

Denn er weiß, daß Nancy seit mindestens zehn Tagen durch die amerikanische Armee befreit ist: es ist die richtige Richtung.

»Hör mal, es fahren keine Züge. Wenn du nicht weißt, wie du weiterkommst, dann besuche mich im Val-de-Grâce. Korporal Bérard. Bob Bérard. Zimmer fünfundsiebzig. Ich hätte heute morgen einrücken müssen. Spätestens heute abend erfahre ich, wo meine Einheit ist. Wenn ich nicht mehr da bin, habe ich eine Nachricht für dich hinterlassen. Vielleicht kann ich dich auf einem Lastwagen mitnehmen. Das bringt dich ein Stück weiter. Wenn ich dich nicht mehr wiedersehe, bestelle ich Julius einen Gruß von dir.«

»Sag ihm, die Katze hat noch sein Feuerzeug.«

»Das wird ihn freuen.«

Luc versinkt in eine Art Halbschlaf, sein Kopf ruht an der Schulter des Tümmlers, seine Beine verheddern sich zwischen denen des großen Bauern, der endlich vornübergesunken ist, so daß ihm der Kopf zwischen den angewinkelten Armen auf den Knien liegt. Das Lied vom armen Blinden ist schon lange verstummt. Frühmorgens spendiert ihm der Tümmler im Nordbahnhof unter dem Nieselregen, der durch das zerbrochene Glasdach niedergeht, einen schwarzen, sacharingesüßten Saft.

»Ich habe doch noch was übrig«, sagt er. Und er holt aus seiner Tasche eine Dose *beans and sausages*. Die Katze bedankt sich höflich und geht zu Fuß durch die menschenleeren, naßglänzenden Straßen davon.

*

Im strömenden Regen geht er an übervollen Mülltonnen vorbei. Das nur allzu vertraute Tier in seinem Bauch fängt wieder an zu knabbern. Es beißt zu; er krümmt sich zusammen, stemmt sich die Faust in den Magen. Am Ostbahnhof trifft er auf dichtes Gedränge, Leute stehen Schlange oder warten vor den leeren Gleisen auf Züge, von denen niemand weiß, wohin sie fahren. »Anscheinend fährt er bis Meaux«, erfährt er in einer Gruppe von Familien. »Aber vielleicht auch noch weiter? Wir lassen es darauf ankommen. Wir werden schon sehen, wo es nicht mehr weitergeht.« Er sieht Berge von Koffern. Überall schlafen Leute auf dem Boden. Rotkreuzuniformen stehen um einen dampfenden Kochtopf. Nein, er ist verrückt, es fährt kein Zug nach Nancy. Die Strecke reicht nicht weiter als bis zur Marne. Die Brücke von Chalicourt ist unpassierbar. Vielleicht in den kommenden Tagen... Er gönnt sich noch einen schwärzlichen Saft, um die Bisse des Tieres zu betäuben; im stinkenden Dunstkreis der Bedürfnisanstalt entdeckt er eine leere Bank, auf der er sich den Rucksack als Kopfkissen zurechtlegt und sich zusammenkauert. Er friert, er ist unglücklich, er möchte lieber sonstwo sein, ganz gleich wo, sogar in Chevigny in seinem Bett; jetzt wäre die Zeit, wo das dressierte Hündchen seines Onkels ihn wecken käme, es würde mit den Pfoten auf die Dielen trommeln und ihm über das Gesicht lecken. Benommen schläft er ein, und der Bahnhofslärm begleitet ihn in seinen Schlaf, den bedrohliche, alptraumhafte Gestalten bevölkern.

Später, gegen Mittag, öffnet er mit seinem Messer die Dose Bohnen, die er kalt ißt, und die ihm am Gaumen kleben. Sie liegen ihm schwer im Magen. Er muß anstehen, als er Wasser aus der Leitung trinken will. Was tun? Nach alter Gewohnheit nimmt er die Metro in Richtung Saint-Lazare und flüchtet sich in die Wärme des Cinéac. Mit den Filmen der Propagandastaffel ist es vorbei. Jetzt läuft ein sowjetischer Film: *Der Regenbogen* – ein Meisterwerk, wie das Plakat unmißverständlich klarstellt. Er sieht die Leiden des russischen Volkes an sich vorüberziehen, sieht die grausame Geschichte der unbeugsamen Bäuerin, die die Nazis am Heiligen Abend stöhnend und schluchzend endlos um das Konzentrationslager durch den Schnee kriechen lassen und die fast schon im Todeskampf um Mitternacht in Wind und Wetter ein Kind zur Welt bringt, während SS-Männer drinnen im Warmen um den brennenden Weihnachtsbaum mit Inbrunst *Stille Nacht, Heilige Nacht* singen, bis dann in tadellosem Weiß mit umgehängten Maschinenpistolen auf Skiern die Partisanen eintreffen, die Rächer, die ihr Volk retten und die Henker bestrafen.

Draußen steht er wieder im Licht des grauen Tages, im Gedränge von Menschen, die mit verschlossenen Gesichtern vorüberhasten. In der Cour de Rome stehen Leute um einen singenden Akkordeonspieler. Dessen Kumpel verkauft den Gaffern den in blauen Lettern gedruckten Liedtext. »Jetzt sind sie endlich weg...« liest die Katze,

»nach der Melodie von *Fest auf der Ranch*«:

Jetzt sind endlich diese Deutschen weg...
Dank Résistance und Alliierten
Vier Jahre saßen wir im Dreck
Bis sie endlich abmarschierten.

Refrain:
Die sehen wir nicht wieder
Es ist aus, sie sind danieder (noch einmal)

Die Rumänen, die Bulgaren
Alle sind sich jetzt im klaren
Bei den Drecksdeutschen kommt nichts raus
Wir steigen besser alle aus.

Vor allem das Ende der letzten Strophe hat es in sich:

Laßt euch fressen, ihr grünen Goten
Von den kleinen Schoten.

»Schoten = Schotten«, erläutert der Text, und der Akkordeonspieler verdeutlicht den Gag durch ein kräftiges Zwinkern: er erntet höfliches Lächeln. Luc zahlt einen Franc für den Zettel, um sich alsbald zu fragen, was er eigentlich damit soll.

Bis auf die Haut durchnäßt, seine vollgesogenen Leinenschuhe schmatzen bei jedem Schritt, macht er sich wieder in Richtung Rive gauche auf. Er durchquert die Hallen, die er noch nicht kennt, und wundert sich über den Schmutz, über die Gemüsestrünke in den Gossen, über die eng aneinanderlehnenden, tristen Häuser, deren Türen in dunkle, stinkende Schläuche führen. In den Cafés, hinter deren Vorhängen einige spärliche Gaslaternen brennen, bewegen sich verschwommene Gestalten. Er kommt an der Ecke vorbei, an der die Rue Saint-Denis und die Rue de la Grande-Truanderie sich kreuzen, geht in ein Gäßchen hinein und stellt sich für einen Augenblick unter die Markise eines Cafés, um einen Regenschauer abzuwarten. Hier und etwas weiter entfernt stehen Frauen an den Hauswänden. Er sagt sich, es seien wohl Nutten, aber er ist sich nicht sicher, er sieht sie zum erstenmal, sie sehen aus wie andere Frauen auch. Es kommen nur wenige Männer vorbei, und diese haben es eilig. Er mustert die nächststehende, die auf hohen Korksohlen, mit hochtoupierten, gelben Haaren und einem verschlossenen, harten Gesichtsausdruck ebenfalls unter der Plane wartet. Nach einer Minute dreht sie sich um und fängt an, ihn zu beschimpfen:

»Kleiner, versauter Bengel! Das ist ja ekelhaft, in seinem Alter, schon seit einer Stunde stiert er mich so an. Alles Schweine! Kleiner Mistkerl. Da stellt er sich einfach hin und spannt.«

Die Flut der Verwünschungen will gar nicht versiegen. Er weiß nicht, wo er sich hinstellen soll, er traut sich nicht zu antworten, er traut sich nicht, im Regen wieder auf die Straße zu gehen, vorbei an den anderen Frauen, die von Haus zu Haus in das Gezeter einstimmen; er merkt, wie er schamrot wird und friert immer heftiger.

Ein Mädchen steckt den Kopf aus der Tür des Cafés.

»Hör auf, dich an dem Kleinen auszutoben. Du siehst doch, daß er sich nicht wehren kann.«

Sie ist blond, hat eine kurzgeschnittene Pagenkopffrisur, ein dreieckiges Gesicht mit einem spitzen Kinn, mandelförmige, fast grüne Augen. Sie sieht sehr jung aus und trägt eine sehr enge Hose und Schuhe mit dicken Sohlen. Ihre Stimme ist rauh und warm, schleppend, fast heiser, beinahe wie die Stimme eines Jungen, der noch nicht richtig aus dem Stimmbruch ist.

»Was stehst du denn hier wie angewurzelt herum?«

»Ich weiß nicht«, stammelt die Katze. »Ich möchte etwas essen.«

»Na, dann komm doch rein.«

Da er zögert, packt sie ihn entschlossen am Ellbogen und zieht ihn zur Tür herein. Im Halbdunkel glänzt das Kupfer der Theke. Männer im Hemd sitzen im Hintergrund an den Tischen.

Sie mustert ihn von oben bis unten.

»Das gibt's doch nicht, woher kommst du denn, du bist ja klitschnaß.«

»Ich komme vom Land«, sagt die Katze. »Ich will nach Nancy.«

»Und das alles zu Fuß?« Sie lacht.

»Ich weiß nicht. Es fahren keine Züge.«

»Du willst also etwas essen...«

»Ich kann auch bezahlen.«

»Bestimmt nicht das, was der Wirt verlangt. Hier verkehren keine armen Schlucker.«

Sie ruft durch eine hinter der Theke offenstehende Tür:

»Wirt, eine Weißwurst auf meine Rechnung. Und zwei Rotwein.«

Der Wirt ist ein beleibtes, behaartes, kurzatmiges und schweigsames Wesen in Pantoffeln. Die Weißwurst ist das fetteste und öligste, was die

Katze je gegessen hat. Er versucht, sich diesen Geschmack einzuprägen, um ihn seinem Bruder beschreiben zu können. Der Wein ist herb und zieht ihm den Mund zusammen. Plötzlich fühlt er sich stärker.

»Kennst du niemanden in Paris?«

»Meine Eltern ...« fängt die Katze an. Und abermals erzählt er seine Geschichte.

»Wenn du willst, kannst du ein Weilchen hierbleiben. Nachmittags ist nichts los. Am Abend ist es dann anders. Dann geht es hoch her.«

»Ich habe noch eine Verabredung. Mit einem Freund im Val-de-Grâce. Ich muß gehen.«

Er fragt, wieviel er schuldig sei, läßt nicht locker, obwohl er spürt, daß seine Hartnäckigkeit aufgesetzt wirkt.

»Ich habe dich eingeladen, du Dummkopf. Du hast hübsche Augen, Brüderchen.«

Sie gibt ihm einen Kuß.

»Wie heißt du?«

»Luc. Man nennt mich auch Katze.«

»Schüchtern wie du bist, hätte ich dich eher Schnecke genannt.«

Er verzieht das Gesicht, und sie lacht.

»Oh! Aber eine hübsche Schnecke! Keine klebrige. Eine Schnecke mit blauen Augen. Die sich ganz in ihr Haus verkrochen hat.«

Er nimmt seinen Rucksack und tritt vorsichtig aus der Tür. Die dicke Frau mit den gelben Haaren steht nicht mehr da.

»He! Schnecke! Wenn du wieder einmal in Paris vorbeikommst, ich heiße Diane. Du kannst immer im Petit Roscoff nach mir fragen.«

Erneut küßt sie ihn auf beide Wangen. Sie ist nicht sehr viel größer als er.

»Gute Reise, Brüderchen.«

*

Im Val-de-Grâce verwehrt ihm ein knochiges, argusäugiges Frauenzimmer in braunem Rock und brauner Bluse unmißverständlich den Zutritt: keine Besuche außer sonntags. Die herrische Stimme, die ihn siezt, erinnert ihn in unangenehmer Weise an den strengen Umgangston zu Hause, und er wendet sich schon wohlweislich zum Rückzug, als er den Korporal Bob Bérard mit einer Troddelmütze auf dem Kopf und einem großen Bündel auf der Schulter aus dem Gebäude kommen sieht.

»Du kommst gerade richtig, wir fahren.«

Sie gehen in den Hof, er hebt ihn auf einen amerikanischen Lastwagen, dessen Ladefläche mit einer Plane abgedeckt ist, und steigt mit auf. Hinten sitzen auf den seitlich angebrachten Bänken fünf, sechs Soldaten und Zivilisten und ein Amerikaner. Der Lastwagen startet, rollt über menschenleere Straßen die Seine entlang und rumpelt dann über Pflastersteine. Die Stadt liegt bald hinter ihnen. Es dämmert.

»Wir fahren nach Meaux«, ruft Bob ihm zu.

Er legt sich lang auf den Bauch, verschränkt die Arme unter dem Gesicht, um die Stöße abzufangen, die ihn durcheinanderschütteln, und läßt sich davontragen. Er schließt die Augen. Er fährt zur Front.

In Meaux fahren sie nachts mit abgeschalteten Scheinwerfern am Bahnhof vor. Sie betreten ein finsteres Gebäude: eine Petroleumlampe wirft einen spärlichen Schein. Ein paar schweigsame Soldaten essen eine dicke Suppe, die von zwei Rotkreuzmädchen ausgeteilt wird. Er erhält einen Teller und zwei Riegel Schokolade. Und wieder Wein. Danach könnte er hundert Jahre schlafen. Zum Übernachten weist man ihn in einen Schlafsaal mit Etagenbetten; er wickelt sich in eine Decke, die nach Erbrochenem riecht. Es wäre alles halb so schlimm, wenn die anderen nicht so schnarchen würden, wenn nicht dieses Röcheln und Schmatzen wäre und wenn er nicht immer die klamme Kälte spürte, die sich jetzt mit der Feuchtigkeit der Decke verbindet.

Am Morgen spürt er die Sonne auf seinen Lidern. Er hält die Augen eine Weile geschlossen: er liegt am Strand. Die Wellen rauschen, er hört das Boot von Kapitän Ravello. Aber der Tümmler zieht ihn an den Beinen, er schlägt die Augen auf und sieht das leere Zimmer und die leeren Betten.

»Aufstehen, Luc, es gibt richtigen Milchkaffee, und ich habe Neuigkeiten für dich.«

Er bugsiert die Katze vor den Tisch.

»Also: ich muß weiter nach Chaumont. Im Süden haben sie die Mosel schon überschritten, sie sind schon weit über Nancy hinaus. Von Chaumont bis nach Nancy mußt du dich auch alleine durchschlagen können. Ich habe ganz neue Klamotten und Rationen für mehrere Tage bekommen. Sieben Jacken und drei Helme.. Außerdem eine Jacke und eine Hose für dich, ich habe das allerkleinste ausgesucht, was da war.«

Die Hose hängt ihm auf die Leinenschuhe herunter. Er muß den viel zu weiten Bund, der ihm um die Hüften schlackert mit seinem Sportgürtel aus Gummi zusammenschnüren. Und die Jacke geht ihm fast bis an die Knie. Er probiert einen der drei Helme, den aus Plastik, er reicht ihm über die Augen. Aber er hat endlich trockene Sachen an. Nur nicht an den Füßen.

»Du siehst aus wie ein Tippelbruder«, sagt Bob. »Aber es ist schon nicht mehr ganz so schlimm wie vorher.. Ich werde zusehen, ob ich noch mehr auftreiben kann.«

Er kommt mit ein paar Päckchen Marschverpflegung zurück. Luc untersucht sie erst, bevor er sie in seinen Rucksack schiebt. Es sind Milchtuben, Büchsen mit Schinken und Käse, Tafeln Schokolade, eine Stange Camel, eine cremige Salbe mit unverständlichem Namen: er kostet.

»Dummkopf. Das ist etwas gegen Tripper.«

Eine weitere Tube: *»Mosquito bites cause malaria.«* Eine runde Schachtel mit Brennspiritus in fester Form, mit dem man die Schinkenbohnen aufwärmen kann, Zahnpasta mit Bananengeschmack. Und eine lange Schnur von Präservativen: man kann sie sich über Kreuz auf die Brust hängen wie einen mexikanischen Patronengurt.

»Und jetzt auf die Red Ball, da gehn wir nicht mehr von runter.«

*

Bob ist eher klein und hat schwarzes, dichtes Haar, das ihm pfeilförmig mitten in die Stirn hinunterhängt. Er ist bedächtig, aber immer selbstsicher. Er bewegt sich völlig unbeirrbar, als wisse er von vornherein immer ganz genau, was zu tun sei, ohne daß er erst Fragen stellen müßte. Er redet wenig, und das, was er sagt, hat etwas Endgültiges. Bob strahlt Ruhe aus. Er hat einen stämmigen, riesigen und freundlichen Bären mitgebracht, dessen kleine, sehr helle und sehr pfiffige Augen unter einem roten, unförmigen Käppi zwischen schweren Wimpern funkeln. Bob sagt der Katze, der Bär sei ihr zukünftiger Reisegefährte, er sei Spahi und heiße Janusz. Und er setzt hinzu, er sei ein polnischer Prinz.

»Na ja«, sagt Janusz mit einem netten Lächeln, bei dem er wie ein Tanzbär auf dem Jahrmarkt von einem Fuß auf den anderen schwankt, »in Polen sind alle Leute mehr oder weniger Prinzen.«

»Ich bin ein Freund von Julius«, sagt die Katze.

»Dann bist du ja auch ein Prinz.« Und mit der riesigen Pranke, die ihm als Hand dient, klopft er ihm sachte auf die Schulter.

Die Katze fühlt sich in Sicherheit. Die Dinge werden einfach.

Beide haben sich ihren Marschbefehl bei der Stabsstelle der zweiten Panzerdivision in Meaux ausstellen lassen. Sie müssen nur bei dem amerikanischen Posten warten, bis man ihnen einen der LKWs anhält, die in einer endlosen Kette vom Meer nach Osten rollen, in eben jener Kette, die die Katze in Chevigny an sich vorüberziehen sah. Sie nehmen die Katze mit ins Führerhaus. Keiner stellt ihm Fragen. Sie tauschen Zigaretten mit dem Fahrer. Er kommt aus Cincinnati. Wo Cincinnati wohl liegen mag? Sie sind eng, allzu eng auf der vorderen Sitzbank des Dodge zusammengepfercht, die Fenster haben keine Scheiben, der Fahrtwind und bald auch die Regenböen peitschen ihm ins Gesicht. Mit eingeschalteten Scheinwerfern prescht der Lastwagen über eine enge Straße voller Schlaglöcher, durchquert mit Vollgas entvölkerte und oft auch verwüstete Dörfer und quält sich mit einem ohrenbetäubenden Dröhnen, das jeden Versuch einer Unterhaltung zunichte macht, im ersten Gang Steigungen hoch. Sie werden fürchterlich durcheinandergerüttelt, weil die Straße in einem fort über Unebenheiten, Schlaglöcher und nur notdürftig zugeschüttete Schützengräben führt, ohne daß der Fahrer den Fuß vom Gas nimmt. In entgegengesetzter Richtung herrscht fast gar kein Verkehr – nach dem Abladen rollt die Kette auf einer anderen Straße zurück –, und sie sehen keine anderen Fahrzeuge vor sich bis auf die Rücklichter des voranfahrenden LKWs, die ihnen auf den langen Geraden der Champagne in mehr als einem Kilometer Abstand entgegenleuchten. Doch manchmal müssen sie mitten auf einer Steigung ganz unvermittelt abbremsen, weil plötzlich vor ihnen ein Bauernkarren auftaucht, an dem sie vorbei müssen. Der Fahrer flucht. »Die glauben wirklich, der Krieg ist vorbei«, sagt Bob und erklärt, die Red Ball, jene Strecke, die auf der Karte mit roten Punkten markiert ist, sei für jeden zivilen Verkehr gesperrt. So begegnen sie den verschiedensten Fahrzeugen, deren Insassen sich in der Tat nicht um die Vorschriften zu scheren scheinen. Luc schaut auf den Tacho, erst nach einiger Zeit begreift er, daß die Zahlen Meilen bedeuten, daß sie durchaus schneller fahren als sechzig in der Stunde, aber er kann die Angaben nicht in Kilometer umrechnen: »Fünf zu acht«, ruft Bob ihm zu. Nach zwei, drei Stunden halten sie am Ende einer langen Schlange, die zwischen Häuserruinen wartet, bis die Wagen auf einer Pontonbrücke über den Fluß setzen können: jeder LKW fährt im Schrittempo auf die knarrenden, über Balken gelegten Planken. Es kann jeweils nur ein Fahrzeug übersetzen: es dauert sehr lange. Es regnet, die Brücke ist glitschig, sie schwankt und schlingert. Die Straße ist eine einzige gelbe, von Reifenspuren durchzogene Schlammpfütze. Ein Trupp Soldaten fährt mit einem Tankwagen die Reihe ab, um Benzin nachzufüllen. Die Katze versucht zu verstehen, was sie sagen. In der Familie hat man sich immer über den amerikanischen Akzent lustig gemacht, über dieses Gequake durch die Nase, aber jetzt ist er richtig glücklich, es zum erstenmal zu hören. Der Fahrer ist sofort über dem Lenkrad zusammengesunken und eingeschlafen. Bob und Janusz sitzen mit halb geschlossenen Augen schweigend und reglos da und rauchen, als wollten sie für später Zeit sammeln.

»Ich kann nicht einfach so dasitzen und nichts tun«, meldet sich die Katze nach einer Stunde schüchtern zu Wort.

»Man muß warten lernen«, sagt Janusz und zieht an seiner Zigarette. »Du solltest es lernen. Es wird dir sehr viel nützen. Nichts ist wichtiger als Schweigen und Geduld. Ich habe es im Gefängnis gelernt. Achtzehn Monate lang: Scheißspanier! Dann weißt du die Dinge für den Rest deines Lebens zu schätzen. Zum Beispiel eine Zigarette. Ganz einfach eine Zigarette.«

Die Katze springt auf die Straße. Einige Amerikaner winken ihm zu. Im Regen, an die Lastwagen gelehnt oder auf den Stoßstangen sitzend, essen sie aus ihren Kochgeschirren. Sie sind ungewaschen. Ihre jungen Gesichter wirken hager und müde. Sie sind unrasiert, der Helm hängt ihnen fast in die Augen, der Kinnriemen pendelt lose auf der Seite, ihre verdreckten, zerknitterten Jacken sind bis zum Hals geschlossen, sie tragen keine Rangabzeichen, keine Knöpfe, keine Koppel, keinen Lederbesatz, keine Dolche, soldatisch wirken sie nur durch die Khakifarbe, es ist alles völlig anders als bei den kriegerisch ausstaffierten Männern, die Luc vier Jahre lang vorbeimarschieren sah.

Er hat Angst, sie könnten sich nach dem Grund seiner Anwesenheit, nach seinem merkwürdigen Aufzug erkundigen. Er hat Angst, jemand könne ihn ertappen.

«Hello, boy, where are you coming from?«

»From Paris«, antwortet er voll banger Erwartung der Dinge, die er auf sich zukommen sieht.

Aber sofort erntet er erstaunte Rufe und herzhaftes Schulterklopfen.

»Oh! Paris! Lucky man. It's so nice..«

Und sie erzählen ihm, daß sie Paris noch nicht kennen würden, obwohl sie doch schon drei Monate in Frankreich seien, und dann fangen alle auf einmal an, ihm Fragen zu stellen, er kommt kaum nach, verhaspelt sich, während er nach Worten sucht, aber er gibt Antwort, weil sie ihn so aufmunternd anlachen: der Eiffelturm? Die deutsche Besatzung? Wie sind die Mädchen? Gibt es überall elektrischen Strom wie in Amerika? Die Rationierungen? Ißt er auch Frösche und Schnecken? Und die Pariser Abwässerkanäle, stimmt es, daß man in den Pariser Abwässerkanälen spazieren fahren kann? Sie fragen ihn auch, wie alt er ist, wie er heißt, ob er eine Schwester hat, wo er so gut englisch gelernt hat, wo er hinfährt, warum, was sein Vater von Beruf ist. Er gibt zur Antwort, sein Vater sei Professor gewesen, ja, *teacher* oder *professor,* er weiß nicht mehr genau, er macht wirklich viele Schnitzer, aber alle machen ihm Mut, Professor wofür? fragen sie. Für chinesisch, antwortet er und macht sich auf das übliche Gekicher gefaßt, aber nein, im Gegenteil, einer von ihnen macht seinem bewundernden Staunen Luft: *»fantastic!«*, und wieder ein anderer fragt, wieviel Geld man damit verdient, ob er viele Schüler hat, ob er selber schon in China war und ob er keine Lust hat, die Staaten zu besuchen?

Luc berichtet, seine Eltern seien in deutscher Gefangenschaft, er erzählt von Antoine, und alle sprechen ihm Mut zu, es werde nicht mehr lange dauern, sie werden mit Hitler abrechnen, und nach dem Krieg soll er sie in den Vereinigten Staaten besuchen, das sei das schönste Land der Welt. In einem Kochgeschirr reichen sie ihm rosarote Würstchen mit Erbsensuppe. Die Würstchen triefen vor Fett und schmecken wunderbar nach Räucherspeck. Er verputzt sie so gierig und so rasch, daß sie lautstark ihrer Bewunderung Ausdruck verleihen. Sie rufen die Umstehenden herbei, damit sie dieses Phänomen in Augenschein nehmen, einen *funny french kid,* der gerade einen neuen Rekord in Erbsen- und Würstchenessen aufstellt. Alle drängen sich um ihn herum und reichen ihm Würstchen. Als er wieder in das Führerhaus des Lastwagens klettert, der gerade auf die Brücke rollt, besitzt er ein Dutzend kleiner, mit eckigen, seltsam schrägen Buchstaben beschrifteter Zettel mit Adressen in den Vereinigten Staaten. Alle haben ihm gesagt, nach dem Krieg solle er sie besuchen kommen, sie rufen *good luck,* winken und schwenken Würstchen.

»Warst du in Spanien?« fragt die Katze Janusz.

»Achtzehn Monate im Knast, und dabei halb verhungert. Einsame Spitze.«

»Keine Sorge«, setzt Bob hinzu. »Einige von uns haben sich fest vorgenommen, wenn dieser Krieg erst einmal vorbei ist, dann räumen wir dort unten mit den Frankoleuten gründlich auf.«

So fahren sie ganzen Tag. Luc döst in dem Geschaukel und Gerüttel, er ist zwischen der Tür und Janusz's steinharter Schulter eingekeilt. Immer wieder stehen sie vor Flüssen oder in der Nähe von Bahnlinien im Stau, wenn die Straße nur mehr ein Feldweg ist, der sich zwischen Ruinen und Bombenkratern hindurchschlängelt. Wieder müssen sie warten, oft stundenlang. Französische Mädchen bringen Rotwein, wie alle anderen trinkt auch die Katze aus der Flasche, sie geben ihm einen Kuß. Er ist ein bißchen beschwipst. Er hat das Gefühl, in einem leichten Nebel zu schweben. Seine Unruhe ist fast verschwunden, fast fühlt er sich wohl, von ihm aus könnte alles immer so weitergehen. Dennoch verläßt ihn die unbestimmte Vorstellung nicht, ganz plötzlich könne irgendein Soldat, ein Offizier, daherkommen und ihn fragen, was er hier mache; er behält seine Umgebung immer im Auge, aber niemand verlangt ihm Rechenschaft ab, und jedesmal, wenn sie merken, daß er englisch kann, umringen ihn die Soldaten mit der immer gleichen Neugierde und Freundlichkeit. Und woran sollte er auch einen Offizier erkennen?

In der Nacht erreichen sie Chaumont. Wieder setzen Bob und Janusz ihn in einem Schlafsaal ab und machen sich auf die Suche nach irgendeiner angeblich existierenden Funkstelle. Spät in der Nacht kommen sie mit der Nachricht zurück, sie führen morgen nach Neufchâteau weiter. Dort ganz in der Nähe – wo genau weiß niemand – verläuft auch die Front; sie müssen in Richtung Osten. Sie haben auf der Karte nachgesehen, Neufchâteau liegt auf der Strecke nach Nancy, man hat ihnen versichert, die Straße sei frei. Ohne Mühe können sie einen Lastwagen für ihn auftreiben.

»Und wo ist die Armee Patton?« fragt die Katze.

»Bestimmt weiter nördlich, Richtung Metz. Metz ist noch nicht befreit. Warum?«

»Mein Bruder ist dabei«, sagt die Katze.

»Wenn du glaubst, daß du deinen Bruder in einer Armee von hunderttausend Mann findest.. Ich hoffe, du bleibst schön brav bei deiner Familie in Nancy. Er wird dich dort schon finden. Und du bist jetzt lange genug durch die Gegend gezogen, du Dreikäsehoch.«

Frühmorgens steigen sie auf die Ladefläche eines Dodge und befinden sich inmitten eines Trupps frisch ausgerüsteter, mit Sten-Maschinenpistolen bewaffneter Widerstandskämpfer aus Paris. Es sind neue Rekruten der Division. Fröstelnd und unausgeschlafen drängen die Männer sich aneinander, sie sind die ganze Nacht durchgefahren, und keiner sagt ein Wort. Wieder kauert sich die Katze im Schutz des breiten Rückens des polnischen Bären an die hintere Wagenwand. Diesmal ist es ein ganzer Geleitzug von Lastwagen und vereinzelter Jeeps, der sich langsam Stoßstange an Stoßstange über eine schmale, nach wie vor aufgewühlte Straße bewegt. In den Dörfern hängen Fahnen aus den Fenstern, an den Straßen klatschen Leute ihnen zu, Gendarmen, Feuerwehrmänner und Sanitätshelfer in Uniformen regeln den Verkehr.

In Neufchâteau halten sie auf einem Platz und springen ab.

Die fahle Sonne scheint auf Schutthaufen, die einmal Häuser waren. Ein endloser Konvoi amerikanischer Panzer rasselt vorbei.

»Ich werde mich umhören«, sagt Bob, »ich werde zusehen, daß ich ein Auto nach Nancy für dich auftreiben kann.«

Er läßt nicht lange auf sich warten. Wie er nach seiner Rückkehr sagt, hat er eine Kolonne von Widerstandskämpfern getroffen, die aus einem Maquis in der Nähe von Langres kommen und nach Nancy unterwegs sind. Sie begleiten die erste französische Armee, die von Süden heraufmarschiert: die Verbindung ist hergestellt. Er hat mit einigen von ihnen gesprochen, und sie haben sich bereit erklärt, die Katze mitzunehmen. Er bringt ihn zu einer verfallenen Kaserne, die vielleicht einmal eine Schule war, deren Mauern jetzt durch Granateinschläge durchlöchert sind. Davor stehen mehrere buntzusammengewürfelte Lastwagen, deren Holzvergaser man warmlaufen läßt. Auf ihren Planen und Seitenwänden sind große schwarze Lothringer Kreuze aufgemalt. Um die Wagen stehen Männer in der flaschengrünen Uniform der *Chantiers de Jeunesse* mit Schirmmützen und groben, fürchterlich polternden genagelten Schuhen. Die meisten tragen Sten-Maschinenpistolen über der Schulter, einige auch nur Jagdgewehre.

»Da ist das Brüderchen«, sagt Bob zu einem langen Dürren mit einer kleinen Drahtbrille. »Paßt gut auf ihn auf.«

»Gib mir doch die Adresse deiner Familie in Nancy«, sagt er zur Katze. »Vielleicht komme ich dich eines Tages besuchen.«

Die Katze wird rot und stottert.

»Ich weiß nicht genau, ob die Adresse stimmt.« Und er gibt ihm statt dessen die der elterlichen Wohnung in Paris. Er sagt sich, das sei idiotisch, es sei eine Geisteradresse, eine leere Wohnung, ein verlassenes Schiff.

Bob schaut ihm mit seiner ruhigen Miene an:

»Fährst du auch ganz sicher nach Nancy?«

»Natürlich«, antwortet die Katze und zuckt die Achseln. »Natürlich.«

»Dann viel Glück«, sagt Bob. Er hebt kurz den Arm und geht in seinem gemessenen Gang davon, ohne sich umzudrehen. Wieder fühlt die Katze sich verlassen. Das Tier in seinem Bauch beißt wieder zu. Er krümmt sich zusammen.

»Komm mit auf einen Kaffee«, sagt der lange Dürre.

Im Hof umringt eine Gruppe von Männern in Grün oder in Zivil mit Armbinden einen großen Kessel auf einem Karren. Sie trinken Kaffee aus Feldbechern. An einer Mauer stapeln sich deutsche Helme; daneben liegt ein Haufen Holzstielgranaten. Er schielt hin: schöne Stücke für seine Sammlung. Der lange Dürre folgt seinem Blick.

»Hände weg! Sieht so aus, als wären die für andere bestimmt. Dabei sind wir gar nicht so viele. Und wir könnten sie dringend brauchen. Aber so ist es nun einmal. Ordnung, Disziplin, die ganze Scheiße. Eben die Armee.«

»Ich bringe dich zum Lastwagen zurück«, setzt er hinzu, nachdem sie den warmen Saft ausgetrunken haben. »Ich habe keine Lust, daß du dem Kommandeur über den Weg läufst.«

Er deutet mit dem Finger auf eine Gestalt, die mitten im Hof herumstolziert. Bei ihrem Anblick hat die Katze den Eindruck, man habe aus dem Schrank eine jener Figuren hervorgekramt, die er in Marles in den Vorkriegsausgaben der Zeitschrift *L'Illustration* gesehen hat. Die Waden des Offiziers stecken in Schnürgamaschen, die eng an seiner hellen Reithose anliegen. Er ist in eine lange, khakifarbene Jacke eingeschnürt, über der er ein ledernes Wehrgehänge trägt, von dem ihm eine Pistole und ein Fernglasetui auf das Gesäß baumeln. Breite Tressen laufen um seine Ärmel, am rechten Arm trägt er eine Binde in den Farben der Trikolore, und die grüne, schräg sitzende Schirmmütze über dem kantigen Gesicht erinnert an die Legion der alten Kämpfer: eine richtige Vogelscheuche.

»Ein Arschloch«, bemerkt der lange Dürre trocken.

Er steigt mit der Katze auf die Ladefläche eines Planwagens.

»Gehen Sie nicht zu den anderen?«

»Die gehen mir auf den Sack. So ein Quatsch! Ich scheiße auf den Kommandeur. Ich bin doch nicht hier, um für ihn den Hanswurst zu spielen.« Vom Lastwagen aus sehen sie, wie der Kommandeur Befehle erteilt, wie er mitten im Hof vor einem Mast mit den Händen fuchtelt. Die Männer stellen sich im Karree auf und präsentieren ihre diversen Schießinstrumente. Die Fahne wird gehißt. Das erinnert die Katze an die Szene im Hof des Gymnasiums in Toulon, als 1941 alle Klassen im alten Hof zum sogenannten Fahnengruß antreten mußten, der damals noch als »olympischer« Gruß bezeichnet wurde. Er bestand darin, daß man den Arm anwinkelte und die Hand erst gegen das Herz hielt, dann zum Himmel reckte. Wahrscheinlich war es nur ein verkappter, verschämter Faschistengruß. Hier wird klassischer gegrüßt, mit der Hand an der Mütze. Dann hält die Vogelscheuche eine Rede. Sie können sie zwar nicht hören, aber sie sehen die zackigen Bewegungen, die sie unterstreichen. Danach drehen die Männer im Gleichschritt mehrere Runden im Hof. Sie grölen ein Lied, das die Katze zum erstenmal hört; der Anfang ist gut zu verstehen, weil sie ihn wie eine Schallplatte immer wieder absingen: »Freund, hörst du den schwarzen Flug der Raben auf dem Feld..«

»Das ist die letzte Errungenschaft von diesem Arschloch. Vor drei Tagen kam er ganz aufgeregt mit einer Platte, direkt aus London. Er hat einen Plattenspieler beschlagnahmt, seine Truppen davor antreten lassen, das Ding angekurbelt und uns eine Stunde lang die Ohren mit dem Mist vollgedröhnt, bis wir das Lied auswendig konnten. Ein richtiger Ohrwurm. Es nennt sich Lied der Partisanen. Als hätten wir ein solches Affentheater nötig. Aber es ist ja so fürchterlich, und wir singen so falsch, daß wir die Deutschen vielleicht damit in die Flucht schlagen, die sind ja bekanntlich musikalisch. Vermutlich ist das unsere Geheimwaffe. Munition haben wir keine, aber einen Plattenspieler kriegen wir. Und Hände weg von den Granaten. Lauter Arschlöcher.«

»Aber warum sind Sie dann dabei?« wagt sich die Katze vor.

»Warum«, brummt der lange Dürre vor sich hin, »warum?«

»Ja, das ist die Frage, Kleiner: warum?« Nach einer Pause fängt er wieder an: »Vermutlich gibt es nur eine einzige Erklärung dafür. Ich bin ein noch größeres Arschloch als alle die Arschlöcher, die uns kommandieren, noch blöder als das Arschloch dort. Ja, das ist es. Und stell dir vor, ich bin so blöd, ein so unverbesserlicher Trottel, daß ich alles in allem mit meiner Situation hier fast noch zufrieden bin. Niemand hat mich gezwungen, hier mitzumachen. Und ich glaube, den Kameraden geht es genauso. Sie hätten etwas Besseres verdient. Ich mag sie. Und was das beste ist, ich bin ein Wiederholungstäter. Als ich 1943 vor dem Arbeitsdienst abgehauen bin, hätte ich einfach untertauchen und abwarten können. Aber ich ging in einen Maquis der Untergrundarmee im Jura. Alles genauso wie hier: ich kam immer vom Regen in die Traufe. Es waren Berufsoffiziere, die 1940 wettmachen wollten, die glaubten, sie wären immer noch in einer regulären Armee; sie hatten Heimweh nach der Kaserne und nach dem ganzen Scheißdreck, mit dem nach der Niederlage Schluß war. Das hat mir dann gestunken. Ich bin in die Schweiz abgehauen. Nicht gerade zimperlich, die Schweizer; aber immerhin, ich hatte schon lange nicht mehr so gut gegessen wie im Genfer Gefängnis. Auch da hätte ich eine ruhige Kugel schieben können, ich hätte nur abzuwarten brauchen. Aber das hat mir noch mehr gestunken, ich bin den Schweizern so auf die Nerven gegangen, daß sie mich ausgewiesen haben. Dann habe ich mir wieder einen Maquis gesucht. Aber Fehlanzeige: es war wieder ein Maquis der Untergrundarmee. Und dann so ein Arschloch wie dieser Berufsleutnant, der sich die Kommandeurstressen selbst verpaßt hat. Er würde uns in jeden Dreck schicken, nur um zu beweisen, daß er sie verdient hat, er hat Wahnsinnsschiß, daß man sie ihm wieder abnimmt. Und jetzt bin ich Unteroffizier, trage diese Scheißuniform wie aus Pétains Arbeitsdienst (weißt du, den Rock in der *angenehm grünen Farbe,* den die alte Dame dem Elefanten Babar schneidern ließ? – ja, nickt die Katze) und spiele hier Krieg. Dabei gab es schwer Zunder, als wir Langres genommen haben. Wir hatten Verluste. Ich habe vor allem versucht, das Schlimmste zu verhüten. Das ist das einzige, worauf ich stolz bin. Seit ich meinen Zug kommandiere, habe ich keinen einzigen Mann verloren. Und ich sage mir, wenn es mir gelingt, bis zum Schluß durchzukommen, ohne daß meinen Männern etwas passiert, dann habe auch ich auf meine Weise meinen Krieg gewonnen. Als wir in Langres einmarschiert sind, haben wir uns gefühlt wie die Götter. Wir kamen uns unbesiegbar vor mit unseren beiden Hotchkiss- Maschinengewehren, mit unserem Mörser Jahrgang 32 und unseren zehn Granaten. Dann sahen wir die Amerikaner und die erste französische Armee anrollen.. Hast du den Konvoi eben gesehen? Es kommt einem vor wie eine Dampfwalze: wir standen am Straßenrand und schauten zu, wie sie vorüberfuhren, Panzer, Lastwagen, das ganze Wahnsinnsarsenal. Sie waren richtig nett zu uns: sie haben Rationen an uns ausgeteilt, sie haben uns ihre Ausrüstung anfassen lassen, wie man Kinder mit den Sachen der Großen spielen läßt. Da kamen wir uns vor wie die letzten Trottel. Wenn du gesehen hättest, wie die Zivilisten mit uns umgehen. Da habe ich gewußt, daß ich bis zum Schluß mitmachen würde. Nachdem wir die ersten Kämpfe hinter uns hatten und das ganze Département befreit war, hätte jeder nach Hause gehen können. Kein einziger ist gegangen. Wir haben uns alle für die Dauer des Krieges gemeldet. Dann hat man uns gesagt, die Unteroffiziere aus dem Maquis, die Zeugnisse und schon ein paar Dienstjahre vorzuweisen hätten, könnten einen Lehrgang mitmachen und sich dann in eine sogenannte *reguläre* Einheit eingliedern lassen. Ich habe mich entschieden, mit meinen armen Trotteln ein armer Trottel zu bleiben. Seit zehn Tagen marschieren wir als Flankenschutz neben der ersten Panzerdivision. Wir haben nie genug Munition. Ich habe ein einziges Magazin für die Sten. Zwanzig Schuß. Wir räumen mit dem auf, was durch das große Netz schlüpft. Wir machen die Kleinarbeit, die Drecksarbeit. Ich versuche, meine Männer weiter vor diesem Oberarschloch in Sicherheit zu bringen. Das ist alles. Jetzt marschieren wir auf Nancy. Ich habe deinem Freund Bob versprochen, dich dort abzuliefern, und das einzige, worum ich dich bitte, ist, daß du im Lastwagen bleibst und dich nicht blicken läßt.«

Im Hof ist der Ringelpiez zu Ende. Männer steigen auf den Lastwagen.

»Na, Chef, hörst du den Alten immer noch so gerne Reden schwingen?«

»Irgend jemand mußte ja auf die Holzvergaser aufpassen.«

»Am Ende glaubt er noch, du hast was gegen ihn.«

Und sie klopfen ihm herzhaft auf die Schulter.

»Wir haben einen Passagier«, sagt der lange Dürre. »Wir setzen ihn in Nancy ab.«

»Du hast aber Glück, eine amerikanische Jacke«, staunt einer der Männer. »Das ist ungerecht, wenn jetzt Kinder eher Klamotten kriegen als wir.«

Er befühlt die Jacke.

»Schau dir das Futter an. Wirklich wasserdicht.«

Quietschend fahren die Lastwagen an. Eine Stunde lang rollen sie unter dem grauen Himmel dahin, so schnell es die schnaufenden Holzvergaser erlauben. Der Kommandeur eröffnet den Zug in einem Peugeot mit Schiebedach, auf dem eine große Fahne mit dem Lothringer Kreuz prangt. Von Zeit zu Zeit sieht man seine martialische Schirmmütze wie ein schwankendes Periskop auftauchen. Ihm folgen die fünf unterschiedlichsten Fahrzeuge, unter anderem ein Müllauto mit offener Ladefläche, ein vorsintflutliches Ungetüm, das scheppernd auf seinen Vollgummireifen dahinruckelt und über dessen Fahrerhaus auf einem Dreifuß ein Maschinengewehr montiert ist:

»Das ist unser Panzerwagen«, sagt der Chef zur Katze.

Sie halten auf einer schmalen Straße in einem Tal am Rand eines regennassen, goldschimmernden Waldes. Die Katze streckt den Kopf heraus und sieht vorne einen Jeep und drei amerikanische Panzer. Der lange Dürre holt Nachrichten ein.

»Programmänderung«, meldet er, als er zurückkommt. »Wir teilen uns in zwei Gruppen auf. Sieht so aus, als müßten wir in Dörfern aufkreuzen, wo noch niemand war. In dem ganzen Gebiet vor uns war noch kein Amerikaner... Das alles gefällt mir gar nicht. Wir sind nicht gut genug bewaffnet.«

Er wendet sich zur Katze:

»Wenn ich das gewußt hätte! Bleib jedenfalls immer im Wagen.«

Zwischen Spalieren von Zwetschgenbäumen folgen sie einer kurvenreichen, aufgeweichten, von gelbem Schlamm bedeckten Straße, die sich in kleine Täler schmiegt, und fahren, ohne anzuhalten, durch mehrere Dörfer, in denen große Misthaufen vor den Hoftoren liegen. Leute kommen aus den Häusern, schauen ihnen mit verblüffter Miene nach und geben ihnen Zeichen.

»Der Idiot«, zischelt der lange Dürre, »so ein Idiot. Warum hält er nicht an? Er fährt einfach blind darauf los.«

Da macht der Wagen in einer Dorfeinfahrt plötzlich eine Vollbremsung, gerät ins Schleudern und prallt gegen den voranfahrenden LKW. Mehrere Salven rattern. Um sich herum hört er das trockene Klicken der Sten, die die Männer durchladen.

»Nicht schießen«, ruft der lange Dürre. »Ja nicht.. Dem ersten, der schießt, trete ich in den Arsch.« Er steht auf und geht an dem Konvoi entlang, hinter dem die Männer in Deckung gegangen sind. Die Katze späht über das Fahrgestell hinweg und sieht, wie an der Spitze des Zuges Frauen hin- und herlaufen. Er hört Rufe, dann kurzes Maschinengewehrfeuer.

»Die Hotchkiss«, sagt einer der Männer.

Dann ist alles still. Der lange Dürre kommt zurück.

»Das war's für's erste. Es waren zehn SS-Männer. Versprengte. Anscheinend wurden sie überrascht und haben im letzten Augenblick auf den ersten Wagen geschossen. Wir haben sieben Gefangene gemacht.«

Er lacht:

»Wir haben keine Verwundeten, aber dem Peugeot des Kommandeurs haben sie alle vier Reifen zerschossen, er ist im Eimer; der Alte zieht vielleicht eine Fresse, er ist stinksauer. Vielleicht merkt er sich's für's nächste Mal. Wenn er bloß früher angehalten hätte ...«

In diesem Augenblick kommt die Vogelscheuche höchstpersönlich angestiefelt, fuchtelt mit ihrer Pistole und brüllt:

»Alle wieder aufsitzen!«

Unmittelbar vor der Katze, die sich gerade wieder aufrappelt, bleibt er stehen und schreit:

»Was ist denn das da?«

»Nichts«, sagt der lange Dürre. »Gar nichts.«

»Wie, gar nichts? Wo kommt dieser Junge her? Das hier ist doch kein Kindergarten! Sondern ein Bataillon der französischen Armee.«

»Es ist nur ein Passagier, Herr Kommandeur. Wir haben ihn ein paar Kilometer mitgenommen.«

»Ich will ihn hier nicht mehr sehen. Laßt *das* sofort hier! Und woher hat er diese Uniform?«

Glücklicherweise fühlt Luc sich nicht gehalten, auf Fragen zu antworten, die über seinen Kopf hinweg gestellt werden, so als wäre er gar nicht vorhanden, und glücklicherweise kommt auch jemand angelaufen und fragt, was mit den Gefangenen geschehen soll, die weiter vorne mit im Nacken verschränkten Händen warten. Die Vogelscheuche rauscht eilends davon, nachdem sie noch einmal wiederholt hat:

»Laßt das sofort hier!«

Der lange Dürre betrachtet die Katze mit einem traurigen Lächeln:

»Hast du das gehört, das? Ich habe jetzt keine andere Wahl. Vielleicht ist es auch besser so.«

»Aber«, setzt er hinzu, »ich werde dich trotzdem nicht einfach so in der Prärie stehen lassen. Komm mit.«

Betreten nimmt die Katze den Rucksack und folgt dem langen Dürren, der an die Tür eines Hauses klopft, dessen Fensterläden fest verschlossen sind.

»Ich vertraue Ihnen diesen Jungen an«, sagt er zu dem Mann, der ihnen öffnet. »Kümmern Sie sich um ihn und tun sie alles Notwendige, damit er so bald wie möglich nach Nancy kommt. Ich danke Ihnen sehr.«

Und da der Mann reglos in der halbgeöffneten Tür stehenbleibt, setzt er hinzu:

»Das ist ein Befehl des Kommandanten Bayard des ersten Bataillons des Maquis von Langres der französischen Streitkräfte des Inneren.« Unvermittelt schiebt er die Katze in das Haus hinein und wendet sich ab. Erst als er ihn weggehen sieht, ruft der Mann ihm nach:

»Monsieur, Monsieur.. Und die Amerikaner, sind die bald da?«

»Hier sind keine Amerikaner. Nur Franzosen. Die Gegend ist befreit. Wissen Sie es noch nicht?«

»Ja, doch, das heißt nein.. Seit fünf Tagen sind wir ohne Strom, ohne Radio, völlig von der Außenwelt abgeschnitten. Seit Nancy befreit ist, warten wir auf die Amerikaner. Es ist, als hätte man uns ganz vergessen. Und gekommen sind nur die Deutschen, die in versprengten Haufen wie Heuschrecken über unsere Dörfer hergefallen sind und alles kahlfressen. Überall im Tal haben sie sich festgesetzt.«

»Das regeln wir schon«, versetzt der lange Dürre über die Schulter hinweg, ohne sich umzudrehen.

»Aber Monsieur, Monsieur, sie haben auf die Amerikaner gewartet, um sich zu ergeben. Nicht auf Sie. Ihnen werden sie nicht trauen.«

»Sie werden müssen.«

»Und er wendet sich endgültig dem Konvoi zu, der sich wieder in Bewegung setzt. Die Katze folgt dem Mann in das Zimmer, in dem wieder Halbdunkel herrscht, als die Tür ins Schloß fällt.

»Es ist ein Kreuz, wirklich ein Kreuz«, sagt der Mann. »Was haben die denn hier verloren? Die haben uns gerade noch gefehlt. Wir haben nur auf die Amerikaner gewartet.«

»Die richten nur Unheil an«, sagt eine Frau, die am Tisch sitzt.

Die Katze legt den Rucksack auf das karierte Wachstischtuch und steht wartend da. Teller und eine volle Suppenschüssel stehen auf dem Tisch, an dem zwei Frauen sitzen, deren Gesichter er nicht richtig erkennen kann, eine alte und eine jüngere. Ein schwarzkupferner, holzbefeuerter Herd heizt das Zimmer. Es ist wohlig warm und still. Hier würde er gerne verschnaufen. Eine Zeitlang fällt kein Wort.

»Was machen wir mit ihm?« sagt schließlich der Mann und wendet sich zur Katze.

Er wirkt noch ziemlich jung, er trägt eine dunkle Schirmmütze mit silbrig glänzendem Abzeichen, wie Elektrizitätswerker sie tragen.

»Ich weiß es nicht«, sagt die ältere der beiden Frauen. »Frag ihn, wo er herkommt.«

»Ich komme aus Paris«, meldet sich verbindlich Luc, der keinen Dolmetscher notwendig zu haben meint und es ganz und gar nicht mag, wenn man in seiner Gegenwart so über ihn spricht, als wäre er ein kleines Hündchen. »Und ich will nach Nancy.«

Man hört die Lastwagen der Kolonne vorüberfahren und kurz darauf Schüsse, wieder eine Maschinengewehrsalve.

»Da haben wir's«, ruft der Mann. »Ich habe es ja gesagt. So ein Mist.«

Sie spitzen die Ohren, aber der Lärm ist verstummt.

»Die Suppe wird kalt«, sagt die zweite Frau. »Du tätest besser daran, dich erst einmal zu stärken. Ändern kannst du sowieso nichts.«

»Das stimmt«, sagt der Mann. »Aber so ein Mist auch.«

Er setzt sich hin. Die Katze steht immer noch da. Er weiß nicht, wie er sich verhalten oder was er sagen soll. »Man muß warten können«, hat Janusz gesagt: Schweigen und Geduld. Leicht gesagt.

»Wir können ihn nicht hierbehalten«, redet der Mann mehr zu sich selbst, nachdem er drei Löffel in sich hineingeschlürft hat. »Ein Junge so ganz allein unterwegs, wo jetzt alles drunter und drüber geht, das ist nicht ordnungsgemäß. Das ist nicht der Augenblick, in dem man sich Scherereien leisten kann. Vor allem nicht in meiner Stellung.«

»Wenn ich ein Militärabzeichen hätte«, denkt Luc, der sich jetzt an die Methoden seines Bruders erinnert, »würde ich vielleicht einen besseren Eindruck machen... Aber nein, Unsinn!«

»Du solltest die Gendarmen anrufen, das Telefon geht ja noch«, sagt die Alte. »Dann wüßten wir auch, was los ist.«

»Du hast recht«, sagt der Mann. Er geht ein Zimmer weiter, die Katze hört, wie er eine Telefonkurbel dreht, wie er redet; die Worte sind nur undeutlich zu hören. Das Gespräch dauert einige Zeit.

»Sie wollen nicht weg«, sagt er, als er zurückkommt. »Sie sagen, sie können nicht nach draußen, solange im Dorf geschossen wird. Ich soll ihnen den Jungen selber vorbeibringen.«

»Aber wenn es für sie gefährlich ist, dann ist es auch für dich gefährlich. Es ist ja schließlich ihr Beruf.«

»Ja. Das habe ich ihnen auch gesagt. Die haben Humor.«

»Dann werden wir also warten müssen«, sagt die Alte. »Und wenn es wieder ruhiger geworden ist, kann der Junge ja auch allein zur Gendarmerie gehen.«

Luc holt tief Luft, um allen Mut zusammenzunehmen, und schnuppert den Suppenduft.

»Ich glaube«, bringt er schließlich heraus, »ich glaube, am besten gehe ich jetzt gleich.«

Er geht zur Tür und öffnet sie. Niemand ist aufgestanden.

»Sagen Sie, Monsieur«, fragt er von der Tür aus, »welches ist denn Ihre Stellung?«

»Ich bin Gemeinderat«, sagt der Mann. »Aber«, setzt er mit verlegener Miene hinzu, »du solltest besser noch ein bißchen bleiben. Es ist noch Suppe übrig...«

»Nein danke, Monsieur«, sagt die Katze und geht schon auf den Platz hinaus.

»Die Gendarmerie ist am anderen Ende des Dorfes«, ruft der Mann ihm nach. »Die Straße links und dann immer geradeaus.«

Draußen ist keine Menschenseele zu sehen. Es klart auf, das Licht des hellgrauen Himmels spiegelt sich in den Pfützen. Alte Häuser, wieder Misthaufen, ein schlammiger Platz rechts vor dem freien Feld, eine Quelle oder vielmehr eine Viehtränke, Wasser gluckert unter Linden, deren Blätter sich schon gelblich verfärben. Überall sind die Fensterläden geschlossen. Er geht über den Platz. Drei Leichen in schwarzer Uniform liegen in gleicher Richtung auf dem Bauch im Schlamm, die Arme nach vorne gestreckt, die Helme sind von den Köpfen gerutscht. Sie sind waffenlos, und einem hat man sogar die Schuhe ausgezogen – hat die Katze wirklich gesehen, daß seine Strümpfe Löcher hatten? –, die Holzstielgranate, die er wohl in der Hand gehalten hatte, ist einen Meter weit fortgerollt. Luc kann der Versuchung nicht widerstehen, er bückt sich und schaut nach: der Ring ist nicht abgezogen, er hängt ganz normal an seinem Stift; vorsichtig hebt er die Handgranate auf und schiebt den Stiel unter seine Jacke in den Gürtel.

Als er sich wieder aufrichtet, sieht er auf der anderen Seite des Platzes hinter der Viehtränke unter den Linden die erdfarbenen, von der üblichen violetten Plane bedeckten Motorhauben amerikanischer Spähwagen. Er geht auf sie zu: hinter den Bäumen stehen drei Halbkettenfahrzeuge mit Maschinengewehren und ein Jeep. Die Männer auf den Spähwagen sitzen schweigend auf ihren Posten, und auf der Motorhaube des Jeeps beugen sich drei behelmte Soldaten über eine Karte.

Der Mann, der hinter dem Maschinengewehr des nächststehenden Halbkettenfahrzeuges sitzt, ruft ihm von oben zu:

»Hi! Froggy! Where did you get this splendid jacket?«

»Can I help you?« fragt Luc höflich und versucht dabei, den Oxfordakzent zu treffen, auf den seine Familie ihn getrimmt hat.

»Great, folks!« brüllt der Amerikaner. *»This guy speaks english.«*

Die Männer auf dem Jeep drehen sich um und starren ihn verwundert an.

»Really? Fantastic!« vergewissert sich der Älteste, der eine goldumrandete Brille trägt und anscheinend ein Offizier ist. *»Nobody speaks a real language in this fucking country.* Kannst du uns sagen, wo es nach *wwww.. ville* geht?« (seine Aussprache ist so unmöglich, daß die Katze nicht versteht: Alsonville, Ersonville, Oursonville?)

»I don't know the place«, sagt die Katze. *»But I can ask for you.«*

Wir haben die Funkverbindung verloren«, erklärt der Offizier und zeigt auf die große Antenne seines Jeeps, die umgeknickt ist wie eine lange Haselnußgerte. »Und ich glaube, wir haben uns verfahren. Wie heißt das Dorf hier?«

»Tennon«, sagt die Katze, die auf dem Platz das Ortsschild gelesen hatte.

Der Offizier läßt ihn den Namen mehrmals wiederholen, es gelingt ihm nicht, ihn richtig auszusprechen.

»If you want, I can show you on the map«, sagt die Katze schüchtern.

Dieses Mal ist es mehr als nur ein tolles Spiel, jedenfalls ist er froh, daß er eine Karte lesen kann. Sie zeigen ihm eine mit Bleistift umrandete Zone, und er versucht, sich in dem braun und grün schraffierten Labyrinth von Straßen und Tälern zurechtzufinden. Er braucht sehr lange, es kommt ihm vor, als müsse er eine sehr schwierige Prüfung ablegen. Indem er oberhalb von Neufchâteau alles strahlenförmig absucht, findet er schließlich Tennon, und als er mit dem Finger den Straßen nachfährt, stößt er an der Kreuzung einer Hauptstraße endlich auch auf Houssonville: danach haben sie gesucht. Sie klopfen ihm herzhaft auf den Rücken:

»Hurray! Billy, you're a good pal!«

»I think...«, fügt die Katze hinzu, *»there are Germans everywhere.«*

»OK«, sagt der Offizier, *»that's what we are here for: pick the krauts up.* Komm mit uns ins Dorf.«

Sie steigen in den Jeep, laden die Katze hinten ein und fahren mit den Spähwagen los. Als sie den Platz überqueren, machen sie um die Leichen einen Bogen. Die Fensterläden gehen auf, überall kommen Leute hervor. Einige schwenken französische Fahnen. Sie halten an. Auf der Durchfahrtsstraße kommt eine kleine Gruppe herbeigelaufen: ein Zivilist, der eine Fahne schwenkt, ein Feuerwehrmann, zwei Gendarmen in blauen Uniformen. Auch die Tür des Hauses, das die Katze soeben verlassen hat, geht sperrangelweit auf, und der Elektrizitätswerker, der sich noch schnell die Mütze zurechtrückt, schließt sich der Gruppe an.

»Ich bin der Bürgermeister! Ich bin der Bürgermeister!«, ruft der Mann mit der Fahne.

»Lieutenant Schultzberg, US Army«, stellt sich der Offizier höflich vor, *»do you speak english?«*

»Nein«, brüllt der Bürgermeister. *»Bienvenue!* Willkommen! *Heil Amerika!«*

»Come on, froggy, translate for me. Ask him if there are Germans in Houssonville. Frage ihn, ob noch Deutsche in Houssonville sind, und sage ihm auch, daß ich kein deutsch spreche. Nur ein bißchen jiddisch.«

»What is it: ‚yiddish'?« fragt die Katze.

Der Offizier zuckt die Achseln:

»Never mind. Forget it. Go on quickly.«

»Er fragt Sie«, beginnt die Katze ganz stolz und ganz rot in dem ehrfürchtigen Schweigen, »er fragt Sie, ob ...«

Der Bürgermeister antwortet, er wisse es nicht genau, er nehme es stark an, sie müßten sich beeilen, sie müßten schnell machen, sehr schnell.

»I don't understand«, sagt Leutnant Schultzberg etwas nachdenklich, *»why he is in such a hurry to see us get ourselves killed.«*

»Er möchte wissen, warum er sich beeilen soll«, erklärt die Katze dem Bürgermeister.

»Sagen Sie ihm, eine Kolonne von Leuten aus dem Maquis sei vor knapp einer Stunde hier durchgezogen: sie werden alles in Schutt und Asche legen (die Katze weiß nicht genau, wie man Schutt und Asche übersetzen soll: *ruins and ashes?)* Sobald die übrigen da sind, müssen sie los und eine Abteilung zu unserem Schutz zurücklassen.«

»Others? What others?« fragt der Leutnant sichtlich irritiert.

»Aber die übrigen.. die übrigen Amerikaner. Die Hauptmasse der Truppen. Die amerikanische Armee.«

»Oh! Fuck... WE are the US Army«, setzt der Leutnant lautstark an.

»Was sagt er?«

»Ich habe nicht alles verstanden«, sagt die Katze ehrlicherweise und wendet sich zu dem Leutnant um:

»What is it: fuck?«

Der Leutnant bricht in schallendes Gelächter aus, packt Luc gutmütig am Nacken, schüttelt ihn hin und her und ruft aus:

»*Oh you, funny guy, funny guy*«, und alle Soldaten grölen los. Frauen bringen Weißwein und Gläser und reichen sie zu den Fahrzeugen hinauf. Ein Bauer tritt zu dem schwarzen Fahrer des Jeeps, der eine Nase wie ein Adlerschnabel hat und ruft ihm zu:

»Olé, Jimmy! Du jetzt sein froh?«

»*What is this old gentleman saying?*« fragt der Fahrer, der vor dieser Begrüßung etwas zurückschreckt, aber auf seinem Sitz nicht ausweichen kann.

»*He said: are you happy?*« erklärt die Katze, ohne auf semantische Feinheiten näher einzugehen.

»*I don't know*«, brummt der Fahrer nachdenklich. »Ich glaube, das kann ich erst sagen, wenn ich in Berlin bin, oder besser noch, auf dem Washington Square.«

»Ich denke, ich habe die Situation verstanden«, sagt Leutnant Schultzberg wieder ernster. »Aber ich hätte gern, daß der Kerl mir jetzt klipp und klar sagt, ob auf der Straße nach Houssonville und in dem Ort selbst noch Deutsche sind.«

»Ich glaube«, schlägt die Katze vor, »das Telefon funktioniert noch.«

»Also gut! Gehen wir hin!« Der Leutnant springt aus dem Jeep. »Wo geht's zur Post?«

»Hier ist ein Telefon«, sagt die Katze und zeigt auf das Haus des Mannes mit der Schirmmütze.

»Komm mit.«

Der Leutnant schubst ihn durch die offene Tür, und wieder ist er im Warmen, wieder hat er den Suppenduft in der Nase. Der Mann mit der Schirmmütze folgt ihnen. Der Bürgermeister und die Gendarmen hinterdrein. Luc hat seine Revanche, aber trotzdem läßt er die Gendarmen nicht aus den Augen. Sie interessieren sich überhaupt nicht für ihn. Sie überschlagen sich förmlich vor Beflissenheit. Er geht ans Telefon und kurbelt energisch.

»Ich möchte Houssonville.«

»Welche Nummer in Houssonville?«

»Ich weiß nicht. Hier ist die amerikanische Armee.«

»Ich verbinde Sie mit der Post in Houssonville.«

Eine zweite Männerstimme:

»Ich bin der Steuereinnehmer von Houssonville.«

»Hier ist die amerikanische Armee«, sagt die Katze. »Wir sind in

Tennon. Sind noch Deutsche in Houssonville?«

»Nein, Mademoiselle. Sie sind vor einer Stunde abmarschiert.«

»Sind noch andere Truppen im Ort?« fragt Luc, der verärgert versucht, seine Stimme tiefer klingen zu lassen.

»Nein, Mademoiselle. Sagen Sie Ihnen, sie können weiterfahren. Sie werden mit Ungeduld erwartet.«

Er übersetzt für den Leutnant, der ihn breit anlächelt, augenzwinkernd den Daumen ausstreckt, ihn hinausschiebt und auf den Jeep bugsiert. An der Spitze der drei Spähwagen preschen sie durch das Dorf über die Schlammlöcher der Landstraße. »Dieses Mal ist es ernst«, denkt die Katze. »Es ist kein Spiel mehr. Ich mache richtig mit. Wenn Antoine mich sähe.« Er ist traurig, daß er niemanden an seiner Begeisterung teilhaben lassen kann. Eine Viertelstunde später erreichen sie hinter einer langen, gewundenen, von großen Bäumen gesäumten Abfahrt ein mit mittelalterlichen Türmen geschmücktes Bauwerk, das Tor von Houssonville.

Unten am Straßengraben entdeckt er in respektvoller Entfernung von den ersten Häusern eine vertraute Silhouette: einen Holzvergaserlastwagen mit Lothringer Kreuz, und hinter den umstehenden Bäumen liegen vereinzelte grüne Schatten in Deckung. Kaum ist der Jeep auf der letzten Geraden, da tritt ihnen auch schon eine bekannte Gestalt entgegen. Die Katze erkennt den langen Dürren, der ihnen deutlich mit beiden Armen zu verstehen gibt, daß sie anhalten sollen. Die ganze Kolonne stoppt. Sie befinden sich höchstens hundert Meter von dem Lastwagen entfernt. In seiner Begeisterung, ein vertrautes Gesicht wiederzusehen, springt Luc hinten aus dem Jeep und stürmt Hals über Kopf auf seinen Freund zu, der ihm etwas zuruft, was er aber in der Aufregung des Laufens gar nicht hört.

»Sieh mal«, sagt er, als er bei ihm ankommt, und zeigt unter seine Jacke auf die Stielhandgranate. »Sieh mal, ich habe eine aufgelesen.«

»Alle Achtung! Wenn du dir was in den Kopf gesetzt hast... Aber hast du mich nicht gehört? Ich habe dir zugerufen, du solltest nicht herkommen.«

»Nun ist es zu spät«, sagt die Katze.

»Geh in Deckung und rühr dich nicht. Wenn deine Amerikaner nur nicht die Nerven verlieren. Wir warten schon eine ganze Zeitlang, daß die Deutschen rauskommen. Sie haben gerufen, wir sollen nicht schießen, sie ergeben sich. Seither herrscht Funkstille. Es wird und wird nicht. Das habe ich gar nicht gern. Sie haben Angst. Die Männer werden nervös.« Einen Augenblick lang herrscht Stille, dann geht plötzlich alles sehr schnell. Eine Gruppe von Deutschen in schwarzen Uniformen kommt mit erhobenen Händen aus dem dunklen Vorhof des großen Bruchsteingebäudes; einer von ihnen schwingt einen weißen Stoffetzen. Sie gehen auf die Mitte des Platzes zu. Sie sind auf halbem Weg zum Lastwagen, als plötzlich eine kurze Maschinengewehrsalve losrattert. Woher? Aus einem Fenster der Mauer? Von einem Baum am Straßenrand?

»Nicht schießen!« brüllt der lange Dürre.

Er brüllt in dem Geknatter weiter, das um den ganzen Platz losbricht.

Die Deutschen beginnen, auf sie zuzulaufen; breitbeinig bleibt der erste nur wenige Meter vor ihnen gestikulierend stehen und ruft etwas. Ruft er oder der lange Dürre: »Nicht schießen, nicht schießen!« Aber kann man im Krachen der Salven überhaupt noch etwas hören? Der Mann knöpft die Jacke auf, greift mit der Hand in den Gürtel, packt etwas, das er vergeblich hervorzuzerren versucht.

»Die Handgranate, die Handgranate«, brüllt der lange Dürre der Katze ins Ohr.

Luc steht auf, zieht die Stielgranate aus der Jacke, packt sie mit der linken Hand, es ist ganz einfach, so oft hat er es im Wald geübt, wenn er zum Pfarrer von Magny ging, die Kaninchen, das Heidekraut, die Hirtenulme, er zieht den Ring ab und wirft. Er hat nicht weit genug ausgeholt, die Granate kullert ein paar Meter weiter auf den Schotter, gerade vor den Mann, der sich umdreht und wie verrückt auf das Gebäude zurennt, auch die anderen rennen, werfen sich hin: eine Explosion, die alles übertönt, wirft Luc zu Boden, er glaubt, ihm zerspringe der Kopf, er liegt mit dem Gesicht im Schlamm, in seinen Ohren dröhnt ein schrilles Pfeifen, reglos liegt er da und hört nur noch dieses Pfeifen, das ihm durch Mark und Bein dringt.

Und als das Dröhnen endlich ein wenig abklingt und eine Hand ihn umdreht, sieht er über sich Köpfe. Den Kopf von Leutnant Schultzberg, blaß, ohne Brille, mit benommenem Gesicht, fast sieht es so aus, als ob er weine, und etwas weiter den Kopf des langen Dürren und noch andere. Leutnant Schlutzberg nimmt ihn in die Arme, drückt ihn an sich, sagt etwas, aber er hört nur dieses Dröhnen, das ihm immer noch in den tauben Ohren pocht und allmählich schwächer wird.

Wie aus weiter Ferne klingt auch die Stimme des langen Dürren, der ganz nahe in sein Ohr spricht:

»Du hast nichts, du hast gar nichts, es ist vorbei. Antworte mir, hörst du. Es ist vorbei. Schrei dich aus. Man muß schreien. Wir sind alle taub. Das ist normal.«

Und dann brüllt er noch einmal, aber die Katze hört nur ein Säuseln:

»Das ist normal.«

Aber sein fahles Gesicht und sein zusammengekniffener Mund sagen das Gegenteil.

Luc hat keine Lust zu schreien, er fühlt sich sehr weit weg, sehr schwach, sehr leicht, er hat den Eindruck, wenn er sich bewegen oder den Mund aufmachen würde, werde er sich endgültig auflösen, wäre er nur mehr ein Wölkchen, das alsbald verdunstet, als könne er keinen Halt mehr finden. Darum bleibt er lieber in sich versunken und schließt wieder die Augen.

Wann hat er sie wieder aufgemacht? Mittlerweile lehnt er an einem Baum. Vor ihm das Rad des Jeeps, Füße, Beine und oben, ganz oben, wieder Leutnant Schultzberg. Er trägt seine Brille und lächelt ihn an:

»Sorry for the trouble ...«, sagt die Katze.

»Oh! You froggy, funny guy«, sagt Leutnant Schultzberg, der sich bückt und ihm über das Haar streicht. Und Luc merkt, daß er wieder hört – die Geräusche sind nur etwas schwach und gedämpft. Er schaut auf den Platz, über den Menschen gehen, grüne und khakifarbene Uniformen, Zivilisten. Der lange Dürre kommt auf ihn zu:

»Es ist vorbei. Aber deine Handgranate, deine Handgranate.. Du solltest sie doch nicht werfen! Du solltest sie mir geben. Ich wollte diesem Arschloch nur Angst machen, das ist alles. Ich wollte sie nicht werfen.«

»Ist er tot?«

»Ja. Zwei Deutsche sind tot und drei verwundet. Und ein Dutzend ist gefangen. Aber deine Handgranate hat ihn nicht erwischt. Sie hat niemanden erwischt. Weder bei ihnen noch bei uns. Schwein gehabt. Wirklich Schwein gehabt.«

»Wer hat geschossen?«

»Wenn ich es richtig sehe, bekamen sie drinnen untereinander Streit. Es waren fünfzehn Elsaß-Lothringer, von der SS zwangsrekrutiert, weißt du, sie wollten sich wirklich ergeben. Aber es waren auch zwei SS-Offiziere dabei, echte SS-Männer. Zunächst hätten sie fast gegenseitig aufeinander geschossen, deswegen standen wir draußen wie die Blöden und verstanden gar nichts mehr; und als sie dann die Amerikaner kommen sahen, dachten die Elsässer jetzt oder nie, sie sind raus, und dann haben diese beiden Arschlöcher, die vielleicht nichts gesehen hatten, angefangen, auf uns zu schießen. Ehrlich gesagt, wissen wir nicht einmal, ob sie auf uns geschossen haben.«

»Und der Typ, der gerufen hat: nicht schießen«…

»Das war ein Elsässer, ja. Er wollte sich ergeben. Und als es zu krachen anfing, kam er sich vor wie eine Ratte in der Falle, er ist durchgedreht, ich glaube, er hat nach seiner Pistole gesucht.«

»Aber es gibt auch gute Nachrichten«, setzt er hinzu. »Kommandeur Bayard hat auf seinem Triumphmarsch für Gott und Vaterland eine Mauserkugel ins Hinterteil abgekriegt. Er hat geschrien wie am Spieß, aber er wurde trotzdem abtransportiert. Jetzt ist er bei Ordensschwestern untergebracht, die ihn mit Mullbinden verarztet haben, das Bataillon ist ihn los. Und der Weg ist frei bis zur Landstraße nach Nancy. Wir fahren weiter, ich nehme dich mit und liefere dich frei Haus bei deiner Familie ab.«

Darauf bricht die Katze ganz einfach zusammen.

»Ich habe gar keine Verwandten in Nancy. Und sowieso«, setzt er schluchzend hinzu, ohne auch nur zu überlegen, weil es ihm aus dem Bauch kommt, »sowieso will ich nach Paris zurück.«

Der lange Dürre erstarrt, zieht die Brauen hoch, der Mund steht ihm weit offen.

»Oh! Du Arschl…« Mitten im Wort bleibt er stecken. »Oh! Schneuz dich mal kräftig«, brüllt er, »das putzt dir die Ohren. Das Arschloch bin ich. In so einem Zirkus fährt man keine Kinder durch die Gegend.«

Leutnant Schultzberg gibt ihm seine Bostoner, der schwarze Fahrer seine New Yorker Adresse. Seinen Rucksack haben sie mit Schokolade und vielen anderen Sachen vollgestopft. Wenn es so weiter geht, wird er dank der vielen vollgekritzelten Zettel in seinen Taschen noch zu einem Adressbuch der Vereinigten Staaten. Er weiß es noch nicht, aber im Laufe der Jahre wird er es erfahren: von jetzt ab hat er einen ganzen Haufen Verwandte in den Staaten. Es kommt nur auf ihn an: und so werden ihm die Schultzbergs aus Boston, die Lopez aus Denver, die O'Connors aus Washington DC und all die anderen – jedenfalls die Überlebenden – noch Jahrzehnte später regelmäßig zu Christmas schreiben, um ihm die Hochzeit ihres ältesten Sohnes Richard oder die Geburt ihres Enkelkindes Simon mitzuteilen, sich bei ihm zu erkundigen, wie es seiner Familie geht oder ob er ihren Vetter Jonathan, der Europa entdecken will, in Paris unterbringen kann; und wenn er will, werden sie ihn an dem Tag, an dem er endlich sein Visum erhalten haben wird, zum erstenmal in den Central Park, in die Bronx und nach Brooklyn führen, ihm die Baracken der Adirondacks, die Inseln von Neuengland in der Morgendämmerung und die *Topless* von Montreal nach Mitternacht zeigen...

Er ist in den Lastwagen mit dem Holzvergaser eingestiegen. Die Männer haben ihm zugelächelt:

»Schau an, da ist ja unser Meisterschütze.«

»Wenn du das nächste Mal eine Handgranate wirfst, dann schau dich vielleicht doch erst einmal um, ob niemand in der Nähe ist.«

»Tapferer als das kleine Schneiderlein, sieben auf einen Streich...«

»Stimmt, sieben auf einen Streich, aber Fliegen, wohlgemerkt.«

Er möchte zurücklächeln, aber es fällt ihm schwer. Er kauert sich in eine Ecke. Er zittert. Er schämt sich. Aber trotzdem hat er keine Angst, weil es nicht so aussieht, als sei ihm irgend jemand böse. Die Panzerwagen an der Spitze des Zuges setzen sich in Bewegung. Auf den Ladeflächen hocken die deutschen Gefangenen wie dicke Fliegen dicht beieinander. Der Lastwagen folgt ihnen. Luc läßt sich durcheinanderschütteln. Er läßt sich treiben. Dem langen Dürren hat er wieder einmal seine ganze Geschichte erzählt.

»Ich werde zusehen, daß du nach Paris zurückkommst«, sagt er zu ihm.

»Bitte«, sagt Luc, nachdem er lange mit sich gerungen hat, »bitte setzt mich nicht bei den Gendarmen ab.«

»Spinnst du, bei diesen Archlöchern... Ich lasse dich schon nicht im Stich.«

In Nancy bringt der lange Dürre ihn zu einem Schlafsaal des Roten Kreuzes und sagt ihm, morgen könne er in einem Lieferwagen mitfahren, der aus Paris Medikamente holt. Er verbringt die Nacht mit bis ans Kinn hochgezogenen Knien zusammengekugelt auf einem Feldbett und starrt in die Dunkelheit. Seine schweren, schemenhaften Träume sind untermalt von dem Schnarchen und Schmatzen, das die Gäste solcher Örtlichkeiten für gewöhnlich von sich geben. Am Morgen holen ihn ein Junge und ein Mädchen in graublauen Uniformen ab.

»Bist du Luc? Dann komm, wir fahren nach Paris.«

Sie rücken im Führerhaus des Lieferwagens eng zusammen. Der Junge und das Mädchen reden mit saften Stimmen. Sie lächeln ihm zu, und auch wenn sie sich einander anschauen, lächeln sie. Sie sagen Sie zueinander.

»Sie sind verliebt«, schließt die Katze fasziniert.

Oft hat er den Eindruck, die beiden hätten gar keine Worte nötig, um sich zu verständigen: manchmal antwortet der eine auf eine Frage, die der andere gar nicht gestellt hat, und das finden sie offenbar ganz natürlich. Sie leben wie auf einer Wolke, und die Katze ist glücklich, einen kleinen Winkel dieser Wolke mit ihnen teilen zu dürfen. Das Mädchen stellt ihm Fragen nach seiner Familie, nach der Schule, und er versucht, Antworten zu geben, die ihr gefallen müssen. Es regnet immer noch. Die Scheibenwischer funktionieren nicht. Auf den engen, von Schlaglöchern übersäten Straßen kommen sie nur langsam vorwärts, sie verfahren sich, fragen nach dem Weg und befinden sich manchmal auf einer Hauptstraße, auf der die endlose Kette der Red Ball zurückrollt. Oft halten sie unter Bäumen am Straßengraben. Stundenlang warten sie an Flußufern zwischen Radfahrern und Ochsenkarren vor den Pfeilern einer eingestürzten Brücke auf eine Fähre. Sie setzen sich in das nasse Gras, um ihren Reiseproviant, der aus Brot und Wurst besteht, zu verzehren. Und Luc packt seine Tafeln Schokolade aus, sämtliche Tafeln. Die beiden fallen aus allen Wolken, sie sagen, er sei ein verkleideter Prinz oder ein Zauberer. Wieder überqueren sie Flüsse auf Fähren oder über ächzende Pontonbrücken, auf denen immer das gleiche Gedränge herrscht. Drei Tage lang sollte es so bis nach Paris dauern. Die erste Nacht verbringen sie bei den Eltern des Mädchens, und die Katze schläft ungewaschen in richtigen Laken. Am Morgen streichelt ihm das Mädchen beim Wecken sanft über die Wange. Er möchte sie so gern an sich drücken und dann die Welt vergessen. In der folgenden Nacht schlafen sie bei Bauern in einer Scheune.

Spät abends erreichen sie Paris. Jetzt stehen sie in der dunklen Straße des siebten Arrondissements vor dem Haus. Er zittert immer noch ein wenig.

»Sollen wir mit dir hochkommen, Luc?«

Er sagt nein, es lohne sich nicht, er nimmt seinen Rucksack.

»Dann auf Wiedersehen, Luc. Du wirst sehen, alles wird gut.«

Das blonde Mädchen küßt ihn sehr sachte, fährt ihm mit der Hand durch die Haare, wie um sie zurechtzustreichen, rückt ihm an den Schultern die Jacke zurecht, und auch der Junge gibt ihm einen Kuß.

Im Dunkeln steigt er die Treppe hoch, es ist still, so merkwürdig still, wie er es nicht mehr gewöhnt ist, totenstill. Er klingelt. Im Morgenmantel öffnet seine Tante einen Spaltbreit die Tür. Sie stößt einen

lauten Schrei aus:
»Luc!«
Sie drückt ihn so fest an sich, daß er fast erstickt.
»Luc! Mein Kind!«
Aber plötzlich läßt sie ihn los, tritt einen Schritt zurück und ruft aus:
»Wo kommst du her? Wo warst du?«
Und fast unwillkürlich, als würde ihre Hand sich selbständig machen, versetzt sie ihm zwei kräftige Ohrfeigen.
»Ich weiß nicht«, sagt die Katze, »ich weiß nicht.«
Sein ganzer Körper wird von Schluchzern geschüttelt, es ist wie ein Schluckauf, es kommen keine Tränen.
Und als er sich später im Dunkeln angezogen auf das gemachte Bett gelegt hat, kommt sie herein und setzt sich ans Fußende.
Sie streicht ihm über die Stirn, streichelt seinen Arm.
»Mein Junge...«
»Nein«, denkt die Katze und versucht, sich noch mehr zusammenzurollen, sich ganz in sich zu verigeln, sich zusammenzukugeln. »Nein, nur das nicht...«
»Mein Junge, mein kleiner Luc, du mußt mir sagen, wo du herkommst.«
Immer wieder sagt sie es, während sie seinen Arm drückt, den er wegziehen, verstecken, unsichtbar machen möchte, den sie aber hartnäckig streichelt:
»... wo du herkommst, wo du herkommst.«
»Aber was haben die bloß alle«, stöhnt im Innern die stumme Katze, »was haben die bloß alle, daß die immer Fragen stellen müssen, was wollen die bloß immer mit ihren Verhören?«
»Wir haben so auf dich gewartet«, sagt die Tante. »Wir haben solche Angst gehabt.«
Mit aller Kraft kneift er die Augen zu, bis er tausend Sterne sieht, er schweigt, er schweigt mit aller Kraft, und da spürt er, wie ihm endlich die Tränen kommen, wie sein Körper nachgibt, wie er schluchzt; er schnieft, beginnt, in den Schlaf zu sinken.
Aber bevor er wirklich endlich einschläft, wiederholt er immer und immer wieder: »Ich habe alles verpatzt.«
Und wieder hört er, wie aus weiter Ferne eine vertraute Stimme sagt:
»Die Arschl...!«

LA PETITE TRUANDERIE

Ich habe alles verpatzt«, sagte sich Luc in den folgenden Tagen immer wieder. »Ich habe alles verpatzt. Ich habe Antoine nicht gefunden. Ich habe mich dumm angestellt. Ich habe mich benommen wie ein Kind.«

Und es werden immer mehr Fragen, eine zieht die andere nach sich, er dreht und wendet sie nach allen Seiten. Warum? Und wie? Hätte er es anders machen können? Was hätte er anders machen können, damit es anders gekommen wäre? Und was wäre dann geschehen?

Und wie hat er überhaupt glauben können, er könne Antoine finden? Bob hatte recht: es war dumm von ihm, sich vorzustellen, ihn in einer Armee von hunderttausend Mann ausfindig zu machen. Warum so viel Aufwand? Wäre es nicht einfacher gewesen, zu Hause schön brav ein *richtiges Familienleben zu führen*, wie seine Tante sagt? Man muß warten können, hat Janusz gesagt. Er hätte gewartet – wie er jetzt warten wird, wo er ja weiß, daß ihm nichts anderes übrigbleibt. Was wäre, wenn er nicht abgehauen wäre? Stellen wir uns vor, diese ganze Reise sei nur ein Traum gewesen, er habe sich gezwungen, ihn bis zu Ende zu träumen, bis zu dem Augenblick, in dem der Traum zum Alptraum wurde, als er nämlich diese Handgranate warf: tränenüberströmt ist er in seinem Bett aufgewacht, das er nie verlassen hatte; er ist nie von zu Hause abgehauen, diese ganze Geschichte seit seiner Flucht aus Chevigny ist gar nicht *wirklich* passiert: die tausend Francs, die er dem Onkel aus der Schublade genommen hat (und die er ihm fast ganz zurückerstattet hat, selbst das kann man vergessen), die Widerstandskämpfer, das Lied vom armen Blinden, Diane und ihr dreieckiges Gesicht, Bob, die nie abreißende Kette der Lastwagen, die ächzenden Brücken, die Fähren, alle seine amerikanischen Freunde und deren Adressen in den Vereinigten Staaten, der lange Dürre, der Elektrizitätswerker, die Kälte in den nassen Gräben, die fette Weißwurst, die Decken in den Schlafsälen, die nach Erbrochenem rochen, die Salven der Hotchkiss, das unerträgliche Pfeifen in seinen tauben Ohren, die schützenden Arme von Leutnant Schultzberg, die beiden Verliebten vom Roten Kreuz, die so nett zu ihm waren . . .: alles Traum. Was wäre dann anders? Was würde das ausmachen? Nein, irgendwie spürt er genau, daß alles anders wäre. Denn wäre er einfach dageblieben, dann würde er sich sein ganzes Leben lang zum Vorwurf machen, nicht abgehauen zu sein, abgewartet zu haben wie ein richtiger braver, kleiner Junge: sich mit der einzigen Rolle abgefunden zu haben, die ihm in dieser Geschichte zugedacht war, einer Rolle, von der er um keinen Preis etwas wissen will. Ja, er weiß, daß er sich Zeit seines Lebens den Vorwurf machen würde, keinen Versuch unternommen zu haben; er würde sich ausmalen, wie es hätte sein können, falls er den Mut gehabt hätte auszureißen, er würde sich immer wieder völlig unsinnigerweise vormachen, es sei möglich gewesen, Antoine zu finden, er hätte ihn ganz sicher gefunden, wenn er weniger passiv, weniger feige gewesen wäre. Immer und immer wieder hätte er sich in der Phantasie ihr Wiedersehen ausmalen müssen: mit seinem alten Rucksack wäre er aus dem Wald auf einen Platz gekommen, auf dem eine Quelle oder vielmehr eine Viehtränke plätscherte, die Gesichter seiner Kameraden wären nicht ganz so deutlich gewesen wie das Gesicht von Bob, von Janusz und wie das des langen Dürren. Antoine wäre im Jeep gekommen, vielleicht wäre er der Fahrer irgendeines amerikanischen Leutnants gewesen, der vielleicht so hätte aussehen können wie Leutnant Schultzberg oder auch ganz anders, und Antoine hätte ihn gesehen, er hätte angehalten, wäre aus dem Jeep gesprungen und hätte ganz einfach lächelnd zu ihm gesagt:

»Hallo, Katze. Jetzt bist du nicht mehr so allein.«

Und heute weiß er wenigstens, daß das unmöglich war. Er hat es nicht geschafft, aber er hat getan, was er konnte. Alles, was er konnte. Und er war es, der sich dafür entschieden hat, es zu tun. Niemand anderes an seiner Stelle. Wenn sein Bruder zurückkommt, wenn er ihn *tatsächlich* wiedertrifft, dann kann Luc ihm sagen, er habe es nach Kräften versucht. Er hat sich von niemandem mitziehen lassen. Gewiß, er war ungeschickt, er ist immer ungeschickt, aber das weiß Antoine selber; das wird ihn nicht überraschen. Hätte er es besser machen können? Aber wo Bob ihm doch gesagt hat, daß es unmöglich sei ...

Wirklich unmöglich? Das sagt man so schnell dahin. Damit macht man es sich zu einfach. Bob ist nicht unfehlbar. Tatsache ist, daß er Antoine dort vor Metz in der Armee Patton nicht gefunden hat, daß er ihn aber sehr wohl hätte finden können. Und wenn es ihm geglückt wäre, dann hätte er ihn nicht mehr losgelassen, er hätte ihn fest an sein Leben gebunden. Jetzt hingegen hat er das Gefühl, daß Antoine in einen unheilvollen Nebel entschwindet. Schon fällt es ihm schwer, sich sein Gesicht deutlich vorzustellen: er versucht krampfhaft, sich zu konzentrieren, aber bis auf das Lächeln bleiben seine Gesichtszüge verschwommen. Antoine entschwindet. Seit jenem Nachmittag, an dem er in der glitzernden Sonne, in dem leichten Wind und im Geruch des gemähten Heus, in den Pedalen stehend, den Hügel von Montainville hinaufgeradelt ist, entschwindet er mehr und mehr. Warte auf mich, Antoine. Komm zurück. Ohne dich komme ich nicht zurecht, noch nicht. Wer wird mir alles erklären? Wer hilft mir, die Dinge zu begreifen?

So kreisen in den folgenden Tagen in Lucs Kopf Gedanken, die oft alptraumhafte Formen annehmen, während er mit möglichst viel innerem Abstand – denn er hat sich ein für allemal geschworen, nur mehr von Unwichtigem zu reden –, zu einem *richtigen Familienleben* zurückkehrt. Er weiß, daß sich seine Tante noch immer Sorgen macht, daß sie große Angst ausgestanden hat, daß sie ihn immer wieder in die Arme schließen will mit einer Zärtlichkeit, vor der er einen Katzenbuckel macht und sich noch mehr in sich selbst zurückzieht. Wo er hingegen mit Herz und Seele dabei ist, das sind die Transaktionen und Tauschgeschäfte, die nicht ohne Zänkereien und Wutanfälle abgehen, bis er schließllich mit seinen Vettern handelseinig wird, denen er die Schätze verschachert, die er in seinem Rucksack mitgebracht hat.

Er fühlt sich etwas beschämt, aber zugleich auch ein wenig als Sieger, als er hört, wie seine Tante zu seinem Onkel sagt:

»Also wirklich, ich weiß nicht, was man mit Luc anfangen soll. Ich fürchte, der Junge ist herzlos.«

»In seinem Alter«, sagt der Onkel, »kann alles zu einem Spiel werden.«

»Aber was für eine Ausdrucksweise er sich in den paar Tagen angewöhnt hat.«

*

Als er sieben oder acht Jahre alt war, hatte sein Bruder ihm gesagt, er solle seine Memoiren schreiben. Antoine hatte ihm ein Heft aus weißem Papier mit einem Deckel aus veilchenblauem Karton gefertigt, auf dem in verschnörkelten Buchstaben stand: »Luc Ponte-Serra, *Memoiren*, Band I.« Die Katze hatte im Tonfall der Gräfin von Ségur angefangen:

»Meine lieben Kinder, ich will euch erzählen, was das Früheste war, woran ich mich erinnern kann, als ich Kind war...«

Es hatte keinen Band II gegeben. Heute wäre er nicht in der Lage, Tagebuch zu führen, auch nur ein paar Worte auf Papier zu bringen, die ihn betreffen, die das berühren, was er erlebt, was er denkt. Alles in ihm ist starr und fest. Alles ist verhärtet und zugeschnürt. Nichts käme aus ihm heraus, außer vielleicht Gedichte in Alexandrinern, solche, wie er sie letztes Jahr fabriziert hat, um ganz gewöhnliche und beruhigende Dinge zu feiern:

> Hört Ihr nicht das Weinen in Feld und Wald?
> Wie sie erschauern unter des Nordwinds Gewalt...

Je hohler, desto beruhigender. Aber auf solche Übungen hat er keine Lust mehr, sie widern ihn ziemlich an. Er tut sie mittlerweile als jugendliche Hirngespinste ab. Wäre er jedoch in der Lage, Tagebuch zu führen und alles, was er in sich gären, in sich arbeiten und in sich verdichten fühlt, alles, was ihn erstarren läßt und ihn lähmt, in eine Form zu bringen, dann würde er ungefähr folgendes schreiben:

»Ich bin dreizehn Jahre alt, oft hält man mich für älter. Ich werde sicherlich noch wachsen und spüre dennoch, daß ich in mir nicht mehr wachsen werde. Die meisten reden mit mir wie mit einem Kind, ich finde sie lächerlich. Einige reden mit mir wie mit einem Erwachsenen, und es kommt mir so vor, als würde ich sie täuschen: ich kann ihnen zwar folgen (das ist so leicht: man braucht nur eine aufmerksame Miene aufzusetzen und von Zeit zu Zeit mit dem Kopf zu nicken), aber ich kann ihnen keine Antwort geben. Ich werde sicherlich noch sehr viel Neues lernen; aber nie werde ich klüger sein als heute. Ich werde nicht mehr verstehen als jetzt. Vor allem wenn Antoine nicht da ist. Ohne ihn kann ich mich im Leben nur durchmogeln. Ich werde mich durchmogeln. Ich werde nie mehr ein Kind sein, ich werde nie ein richtiger Erwachsener sein. Ich werde mich bemühen, so zu tun als ob. Ich werde immer stark genug sein, um ihnen zu ähneln. Ich werde mogeln, das ist alles: außer mir selbst wird niemand es merken.«

*

Am ersten Oktober fängt das neue Schuljahr an. Er geht in die Tertia im Louis-le-Grand.

»Das ist zu dumm«, sagt die Tante. »Du hast letztes Jahr nichts getan und wirst nicht mitkommen: du bist zu jung.«

Seine Vettern, der Große und der Dicke, Chicaneau und le Frisé,

Filochard und Ribouldingue, Laurel und Hardy, Zig und Puce sind ein beziehungsweise zwei Jahre älter als er, sie gehen jeweils in die Sekunda und in die Unterprima.

Den düsteren Bau mit den tiefen Innenhöfen, dessen Korridore als Außengalerien angelegt sind, die in graue Klassenzimmer führen, die abweisende Front der Schüler, sein Klassenzimmer, das er anhand der Nummer, die man ihm genannt hat, findet, die fünfundvierzig Jungen, die sich untereinander kennen und sich in einer Reihe, in der er ganz hinten steht, vor der Tür aufstellen, den Französischlehrer, der sie in alphabetischer Reihenfolge aufruft: all das erlebt er passiv und unbeteiligter denn je. Er fühlt sich anderswo. Er weiß nicht im geringsten, wo dieses *anderswo* liegt.

Im Klassenzimmer sucht er sich einen Platz ohne Nachbarn. Er hört nicht auf das, was vorne gesprochen wird. Geduldig wartet er auf den Schluß der Stunde und läßt in seiner schweifenden Phantasie das Stimmengewirr, das sich in der feuchten Luft des Klassenraums verliert, weit hinter sich zurück. Selbst das, was an der schwarzen Tafel steht, erreicht ihn nur durch einen Nebel, er muß sich anstrengen, um es lesen zu können: er muß blinzeln, er muß sich konzentrieren. Die Wörter tanzen vor seinen Augen wirr durcheinander. Meistens gibt er einfach auf. Wenn es um etwas wirklich Wichtiges geht, versucht er, einen Jungen in seiner Nähe zu bitten, ihm das zu erklären, was er nicht lesen kann. Er handelt sich Verweise ein. Er kritzelt komplizierte und verworrene Zeichnungen oder Skizzen neuer imaginärer Inseln. Oder Segelschiffe und Flugzeuge. Nur der Geschichts- und Erdkundelehrer fesselt einen Augenblick lang seine Aufmerksamkeit. Er spricht von der Kontinentalverschiebung. Er sagt, es sei nur eine Theorie, die auf einen gewissen Wegener, einen Deutschen, zurückgehe, sie wäre unbeweisbar und ein wenig verrückt: auf der Erdkarte könne man sehen, daß die Kontinente wie die Holzteile eines chinesischen Tangrams ineinanderpassen. Als hauchdünne Kruste driften sie auf dem kochend heißen Magma, daß das feurige Erdinnere umgibt, im Laufe von Jahrmilliarden auseinander. Luc läßt sich sachte mit den Kontinenten dahintreiben.

Schon Ende Oktober läßt der Französischlehrer seine Schüler einen Erlebnisaufsatz schreiben: »Erzählt den schönsten Tag eurer letzten Ferien.« Ein klassisches Thema. Seit Luc zur Schule geht, ist es ihm regelmäßig zu Anfang eines jeden neuen Schuljahrs immer wieder gestellt worden. Er kennt es in- und auswendig. Er hat immer eine gute

Note dabei eingeheimst, oft sogar die beste. Er braucht nur eine Reihe bewährter Klischees abzuspulen: Erntearbeit unter sengender Sonne, man sitzt an einem seerosenbedeckten Teich im Gras und angelt, man hüpft ins Wasser und tummelt sich im kühlen Naß, und schließlich knistert in der Dunkelheit das Lagerfeuer, und natürlich erklingen unter dem Sternenzelt fröhliche Lieder. Alles paßt wunderbar zusammen, jedes Bild fließt wie von selbst aus seiner Feder und zieht ganz automatisch das nächste nach sich; nirgendwo muß er auch nur die leiseste Anstrengung unternehmen, irgendein persönliches Gefühl einbringen. Es beruhigt ihn, dieses abgedroschene Geschwafel hinzuschreiben: er fühlt sich dabei völlig normal, so wie alle anderen. Am Ergebnis hegt er nicht den geringsten Zweifel, er hat die Sache sehr gut gemacht.

Acht Tage später gibt der Lehrer die Noten bekannt.

»Zu meiner Freude konnte ich feststellen, daß ihr begriffen habt, worauf es ankam. Ihr habt Ferien erlebt, die anders waren als alle anderen. In diesem Sommer, in diesen Ferien erlebten wir die Befreiung, unser Vaterland hat seine Freiheit wiedererlangt. Diese Ferien müssen eure allerschönsten gewesen sein. Ihr alle habt das begriffen, alle bis auf einen.«

Luc ist zutiefst beschämt. Unangekündigt haben dieses Jahr Klischees und Norm gewechselt. Er hat vier Punkte von zwanzig möglichen, er ist der schlechteste.

»Zunächst einmal«, sagt ihm der Lehrer, »zunächst einmal haben Sie dreißig Rechtschreibefehler gemacht. Dies allein schon zeigt zur Genüge, daß Sie fehl am Platze sind. Aber vor allem: in welcher Welt leben Sie? Haben Sie denn in diesem Sommer nichts Wichtigeres erlebt als das egoistische Vergnügen, schwimmen zu gehen und am Lagerfeuer zu sitzen?«

Die Klasse lacht hämisch im Chor.

»Sie sind viel zu unreif für die Tertia«, fährt der Lehrer fort.

So findet sich Luc acht Tage später im Lycée Montaigne in der Quarta wieder.

»Siehst du«, sagt ihm seine Tante selbstzufrieden.

Aber er hat die Zeit gefunden, in den Pausen und nach der Schule seine restlichen amerikanischen Zigaretten mit Gewinn an die Großen loszuschlagen. Er verdient nicht schlecht dabei.

Montaigne ist ein weniger tristes Gymnasium: es liegt neben dem Jardin du Luxembourg, den die Katze auf dem Schulweg durchqueren muß. In der Quarta hat er keine Schwierigkeiten mitzukommen: in dieser Klasse fängt man mit Griechisch, Algebra und Geometrie an; all das hat er in den ersten Monaten des vorangegangenen Jahres schon einmal gelernt, bevor er sein Exil auf dem Lande antrat. Der Geschichts- und Erdkundelehrer, ein grünliches Männlein, dessen Nase wie ein langer, krummer Finger aussieht, und das beim Sprechen immer die Lippen verzieht und ununterbrochen schnieft, unterrichtet als Nordafrikaspezialist auch an der Kolonialschule und hat Lucs Vater gekannt.

»Schämst du dich nicht, sitzenzubleiben?« fragt er ihn, als Luc sich vor Unterrichtsbeginn der ganzen Klasse vorstellt, die den Neuankömmling neugierig in Augenschein nimmt. »Wenn dein Vater dich so sähe?«

Luc gibt keine Antwort. Auf eine solche Frage gibt es keine Antwort. Das grünliche Männlein ist dumm. Während Luc mit gesenktem Kopf wartet, hält es seinem Publikum eine Moralpredigt:

»Es gibt solche Kinder, sie tragen einen berühmten Namen, man verlangt von ihnen, diesem Name Ehre zu machen, aber sie wollen gar nicht, sie möchten nur Kinder sein wie alle anderen auch, sie möchten das Recht haben, mittelmäßig zu sein, wenn ihnen das Spaß macht. Geh, setz dich hinten hin.«

»Arschloch«, denkt sich Luc.

In einem Punkt hat seine Tante recht: sein Wortschatz ist abscheulich und eigentlich auch ziemlich eintönig geworden. Und seit er wieder ein *richtiges Familienleben* führt, verdirbt er seine Vettern; es kann passieren, daß diese, die sich doch bis dahin für unflätig hielten und die jugendliche Unschuld des Jüngeren belächelten, sich plötzlich peinlich berührt zeigen, wenn Luc zum Beispiel wie selbstverständlich und womöglich in der Nähe von Erwachsenen ausruft:

»Diese Wichser können mich am Arsch lecken, diese Scheißkerle.«

So hat also dieses Arschloch von Lehrer, der ansonsten vielleicht ein netter Mensch ist, was Luc indessen nicht nachprüfen kann, zu ihm gesagt:

»Wenn dein Vater dich so sähe.«

»Wenn mein Vater mich so sähe«, denkt Luc fuchsteufelswild, »dann hieße das, daß er da wäre, und Antoine und Mama auch. Und dann wäre mir alles andere scheißegal.«

Wo ist sein Vater? Durch das Schweizer Rote Kreuz hat man es in Erfahrung gebracht. Er befindet sich in einem Lager für politische

Gefangene in der Nähe von Buchenwald.

»Es ist ein gutes Lager«, erklärt ihm Lady Ponte-Serra, als er sie wieder besucht. Es heißt, sie werden gut behandelt. Aber wir haben schon Herbst. Er ist Mitte August aus Paris abtransportiert worden. Hat er wenigstens warme Kleider bekommen? Wenn ich ihm nur ein Päckchen schicken könnte...«

Unterdessen ist es ihr gelungen, Wolle aufzutreiben. Sie strickt einen Pullover und Socken. Sie zeigt Luc einen Bericht, den das katholische Hilfswerk verbreitet. Darin wird dargelegt, das Lager Buchenwald in der Nähe von Weimar werde sehr ordentlich und sauber geführt. Es gebe genügend zu essen. Unter der Woche würden die Gefangenen je nach ihren Fähigkeiten zu verschiedenen Arbeiten herangezogen, sonntags könnten sie sich ausruhen. Sie trügen eine Uniform: »Eine rote Hose und eine blaue Jacke mit schwarzem Besatz«. »Sie haben übrigens ein ausgezeichnetes Orchester und dürfen ihre Freizeit selbst gestalten: zweimal in der Woche Kino, Konzerte.« Und sie hätten ein *Vergnügungshaus*...

Dieser Bericht sei absolut glaubwürdig, sagt seine Großmutter. Die Informationen stammen aus einer absolut zuverlässigen Quelle, nämlich von einem großen Widerstandskämpfer, der selber Insasse des Lagers war. Und es stimmt: es handelt sich um einen Mann, den seine Frau wie durch ein Wunder gegen Lösegeld aus dem Lager herausholen konnte; sie ist dem Transport bis zum Schluß gefolgt, hat bewundernswert hartnäckig, unbeirrbar und mutig mit den Deutschen verhandelt. Sie sind durch die Schweiz zurückgekehrt. Wie soll Luc sagen, daß etwas ihn stört, daß er findet, an dieser Geschichte sei etwas faul? Er kommt sich irgenwie ungerecht vor, aber er kann nichts dagegen tun. (Letztendlich hat sich herausgestellt, daß der Mann einige Tage – oder einen einzigen Tag – in Buchenwald war). Auf einer Karte kann Luc Weimar ausfindig machen. Wenigstens etwas. Weimar ist die Stadt Goethes, wie er im Deutschunterricht gelernt hat: sie liegt in einer friedlichen Waldlandschaft, eine Landschaft, in der man wandern und unter hohen Eichen meditieren kann. Ein Land der Dichter und Denker.

Und seine Mutter? Es heißt, sie sei sehr viel weiter östlich in einem Frauenlager in Mecklenburg: in Ravensbrück. Seine Tante sagt ihm auch immer wieder, Frauenlager könnten allzu hart sein. Insofern also... Was Antoine betrifft, Vettern in London haben im September einen Brief von ihm bekommen.

Zu diesem Zeitpunkt war der französische Postverkehr noch lahmgelegt. Es gab keine direkte Verbindung zwischen der umkämpften Zone und dem übrigen Frankreich: die einzige Lösung bestand darin, nach England zu schreiben. Die englischen Vettern wiederum haben die Neuigkeiten über Antoine an seine Großeltern weitergeleitet.

Im Oktober kamen die Großeltern aus dem Süden.

Am fünfzehnten August landete ein Teil der frankoamerikanischen Invasionstruppen am Strand von Courdoulières. In der Nacht hatte ein Kommandotrupp die Klippe auf dem 'Kap der Batterien' besetzt. Frühmorgens nahm die Flotte die Küste vom Meer aus unter Trommelfeuer. Häuser stürzten ein, die Fenster des großen Gebäudes zerbarsten in tausend Stücke, die Ziegel flogen vom Dach und legten das Gebälk bloß, die Mauern bekamen Sprünge. Einen Tag lang wurde in La Valerane gekämpft. Die Männer der Maquis stiegen vom Mauresgebirge hinunter. Eine bulgarische Einheit, die sich in dem Tunnel der Kleinbahn verschanzt hatte, wurde von den Franzosen mit Handgranaten bis auf den letzten Mann aufgerieben. Die Toten sind eilig in den deutschen Schützengräben verscharrt worden. Überall, wo eine Brandgranate niederging, loderten die Kiefern wie Fackeln, aber an jenem Tag blies der Mistral nicht, so daß das Feuer sich nicht ausbreitete. Die großen Eukalyptusbäume wurden bis ins Herz von Maschinengewehrschüssen durchsiebt. Sehr rasch zog die Welle weiter. La Valerane war frei und verwüstet. Unbewohnbar.

Die Großeltern konnten es nicht länger ertragen, so aus der Ferne auf Nachricht von ihren Angehörigen zu warten. Sobald es möglich war, kehrten sie also nach Paris in ihre große, dunkle Wohnung an der Plaine-Monceau zurück. Am Donnerstag besucht Luc sie mit seinen Vettern und erkennt den eigenen Großvater kaum wieder. Aus dem Koloß ist ein Greis geworden. Mit ungläubigem Staunen sieht Luc diesen langen, abgemagerten, weit vornübergebeugten Körper, diese unsicheren Gebärden und den wankenden Gang, den abwesenden Blick, der auf einen Punkt gerichtet ist, den niemand erraten oder erreichen kann, nicht einmal er selbst, so tief ist er in seine unnachvollziehbaren Gedanken und in sein Schweigen versunken. Die Tante sagt, das käme von dem erlittenen Schock und von den Sorgen um seine Tochter. Bei Tisch stößt er sein Glas um oder läßt das Besteck aus seinen zitternden Händen fallen. Die Vettern kichern, und wenn Luc in seiner Betroffenheit nicht mitlacht, nennen sie ihn scheinheilig. Ziellos geht der Großvater wie ein Automat von Zimmer zu Zimmer; manchmal setzt er sich an den Flügel und klimpert ein paar Noten. Oder er kommt wieder zu sich und geht mit einem seiner Enkelkinder in sein riesiges Arbeitszimmer; dort schlummern Stapel alter medizinischer Zeitschriften, das Cello mit den durchhängenden oder gerissenen Saiten und ausgestopfte Eulen, die auf den Regalen ihre letzten Federn verlieren. Er blättert in den vor ihm liegenden sepiabraunen Abbildungen von Renaissancegemälden und gibt nur ab und zu einen knappen, entrückten Kommentar.

»Man muß Geduld mit ihm haben«, sagt ihre Großmutter, die sie jedoch ständig dabei hören, wie sie ihn auf den Fluren zur Seite nimmt und ihm ungeduldig in den Ohren liegt: »Mein Freund, *cheer up*, nehmen Sie sich zusammen.«

»Was für eine Strapaze!« sagen die Vettern.

»Man muß sie ja nicht auf sich nehmen«, sagt die Katze.

So versucht er es auch zu halten. Dementsprechend gilt es bald als sicher, daß er sich überhaupt nicht für Kunst interessiert. Was letztendlich vielleicht auch stimmt.

*

Der Winter beginnt früh, der erste Schnee fällt schon im November, und es wird bitter kalt. Auch in dem bürgerlichen Haus im siebten Arrondissement ist die Zentralheizung ausgefallen, und die Tante hat nicht genügend Öfen, um die ganze Wohnung zu heizen. Nur das große Zimmer, in dem der kleine Stutzflügel steht und ein großes, von einem schweren, vergoldeten Rahmen eingefaßtes Gemälde hängt, das *Susanna im Bade* darstellt, besitzt einen mit Kohle beheizbaren Ofen. Als im Dezember die Temperatur im Haus unter zehn Grad sinkt, stellt sie die Betten aller drei Jungen in diesen Raum, der neben ihrem Zimmer liegt. Luc zieht aus der Wäschekammer ganz am Ende des Flures aus, in der er sich seine Höhle eingerichtet hatte. In der gesamten übrigen Wohnung ist die Kälte unumschränkter Herr. Am Ende eines langen, gelblichen, Feuchtigkeit ausschwitzenden Flures ist die Küche ein Nebelland: zu den Mahlzeiten hängt schwerer Dampf in der Luft, der aus den Töpfen steigt, in denen das Wasser nur sehr langsam auf der Gasflamme heiß wird, weil nicht genügend Druck in der Leitung ist. Das Geschirrspülen ist eine schmutzige Plackerei, denn ohne Seife und ohne warmes Wasser zum Nachspülen bleibt alles ewig klebrig; klebrig wie die Wände und die Möbel, wie die Abzugshaube aus

Milchglas über dem Herd, über die sich eine zähe Fettschicht legt.

Die Versorgung mit Lebensmitteln ist problematisch. Niemand war darauf gefaßt, daß die Rationierungen andauern und sich sogar noch verschärfen würden. Alle Welt war der Überzeugung, nach der Befreiung und der Vertreibung der Deutschen würde sich alles sofort wieder normalisieren. Am Tag nach der Befreiung backten die Bäcker Weißbrot, aber nur einen Tag lang. Dann gab es eine Sonderzuteilung, den »Wein der Befreiung«: einen Liter pro Kopf. Jeder der Jungen bekam seinen Liter: einen gelblich trüben Wein, in dem faseriges Fruchtfleisch schwamm. Dann wurde das Brot grau, manchmal enthielt es Sägespäne und merkwürdige grünliche Klümpchen, die nach Schimmel rochen. Hier müssen die täglichen Rationen abgewogen werden, jeder verwahrt seinen Anteil in einem Säckchen. Es hat nicht den Anschein, als hätten Luc und seine Vettern viel Verständnis für die tagtäglichen Sorgen der Tante. Wenn sie einen der Jungen zum Geschirrspülen anstellen will, muß sie erst lange nach ihm fahnden. Die ewigen Rüben und gekochten Sonnenblumenknollen, die etwas abwechslungsreicheren, aber oft wundersamen Speisen – die sie nach ermüdendem Schlangestehen nach Hause bringt, die seltenen Glücksfälle, wenn ihr Mann Huhn, Kaninchen oder Pastete aus Chevigny mitbringt, all das trägt ihr nur unzufriedenes Murren ein. Lassen ihre Schwierigkeiten die Jungen völlig gleichgültig? Vor Weihnachten überlegen die Vettern lange hin und her, was sie ihrer Mutter schenken sollen, und nach harten Diskussionen und Erkundigungen in den Läden beschließen sie, ihr großzügig ein paar Gummihandschuhe zum Geschirrspülen zukommen zu lassen.

Luc hat wieder angefangen, seine Karten zu zeichnen. Er hat sich eine neue Insel ausgedacht. Er ist nie zufrieden, immer bleiben zwischen den bunten, ineinanderverschachtelten Feldern weiße Flecken übrig. Tagelang kann er zwischen Buntstiften und Tusche über dem dicken Blatt Zeichenpapier dasitzen: er ist auf seiner Insel. Aber die Kälte bringt die Arbeit zum Erliegen. In der eiskalten Wäschekammer kann er nicht zeichnen, und er kann seine Karte auch nicht in das gemeinsame Zimmer verlegen, wo es ohnehin schon schwierig ist, zu dritt mit den Hausaufgaben für die Schule zurechtzukommen. Dadurch, daß er mit den anderen in einem Zimmer wohnt, gewinnen diese – auch wenn er in anderen Dimensionen schwebt und sie nicht immer sehr deutlich wahrnimmt – ein schreckliches Gewicht. Warum sollte Luc sich mit seinen Vettern verstehen, und warum sollten sich seine Vettern mit ihm verstehen? Sie sind älter als er und belächeln ihn von der Höhe ihrer Erfahrung und ihres Wissens, wenn er sich in grandiose Welterklärungen hineinsteigert und über der erstbesten, nebensächlichen Klarheit ins Stolpern gerät: kennt man die Oberfläche der erdabgewandten Seite des Mondes, beträgt die maximale Steigung, die eine Lokomotive überwinden kann, fünf oder fünfzehn Prozent, schießen die Kanonen der Sherman-Panzer zwei oder fünf Kilometer weit, wie entstehen Zwillinge, stirbt man, wenn man die Leitschiene der U-Bahn anfaßt (nein? dann versuch es doch, wenn du dich traust – doch, man darf dabei nur nichts anderes berühren), wer hat zwei Höcker, das Dromedar oder das Kamel, kann man ein Zebra satteln und reiten, unter Karl dem Großen gab es keine Sklaven mehr, die Wale singen und säugen ihre Jungen. Stimmt es, daß es männliche und weibliche Palmbäume gibt (da erzählst du wieder eine Schweinerei), die japanischen Flugzeuge sind aus Holz, es gibt eine Bombe, die alles zerstört, man nennt sie die *Anatombombe*, gibt es noch Kavallerie in der amerikanischen Armee, ein Flugzeug kann nicht schneller fliegen als der Schall, hat man wirklich den Kopf eines Guillotinierten noch zwinkern sehen, als er in den Korb rollte... Es kommt zu Prügeleien, zu Geschrei und zu Bissen, wenn die Diskussion auf Seiten der drei Streithähne Ignoranz und betrügerische Absichten zutage bringt, aber keiner nachgeben will, so als ginge es um etwas ganz anderes als um die kontroverse Frage. Früher oder später endet man bei der stets gleichen Schlußfolgerung:

»Du bist doch wirklich ein Arschloch.«

Wenn der Onkel gerade in Paris ist, machen seine Söhne ihn zum Schiedsrichter:

»Papa, Luc behauptet, die Platanen würden im Winter ihre Blätter verlieren.«

»Nein«, erklärt der Onkel selbstsicher hinter seinem Schreibtisch vor dem grünen Gobelin, während er, wie der heilige Ludwig in seinem Richteramt unter der Eiche, seinen Reflexhammer als Zepter in der Hand hält. »Nein, die Platanen behalten ihre Blätter das ganze Jahr über.«

»Aber trotzdem«, verbeißt sich Luc.

»Ich verstehe nicht«, sagt der Onkel, »warum du immer so rechthaberisch sein mußt.«

Ist Luc deswegen so hilflos, weil Antoine nicht da ist? Früher stellte er alberne Fragen, und das hieß dann Neugierde. Jetzt ist er auf sich selbst gestellt und verhaspelt sich: es geht nicht mehr um ein Spiel, sondern um eine Reihe von Fallen, in die er sich verstrickt. Die Dinge widersetzen sich, die Erklärungen spielen Versteck oder vermengen sich. Er merkt, daß es als kindisch, unnormal, unanständig – jedenfalls als *ungezogen* – aufgefaßt werden kann, so kreuz und quer Fragen zu stellen über Gegenstände, von denen man eigentlich nur zu wissen braucht, daß es sie gibt: wenn es sie gibt, dann aus gutem Grund, aber was bringt es, allem nachzubohren? Gibt es für alles Erklärungen? Nun, man muß auch einmal Vertrauen haben, sonst macht man sich lächerlich. Eigentlich ist Neugierde ein arger Fehler. Zumal er jedesmal vom Thema abkommt und irgendwann merkt, wie er über absurde Dinge diskutiert und auf verlorenem Posten Zuflucht zu Scheinargumenten nehmen muß, von denen er selbst nicht überzeugt ist.

Der Onkel hat eine ganze Batterie von Fangfragen parat. Luc hegt den Verdacht, daß er diese Fragen für gewöhnlich benutzt, um die *Normalität* seiner Kranken zu testen. Sie folgen alle dem Schema: »Was wiegt schwerer: ein Kilo Blei oder ein Kilo Federn?« Sein Lieblingsspaß besteht darin, folgende Frage zu stellen:

»Kann ein Hund höher springen als der Eifelturm?«

»Nein, natürlich nicht«, gibt das Opfer resigniert zur Antwort.

»Gut. Aber warum nicht?«

Und wenn das Opfer zu stottern anfängt, schlägt er zu:

»Die einzig richtige Antwort ist die, daß der Eiffelturm überhaupt nicht springen kann.«

»Ach, wenn ich nur wieder Antoines Plastiksprengstoff in die Finger kriege«, denkt Luc wütend, »dann wirst du schon sehen, ob ich deinen Eiffelturm springen lasse. Und zwar höher als alle möglichen Drecksköter. Und dich dazu.« Aber das beruhigt ihn nicht. »Letzten Endes«, wiederholt er sich gekränkt zum hundertsten Mal, »letzten Endes stellt sich nur eine wichtige Frage: muß man mit Dummköpfen diskutieren? Solange sie noch nicht gelöst ist, bezeichnet er sich selbst mit allen möglichen Schimpfwörtern, sobald er wieder in die Falle getappt ist und das schicksalhafte Wort fällt:

»Du bist wieder rechthaberisch.«

Die Tante wiederum hat eine höchst eigene Art, Streitfragen zu lösen. Wenn ihr die Geduld und die Argumente ausgehen – denn es kommt durchaus vor, daß auch Luc einmal recht hat –, dann wirft sie ein: »Sag doch gleich, daß ich lüge?« Luc ist in der Zwickmühle. Wenn er seiner innersten Überzeugung und der Wahrheit treu bleibt, setzt es unvermeidlich eine Ohrfeige: die Tante ist sehr schnell im Austeilen; ihre beringte Hand kann rechts und links so zuschlagen, daß von ihrem Gegner nur ein Häufchen Elend übrigbleibt. Aber sich in servilen Selbstverleugnungen zu ergehen, ist ebenfalls demütigend. Also...

Erst dann wird er wirklich stark sein, wenn er es gelernt hat, gar nichts mehr zu sagen.

(Aber wie könnte er begreifen, daß dies nicht so einfach ist? Schließlich haben seine Vettern ja guten Grund, sich zu verteidigen und manchmal gemeinsam gegen den Eindringling Front zu machen. Sie verteidigen ihr eigenes Revier. Dieses quecksilbrige, turbulente Wesen, das in bestimmten Phasen überdreht und übermäßig vertrauensselig ist und sie in unüberlegte und spektakuläre Abenteuer hineinziehen will, um dann wieder streitsüchtig und verschlossen die Krallen zu zeigen, dieses Wesen, das in den Raum eindringt, den sie sich in einer lockeren Familiengemeinschaft eingerichtet haben, in der jeder seine eigene Welt besitzt, der eine in seinen phantastischen Gedichten und in seinen bunten Pastellzeichnungen, mit denen er sein Zimmer tapeziert hat, der andere mit seiner Bastelwut, mit seinen Modellen und komplizierten Konstruktionen..., dieser kleine, rechthaberische Vetter, der ständig diskutiert und kritisiert und kreuz und quer alles mögliche in Frage stellt, wo er doch allein schon bedingt durch sein Alter noch weniger weiß als sie, ist wirklich zum Verzweifeln. Das hatten sie nicht verdient.)

*

So beginnt der Winter. Mit eisiger Kälte und mit Rationierungen. Noch nie wurde so viel über die Rationierungen gesprochen. Es ist ein Alptraum. Das deutlichste Zeichen der unzureichenden Ernährung sind die Frostbeulen an den Händen: sie werden rot, springen auf und fangen an zu eitern. Wenn es noch immer kein Weißbrot gibt, wo sitzen die Saboteure?

»De Gaulle ist in Ordnung«, erklärt die Tante am Tisch in der tropfnassen Küche. »Aber er hat keine Erfahrung. Und anscheinend hat er keine guten Mitarbeiter.«

Jeden Tag hören sie im Radio den beruhigenden Sketch eines Kabarettisten, der mit einem furchtbar rollenden R, das ihn als Bauer und kleinen Mann von der Straße ausweisen soll, seinen Kommentar zur

Lage abgibt. Die notwendige Anstrengung, die Wiedergeburt der französischen Größe, die Tapferkeit unserer Soldaten im Elsaß, der Opfermut der Résistancekämpfer, die die deutschen Widerstandsnester am Atlantik einkreisen, die Wiederherstellung der Zugverbindungen dank der Opfer der Eisenbahner, die ersten Kohleschiffe, die durch den selbstlosen Arbeitseinsatz der Bergleute im Norden in Paris eintreffen, die unmittelbar bevorstehende Verbesserung der Lebensmittelversorgung, die alliierten Erfolge ... Und jedesmal beschließt er die Sendung mit der stereotypen Formel:

»Ich glaube daran, oh ja, ich glaube daran ...«, und blendet sich mit dem Pfeifen des Lothringer Marsches aus.

Es vergeht auch kein Tag, an dem nicht bei irgendeiner Reportage von der Bildung der neuen französischen Armee oder von der Eingliederung der Widerstandskämpfer in reguläre Einheiten im Radio jenes Partisanenlied zu hören ist, das dem langen Dürren so mißfiel.

Jetzt, zu Winteranfang, hat der alliierte Vormarsch an der Westfront die Grenzen Deutschlands erreicht und trifft auf deutsche Verteidigungsstellen, die er nicht einnehmen kann. Die Engländer sind durch die Überschwemmung der Polder in Holland gestoppt worden, die Amerikaner sind in Aachen eingedrungen und haben nördlich von Straßburg den Rhein erreicht, und die erste französische Armee kämpft vor Colmar in den Vogesen. Im Osten liegen die Russen immer noch vor Warschau; der Aufstand wurde im Oktober niedergeschlagen. Sie werden erst im Dezember einmarschieren. London und Brüssel liegen unter dem Beschuß von V 2-Raketen, die sehr viel größer sind als die V 1 und von Deutschland aus gestartet werden, und es heißt, auch Paris könne noch an die Reihe kommen. Athen wurde noch vor dem Einmarsch der Engländer durch die griechische Widerstandsbewegung befreit.

Auf dem Schulweg kauft Luc Zeitungen. Es gibt eine ganze Menge; er weiß nicht immer genau, welches der Unterschied zwischen ihnen ist. Bei *L'Humanité* weiß er, worum es sich handelt, den *Figaro* bekommt seine Tante jeden Tag. (Seine Großmutter liest *Le Monde*, weil die Buchstaben des Titels die gleichen sind wie beim ehemaligen *Temps*.) Man hat ihm gesagt, *L'Aube*, das seien die Pfaffen. Aber wie soll er sich zurechtfinden zwischen *Combat*, *Libération*, *Défense de la France* und *Nouvelles du Matin*? Sie bestehen alle nur aus zwei Seiten – einem beidseitig bedruckten Blatt –, und ihr Format wird infolge Papiermangels im Laufe des Winters noch kleiner. Es geht vor allem darum, diejenige herauszufinden, welche die detailliertesten Nachrichten über die Fronten, die genauesten Karten und Lagepläne der bombardierten Städte enthält. Manchmal kauft er gleich mehrere. Am häufigsten vielleicht den *Combat,* und zwar wegen des Untertitels: »Vom Widerstand zur Revolution«. Er weiß zwar nicht, um welche Revolution es sich handelt, Antoines Voraussagen gehen einstweilen nicht in Erfüllung; aber sie haben wenigstens wie ein Versprechen das Wort beibehalten. Die Leitartikel liest er so gut wie nie, in ihnen werden grundsätzliche Erwägungen und große Prinzipien erörtert, die ihn nichts angehen. Jeder Tag bringt eine Flut neuer Entdeckungen über die Anmaßungen und die Grausamkeiten der Besatzer, über Massaker und Galgenjustiz in ganz Frankreich und über Folterungen – wie in jener Folterkammer in Issy-les-Moulineaux, in der nackte, in Ketten gelegte Häftlinge sich auf eine Metallbank stellen mußten: die Folterknechte leiteten elektrischen Strom durch die Bank, und die Opfer sprangen in die Luft, hüpften in wilden Sätzen umher. In kaum vorstellbarer Höhe ist auf der Asbestwand noch die Spur ihrer Hände sichtbar. Auch sind noch daneben die Einschüsse auf dem zerfetzten Erschießungspfahl zu sehen. Man sieht Fotos. Auch die Spalte *Säuberung* wird wie ein Fortsetzungsroman jeden Tag immer länger.

Von alleine wäre er nie darauf gekommen: wenn er hinten von seiner Bank aus so schlecht sieht, was vorne an der Tafel steht, so ist das nicht etwa ein Schicksalsschlag, ein unerklärlicher Fluch oder mangelnde Konzentration, nicht etwa Desinteresse, das ihn hinter einem Nebel gegen die feindselige, chaotische Welt abschirmt, nein, er braucht ganz einfach eine Brille. Er ist kurzsichtig geworden; das erfährt er bei der schulärztlichen Untersuchung. Die Tante bringt ihn zu einem Augenarzt. Von jetzt an trägt er also ein schmales, braunes, gelbschraffiertes Gestell mit runden Gläsern, dessen Bügel in Federn enden, damit es fest auf den Ohren sitzt; es ist gräßlich. Aber sobald er die Brille auf der Nase hat, tritt eine wunderbare Veränderung ein: alles wird klar, deutlich, genau, die Farben bekommen feste Umrisse und leuchten. In der Ferne verbinden sich auf Plakaten die Linien zu Buchstaben und Wörtern. Fast ist es des Guten zuviel, es kommt ihm ein wenig unheimlich vor. Da er seine Brille nicht ständig braucht und das Eisengestell ihn stört, steckt er sie die meiste Zeit in die Tasche. So hat er sie noch nicht einmal acht Tage, da geht er während einer Reiterschlacht im Schulhof irgendwann einmal zu Boden und zertrümmert die beiden Gläser. Seine Tante schreit Zeter und Mordio und läßt ihm neue anfertigen.

Diesmal steckt er die Brille in seine weiche, abgewetzte Schultasche: es dauert nicht lange, und er setzt sich darauf, wieder gehen die beiden Gläser zu Bruch. Er traut sich nicht, es zu sagen. Er bewahrt die Bruchstücke auf, und wenn unbedingt notwendig kneift er ein Auge zu und schaut durch das größte von ihnen: im Unterricht, um zu sehen, was an der Tafel steht, im Kino, um Untertitel zu lesen. Von Zeit zu Zeit fragt ihn seine Tante, ob er in der Schule auch seine Brille aufsetze und er antwortet: ja natürlich, er habe sie in der Tasche. So hält er es den ganzen Winter aus: der Nebel hat sich wieder um ihn verdichtet, er verleiht den Dingen weichere Konturen; im Verlauf der Monate scheint er sogar noch dichter zu werden. Es macht ihm gar nichts aus.

In der Schule hat er keine großen Schwierigkeiten. Er braucht nicht viel zu lernen. In den Pausen stürzt er sich wieder in die gewaltigen Reiterschlachten: da er gewachsen ist, ist er selten Reiter, sondern meistens Pferd. Immer noch verbreitet er Panik um sich herum. In den Pausen oder in der »Freistunde« spielt die Klasse ‚Anschlagen', ein brutales Gruppenspiel, das ihn durch den Wechsel von raschem Einsatz und Ruhepausen fasziniert. Erst muß man alleine loslaufen, dann wieder fügt sich ein Kreis Ellbogen an Ellbogen zu einer unbezwingbaren Mauer zusammen. Im Französischaufsatz ist er zweitbester: die Dinge sind wieder im Lot. Bester ist sein Freund, ein blonder Junge mit einem großen Kopf, einer flachen Nase und einer Brille. Wenn um vier Uhr die Schule aus ist, stützen sie sich beide mit den Ellenbogen auf eine Balustrade im menschenleeren Jardin du Luxembourg, um schlotternd zuzuschauen, wie hinter den kahlen Bäumen und den grauen Dächern die Sonne untergeht: es ist ein bewegendes Schauspiel. Er denkt an den Vers Baudelaires, den Antoine manchmal mit verschmitzter Miene aufsagte:

»Die Sonne ist ertrunken in ihrem gerinnenden Blut.«

Sie beobachten, wie die sinkende rote Scheibe zwischen den Wolken hindurchgleitet.

»Worüber sinnst du nach, o Fremder?« rezitiert sein Freund mit dem großen Kopf. »Über die Wolken, die wunderbaren Wolken...«

Sie sagen sich, wenn ihnen nicht so kalt wäre, würden sie Notizen machen, sie würden den Sonnenuntergang beschreiben, wie man ein Bild malt, es würde ein sehr langes Gedicht, vielleicht ein ganzes Buch, was sie zusammen schreiben könnten. Denn sein Freund mit dem großen Kopf ist entschlossen, sein Leben mit dem Schreiben von Büchern zu verbringen, und er hat auch schon damit angefangen. Sie reden über den grünen Strahl:

»Man sieht ihn nur in den Tropen, und auch dort nur sehr selten«, sagt Luc, der Jules Verne gelesen hat. Vielleicht auf dem Nil vom Schiff aus...«

Und wenn alles grau in grau ist, ertönen die Trillerpfeifen der Wächter, die die letzten Spaziergänger aus allen vier Ecken des von hohen Gittern umschlossenen Parks vertreiben. Wenn es nicht zu kalt ist, machen sie mit anderen Kameraden mit Tonmurmeln eine Schnitzeljagd durch die Gossen der Rue d'Assas bis nach Sèvres-Babylone. Die Straßen sind leer. Nur ganz selten fahren Autos oder irgendwelche Lastkarren vom Bon Marché vorbei, die von grauen Pferden gezogen werden, denen dicke Fellsträhnen über die Hufe hängen. In der Nähe von Sèvres-Babylone taucht ab und zu ein gasbetriebener Omnibus der einzigen Linie, die in dem Viertel noch in Betrieb ist, auf, ein Koloß mit einem überdimensional aufgeblasenen Dach wie ein Zeppelin.

Er kennt so einige Mittel, sich auf dem Nachhauseweg die Zeit zu vertreiben. Manchmal ist er der Pilot eines Bombers, der gerade einen Einsatz fliegt, und der Boden des Bürgersteigs ist das feindliche Territorium unter ihm. Die gußeisernen Deckel sind Städte: und zwar sind die Abflußgitter Hauptstädte – das kleine rechteckige Loch in der Mitte ist das Kraftwerk –, die Hydranten, die eine Krone mit regelmäßigen Ausbuchtungen aufweisen, befestigte Städte, und die Gashydranten Kreisstädte von untergeordneter Bedeutung. Wenn der Asphalt Sprünge und Risse bekommt, dann weiß er, daß er hier wichtige Eisenbahnknotenpunkte, wenn die Risse in der Nähe des Rinnsteins auftreten, hingegen Flußmündungen unter sich hat. Die Aufgabe besteht darin, geschickt hinunterzuspucken, ohne den Schritt zu verlangsamen oder sich zu bücken. Am schwierigsten ist es, das wichtigste Ziel, die Kraftwerke der großen Städte, genau zu treffen: die Spucke muß genau in das rechteckige Loch treffen, dann ist die ganze Stadt lahmgelegt. Bombardiert man aber zuviel, hat man leider sehr rasch einen trockenen Mund: der Bombenschacht ist leer, es gilt, zum Stützpunkt zurückzukehren und dabei an den Kreuzungen bestimmte strategische Punkte zu vermeiden, an denen – wie er herausgefunden hat – die feindliche Flak besonders mörderisch ist.

Am Sonntag ist er zum Mittagessen bei Lady Ponte-Serra eingeladen.

»Mir sagt man nichts«, beschwert sich die alte Dame immer wieder.

Und das trifft zu. Für den anderen Zweig der Familie dreht sich alles um den Zustand seines Großvaters, und die Parole heißt Schweigen. Man hört nichts mehr von Antoine, von seiner Mutter, von seinem Vater. Und wenn man etwas erfahren hätte...

»Man darf ihn nicht aufregen«, wiederholt seine Großmutter mütterlicherseits immer wieder.

Und um den Großvater nicht aufzuregen, bewahrt man Stillschweigen. Bedeuten gar keine Nachrichten gute Nachrichten? Luc weiß, daß man beim Roten Kreuz in Genf, wo Zehntausende von Menschen auf Karteikarten erfaßt sind, Schritte unternommen hat, um den genauen Verbleib seiner Eltern festzustellen, um zu versuchen, in Briefkontakt mit ihnen zu treten, um zu erfahren, wie man ihnen Päckchen zukommen lassen kann. Lady Ponte-Serra schreibt an Antoine. Aber Antoine antwortet nicht.

Kameraden Antoines klingeln bei ihr. Manche möchten Bücher, ausgeliehene Vorlesungsmitschriften oder eine gemeinsam begonnene Arbeit zurückhaben.

»Sie sagen mir alle, es sei schade, daß er nicht da sei. Sie sprechen alle von seiner Großzügigkeit, von seiner Begeisterungsfähigkeit, von seiner Neugierde auf alles. ,Wann wird er zurückkommen? Sein Platz ist hier. Die Vorlesungen haben wieder begonnen. Er fehlt uns. Wenn die Aussscheidung zur École normale stattgefunden hätte, hätte er mit am besten abgeschnitten.' Ich bin froh, daß sie so von ihm reden. Aber gleichzeitig überlege ich mir auch, wieso diese kräftigen und gesunden jungen Männer keine anderen Fragen haben. Hätten nicht auch sie etwas für ihr Land tun sollen? Anscheinend finden sie es ganz natürlich, daß sie dageblieben sind. Es fällt mir schwer, ihnen deswegen böse zu sein, ihren Egoismus nicht zu verurteilen. Ist es gerecht, daß Antoine als einziger von ihnen kämpft?«

»Es ist bitterkalt geworden«, fährt sie fort, »und ich kann ihnen nichts schicken. Ich habe deinem Vater geschrieben, ich habe die Karte nach Genf geschickt, vielleicht können sie sie von dort aus nachsenden. Ich habe ihm geschrieben, daß es dir gut geht, daß du in der Quarta bist, aber das sei normal: du bist nicht sitzengeblieben, letztes Jahr bist du ja nicht richtig in die Schule gegangen. Den Pullover habe ich fertiggestrickt. In Weimar ist der Winter kälter als hier. Haben sie es in den Lagern wenigstens warm? Angeblich ja, angeblich ist auch das Essen gut. Und man sagt mir, weil er deutsch könne, sei er wahrscheinlich Dolmetscher. Jede Woche schreibe ich Antoine. Ich weiß nicht, ob er meine Briefe bekommt. Sicher ist er bestimmt nicht unter seinem richtigen Namen in die Armee eingetreten. Und vielleicht ist er mittlerweile in einer anderen Einheit. Oder in der französischen Armee. Ich weiß nicht, ob meine Briefe nachgeschickt werden. Ich schreibe ihm, daß ich stolz auf ihn bin. Ich möchte nicht, daß er in dieser Hinsicht Zweifel hat. Er sollte uns jetzt ein Lebenszeichen geben. Das Warten dauert einfach zu lang.«

Sie hat viele Besucher. Sie empfängt sie zusammengekauert in ihrem Voltairesessel, ihre kleine Gestalt ist ganz in Schwarz gehüllt, ihre grünen, lebhaften Augen schauen hinter der mächtigen Adlernase hervor. Bei ihr ist es wenigstens etwas warm, weil sie einen großen Ofen hat, den sie mit Sägespäne beheizt: das Institut de France hat die in seinem Besitz befindlichen Wälder von Chantilly abholzen lassen und beliefert so seine Akademiker und deren Witwen mit Heizmaterial. Oft redet sie mit ihren Besuchern über Ägypten. Sie erzählt Luc, wie sie jeden Herbst den Nil hinauf zu den Ausgrabungsstätten fuhr, nach Denderah, Theben, Philae und ins Tal der Könige. Sie lebten dann jeweils mehrere Monate auf dem schweren, mit Schnitzereien versehenen Holzboot, das große Segel hatte und *Myriam* hieß. Bei Flaute glitt es im Rhythmus der langen Ruder dahin, an denen friedliche, stundenlang singende Fellachen saßen. Sie lebten das Leben des Flusses, sie begegneten Feluken, jenen Booten, deren dreieckige Segel sich wie Schmetterlingsflügel entfalten, sie trafen Fischer, Händler und Pilger.

»Ich erinnere mich noch, wie dein Großvater im Tal der Könige in einen Brunnen hinunterkletterte. Man hatte ihm dort von einer besonders wichtigen Mumie erzählt. Er suchte schon seit Monaten nach ihr. War es der Pharao Hornotpu oder Thutmosis IV? Ich erinnere mich nicht genau. Sein Führer war eine Art Bandit, der ihm die Information verkauft hatte, und ich wollte nicht, daß er allein mit ihm hinunterkletterte. Aber er wollte zeigen, daß er ihm vertraute. Ich habe allein mitten in den kahlen Felsen gewartet, mich vor den Schlangen in acht genommen, die Sonne brannte – ich hatte natürlich meinen Sonnenschirm dabei –, es hat eine Ewigkeit gedauert. Und als er wieder herauskam, hat er mir nur gesagt: »Ich hab sie.« Nachher, als die Sonne untergegangen war, sind wir mit den Fellachen, die im Schein der Fackeln die Mumie trugen, zum Nil hinabgestiegen.

»In dem Jahr hat dein Onkel in Kairo bei einem Händler im Suk die blaue Katze von Dar el Bahri gefunden. Dein Großvater wollte sie für das Museum ...«

*

Die Siegel sind mittlerweile von der Tür der Wohnung seiner Eltern entfernt worden. Drinnen ist aufgeräumt, die Läden sind geschlossen, seine Großmutter hat im Wohnzimmer die großen Teppiche zusammenrollen und Laken über die Sessel und Gemälde legen lassen. Die Flure sind leer, still, kalt und ausgestorben. In Antoines Zimmer hat man nichts verändert. Luc findet im Schrank die grüne Stange Plastiksprengstoff: er ist vertrocknet und hart, fast bröckelig. Mit einer rostigen Rasierklinge schneidet er ein Stückchen ab, legt es auf den marmornen Kamin – vor den schrecklichen pseudoantiken Diskuswerfer aus Marmor, den ihm irgendein Onkel, der an Geschmacksverirrung leidet, einmal zur ersten Kommunion oder zum Geburtstag geschenkt hat, und dessen lächerliches, gewölbtes Feigenblatt sie oft mit Bleistift bekritzelt haben – und hält vorsichtig ein brennendes Streichholz daran: eine helle Stichflamme schießt bis an die Decke und erlischt ohne Explosion: mit dem Plastiksprengstoff verhält es sich also genauso wie mit dem schwarzen Pulver der Gewehrpatronen und mit den Makkaroni aus den Granaten, es ist genauso ungefährlich, ihn in kleinen Portionen im Freien zu zünden. Er zerschneidet ihn der Länge nach in dünne Scheiben und stopft diese in leere Aspirinröhrchen, die er in maßgerecht gefaltete Papierflugzeuge hineinlegt. Er öffnet das Fenster, von dem aus man die Avenue Henri-Martin und die umliegenden Straßen überblicken kann. Er stellt einen Tisch vor das Fenster und legt ein schräges Brett darüber. Das ist seine Abschußrampe. Eine nach der anderen zischen die Raketen funkenstiebend und pfeifend los, verschwinden hinter den Dächern. Die grüne Stange ist bald aufgebraucht. Der Plastiksprengstoff ist verschossen.

Er öffnet eine Schublade. Vollgeschriebene Zettel und Hefte liegen durcheinander. Er traut sich nicht, sie durchzustöbern. Einmal hatte Antoine ihm an einem genauso verregneten Spätnachmittag während eines Stromausfalls in der dunklen Wohnung verkündet:

»Ich habe einen großen Roman angefangen.«

»Schon wieder? Wovon handelt er?«

»Es ist die Geschichte des Zweikampfs zwischen Achill und der Amazonenkönigin Penthesilea. Niemand konnte besser Bogen schießen als sie. Die Amazonen lebten abgeschieden in den großen Wäldern im Norden, sie waren immer zu Pferd, und niemand konnte sie besiegen.«

»Dann kommen viele Schlachten und Abenteuer drin vor?«

»Ich glaube nicht. Darauf kommt es mir nicht an.«

»Schade.«

»Achill war unverwundbar...«

»Ja, ich weiß: außer an der Ferse. Das war unfair. Dann hat er sie also getötet? Deine Geschichte ist widerlich.«

»Warum? Es war Krieg.«

»Man hätte ihn vermeiden können.«

»Dazu war es viel zu spät. Man hatte alles gesagt, alles versucht. In der Ebene vor Troja schießt Penthesilea ihre Pfeile auf Achill und verfehlt ihn. Ihr bleibt nur noch ein einziger. Darauf wendet sie sich zur Flucht. Sie entkommt in den nahegelegenen Wald, denn der Wald ist ihr Verbündeter, ihr Lebensraum; dorthin will sie Achill locken, um ihn mit ihrem letzten Pfeil zu töten. Sie prescht auf ihrem Pferd durch Schilf und Gestrüpp. Achill verfolgt sie. Als sie die hohen Bäume erreicht, wendet sie sich um, spannt ihren Bogen noch im Galopp, schießt und verfehlt ihn abermals. Achill wirft seinen Speer nach ihr, der sie durchbohrt. Sie fällt von ihrem Pferd, das durchgeht und sie durch die Dornen hinter sich herschleift. Als Achill zu ihrem reglosen Körper gelangt, schaut er ihr ins Gesicht. Erst da versteht er, obwohl er es eigentlich schon immer gewußt hat, daß sie schön ist und daß er sie liebt. Und vielleicht lächelt sie ihn durch ihr aufgelöstes Haar ein letztes Mal an.«

»Hast du das alles erfunden?«

»Nein. Die Griechen. Es steht bei Properz und bei Quintus von Smyrna. Aber bei keinem steht, daß sie gelächelt hat. Das ist von mir.«

»Siehst du, es ist ein Mantel- und Degenroman. Er ist schöner als *Cyrano de Bergerac.*«

»Du würdest enttäuscht sein. Und ich glaube auch, daß er in unserer Zeit spielt. Achill hat eine Neunmillimeter-Pistole und trägt ein Jackett, Penthesilea fährt Fahrrad.«

»Deine Geschichte ist einfach zu traurig. Wenn ich ein Buch schreiben würde«, sagt die Katze, »würde ich lieber über Odysseus schreiben, der auf dem Meer unterwegs ist, von Penelope, die auf ihn wartet, und von Telemach.« Und in der Tat hatte er unter dem Titel *Die Rückkehr des Odysseus* eine große Tragödie in Alexandrinern angefangen, bei denen er die Silben an den Fingern abgezählt hatte. In der ersten Szene des ersten Aktes sah man, wie der Anführer der niederträchtigen Freier vor Penelope hintrat, die an ihrem Webstuhl saß, und sie aufforderte, endlich einen Nachfolger für Odysseus zu wählen:

Holde Frau, die Zeit ist um, denn seit zehn Jahren,
die euer Gatte schon auf fernen Meeren weilt,
läßt er euch ohne Kunde. Er ist tot, und Ithaka
wünscht einen neuen König seiner Königin.

Die zweite Szene sollte zeigen, wie Odysseus als Bettler verkleidet heimkehrt, aber eine zweite Szene hat es nie gegeben.

»Denk jedenfalls daran«, hatte sein Bruder zu ihm gesagt, »daß Odysseus auch nach seiner Rückkehr nach Ithaka noch nicht am Ende seiner Leiden ist. Er tötet die Freier, er teilt mit Penelope das königliche Lager, aber er muß noch einmal ausziehen. Denn von dem, was ihm in der Hölle geweissagt wurde, haben sich alle Punkte bis auf einen erfüllt: er muß weiterziehen bis in das Land der Menschen, die das Meer nicht kennen. Er wird es daran merken, daß die Einwohner ihn fragen, wenn er beim Gehen sein Ruder auf der Schulter trägt, wozu diese lange Schaufel dient. Erst dann kann er endgültig in seinen Palast zurückkehren. Erst dann kann er in Frieden leben.«

»Was heißt das, in Frieden leben?«

»Das heißt, daß er in seinem Bett sterben wird.«

»Gibt es Ithaka wirklich?« hatte die Katze den Bruder gefragt.

»Natürlich. Es ist eine unberührte Insel mit einem kleinen Fischerdorf.«

»Glaubst du, daß sie sich seit Odysseus sehr verändert hat?«

»Wahrscheinlich nicht. Der Königspalast steht nicht mehr. Vielleicht war es auch nur ein großer Bauernhof: davor hütete der Schweinehirt Eumäus unter den Olivenbäumen die Schweine wie der alte Andreis in Courdoulières. Mit düsteren Bergen, Weinhängen und Schilf. Und abends zieht man die Boote auf Rollen an den Strand; so machten es schon die Männer des Odysseus.«

»Wird auch der *Bargin* eingeholt?«

»Bestimmt. Wenn du willst, können wir nach dem Krieg hinfahren. Dann wirst du schon sehen.«

»Wir werden überall hinfahren.«

Es klopft dreimal an der Tür. Eine aberwitzige Hoffnung: er stürzt in die Diele, um aufzumachen. Es ist der Hausmeister, der durch die Türritzen Licht gesehen hat. Als er wieder gegangen ist, bleibt Luc auf der Schwelle stehen, ohne die Tür zu schließen, mit herabhängenden

Armen und schlotternd vor Kälte starrt er mit leerem Blick auf die verlassene Treppe. Er ist todunglücklich.

*

Anfang Dezember erhält seine Großmutter den ersten Brief zurück, den sie Antoine geschrieben hatte. Der Umschlag ist ungeöffnet. Er ist mit Stempeln und handschriftlichen englischen Vermerken übersät, die sie nicht entziffern kann. Der Brief ist durch die Vereinigten Staaten gegangen, wo sich die Zentralstelle für die amerikanische Feldpost befindet: er hat viermal den Atlantik überquert.

»Ich habe es mir doch gedacht«, sagt sie zu Luc. »Er hat nicht seinen richtigen Namen angegeben. Er ist wahrscheinlich in der französischen Armee. Sie können ihm den Brief nicht nachschicken.«

Sein Gesichtsfeld, der Raum, in dem er lebt oder träumt, hat sich verengt. Der leichte Nebel, der ihn einhüllt und ihn auf Dauer von den nächsten Dingen und Menschen trennt, rührt nicht nur vom Fehlen einer Brille. Seine Welt beschränkt sich mittlerweile auf kleine, eng begrenzte Räume, deren Schranken zu durchbrechen er sich nicht fähig fühlt: die Wohnung im siebten Arrondissement und darin genaugenommen auf das gemeinsame Zimmer, denn schon die Flure und die Küche bilden ein eher feindseliges Niemandsland; der Schulweg, das Klassenzimmer und – dies ist der einzige Ort, an dem der Raum sich ein wenig weitet – der Jardin du Luxembourg mit den Spielplätzen, dem Wasserbecken, den Alleen, den Treppen, dem Karussell mit den kopflosen Holzpferden, das der alte Invalide mit einer Kurbel in Gang setzt und das sie manchmal nach der Schule als Eroberer erstürmen; aber auch diese Spielplätze sind von hohen Gittern eingeschlossen und von Wächtern mit Trillerpfeifen bewacht; und – als schon etwas fernere, aber am Ende der Metrofahrt ebenfalls in sich geschlossene Welt – die Wohnung seiner Großeltern, diese labyrinthische, sich über zwei Stockwerke erstreckende Abfolge riesiger, zum Teil unbewohnter Zimmer mit verzogenen massiven Möbeln, schweren Betten unter nur mehr glanzlosen Seidendecken, mit abgehängten, verstaubten Kristalllüstern, stumpfen Vorhängen, die vor hohen, fast trüben Fenstern hängen; und – noch weiter weg – die Wohnung von Lady Ponte-Serra, in der noch immer die blaue Katze wacht, die zumindest Zeuge und Garant dafür bleibt, daß es noch andere Welten, andere Wirklichkeiten, andere Geschichten, andere Träume, eine Vergangenheit und eine Zukunft gibt; ihre Augen schauen vielleicht unverwandt auf das Land der Menschen, die das Meer nicht kennen, oder auf das Land des Mannes mit dem Löffel.

Sogar sein Körper ist stumm und wird ihm fremd. Während der Alltag wie Treibeis stetig, ohne Höhen und Tiefen an ihm vorüberdriftet, kommt es ihm oft so vor, als sei er gar nicht in seinem Körper, als sei er ein losgelöster, ja sogar kritischer Zuschauer seiner eigenen Unruhe: so sehr hat er sich in sich selbst verkrochen, sich an einen geheimen Ort in seinem Inneren zurückgezogen. Zum Beispiel hat er seltsamerweise nie mehr Bauchweh. Das vertraute Tier ist verstummt, es knabbert und beißt nicht mehr, als habe es vor so viel Leere und Gleichgültigkeit den Mut verloren. Fast leidet Luc darunter, daß er dieses vertraute Wesen nicht mehr in sich spürt. Es kam schon vor, daß er sich willentlich Schmerz zufügte: eines Abends hat er sich über zwei Minuten eine brennende Zigarette auf den Handrücken gehalten; die eiternde Brandblase, die sich danach bildete, wird bis zu seinem Tod eine Narbe hinterlassen; es ist so, als habe ihn der Schmerz beruhigt.

»Siehst du«, trumpft die Tante auf. »Die Sache mit dem Bauchweh ist vorbei. Kein Theater mehr. Ich habe doch gleich gewußt, daß da nur ein geregeltes Leben, ein bißchen Ordnung und Disziplin gefehlt haben.«

Aber er hat auch gehört, wie sie zum Onkel sagte:

»Wenn das so weitergeht, müssen wir Luc nächstes Jahr in ein Internat schicken. Er ist unausstehlich. Ihm fehlt eine strenge Hand.«

Sein Körper hat sich verändert: er kennt sich selbst gar nicht mehr richtig darin wieder. Er ist in die Höhe geschossen und nicht mehr so gelenkig. Er war stämmig und geschmeidig. Jetzt ist er eine Bohnenstange und stolpert manchmal über die eigenen Füße. Vor kurzem noch fühlte er sich ganz sicher in seinen Bewegungen, wenn er zwölf Meter hoch über dem gepflasterten Hof an der Dachrinne des alten Hauses in Marles entlangbalancierte und dabei auch in den rechtwinkligen Ecken nicht langsamer wurde: würde er sich das heute noch trauen? Alles an ihm, Glieder und Muskeln, bewegte sich harmonisch. Wenn er in der Kette der Arbeiter, die die Dreschmaschine bedienten, die Ährenbündel auf seiner Gabel weiterreichte, blieb er ohne Schwierigkeiten im Takt, ließ sich von dem Rhythmus mittragen, ohne sich je zu verkrampfen. So war es auch früher beim Wettschwimmen im Meer mit Antoine: manchmal machten sie zu zweit den toten Mann, sie klemmten sich gegenseitig die Beine ein, trieben auf dem Rücken und bildeten einen einzigen Körper, an dessen Enden jeweils ein Kopf lag; wenn sie sich dann wieder aufrichteten, ohne ihre Beine zu entwirren, passierte es ihnen, daß sie einen Augenblick lang Körper an Körper, Haut an Haut im Klatschen des grünen Wassers untergingen, und erst dann ließen sie sich los, um mit heftigen Beinstößen wieder aufzutauchen. In solchen Augenblicken drehte sich alles um ihn im Kreis, alles in ihm sang. Heute... Er verabscheut zum Beispiel diese knochigen Knie, die aus seiner ziehharmonikaförmigen, kurzen Hose herausschauen (glücklicherweise kann er die alten Golfhosen seiner Vettern anziehen). An diesem eckigen, in die Länge schießenden Knochengerüst kommt ihm alles seltsam und fremd vor. Und auch noch diese neue Behaarung... Einfach lächerlich.

Dennoch möchte er die Moralpredigten der Tante über Ordnung und Disziplin nicht einfach so hinnehmen. Er versucht, seine Ausflüge in die Metro wieder aufzunehmen. Aber sie haben ihren Reiz verloren. Die Metro lädt nicht mehr zu großen Expeditionen ein. Er hat sie schon bis an ihre Grenzen erkundet. In diesem Winter ist die Metro öde und schäbig. Die Hälfte der Stationen ist geschlossen, ausgestorben. Sperrholzplatten haben die Fensterscheiben ersetzt, Züge verkehren selten, sie bestehen nur aus drei Waggons oder aber wie der Zug der Nord-Süd-Verbindung nur mehr aus Schrotthaufen, die mit dem fürchterlichen Lärmen einer verendenden, alten Maschine dahinruckeln; nur jede dritte Glühbirne brennt, und der schwache Schein der gelben Glühfäden durchdringt kaum das Dunkel. Noch nie waren so viele Leute unterwegs, und noch nie waren diese Leute so traurig, so schweigsam. In den Stoßzeiten dauert das Warten ewig, an den Sperren stauen sich lange Schlangen, die Luft ist zum Ersticken.

Vielleicht reizt es ihn weniger als letztes Jahr, die Schule zu schwänzen. Er steht ganz gut: seine Noten sind durchschnittlich, die Lehrer lassen ihn in Ruhe, und mit seinen Kameraden kommt er gut aus. Er ist ein richtiger Hansdampf. Beachtliche Initiativen gehen auf sein Konto, wie zum Beispiel ein Papierflugzeugwettbewerb. Über einen ganzen Monat lang hält er die gesamte Klasse in Atem. Auf der Suche nach neuen Faltmöglichkeiten zerknittern alle fieberhaft Heftblätter. Im Hof des Gymnasiums, im Jardin du Luxembourg, überall schwirren weiße Pfeile durch die Luft, hinter denen eine Meute aufgeregter Jungen herrennt, und immer ist Luc an der Spitze. Es ist verblüffend, wie die Herstellung eines Papierflugzeugs zu unterschiedlichen Techniken und verfeindeten Schulen führen kann; sogar noch an der Frage, wie man dem Fluggerät in die Nase zu pusten hat, wenn man es starten läßt, scheiden sich die Geister.

Das Zerwürfnis zwischen Lady Ponte-Serra und seiner Tante und damit auch der übrigen Familie dauert an, und er kann sich diesen Zustand weiterhin für eigene Zwecke zunutze machen: nur von ihm weiß seine Tante, an welchen Tagen und um wieviel Uhr er seine Großmutter besucht, und auch diese weiß nur von ihm, wann er zu seiner Tante nach Hause muß.

Mehrmals kehrt er zu den Hallen zurück. Immer am Nachmittag, die Gegend ist immer gleich trist. Dennoch zieht ihn etwas magnetisch an. Er kreist um das Petit Roscoff. Er traut sich nicht hineinzugehen, sondern versucht im Vorübergehen durch das Fenster zu schauen: er wird nur etwas langsamer, wenn er in der Rue de la Petit Truanderie um die Ecke biegt, dreht dann eine Runde um den Häuserblock, gelangt wieder in die Rue Saint-Denis und beginnt wieder von vorne. Er hat Angst aufzufallen, er hütet sich sorgfältig, die wenigen Frauen anzuschauen, die auf dem Bürgersteig stehen. Mit gesenktem Blick geht er durch den stinkenden Müll und sieht auf Steckrübenstrünke und Pferdeäpfel, während er sich zwischen Abfallhaufen hindurchmanövriert. Jedesmal, wenn er am Café vorbeischlendert, hält er nach Dianes Gesicht Ausschau. In dem schwachen Licht kann er nicht viel erkennen, aber drinnen ist es nie sehr voll. An den Tischen sitzen immer ein paar Männer und ein, zwei Mädchen. Auch wenn sie ihm den Rücken zukehren, erkennt er sofort, daß Diane nicht dabei ist.

Eines Nachmittags im Dezember zieht er seine amerikanische Jacke an. (»Ich verbiete dir, diese Jacke zu tragen«, sagt seine Tante jedesmal. »Ich will nicht, daß du in diesem Militärplunder herumläufst. Wie siehst du denn darin aus? Und vielleicht glaubt jemand, du hast sie gestohlen.«) Er begleitet seine Vettern bis zur Briefmarkenbörse. Dort überläßt er sie einem schwierigen Tauschgeschäft: Briefmarken aus Monaco gegen amerikanische Zigaretten. Er geht in Richtung Rue Saint-Denis und ist fest entschlossen, es diesmal zu wagen. Vor dem Petit Roscoff angekommen, widersteht er der Feigheit, einfach an den Scheiben vorbeizuschleichen und seinen gewohnten Rundgang zu machen. Er holt tief Luft, drückt gegen die Tür und geht hinein. Die Wärme des Cafés schlägt ihm entgegen, er zögert einen letzten Augenblick und läßt dabei die Tür zur eisigen Straße offenstehen. Der dicke haarige Wirt hinter seiner Theke runzelt die Stirn und brüllt dann:

»Tür zu, Himmeldonnerwetter!«

»Ich suche Diane«, stammelt Luc. Und da sieht er, daß sie links hinten in einer Ecke des Saales alleine an demselben Tisch wie vor zwei Monaten sitzt. Als erstes fällt ihm ihr ganz unmöglicher Pullover aus perlenbesetzter Wolle auf: leuchtend rosa-orange mit weißen Streifen. Er schließt die Tür und geht auf sie zu. Sie schaut von den Karten auf, die auf dem roten Holztisch liegen.

»Schau an, die Schnecke. Du kommst gerade richtig: ich habe jemanden zum Pokern gesucht.«

»Ich kann nicht spielen«, sagt Luc.

»Mit dem Würfel ist es leicht. Ich bringe es dir bei. Na, immer noch naß? Wo fährst du denn heute hin? Nach Marseille?«

»Nein, ich bin wieder in Paris. Das ist alles.«

»Schade. Du hättest mich mitnehmen können. Hast du deinen Bruder nicht gefunden?«

»Nein. Ich habe niemanden gefunden. Nichts habe ich gefunden.«

»Aber setz dich doch, Dummerchen.«

Er setzt sich auf die Kante der Sitzbank. Sie schaut ihn an und kneift ihre mandelförmigen grünen Augen ein wenig zusammen. Sie hat Augen wie eine Quelle voller Algen, und wenn sie lächelt, verzieht sie ihre schmalen Lippen, so daß für einen Sekundenbruchteil in dem hochgezogenen Mundwinkel ein hellweißer, spitzer Eckzahn zum Vorschein kommt.

»Guten Tag, Katze.«

Ein wohliges Gefühl: seit Monaten hat ihn niemand mehr so genannt.

»Dann erinnern Sie sich also noch an mich?«

»Dummerchen. Streunende Katze, getigerte Katze, Katze mit blauen Augen, räudige Katze, die einen Buckel macht und Weißwurst mag. Ist dir kalt?«

»Ja.«

»Wirt, einen Glühwein.«

Selbst ohne Zitrone und nur mit Sacharin brennt der Glühwein einem angenehm in der Kehle, eine wohlige Wärme durchströmt den ganzen Körper. Der Wein benebelt, steigt zu Kopf, besonders wenn man ihn zum erstenmal trinkt.

Fullhouse mit Damen, Viererflush, Fünferflush. Er verliert die ganze Zeit, aber in seiner Begeisterung macht es ihm nichts aus. Diane feiert lautstark ihre Siege. Später gewinnt dann er.

»Du siehst nicht fröhlicher aus, wenn du gewinnst, als wenn du verlierst. Man könnte meinen, du gewinnst nicht gern.«

»Vielleicht. Aber ich verliere auch nicht gern.«

»Trotzdem mußt du dich daran gewöhnen. Man gewinnt oder man verliert. Dazwischen gibt es nichts. Es muß entweder so oder so ausgehen.«

»Ich möchte nicht, daß das Spiel aufhört. Das ist alles. Der Rest ist mir schnuppe.«

»Dann bist du ja noch schlimmer als ein Falschspieler. Und gefährlicher. Bei dem ist wenigstens alles klar: er tut alles, um zu gewinnen. Das Spiel ist ihm ernst. Du nimmst es nicht ernst, damit machst du alles kaputt, damit bist du der Oberfalschspieler.«

»Es kommt vor allem darauf an, mit wem ich spiele.«

Gegen fünf Uhr, als es draußen dämmert, wird das Café voller. Seit längerem schon herrscht um den Tisch der Kartenspieler ein immer lauteres Kommen und Gehen, und die Gespräche haben an Lautstärke zugenommen. Schlurfende Schatten haben sich an der Theke niedergelassen und ihren kleinen Tresterschnaps oder ihren Weißwein bestellt. In den Wirt kommt Leben, Stühle werden knarrend über die Fliesen geschoben. Glühbirnen gehen an. Ein paar füllige, seltsam aufgeputzte Frauen mit dicken Jacken, Schals und Umhängetaschen treten ein. Beim Anblick ihrer weißen, nackten Beine bekommt man eine Gänsehaut. Sie reden von Kinderfrauen, von ersten Zähnen, von Babywäsche, sie begutachten gegenseitig die Wollknäuel, die sie auf dem Schwarzmarkt eingehandelt haben. Noch wirkt alles gedämpft, fast familiär. Alle scheinen sich zu kennen. Ein paar winken Diane, die kaum aufschaut, kurz zu. Später wird die Glastür heftig aufgestoßen, es erschallen laute Rufe, schwere Stiefel poltern über die Fliesen. Die Katze dreht sich um. Eine Gruppe noch sehr junger Männer strömt in das Café.

»Schluß, da kommen die von der 24/4«, sagt Diane ruhig. »Achtung, stillgestanden!«

Rasch streicht sie Würfel und Karten ein, packt sie in ihre Tasche. Mehrere Jungen kommen an ihren Tisch. Sie tragen offensichtlich Militärsachen, aber keine richtigen Uniformen. Zwei von ihnen setzen sich zu Luc auf die Sitzbank und schieben ihn dabei rücksichtslos in die Ecke. Ein großer, schlechtrasierter Blonder mit Stoppeln auf den gebräunten Wangen und einer großen lockigen Haarsträhne auf der Stirn, die seinen wachen, bestimmten, fast forschenden Blick beinahe verdeckt, setzt sich Luc direkt gegenüber neben Diane, zieht sie an sich und gibt ihr einen langen Kuß auf den Mund.

»Na, Diane, hab ich Konkurrenz? Schnappst du sie dir schon direkt von der Mutterbrust?«

»Ach was«, sagt Diane achselzuckend, ohne zu lächeln. »Ach was, Max. Red nicht. Ich stelle dir die Schnecke vor.«

Die Katze sitzt starr und knallrot auf dem Ende der Bank, mit dem Hintern halb in der Luft.

»Das tut gut«, sagt sein Nachbar und schnallt ein nagelneues, dickes Koppel aus gelbem Leder ab, das um seine Hüften einen langen, braungrünen Umhang zusammenschnürte, der ihm unförmig wie ein weites Kleid bis auf die Füße hängt. »Das tut gut. Ich habe die Nase voll von dieser Scheißkaserne.«

»Man spricht im Haus des Gehängten nicht vom Strick«, sagt Max mit zusammengebissenen Zähnen und einem Lächeln im Mundwinkel. Er streckt seine langen Arme aus, läßt seine Handknochen knacken, und seine Füße bringen den Tisch ins Wanken.

»Ja, es tut wirklich gut. Hier ist es fast menschlich.«

Die Katze beschließt, die lähmende Starre abzuschütteln und aufzustehen. Er manövriert sich durch den mittlerweile ganz und gar verrauchten Saal voller lautstarker Gestalten in Schirmmützen und zerknitterten Militärmänteln. Fast erleichtert öffnet er die Tür und steht wieder auf der kalten Straße. Ein fader Geruch von Gemüsestrünken schlägt ihm entgegen. Es ist dunkel. Von hinten zieht eine Hand sacht an seinem Schopf. Er dreht sich um.

»Gib mir einen Kuß, Kätzchen«, sagt Diane. »Und komm bald wieder. Komm besser am Nachmittag, so wie heute. Dann habe ich fast immer Zeit.«

Durch die offene Tür hinter Diane sieht er gerade, daß Max aufgestanden ist und sich an das alte Klavier mit den gelben Tasten setzt, das neben den Toiletten an der Bar steht. Er hört noch zwei oder drei rasche dissonante Akkorde, dann fällt die Tür wieder zu. Diane ist verschwunden, er steht im Dunkeln der Rue de la Petit Truanderie, es schneit leicht, und die nassen Flocken schmelzen auf dem schmutzigen Trottoir.

*

Der Dezember bringt die große Gegenoffensive der Deutschen. In den Ardennen wird die Armee Patton beinahe überrannt. Im Elsaß muß die Division Leclerc einige kritische Tage lang ganz allein Straßburg und die gerade befreite und schon wieder von neuem bedrohte Rheinebene halten. An der französischen Küste leisten vereinzelte Kessel zwischen Lorient und dem Kap von Grave immer noch erbitterten Widerstand; die Résistancekämpfer, die zwar inzwischen in reguläre Truppen umgewandelt, aber deswegen noch lange nicht besser ausgerüstet sind, können sie nur einkreisen, aber nicht zur Aufgabe zwingen. Doch wie weit ist dies mittlerweile von Paris entfernt! Der Krieg zieht sich wieder unabsehbar in die Länge. Im Gymnasium bereitet der Gesangslehrer für alle Fälle schon einmal den Tag des Sieges vor, indem er mit dem Chor seiner Schüler in einer ebenso düsteren wie bewegenden französischen Fassung die Hymnen der Alliierten einstudiert.

Oh Sternenbanner in dunkler Nacht
Du wehtest ruhmreich uns voran,
Dann kam der Tag in seinem klaren Licht...

Einig und mächtig ist die Sowjetunion
Fest gegründet auf dem Willen ihrer Völker
.... Sowjetische Fahne
Fahne des Volks
Sie führt das Land von Sieg zu Sieg.

(Luc erfährt dabei, daß die sowjetische Hymne nicht die Internationale ist. Er verdächtigt den Gesangslehrer irgendeines reaktionären Schachzugs.)

Als Weihnachten näherrückt, liest der Französischlehrer ein Rundschreiben vor, in dem alle Kinder von Kriegsgefangenen aufgefordert werden, sich zu melden, um an einer großen Festveranstaltung teilzunehmen: an einer Weihnachtsfeier. Luc hebt den Finger. Der Lehrer zögert.

»Ich weiß nicht, ob Sie zu den Berechtigten gehören. Ihr Vater ist eigentlich nicht in Kriegsgefangenschaft.«

Zu Hause ist die Tante unzufrieden:

»Als ob du keine Familie hättest. Als ob wir dir nicht genügten.«

Die Veranstaltung findet in einem Kino des Viertels statt. Insgesamt sind zweitausend Kinder jeden Alters versammelt. Geboten werden Zeichentrickfilme, Clowns und patriotische Reden über die lieben Papis, auf die ganz Frankreich sehnsüchtig wartet, und die bald zurückkehren werden, um am großartigen Wiederaufbau ihres Landes mitzuwirken, für das sie so viel leiden. Der ganze Saal singt: *Oh Tannenbaum*, den *Lothringer Marsch* und natürlich auch *das Partisanenlied.* Der lange Dürre hatte recht: das Lied ist wirklich ein Machwerk.

He, ihr Kämpfer
Mit Kugel und mit Messer
Tötet rasch!

Leicht gesagt. Der ganze Saal, die Clowns, der Mann, der ihnen die Rede gehalten hat, zweitausend Kinder und die Damen, die die Jüngsten herbegleitet haben, singen im Chor:

Du siehst uns hier,
Wir töten, wir marschieren,
Wir krepieren.

Mit einem Gutschein für ein paar neue Schuhe kehrt er nach Hause zurück.

Am Tag vor Weihnachten hat seine Tante die drei Jungen in das Gewühl der großen Kaufhäuser mitgeschleppt, damit sie sich ein Geschenk aussuchen konnten. Luc tun die Füße weh, er findet alles häßlich. Nichts gefällt ihm, nichts interessiert ihn. Am Abend gibt ihm seine Tante ein Papier, auf das sie geschrieben hat: »Gutschein für ein Geschenk«. Am folgenden Tag gehen sie zum Hochamt in die Kirche Sainte-Cécile: viel Rummel, eine Predigt und drei Kollekten.

Die Großeltern laden die ganze Familie zu sich ein: damit wird eine Vorkriegstradition wieder aufgenommen. Der Großvater geht wie ein wankender Schatten umher, gestützt auf seine aufrechte, energische Frau, die ihn keinen Augenblick losläßt; er taucht gar nicht mehr aus seinem Dämmer auf. Anwesend ist der ganze Heerbann von Großonkeln und Großtanten, von entfernten Onkeln und Tanten, von Vettern und Großvettern, von alten Damen, die mit der Familie befreundet sind.

Ein Onkel, der Kinoproduzent ist, erzählt von seinem Film, der gerade gedreht wird: man könne sich nicht vorstellen, sagt er, wie freundlich und zuvorkommend Jean Marais sei. Und dann diese Kälte bei den Dreharbeiten! Wie solle er die hundertfünfzig Empirekostüme für die Ballszene zusammenbekommen?

»Die Geschäfte kommen nicht wieder in Schwung«, sagt Onkel

François. »Der Regierung fehlt es an Durchsetzungsvermögen. De Gaulle ist in der Hand der Kommunisten. Er läßt sich erpressen. Diese sozialen Maßnahmen in einem bankrotten Land, das ist reine Demagogie.«

»Und die Säuberungen. Das hört ja gar nicht mehr auf. Und das nach den Greueltaten bei der Befreiung... Wohlgemerkt: ich habe Verständnis dafür, daß man Exempel statuiert. Pech für den armen Sacha Guitry. Das tut niemandem weh. Und selbst bei Brasillach: er hätte schließlich den Mund halten können. Aber ein Begriff wie wirtschaftliche Kollaboration: so etwas verunsichert doch nur unsere Firmenchefs. Wieviele zittern, die in Treu und Glauben im Rahmen der Gesetze gehandelt haben? In einem solchen Klima lassen sich doch keine Bedingungen für einen gesunden Aufschwung herstellen.«

Da ist auch der Onkel, der den Kreuzer kommandierte. Er trägt seine große Paschauniform mit den fünf Streifen.

»Er hat sie seiner Mutter zuliebe angezogen, die im Sterben liegt«, sagt die Tante. »Er hat Mut, denn er hat nicht das Recht dazu. Er muß vor einer Säuberungskommission erscheinen.«

Jeder zeigt seinen Mut, wo er kann, denkt Luc: warum nicht mit einer Uniform (einen Monat später wird der Onkel durch die Kommission von jeglichem Verdacht entlastet.)

Luc muß sich öfters an den welken Busen gerührter alter Damen drücken lassen, die pestilenzialische Parfumdüfte verströmen:

»Ach, der arme Kleine.«

Schaumwein trinkend lästert er mit seinen Vettern. Sie bilden eine gemeinsame Front. Ein Junge geht mit dem Glas in der Hand von einem zum andern. Er trägt die braungrünen Kleidungsstücke, halb Sack halb Uniform, die Luc schon kennt: diejenigen, die die in die Armee eingetretenen Widerstandskämpfer tragen, die Uniform der 24/4. Aber er kennt auch diesen rotbraunen Schopf, diese rötlichen Augen und das meckernde Lachen, diese herzliche, selbstgefällige Stimme und die ausholenden Gesten, die die Sätze begleiten. Kein Zweifel, es ist der Vetter Bernard Maury, der von der Tanzparty.

»Ich liege vor dem Kessel von Quiberon«, erklärt er. »Was für ein Chaos. Es ist ein Jammer. Wir haben keine schweren Waffen, man vergißt uns, die Deutschen sitzen in ihren Befestigungen, sie werden von U-Booten und Flugzeugen versorgt, sie können ewig aushalten. Ohne Geschütze ist der Atlantikwall nicht zu knacken. Und ich verliere schon wieder ein Jahr. Für nichts, für rein gar nichts. Inzwischen haben

an der Bergbauschule die Vorlesungen schon wieder angefangen. Und wenn ihr die Männer sehen würdet, die ich kommandieren soll: keinerlei Disziplin, ein Haufen Tagediebe.«
»Na und!« murmelt Luc; »dieses Arschloch könnte eigentlich stolz sein: den Atlantikwall hat er ja schließlich selbst gebaut.«

Der Vetter Maurice erkennt Luc wieder. Mit seinem etwas öligen Pfadfinder- oder Schuhverkäuferlächeln kommt er auf ihn zu. Trotz seines Gejammers wirkt er zufrieden mit sich selbst, mit den anderen, mit allem.

»Sie haben eine schöne Uniform an«, sagt Luc.

»Die, die ist doch schrecklich.. Es heißt, dein Bruder ist in der amerikanischen Armee. Er hat wenigstens Glück.«

»Ja«, sagt Luc, »er hat Glück. Großes Glück.«

So geht dieses Jahr zu Ende. Nein, Weihnachten ist wirklich nicht interessant.

Weihnachten war nicht immer so wie dieses Jahr. 1938 war die ganze Familie in La Valerane nach dem Hochamt in die Kleinbahn gestiegen, um in das Dorf Cogolin hinunterzufahren. Sie waren durch kahle Weinberge und zwischen Kastanienbäumen hinaufgestiegen, in dichtem, feuchtem Wintergras gegangen, waren durch das sonntäglich stille Dorf spaziert. Aus den Häusern, deren Ställe den engen Gäßchen zugewandt lagen, war das Schnauben von Maultieren zu hören; wenn man vorbeiging, sah man ihre Kruppen. Sie hatten einen steinigen Pfad eingeschlagen und auf den flachen Felsen der Mühlen von Paillasse gepicknickt, die die verfallenden Reste ihrer großen Flügel gegen die Wintersonne reckten. Er hat noch ein Foto davon: sein Vater sitzt auf einer verfallenen Mauer und schwingt fröhlich in der einen Hand eine Flasche, in er anderen ein Glas: er singt. So ist Weihnachten schön.

*

Eine neue Sorge bedrückt ihn: er hat Angst, die Gesichter der Abwesenden aus dem Gedächtnis zu verlieren. Diese Angst packt ihn natürlich vor allem nachts. Er versucht, sich ganz genau an die Züge seiner Mutter zu erinnern. Dabei weiß er doch aus Erfahrung, daß dies die ungünstigste Methode ist; je mehr man sie erzwingen will, um so verschwommener wird die Erinnerung. Deutliche Erinnerungen sind ganz unvermittelt einfach da: so zum Beispiel der süßliche Duft von Marzipan und getrockneten Blumen im Büro seines Großvaters in La

Valerane (er weiß nicht genau, was Marzipan ist, aber er ist sicher, daß sich der Geruch dieses Zimmers nicht anders definieren läßt), ein bestimmter Tonfall in Antoines Stimme (»aber ja, ich hab dich lieb, Dummkopf«), der Geschmack seiner nassen Haut, wenn sie nach langem Schwimmen zusammen über den Sand kugelten, ihrer beider Geruch, wenn sie nach einem Dauerlauf über die Klippen nach Hause kamen, das Glucksen der Wellen vor seinem Fenster, wenn frühmorgens kein Lüftchen ging, der Schnurrbart seines Vaters, der ihn abends beim Zubettgehen auf der Wange kitzelte. Die Gesichter, nach denen man verzweifelt sucht, entschwinden; nur dann, wenn man nicht an sie denkt, tauchen blitzartig ihre Züge auf. Das kann an einer Straßenkreuzung geschehen, auf einem Treppenabsatz, weil irgend jemand irgendein Wort ausgesprochen hat, weil ein Bild, irgendein Bild vorüberhuschte, für einen Sekundenbruchteil, fast wie ein Hauch, ist das Gesicht des Abwesenden dann da. Es ist sinnlos, es festhalten zu wollen: es entschwindet wieder. Genausogut könnte man hinter einer Wolke herlaufen. Es war nur eine Wolke.

Aber wie kann man sich mit einer Wolke zufriedengeben? Wie kann man bei jeder dieser blitzartigen Erscheinungen sicher sein, daß es dieses Mal nicht das letzte ist? Dann bleibt er hartnäckig, krampfhaft versucht er, das Bild zu erzwingen. Aber es kommt nichts außer der Angst, wirklich alles verloren zu haben. Als er klein war, erzählte seine Mutter ihm abends japanische Märchen: die Geschichte von Umashima-Taro, dem armen Fischer, der in einer Vollmondnacht in einem seiner Netze einen kleinen goldenen Fisch gefunden hat, der niemand anderes ist als der Sohn des Fischkönigs. Luc ist dem Märchenalter entwachsen; aber an manchen Abenden macht er die Augen zu und stellt sich vor, seine Mutter käme, setzte sich auf den Bettrand und erzählte diese Geschichte. Dann hört er fast ihre Stimme.

Wolken, Schattenbilder, muß er nicht ständig auf der Lauer liegen, um zu versuchen, sie abzufangen, sie am Entschwinden, am Verlöschen zu hindern? Er muß sich vor falschen Bewegungen hüten, vor unvorsichtigen Gesten, die die Bilder verwischen. Auch auf die Fotografien, die doch eigentlich eine unzerstörbare Orientierungshilfe, der letzte Rettungsanker sein sollten, ist in Wirklichkeit nicht unbedingt Verlaß; wenn man sie zu lange anstarrt, dann lösen sich auch auf ihnen die Gesichtszüge auf; es bleiben nur mehr zusammenhanglose Einzelheiten übrig, die man vergeblich zu einem Ganzen zu fügen versucht.

Es ist also besser, alles, was sich von diesen Schatten behalten läßt, sorgfältig im eigenen Inneren zu verwahren. Man darf kein Risiko eingehen. Läuft man nicht Gefahr, daß sich die Abwesenden noch weiter verflüchtigen, wenn man zu viel und zu gedankenlos von ihnen spricht?

Wieder hört er, wie seine Tante über ihn sagt:

»Ist dir aufgefallen«, fragt sie den Onkel, »ist dir aufgefallen, daß Luc fast nie von seinen Eltern spricht? Man könnte glauben, er denkt nicht einmal an sie.«

*

Dieser Winter ist so lang und so trist. Dieser Winter ist so kalt. Ein richtiger Tunnel.

Im Februar 1945 sieht niemand voraus, daß der Krieg bald vorüber sein könnte. Deutschland hat sich hinter seine natürlichen Grenzen verschanzt und seine noch immer gewaltige Streitmacht neu geordnet. Die deutsche Propaganda spricht immer wieder von Geheimwaffen, die das Blatt noch wenden könnten. Noch sind der Rhein, die Alpen und die Oder nicht überschritten. London liegt mehr denn je zuvor unter einem Hagel von V 2-Raketen, der immer mörderischer wird. Man sucht nach Hinweisen, nach Zeichen. Man weist zum Beispiel darauf hin, daß Churchill sich optimistisch geäußert habe: wie es heißt, rechnet er für Herbst 1945 mit einem endgültigen Sieg – er hat allerdings auch klargestellt, daß es nach dem Sieg über Deutschland noch achtzehn Monate dauern werde, bis Japan niedergerungen sei. Seit einigen Monaten haben die Kämpfe um Aachen die Gegend dort in etwas verwandelt, was die Reporter eine *apokalyptische* Szenerie nennen. Tag für Tag werfen Wellen von Bombern ihre Last auf die deutschen Städte: in einer einzigen Nacht zählt man mehr als fünftausend, die viele tausend Tonnen Bomben abwerfen. Im Westen dreht sich mittlerweile alles um die Überquerung des Rheins.

Wie lange, fragt sich Luc, wird das Schweigen seiner Familie noch dauern? In den Zeitungen steht so gut wie gar nichts über Deportierte und Lager. Während unter den von den Russen befreiten Gefangenen schon die ersten Überlebenden aus Auschwitz zurückkehren, beginnt man erst allmählich, über das Lager Struthof zu sprechen, das die französischen Truppen beim Einmarsch ins Elsaß verlassen vorgefunden haben. Seither ergänzen in der Presse und im Radio die Beschreibungen von Struthof die täglich zahlreicher werdenden Kommentare und Dokumentationen über die Greueltaten, die die Nazis während der Besatzung begangen haben, über die Folterungen der Gestapo, über die Massaker und Erschießungen durch die SS. Und wenn der *Figaro* einmal keinen neuen Bericht über Oradour abdruckt, so erzählt Jean Nocher mit pathetischer Stimme, die von einer gräßlichen Geräuschkulisse aus stampfenden Stiefeln, MP-Salven und lautstark wiederholten *Raus* und *Schnell* untermalt wird, Abend für Abend im Radio Schauergeschichten über die Schandtaten der teutonischen Barbarei.

In Struthof, so heißt es, habe Hitlers blutrünstige Raserei ihren Gipfel erreicht: denn in diesem Lager mit den grünen Baracken, die in allem den Normen des Roten Kreuzes entsprechen, in diesem Lager, das den Journalisten zufolge so *wie alle anderen aussah*, entdeckt man nicht nur das Krematorium, das bis unmittelbar vor der Evakuierung in Betrieb war, sondern – durch einen Lastenaufzug miteinander verbunden – auch die Gaskammer. Luc liest dieses Wort *Gaskammer* zum erstenmal an eben jenem verschneiten Morgen des 3. März 1945, als er mittags aus dem Gymnasium nach Hause kommt und mit seinen aufgesprungenen Fingern den *Figaro* aufschlägt, der an diesem Tag ausnahmsweise mit vier Seiten erschienen ist, weil er die Regierungserklärung de Gaulles abdruckt. Der Artikel beschreibt auch die Ausstattung des Labors für die von Professor Hagen geleiteten Versuche an lebenden Gefangenen, und insbesondere die Experimente zur Lokalisierung der Hirnregionen. Es heißt, der riesige Haufen von Haaren und Kopfhäuten, den man in einem Raum des Labors gefunden habe, zeuge von diesen Experimenten. Zwanzigtausend Gefangene seien in zwei Jahren in Struthof gestorben, steht in den Lagerarchiven zu lesen. So wurden in drei Tagen neunundfünfzig Frauen aus Ravensbrück durch die Gaskammer und das Krematorium geschleust. Ravensbrück, liest Luc, der erfolglos in anderen Zeitungen nach weiteren Einzelheiten sucht. Ravensbrück.

In dieser Zeit hält vielleicht auch in manchen Augenblicken zum erstenmal der Tod, ohne anzuklopfen, in ihm Einzug. Immer häufiger muß er an ihn denken. Das liegt nahe: denn der Tod Antoines, der Tod seiner Mutter, der Tod seines Vaters treten in den Bereich des Möglichen. In den Bereich des Wirklichen. In den Bereich dessen, was feste Gestalt gewinnen kann. Immer deutlichere Bilder lassen sich damit verbinden. Dabei sollte ihm der Tod eigentlich schon lange nicht mehr fremd sein. Ab wann steht man dem Tod nicht mehr nur einfach als

Zuschauer gegenüber?

Als er klein war, fragte er nach dem Tod. Und dann beruhigte er sich wieder. Bei den gewaltigen Fortschritten der Wissenschaft, die man ihm ständig vor Augen führte, schien es ganz klar, daß die Menschen den Tod bis zum Jahre Zweitausend überwunden hätten. Bestand nicht darin der Endzweck des Fortschritts? Seine Eltern lächelten und ließen ihn reden. Mit Antoine hatte er leidenschaftliche Diskussionen über die Seele und das ewige Leben geführt. Je nach Stimmung schwankte Antoine zwischen einem verächtlichen Lächeln und einer weniger scharfen Skepsis. Im allgemeinen behauptete er, es handele sich um Ammenmärchen, und die Religion könne sowieso nicht wörtlich genommen werden. (Er erging sich in Abhandlungen über die Relativität der Religionen im allgemeinen und über die wechselvolle Geschichte der christlichen Religion im besonderen – ob die Katze denn wisse, daß mehr als ein Prophet und mehr als ein Messias zur Zeit Jesus durch Palästina gezogen waren? Wie gewöhnlich konnte die Katze auch dabei nicht ganz folgen.) Aber er schloß oft mit der Feststellung, auch als Ammenmärchen dürfe man diese Vorstellungen nicht systematisch als lächerlich hinstellen. Man müsse sie ernst nehmen. Zu vieles in der Natur des Lebens selbst sei noch ungeklärt. Man könne nicht mit einem Achselzucken jahrtausendealte Glaubensvorstellungen abtun, die die Menschen so geprägt hatten, wie sie heute waren. Dazu brauche man Zeit, Geduld und noch viel Arbeit.

Natürlich hat auch schon Luc wie alle anderen das Leben herausgefordert, versucht, dessen Grenzen zu erkunden. Er hat noch in die Sonne gestarrt, bis ihm schon grüne Flammen durch den Kopf schossen und er für lange Minuten blind war. Er hat seinen Atem angehalten, bis ihm völlig schwarz vor Augen wurde. Er ist so tief getaucht, daß die Wasseroberfläche ihm wie ein ferner Silberstreif vorkam, den er nie wieder erreichen würde. Er hat sich an den äußersten Rand der Klippen vorgewagt und auf die Wellen, die über die schroffen Felsen schwappten, hinuntergestarrt, bis er sich kaum mehr im Gleichgewicht halten konnte. Aber indem man so das Leben herausfordert, vergegenwärtigt man sich nicht wirklich den Tod, um den Tod geht es dabei eigentlich nicht.

Flüchtige, aber immer wiederkehrende Bilder: ein Trupp gefangener Frauen in gestreiften Uniformen – wer hat ihm gesagt, daß sie solche Uniformen tragen? – marschieren auf die offene Tür der Gaskammer zu; der aufgesperrte Rachen des Krematoriums.

Seine Tante möchte, daß er nicht die ganze Zeit über Radio hört. Und vor allem nicht Jean Nocher.

»Ich möchte nicht, daß Luc das hört«, sagt sie, während er von seinem Bett aus durch die Tür Nochers Stimme hört, die bis zu ihm hinüberdringt und die üblichen Greuel abspult: Folterungen, das Warten der zum Tode Verurteilten, heiseres Hundegebell. »Ich will nicht, daß Luc das hört. Er ist noch viel zu jung.«

Aber sie macht das Radio nicht aus.

Gegen den Ansturm solcher Bilder kämpft er an, indem er sich immer wiederholt, er mache Theater, er übertreibe, das sei alles nicht so tragisch: er mache sich selber lächerlich. Die Lager für Frauen werden vom Roten Kreuz kontrolliert. Und Antoine... Das ist der Augenblick, an beruhigende Bilder zu denken: Antoine, der stehend in die Pedale tritt. Die Stimme seiner Mutter. Der Spaziergang im nassen Wald mit seinem Vater. Aber die Bilder widersetzen sich. Er ist allein. Davon abgesehen zeigt er sich weiterhin abwechselnd überdreht und kratzbürstig, er zankt weiterhin mit seinen Vettern, wird weiterhin jähzornig und fällt mit Händen und Füßen über diejenigen her, die ihm gegen den Strich gehen, erfindet weiterhin neue Regeln für die Murmeljagd und spielt bei den Überfällen auf das Karussell mit den kopflosen Holzpferden weiterhin den Anführer. Er geht ins Kino: er sieht den dreiteiligen Film *Die Himmelsreiter,* sein erster Western; *The extravagant Mr. Deeds,* seine erste amerikanische Komödie; *Les Visiteurs du soir, Deuxième Bureau contre Kommandantur* und einen ganzen Schwung *Dick und Doof* in synchronisierter Fassung.

Aber nur die Hallen und die Petite Truanderie ziehen ihn wirklich an. Immer wieder kehrt er zurück. Er geht ins Petit Roscoff, wenn er durch die Scheiben sieht, daß Diane allein ist. Mehrmals hat er gesehen, daß sie nicht allein war: dann hat er kehrtgemacht. Sie empfängt ihn immer mit jener Mischung von Schroffheit und Freundlichkeit, auf die er nichts sagen, der er nichts entgegensetzen kann. Sie hebt kaum den Kopf: es ist so, als hätte er sie nur für ein paar Augenblicke verlassen, für sie scheint es ganz natürlich, daß er da ist. Und immer ihr Lächeln...

In ihrer Nähe fühlt er sich wohl. Ist es deswegen, weil sie allein ihn mit ihrer rauhen Stimme Katze nennt, Brüderchen zu ihm sagt, weil sie die einzige ist, die mit ihm nicht so spricht wie mit einem Kind? Wenn er nicht bei ihr ist, malt er sich ihre Begegnung deutlich aus: er nimmt sie in seine Arme, er küßt sie wie Max. Er fährt ihr über den Körper, unter den rosa-orangen Pullover, unter den Rock, über die Haut, über den Bauch ... Was ist schon dabei? Von da ab verwirren sich die Bilder, werden verschwommen. Er weiß nur, daß sie getragen und romantisch sind; sie haben nichts mit Luciens Sprüchen auf dem Bauernhof zu tun. Aber kann er eines Tages genauso selbstsicher zupacken wie Max, wie all diese Männer, in deren Augen er nicht zählt, die so ganz selbstverständlich über jeden Zweifel erhaben scheinen? Aber in ihrer Gegenwart verschwinden diese Bilder.

Max wurde Anfang Dezember mit seinem Bataillon nach Osten abkommandiert.

»Die Kerle waren echte Ganoven«, sagt Diane in sehnsüchtigem Ton. »Meister im Organisieren, im Schieben und Verschachern auf dem schwarzen, grauen und roten Markt ... Und rot sowieso: Max erzählte immer vom Kommunismus und von der Revolution. Er sagte: wir arbeiten auf den großen Tag hin, aber bis dahin brauchen wir nicht zu versauern und Däumchen zu drehen. Und er ist wirklich nicht versauert. Es ging immer rund. Bei den Mengen Material, die die Amerikaner an der Porte d'Orléans auffahren, die Rationen, die Zigaretten, die Jacken, jeden Tag kanisterweise Benzin, Teepol, ein Wahnsinnszeug, mit einem einzigen Tropfen wird alles blitzblank, Werkzeuge, Werkzeuge für einfach alles, traumhaft ... und der Whisky. Klar, das kennst du alles nicht. Und die Waffen. Ja, die Waffen.«

»Aber denkste«, schließt sie, »als die Amerikaner in den Ardennen Verstärkung verlangt haben, war die 24/4 von Romainville zuerst dran. Manche Leute waren bestimmt ganz froh darüber. Und hier ist es nun wirklich leer geworden.«

Diane spricht viel von Max. In dem, was sie sagt, erkennt Luc den großen Jungen mit dem besitzergreifenden Gehabe, den er gesehen hatte, kaum wieder.

»Er erzählt immer so komplizierte Geschichten, daß ich manchmal kaum kapiere, worum es eigentlich geht. Er erzählt dir zum Beispiel, daß – jedenfalls glaubst du zu verstehen, daß er dir das gerade erklärt, aber *eigentlich* weißt du schon nicht mehr, warum er gerade *davon* spricht – wenn Bergsteiger in eine Gletscherspalte fallen, brauche der Gletscher hundert Jahre lang, bis er ihre Leiche wieder ausspuckt, er schleppe sie eingefroren in seinem Bauch jedes Jahr zwei, drei Meter weit mit, und wenn sie wieder zum Vorschein kämen, dann könnten ihre Urenkel sie abtransportieren, sie hätten sich gar nicht verändert, sie seien jung geblieben, ihre Kleidung sei neu und hätte noch dieselbe Farbe, in ihren Taschen seien die Butterbrote noch frisch, sie hätten nur einen kleinen Bart, die Haare seien ein bißchen länger... Gut, du versucht also, ihm zu folgen, dir alles vorzustellen, es dir auszumalen, und dann, ohne daß du Zeit hättest, zu verstehen warum und wieso, ganz plötzlich Szenenwechsel: er erzählt dir von Inseln mitten im Atlantik, wo die Leute auf feuerspeienden Vulkanen wohnen, und wenn sie kochen wollen, brauchen sie nur ein kleines Loch vor der Tür zu graben und schon haben sie einen kleinen Krater ganz für sich allein, das Feuer reicht genau, um sich eine Suppe zu kochen. Er sagt auch, daß die Katzen...«

»Na, was ist mit den Katzen?« wirft Luc dazwischen; er findet, Max mache sich jetzt, wo er nicht da ist, noch stärker breit als früher, als er da war.

»Die Katzen seien viel intelligenter als die Menschen, aber das halten sie geheim. Seit dreitausend Jahren haben sie sich in allen Häusern eingenistet. Sie warten ab und beobachten uns unauffällig. Eines Tages, wenn sie alles von uns wissen, werden sie ganz plötzlich die Macht ergreifen. Und dann...«

»Dann was?«

»Was dann kommt, weiß ich auch nicht mehr.«

»Die Geschichte ist aber nicht von ihm«, lügt die Katze. »Die habe ich schon einmal gehört.«

Er wagt nicht, Diane zu fragen, was sie hier in diesem Café macht. Es hat fast den Anschein, als wäre sie für ihr ganzes Leben an diesem roten Tisch festgenagelt. Er versucht dahinterzukommen, indem er aufgeschnappte Bruchstücke zusammenfügt, aber diese Welt liegt außerhalb seines Horizonts. Einmal hat sie zu ihm gesagt:

»Ich arbeite nachts. Nachts, da solltest du mich sehen... Du würdest mich nicht wiedererkennen.«

Ein anderes Mal hat sie einen untersetzten Mann, der ihr von der Theke aus zublinzelte, kurz abgefertigt:

»Ich bin keine Nutte.«

Der Wirt, der nicht sehr gesprächig ist, behandelt sie, als gehöre sie zum Inventar. Kommentarlos bringt er ihr, was sie bestellt, ohne je eine Rechnung vorzulegen. Die Frauen von der Straße, die echten Nutten, setzen sich oft zu ihr. Sie reden immer über dasselbe. Es dreht sich immer um Kinderfrauen, um Geschenke, die man für Kindtaufen oder Geburtstage zu besorgen hat, und als der Frühling kommt, um Vorbereitungen für die Erstkommunion der jüngeren Geschwister. Sie ergehen sich auch in pessimistischen Betrachtungen über den Gang der Geschäfte.

»Diese Regierung packt es nicht richtig an. Die Geschäfte kommen nicht wieder in Schwung.« All dies ist gar nicht so anders als die Gespräche, die er zu Weihnachten bei seinen Großeltern zu hören bekam. Allenfalls fällt von Zeit zu Zeit eine Einzelheit aus ihrem Broterwerb:

»Ich nehme die amerikanischen Schwarzen, das sind nämlich keine richtigen Neger.«

Sie zeigen Zigarettenstangen und Nylonstrümpfe vor und gehen auf ihren knallenden Holzabsätzen wieder in die Kälte hinaus.

»Du mußt einmal abends kommen«, sagt Diane zur Katze. »Aber nicht an irgendeinem Abend. Es ist schade, daß Max nicht mehr da ist. Er müßte ans Klavier. Aber wir haben trotzdem manchmal tolle Amerikaner an der Trompete...«

*

Lady Ponte-Serra hat es noch immer nicht aufgegeben, Antoine zu schreiben. Allerdings hat man ihr inzwischen noch mehr Umschläge zurückgeschickt, die die gleichen Vermerke tragen, und die sie genausowenig enziffern kann wie die ersten. Wie den ersten Brief hat sie auch die anderen aufgehoben. Auch die Briefe seiner Großeltern mütterlicherseits sind zurückgeschickt worden. Was nun?

»Ich verstehe es einfach nicht«, sagt die alte Dame immer wieder. »Ich verstehe es nicht. Natürlich; weil er unsere Briefe nicht bekommt, weiß er nicht, daß wir ihm schreiben. Und weil er von uns nichts hört, muß er denken, daß wir ihm böse sind. Das glauben deine Tante und deine Großeltern. Aber bei mir weiß er, daß ich ihm nicht böse bin. Er weiß sehr wohl, daß das unmöglich ist. Wie kann ich ihn erreichen, wie kann man ihm sagen, daß wir stolz auf ihn sind? Ich weiß, daß deine Tante und deine Großeltern Schritte unternehmen. Aber mir sagt man ja nichts. Mir sagt man nie etwas.«

Was kann sie anderes sagen?

Sie schreibt:

»Mein Kind, vielleicht hat dieser Brief mehr Glück als die vorangegangenen. Wo bist du? Was machst Du? Laß Deine Großmutter, die Dich liebt, und Luc, der Dich braucht, nicht so im Ungewissen. Ich weiß sehr wohl, daß Du keine Schuld daran hast, aber was machen wir uns für Sorgen! Ich bin diesen Winter recht allein, und es ist gar zu hart. Wenn ich wenigstens wüßte, wie Deine Generäle heißen und in welcher Armee Du bist, dann könnte ich den Frontberichten entnehmen, wo Du Dich jeweils befindest. Ich höre sie alle, Tag und Nacht, außer wenn der Strom ausfällt. Deine Eltern sind in guten Lagern, man hat es uns aus Genf bestätigt, und ich bin sicher, sie sind stolz auf Dich, genauso wie ich. Du hast Deine Pflicht getan. Diese Woche habe ich den Rat befolgt, den Du mir letztes Jahr gegeben hast, ich habe Deinen Sophokles noch einmal gelesen. Wie recht Du doch hattest, und was ist die Antigone doch für eine fesselnde Figur. Ich muß nicht frieren, denn ich habe zwei Stere Sägemehl einlagern können. Ich schicke diesen Brief immer noch an die gleiche Adresse: ich hab versucht, mich an das amerikanische Rote Kreuz zu wenden, damit sie Dich ausfindig machen oder Dir zumindest Nachricht von uns geben, aber sie haben mir geantwortet, wegen des Militärgeheimnisses könnten sie keine Adressen weitergeben, und Suchaufträge aus Frankreich nähmen sie nicht an. Mein Kind, müssen wir denn warten, bis Ihr in Berlin seid, um ein Lebenszeichen von Dir zu bekommen…«

*

Ende März wird das Wetter milder. In der Wohnung ziehen die Jungen wieder in ihre Zimmer, in den Fluren herrscht erneut Leben.

Die Alliierten überqueren den Rhein. Seit einem Monat kämpfen die Russen an der Oder. Luc verfolgt begierig jede Veränderung auf den Karten, die in den Zeitungen erscheinen. Er selbst steckt die Stecknadeln auf der großen Deutschlandkarte um. Manchmal gleich zweimal am Tag. Ist das die Endoffensive? Luc hängt auch eine Karte auf, die er aus einer Zeitung ausgeschnitten hat: zwei mit Pfeilen markierte Linien beziffern den Abstand zwischen den vordersten Linien im Osten und im Westen: im Norden sind die Engländer und die Russen vierhundertfünfundachtzig Kilometer voneinander entfernt; im Süden trennen dreihundertfünfundachtzig Kilometer die Armee Patton von der Spitze der russischen Offensive. Aber was er vor allem sieht, ist die Tatsache, daß der nördliche Pfeil quer durch Mecklenburg führt: er kann Ravensbrück nicht ausfindig machen, aber man sieht deutlich, daß die Russen nicht mehr weit weg sein können; und im Süden verläuft die mit Pfeilen markierte Linie ganz in der Nähe von

Weimar; die Amerikaner marschieren auf Nürnberg. Von da an ist Luc wie magnetisiert: alles, was er liest, alles, was er hört, bezieht er auf die Entfernung, die die Befreiungstruppen noch von den Lagern seiner Eltern trennt. Ist Frankfurt erst einmal gefallen, dann marschieren die Alliierten auf Eisenach, dann auf Erfurt, und ist Erfurt gefallen, dann sind es nur noch fünfzig Kilometer bis Weimar. Dann... dann muß man versuchen, sich gegen die anderen Nachrichten taub zu stellen, gegen alles, was selbstgefällig die schrecklichen Verwüstungen der vorrückenden Dampfwalze beschreibt, gegen das Trommelfeuer der schweren Artillerie und die Bombenteppiche, die in den eroberten Städten keinen Stein auf dem anderen lassen, die Flucht der Zivilisten über die Straßen, die zahllosen Toten unter den Trümmern: achtzigtausend Tonnen Bomben in einer Woche, fünfhundertfünfzig Tonnen in der Stunde, melden die triumphierenden Berichte. Können die Konzentrationslager dieser allgemeinen Vernichtung entgehen?

Wahrscheinlich ja: denn die Konzentrationslager stehen mittlerweile unter dem Schutz des Roten Kreuzes. Das ist die große Sache, die den März über die ganze Aufmerksamkeit seiner Großmutter beansprucht hat; voller Hoffnung hat Luc jeden Tag die Entwicklung verfolgt. Zum erstenmal macht man einen wirklichen Unterschied zwischen den Kriegsgefangenen und den sogenannten »politischen Gefangenen«. Am 1. März erschien die erste gute Nachricht in der Presse:

»Die Haftbedingungen der politischen Gefangenen haben sich verbessert. Die Schritte, die die Regierung durch Vermittlung des Roten Kreuzes bei den deutschen Behörden unternommen hat, haben zu substantiellen materiellen und ideellen Verbesserungen geführt. Es ist gestattet, persönliche Pakete mit Lebensmitteln, Unterwäsche, Schuhen und Arzneimitteln in alle Lager zu schicken, ebenso sind Sammelpakete erlaubt...

Auf ideeller Ebene haben die Deutschen einen Lagervertrauensmann akzeptiert, der als Mittelsmann zwischen den deutschen Behörden und dem Roten Kreuz fungieren wird. Dies bedeutet eine wichtige Garantie, auch wenn es den Abgesandten des Roten Kreuzes noch nicht gestattet ist, die Gefangenenlager zu betreten.«

Lady Ponte-Serra stellt Päckchen zusammen. Sie überlegt, was wohl am dringendsten gebraucht wird: Kleider oder Lebensmittel? Sie schickt ihr altes Dienstmädchen auf komplizierte Besorgungsgänge, läßt ihre Beziehungen spielen. Corned beef, Schokolade... Schon am

7. März wird gemeldet, ein erster Transport des Roten Kreuzes mit hundertzwanzig Tonnen Päckchen auf zwanzig weißgestrichenen Lastwagen sei von Genf aus in Richtung Deutschland unterwegs, die deutschen Behörden hätten freie Fahrt auf den Straßen zugesichert. Und schließlich am 20. März:

»Eine vertragliche Vereinbarung über deportierte Zivilisten, Greise, Frauen und Kinder steht kurz vor dem Abschluß. Eine Frage ist noch offen: die Schaffung eines »Genfer Gebiets« oder einer neutralen Zone.«

Am 2. April übergeben die Deutschen dem Schweizer Roten Kreuz dreihundert Frauen aus dem Lager Ravensbrück.

(Man muß ergänzen: am Karfreitag, dem 30. März, an dem Tag, an dem die Mission des Roten Kreuzes vor dem Lagereingang eintraf, wurden ungefähr dreihundertfünfzig Frauen in die Gaskammer gebracht. Einige von ihnen versuchten, den SS-Männern zu entkommen, die sie quer durch das Lager verfolgten. Der Lastwagen, der die nackten Opfer transportierte, fuhr mehrmals an dem Ford des Schweizer Arztes vorbei, der die Mission leitete.)

»Bald werden sechzigtausend deportierte Frauen zurückkehren«, verkündet die Presse.

»Mama kommt bald zurück«, sagt Luc zu seiner Tante, als sie alle in der Küche zu Mittag essen. »Sie lassen alle Frauen frei.«

Er schmiedet Pläne. In welchem Zustand wird sie sich befinden?

»Ich hoffe, sie haben ihr nicht die Haare abgeschnitten.«

»Eines jedenfalls«, sagt die Tante in entschiedenem Ton, »eines mußt du wissen: ob man sie ihr abgeschnitten hat oder nicht, deine Mutter wird graue Haare haben.«

Luc zuckt die Achseln. Das ist lächerlich. Seine Tante kann doch nicht im voraus wissen, welche Farbe die Haare seiner Mutter haben werden. Es ist reine Bosheit.

Mit der Überquerung des Rheins und dem Durchbruch der deutschen Verteidigungsstellungen wächst die Zahl der befreiten Gefangenen sehr rasch an. In Deutschland befanden sich noch eine Million zweihunderttausend französische Gefangene sowie siebenhunderttausend Zwangsarbeiter. Wie viele Zivilisten sind aus politischen oder rassischen Gründen verschleppt worden: hundertsechzigtausend (falls alle noch am Leben sind)? Sie gehen also in der Masse unter. Darum war es lange Zeit so schwierig, in den Nachrichten über die *Heim-*

kehrer Informationen, besonders über politische Gefangene, herauszufinden. Auch jetzt noch ist das nicht einfach. Wie andere hat auch Luc Schwierigkeiten, sich einen Überblick zu verschaffen. In den ersten Apriltagen treffen Zehntausende von Heimkehrern ein: die Alliierten haben es eilig, die umherirrenden Menschenmassen aus der Gefechtszone zu schleusen. An den Grenzen werden Sammelstellen eingerichtet, Bahnhöfe, ja sogar Pariser Kinos wie das Rex und das Gaumont werden als Auffanglager genutzt.

Die ersten Maßnahmen für einen besonderen Empfang der Deportierten fallen mit dem Einmarsch der Amerikaner in Weimar zusammen. Am 15. April melden die Zeitungen und das Radio die Befreiung des Lagers Buchenwald. Im *Figaro* seiner Tante liest Luc eine Pressenotiz, die diese Nachricht bestätigt, und auf derselben Seite die Meldung von der Ankunft von hundertsiebenundneunzig befreiten Frauen aus dem Lager Ravensbrück: de Gaulle persönlich empfängt sie bei ihrer Ankunft aus der Schweiz am Gare de Lyon.

»*Monsieur Julien Cain aus dem Lager Buchenwald befreit*«; so lautet die Überschrift.

»*Weimar, 14. April. Die dritte Armee hat einundzwanzigtausend Gefangene aus dem Lager Buchenwald bei Weimar befreit. Unter ihnen befindet sich auch M. Julien Cain, der vor seinem Amtsantritt als Staatssekretär für Information im Kabinett Paul Reynaud Generaldirektor der Bibliothèque Nationale war.*«

Das ist kurz und bündig. Das genügt. Das bedeutet, daß mit Julien Cain, mit einundzwanzigtausend anderen, auch sein Vater befreit ist.

Seine Mutter gehört nicht zu den ersten Heimkehrerinnen aus Ravensbrück. Aber auch ihre Rückkehr steht bald bevor. Wann? Wie soll man das genau wissen?

Das Hotel Lutetia wird als Sammellager für die Deportierten beschlagnahmt: man hat festgestellt, daß sie einer besonderen Behandlung bedurften. Das Hotel liegt auf dem Weg zur Schule: Luc kommt viermal am Tag daran vorbei. Sofort nach der Eröffnung der Sammelstelle haben sich auf dem Bürgersteig kleine Gruppen gebildet, die warten und diskutieren.

Mitten unter ihnen reden ein, zwei Männer mit kahlgeschorenen Köpfen und in einer Art zerlumptem, blaugetreiftem Schlafanzug. Warum haben sie diese Verkleidung anbehalten? Hat man ihnen keine anderen Kleider gegeben? Der erste, dem Luc zuhört, ein völlig verdreckter Mann unbestimmbaren Alters mit zerknittertem, verrunzeltem und schlechtrasiertem Gesicht, erzählt inmitten eines aufmerksamen Zuhörerkreises von schrecklichen, kaum glaubhaften Greueln. Seine Geschichten sind um so unglaubhafter, als er regelmäßig versucht, von seinen nächststehenden Gesprächspartnern wie ein mieser Taschenspieler Zigaretten und Geld zu schnorren.

»Ein richtiger Tippelbruder«, denkt Luc.

Schon am ersten Tag nimmt er seinen ganzen Mut zusammen: in Begleitung seines Freundes mit dem großen Kopf geht er hinein. Er fragt ein junges Mädchen hinter einem Schreibtisch, ob Monsieur oder Madame Ponte-Serra da seien oder ob er Auskunft über sie erhalten könne.

»Wir geben keinerlei Auskünfte«, antwortet sie ihm mit abwesender und geschäftiger Miene. »Wir benachrichtigen direkt die Familien.«

»Aber«, beginnt Luc, »ich...« Und dann hält er inne, weil er nicht weiß, was er sagen soll. Sie schaut ihn gar nicht mehr an, sondern ist schon wieder von wichtigeren Schreibarbeiten in Anspruch genommen.

Draußen ist es sehr mild, die Sonne scheint warm vom wolkenlosen Himmel. Mittlerweile warten Leute mit Fotos in der Hand. Der Mann im gestreiften Schlafanzug redet noch immer. Man stellt ihm Fragen, nennt ihm Namen. Luc beschließt, es so zu machen wie die anderen:

»Haben Sie nicht Monsieur Ponte-Serra gekannt?«

Der Mann zuckt die Achseln. Er verzieht das Gesicht zu einem sabbernden Lachen, bei dem seine Zahnstummel zum Vorschein kommen.

»Wenn man alle Namen im Kopf behalten sollte...«

Er hustet, schnauft, macht eine Bewegung, als wolle er sich mit den Fingern schneuzen, überlegt es sich dann anders und blickt sich um:

»Kann mir nicht einer ein Taschentuch geben?«

*

Als die ersten amerikanischen Soldaten vor Buchenwald eintrafen, sahen sie einige gespenstische Gestalten in gestreiften Lumpen auf sich zukommen: diese gespenstischen Gestalten waren bewaffnet. Die Deportierten hatten rebelliert, ihr Lager selbst befreit und mit den SS-Wächtern abgerechnet. Die Amerikaner hatten das mit Stacheldraht umzäunte Gelände noch nicht betreten, da erlebten sie eine zweite

Überraschung: ein Zug mit Güterwagen stand verlassen neben dem Lager. In den Waggons stapelten sich Tausende von Leichen. Es waren ehemalige Häftlinge aus dem Lager Dachau, die von der SS nach Buchenwald dirigiert werden sollten. Es gab keine Überlebenden. Alle waren hinter den mit Vorhängeschlössern verriegelten Türen umgekommen. Dann betraten sie das Lager. Einen Tag später wurde die ganze Welt mit der Hölle der Konzentrationslager konfrontiert. Das Grauen überstieg jedes Maß und erhielt noch neue Nahrung, als die anderen Lager – Dachau, Mauthausen, Dora, Bergen-Belsen – befreit wurden und als man den Erzählungen der über Odessa heimkehrenden Überlebenden von Auschwitz endlich Aufmerksamkeit schenkte.

Um das Grauen hätte man schon früher wissen können. Im übrigen wußten auch einige darum, und zwar schon sein langem. Tatsache ist: diejenigen, die es an die Öffentlichkeit hätten bringen können, schwiegen.

Innerhalb weniger Tage erfährt Luc also die Wahrheit über die Welt der Konzentrationslager. Danach braucht er sein ganzes Leben, um darüber nachzudenken und zu versuchen, zu verstehen: das ist nicht zu lange.

Buchenwald war kein *gutes Lager.* Unvoreingenommene Experten allerdings werden sagen, Buchenwald sei im Verhältnis zu Auschwitz nicht als Vernichtungslager konzipiert gewesen: es gab zum Beispiel keine Gaskammer in Buchenwald. Sie war erst im Bau. Aber es gab einfach keine guten Lager. Es gab nur Todeslager: danach ist alles nur noch eine Frage des Grades, der Dosierung des Grauens.

Von jetzt an kann er in seinen Tagen und Nächten endlos über diese allgegenwärtigen, von überall auf ihn eindringenden Berichte und Bilder nachgrübeln. Es sind keine Alpträume, sondern objektive, authentische Bilder. Man kann sie sich nicht zurechtlegen. Man kann sie nicht nach Belieben zusammenstellen. Man muß sie so nehmen, wie sie kommen. Einige können daraus noch Gedichte machen. Er nicht.

Es tut ihm sehr weh. Er nennt es nicht Angst, es ist nur eine gräßliche Leere. Er fühlt sich wie ein Stein, der in eine bodenlose Leere hinabfällt.

Er sieht die ersten Fotos von Bergen ausgemergelter, in grotesken Verrenkungen übereinandergestapelter Leichen. Er sieht in der *Wochenschau* jene zum Skelett abgemagerten, nackten oder in Lumpen gehüllten Überlebenden, die man nur mit Mühe aufrecht halten kann, diese Gestalten mit kahlgeschorenen Schädeln, die grauenhaft, tausendmal grauenhafter aussehen als wirkliche Skelette, mit ihrem obszönen Geschlecht zwischen den stelzenartigen Oberschenkelknochen, ihrem Gesicht, das fast nur noch aus riesigen, starren und blicklosen Augen besteht, diesen Händen, die aussehen wie Klauen, mit denen einige als ihren einzigen Besitz auf Erden – denn wenn sie es verlieren oder es ihnen getohlen wird, bedeutet das Tod durch Verhungern – noch das Kochgeschirr umklammern, das für die Suppe, aber auch für den Kot der Ruhrkranken bestimmt ist. Es erscheinen die Reportagen der ersten Kriegskorrespondenten, erste Augenzeugenberichte: die Transporte mit ihrer Fracht von Sterbenden, von Verrückten und Toten, die Selektionen, die Appelle barfuß im Schnee, die Arbeit in den Steinbrüchen, die man nur wenige Tage überlebt, die Auspeitschkommandos, die plötzlich zu Tode prügeln, die Hunde, die auf Befehl zerfleischen, die dünnen Lumpen bei dreißig Grad Kälte, der Hunger, die Wassersuppe und die Mehlsuppe, die Ruhr, die Flöhe und der Typhus, die Hinrichtungen durch Pistolenschüsse, Maschinengewehrfeuer, Erhängen, Erschlagen, Injektionen ins Herz, durch die Gaskammern und manchmal, an Tagen, an denen Hochbetrieb herrscht, so daß man nicht die Zeit hat, alles zu kontrollieren, durch Direkttransport ins Krematorium. Aber man muß gerecht sein: es gab ein Orchester in Buchenwald, dessen Musiker groteske Uniformen trugen. Und innerhalb des Lagergeländes stand tatsächlich die Goethe-Eiche.

Dann kommen die sadistischen Einzelheiten. Vom ersten Tag an werfen sich die Zeitungen auf die Sammlung bestialischer Details. Es wird zu ihrer Leidenschaft. Ein ständiger Konkurrenzkampf. Die Entdeckung der Lager mit dem, was man den Leichen zur Wiederverwertung abgenommen hatte, die Berge von Haaren, die zu Stoffen verarbeitet wurden, die Goldzähne und Goldkronen, die mit Zangen ausgerissen wurden, die medizinischen Experimente, und die *Hündin von Buchenwald*, die Tätowierungen sammelte, die Lampenschirme aus Gefangenenhaut. Und das ist erst ein Anfang. Es ist unerschöpflich. Eine wahre Fundgrube. Später, im Internat einer Ordensschule, wird ein Schlafsaalnachbar Luc nachts im Dunkeln fragen: »Stimmt es, daß die SS in den Lagern ...« Und Luc hört, wie er schnaufend onaniert. (Glücklicherweise wird er am darauffolgenden Morgen aus dem Internat abhauen. Dies ist seine erste und letzte Erfahrung mit Ordensschulen.)

Jedem Gefangenen, jedem Opfer, das ein Bericht erwähnt, gibt Luc einen Namen: den Namen seines Vaters, seiner Mutter. Wenn er Fotos sieht, verleiht er jedem kahlgeschorenen Schädel, jedem toten Blick, jedem klaffenden Mund ihre Gesichter. Jeder Gestalt, die sich mühsam dahinschleppt oder auf der Bahre des Krematoriums liegt, jedem Kopf, der in dem Gliedergewirre der Leichenberge auftaucht, verleiht er ihre Gesichter. Sein Leben lang.

Und wenn er in diesen Tagen endlich einschläft, wenn alles vor seinen Augen verschwimmt, dann sieht er manchmal die lodernden Flammen des Krematoriums, einen ausgemergelten Kopf, einen klaffenden Mund: seinen Vater. Er mahnt sich zur Vernunft, er wirft sich vor, ein zweifelhaftes Spiel mit dem Selbstmitleid zu treiben. Er schaltet seine Lampe ein. Die Tante sieht das Licht durch die Türritze, kommt herein und macht ihm Vorhaltungen, er lese in seinem Bett noch länger als erlaubt. Sie macht die Lampe aus.

Drei Tage später erfährt er den Tod seines Vaters. Es ist um die Mittagszeit. Das Wetter ist herrlich. Die Kastanienbäume stehen *richtig* in Blüte. Wie immer hat er sich in der Nähe des Lutetia herumgetrieben. Zu Hause sitzen bestimmt schon alle am Tisch. Er ist auf Vorwürfe gefaßt. Auf der Schwelle im dunklen Flur sagt ihm seine Tante, er solle mit ihr in das Büro seines Onkels kommen. Sie setzt sich auf die Untersuchungsliege. Er bleibt vor ihr stehen. Sie packt ihn an den Handgelenken und drückt sie sehr fest. Sie schaut ihn von unten an und sagt:

»Luc, dein Vater...«

Sie beginnt zu schluchzen, und er steht zwischen ihren gespreizten Knien vor ihr. Starr, hart und schwer wie ein Stein. Vielleicht möchte er sie trösten, aber er hat mit sich selber genug zu tun. Ein Schluchzen kommt in ihm hoch, aber es bleibt ihm in der Kehle stecken. An der Wand sieht er die große Deutschlandkarte, die Nadeln, die er Tag für Tag weitergerückt hat. Wie sehr hat er sich bei jedem Vormarsch, bei jedem noch so kleinen Geländegewinn über diese lächerliche Geste gefreut. Die Stecknadeln haben Weimar hinter sich gelassen: es ist vorbei.

Er schaut noch einmal auf die Deutschlandkarte:

»Und Mama?«

»Du weißt doch, daß die Deutschen alle Gefangenen aus Ravensbrück freilassen werden. Sie schicken sie nach Schweden. Sie wird bald hier sein.«

Julien Cain sei es gewesen, sagt sie, der als erster mit dem Flugzeug in die Heimat zurückgekehrt ist und seinen Großeltern die Nachricht überbracht habe. Man konnte sie seinem Großvater nicht verheim-

lichen. Dabei hätte er sie eigentlich nicht erfahren dürfen, es steht zur Zeit so schlecht um ihn, man hätte lieber warten sollen, bis es ihm wieder besser ginge. Aber es steht schon in den Zeitungen.
Sein Vater sei im März gestorben, setzt die Tante hinzu. Er habe nicht gelitten.

Das ist ein überflüssiger Satz, denkt Luc. Wieder eine leere Phrase. Wie aus einem Buch. Warum sagt sie das? Für wen sagt sie es? Meinetwegen? Ihretwegen? Ich glaube es nicht. Sieben Monate lang ist er jeden Tag gestorben. Er ist verhungert.

»Wie ist er gestorben?«, fragt Luc.

»Man weiß nichts Näheres. Aber bis zum Ende haben Freunde ihn gepflegt. Er ist langsam eingeschlafen, er hat nicht gelitten.«

*

Sie verschweigt es Luc, er erfährt es erst sehr viel später: man kennt die näheren Umstände seines Todes. Aber warum soll man ihn damit belasten? Und man wird noch mehr Einzelheiten erfahren. Hat Julien Cain selber das Tagebuch seines Vaters mitgebracht, das ein Pritschennachbar gerettet hat? Ein einfaches, sechzehnmal gefaltetes Blatt aus schlechtem Papier, ein Rundschreiben der Lagerverwaltung, dessen leere Rückseite er mit dem Bleistift in drei Rubriken eingeteilt und in winzigen Buchstaben mit dem Kalender der Monate von August 44 bis April 45 beschriftet hat. Pro Tag Raum für eine Zeile, den er nach und nach ausfüllte. Der letzte Tag, dessen Datum er aufschrieb, ist Samstag, der 23. April; daneben steht: »*Printemps* (Frühling)«. Das große P von Printemps zeigt eine merkwürdige Handschrift, wie er sie für gewöhnlich nicht besaß – sein schnelles Gekritzel war immer sehr schlicht, sehr locker und ohne Schnörkel. Dieses *P* jedoch ist stilisiert, die obere Schleife ist stark eingrollt, holt fast zu einer Arabeske aus. Ein sorgfältiges *P*, wie es in der Volkschule gelehrt wird; das, was man einen Zierbuchstaben nennt. Aber seit dem 5. März ist die Rubrik weiß. Unter unter dem 5. März steht nur ein einziger Buchstabe: *D*. D für Diarrhöe, ein Wort, das seit Tagen wiederkehrt. Er ist vor dem Frühling gestorben.

Er hat bis zum Ende gekämpft. Er hat mit den ihm eigenen Waffen, wie damals während seiner Einzelhaft in Fresnes im Jahre 1941, gekämpft. Als er im Lager in die Steinbrüche abkommandiert wurde, ist es der kommunistischen Untergrundorganisation gelungen, ihn von dort herauszuholen und einer weniger harten Arbeit zuteilen zu lassen. Noch zwei oder drei Tage länger, und er wäre gestorben. Denn auch die Untergrundorganisation nahm ihre Selektionen vor; auch sie hatte das Recht über Leben und Tod. Lucs Vater kam dies zugute. Es bestand Anweisung, möglichst alle die Personen zu retten, die für das kulturelle Erbe und die Zukunft ihres Landes von Wichtigkeit waren. Lucs Vater war eine erwiesen geistige Kapazität; die Untergrundorganisation hat ihn geschützt. Wenn sie ihn nicht retten konnte, so darum, weil der Kampf gegen das KZ-System doch allzu ungleich war.

Er hat am Lehrbetrieb einer regelrechten Untergrunduniversität, einer Universität von Chlochards, mitgewirkt. An den Vorlesungen nahmen bis zu fünfzehn Personen teil. Es herrschte Kälte und Hunger, doch trotz der Zwangsarbeit, der Appelle bei Tag und Nacht und der Entlausungen gelang es diesen Menschen, sich zu treffen. Jeder sprach von seinen Arbeiten, seiner Disziplin, seinem Wissensgebiet, seinen Reisen: über die Diskontinuität der Materie, über das Atom, über die Architektur der Kathedralen, über die Einführung der Gewürze in die abendländische Küche zur Zeit der Kreuzzüge, über alte normannische Gebräuche. Er sprach unter anderem von den Pilgerfahrten zu den buddhistischen Klöstern Japans, in denen er gelebt hatte, und von seinem Besuch bei dem Zauberkönig auf den Hochebenen Tonkins. Bis in die letzten Tage haben einige im Gestank des Reviers von Pritsche zu Pritsche diese übermenschliche Anstrengung fortgesetzt. Über die Lagerverwaltung hat er versucht, seiner in Ravensbrück inhaftierten Frau zu schreiben; nie hat er etwas von ihr gehört. Bis zum Schluß sprach er von Antoine, um immer wieder zu sagen, daß er zu ihm stehe; und er machte sich Sorgen, ob Luc in der Schule mitkäme.

Luc hat recht: sein Sterben hat sehr lange gedauert. Im letzten Monat: offene Wunden, Grind und Zellgewebsentzündungen im Gestank seiner schmutzigen Pritsche. Einige Tage vor seinem Tod gelang es ihm, seine lange Unterhose zu waschen. Er hatte sie zum Trocknen aufgehängt: während er schlief, wurde sie ihm gestohlen.

*

»Professor Ponte-Serra ist im Lager Buchenwald gestorben. Der langen Liste der Verbrechen, die von der Nazibarbarei systematisch gegen Kultur und Zivilisation begangen wurden, ist nun auch der Name eines der größten, europäischen Sinologen hinzuzufügen, der

Name Victor Ponte-Serra. Als Professor am Collège de France und Autor einer monumentalen Geschichte der Einführung des Buddhismus im Fernen Osten verkörperte Victor Ponte-Serra den Idealtyp jener französischen Gelehrten, die ...«

So steht es in den Nachmittagszeitungen in winzigen Buchstaben unten auf Seite zwei. Er will trotzdem in die Schule gehen. Zu Beginn seiner Stunde sagt der Französischlehrer mit großer Rührung einige Worte der Anteilnahme, aber er hört sie nur ganz undeutlich. Mit rotem Kopf sitzt er festgenagelt im Schweigen der Klasse an seinem Platz und starrt auf das Holz seines Tisches. In der nächsten Stunde drückt der Geschichtslehrer, der grüne Affe, ihm die Hand und bekundet sein Beileid:

»Ich hoffe, er hat nicht zu sehr gelitten. Wie alt war er?« setzt er in seinem sachlichen Ton hinzu.

»Älter als fünfzig«, sagt die Katze ausweichend (denn nur selten weiß man das genaue Alter seiner Eltern.)

»Ach so! In diesem Alter natürlich ...« sagt der grüne Affe – der auch nicht jünger ist – und nickt verständnisinnig mit dem Kopf.

Noch immer scheint die Sonne, noch immer ist die Luft so mild. Noch immer warten auf dem Boulevard Raspail Leute in kleinen Gruppen und mit Fotos in der Hand vor dem Lutetia darauf, daß Menschen in gestreifter Kleidung erscheinen.

Am folgenden Tag, es ist Donnerstag, geht er zu Lady Ponte-Serra. Im Vorraum begleitet die kleine alte Dame in bemüht aufrechter Haltung einen Besucher zur Tür; es ist ein Mann mit breiten, vornübergebeugten Schultern und markanten Zügen unter grauen, sehr kurz geschnittenen Haaren, dessen hagerer Körper den schönen grauen Anzug nicht ausfüllt.

Luc beugt sich vor, um seiner Großmutter einen Kuß zu geben. (Wenn man sich in der Familie der Katze einen Kuß gibt, dann berührt man die Wange kaum mit den Lippen: einmal, selten zweimal. Keine wiederholten, schmatzenden Küsse: das wäre vulgär. Nichts, kein noch so außergewöhnlicher Umstand, nicht einmal der Tod darf diesem Ritual Abbruch tun.)

»Großmutter, ich will Ihnen ...« er bleibt stumm. Er hat nichts zu sagen.

Seine Großmutter weint. Julien Cain grüßt Luc freundlich und zerstreut und geht. Er wird ihn nie wiedersehen. Er ertappt sich dabei, daß er auf diesen Mann wütend ist. Er wird bald feststellen, daß es ihm schwerfällt, die Überlebenden zu mögen. Daß es ihm schwerfällt, ihnen zuzugestehen, daß sie überlebt haben. Ein spontaner Reflex. Er weiß es, es ist ungerecht. Er ist machtlos dagegen. Die Toten erscheinen allzu oft in den Erzählungen der Überlebenden als Schatten, die Pech gehabt haben. Als Schatten, die nur den eigenen Leidensweg der Erzähler noch unterstreichen. Und dann gibt es alle die, die die Toten zum Reden bringen. Bei den Gedenkfeiern: als Märtyrer und Helden. Eines Tages wird er im Buch eines Überlebenden lesen, daß die Toten keine Fahne brauchen, nur einen reinen und brüderlichen Blick. Den wird er lieben. Und einige andere, die so sind wie er. Einige wenige.

Seine Großmutter hat sich in ihrem Schmerz schon eingerichtet. 1915 hat sie einen Sohn im Krieg verloren: den ersten Antoine. Jetzt verliert sie ihren zweiten Sohn. In ihren Weinkrämpfen schneidet sie Grimassen, die Luc erschrecken. Aber sie kennt auch die Gesten, die man machen muß, um nicht völlig die Kontrolle über sich selbst zu verlieren. Die Macht der Rituale ist ihr ständiger Schutz.

»Mein armes Kind, ich kann nicht verstehen, wie deine Tante dich so auf die Straße gehen lassen kann. Diese Leute denken aber auch wirklich an nichts.«

Und nun durchstöbert sie mit ihrem Dienstmädchen die Schubläden, zieht Stoffe aus schwarzem Krepp in allen Größen und allen Sorten hervor: das, was ihr von allen Trauerfällen ihres ganzen Lebens geblieben ist.

Sie nähen eine breite Armbinde auf einen Ärmel seiner Jacke.

»So. Das paßt schon besser. Jetzt trägst du Trauer.«

Immer neue Freunde erscheinen im Wohnzimmer.

»Wenn wenigstens doch der kleine Antoine da wäre.«

*

Immer diese Bilder, die nachts wiederkommen, wenn man mit offenen Augen im Dunkeln daliegt. Und am Tag der Drang zu schreien, der Drang wegzulaufen.

Passiert es schon am Tag darauf? Es ist ein Donnerstag, er ist mit den Vettern zu Hause. Er baut Papierflugzeuge, die perfektesten, die er je sich ausgedacht hat: sie fliegen an die Decke, schweben herab und stoßen wie große blinde Schmetterlinge gegen die Wände, den Lüster und die Möbel. Er läuft hinterher, springt und brüllt. Seine Vettern bauen

Wasserbomben aus Papier, und alle drei postieren sich auf dem Balkon und lauern den Passanten auf. Luc treibt es noch bunter: im Arzneischrank sucht er seine alte Freundin, die Klistierspritze, und versteckt hinter einer Jalousie bespritzt er die Leute mit einem wohlgezielten Wasserstrahl. Er wird entdeckt. Jemand kommt herauf und klingelt. Die Tante bekommt den ersten Schwall der Empörung eines klatschnassen Herren ab:

»Ich werde die Polizei rufen.«

»Luc war es«, sagen die Vettern, die in der Zwischenzeit die letzten Bomben verschwinden lassen konnten. Die Tante fühlt sich gehalten, nun ihrerseits das Wüten und Toben in noch heftigerer Form an ihm auszulasssen. Sie redet ihm ins Gewissen:

»Schämst du dich nicht? Zwei Tage nach dem Tod deines Vaters?«

Schämt er sich? Es ist unglaublich, denkt Luc: er weiß doch genau, daß irgend etwas unwiederbringlich in ihm zerbrochen ist, daß nichts mehr so funktioniert und funktionieren wird wie vorher. Und dennoch hat sich nichts verändert. Es gab kein eigentliches Vorher und Nachher. Alles behält dieselbe Farbe. Das Gewicht der Dinge und der Zeit bleibt dasselbe. Das Gesicht, die Bewegungen und die Worte der anderen bleiben dieselben. Er kann leben und dabei diese endgültige Leere mit dem Gefühl in sich tragen, er werde wie von einem Bleigewicht nach unten gezogen und gleichzeitig läßt er sich weit weg, sehr weit oben, ganz ungezwungen dahintreiben, so daß es aussieht, als habe er vergessen. Und es sieht nicht nur so aus: manchmal stürzt er sich in das nächstliegende, das rauschhafteste Vergnügen – ein flüchtiger Blitz. Und wenn er im gleichen Augenblick eine leise Stimme in sich hört – seine eigene –, die ihm zuflüstert, das alles sei lächerlich und habe keinen Sinn, dann legt er nur noch mehr los, lacht er nur noch lauter. Er singt, er schreit, er rauft und hört, wie man sagt:

»Dieses Kind ist ja wirklich herzlos.«

Was sie von ihm denken, ist unwichtig. Sollen sie denken, was sie wollen. Darum braucht er sich nicht zu kümmern. Er wird nicht dagegen ankämpfen. Das lohnt sich nicht. Nur wenige Dinge sind es wert, daß man um sie kämpft, und bestimmt nicht das, was die anderen über ihn sagen. Er weiß, es gibt Dinge, die es wirklich verdienen, daß man nie nachgibt: wenn es sein muß, wird er sein ganzes Leben lang damit verbringen, sie zu suchen und sie zu verteidigen. Er ist sicher, daß Antoine damit einverstanden wäre.

SCHNEE IM MAI

Als Luc am Morgen des 1. Mai 1945 in der ehemaligen Waschküche, in der er sich seine Höhle eingerichtet hat, zum Fenster hinausschaut, sieht er zu seiner Verblüffung, daß sich in den Wipfeln der blühenden Kastanien die Zweige unter der Last des Schnees neigen, auf dem schon die Sonne glitzert.

Lucs Mutter lebt. Im Februar wurde sie von den Russen befreit. Sie war nicht in Ravensbrück, sondern in einem Lager viel weiter östlich. Sie befindet sich in einem polnischen Krankenhaus. Bei ihrer Befreiung wog sie dreißig Kilo. Sie hat einen schlimmen Abszeß am Bein. Sie kann nicht gehen. Sie wird gut gepflegt. Sie ist auf dem Wege der Besserung.

Diese Nachrichten stammen von einer Deportierten, die über Odessa zurückgekehrt ist. Am Tag zuvor war sie zum Abendessen da. Die Tante hatte aus Chevigny einen Schweinebraten und Kartoffeln besorgen können. Die Besucherin legte in der Diele ihren grauen Kunstfasermantel ab, auf dessen Rücken ein großes, gelbes X in den Stoff genäht war und der am Ärmel eine Nummer und ein rotes Dreieck trug. Sie hat zweimal von allem nachgenommen:

»Ich habe zwei Jahre lang so gehungert«, sagte sie.

»Oh«, entgegnete die Tante, »hier haben wir auch gelitten. Stellen Sie sich vor, den ganzen Winter über hatten wir kein Speiseöl.«

Zwischen den Bissen sprach diese Frau übersprudelnd von ihrem Lagerleben, von der großen Schlacht bei der Befreiung durch die Rote Armee. Luc sagte nichts. Nur zum Schluß stellte er zwei, drei Fragen. Er erkundigte sich, ob man seiner Mutter die Haare abgeschnitten hatte. Sie bejahte, fügte aber hinzu, sie würden schnell nachwachsen. Er fragte, ob sie in Polen auch gut zu essen bekäme. Sie gab zur Antwort, in den ersten Tagen nach ihrer Befreiung hätten die Kämpfe noch angedauert und die Russen hätten mit der Maschinenpistole eine Kuh erschossen, danach hätten sie sich aus den Vorratslagern der SS-Kasernen nehmen können, was sie wollten. Eine Frau habe sich auf einen Eimer mit Marmelade gestürzt und ihn auf einen Schlag leergegessen: sie sei daran gestorben. Als sie dann auf Lastwagen quer durch Pommern hinter den russischen Linien ostwärts fuhren, hätten sie sich bei jedem Halt in den Häusern bedient, die von der deutschen Bevölkerung verlassen worden waren; sie hatten keinerlei Bedenken, weil die Russen ohnehin alles verbrannten. Französische Gefangene, die sich um sie kümmerten, hatten ihnen dabei geholfen. Und in dem polnischen Krankenhaus, in dem sie seine Mutter zum letztenmal gesehen hatte, habe es ihr an nichts gefehlt, die polnischen Schwestern seien sehr aufmerksam.

Aber warum hatte sie nicht früher von sich hören lassen? Und warum hatte sie keinen Brief geschrieben? Die Frau hatte erklärt, in der sowjetischen Armee gebe es keinerlei Briefverkehr, keine Feldpost, die Soldaten selber hätten keine Möglichkeit, ihren Familien zu schreiben. Sie gerieten in die Schlacht an der Oder, und danach dauerte es noch sehr lange, bis sie sich mit der französischen Botschaft in Warschau in Verbindung setzen konnten; sie hatten keine Möglichkeit, ein Lebenszeichen zu geben. Und als die Entscheidung fiel, die gesunden Frauen ihrer Gruppe in die Heimat zurückzubringen, geschah das eines schönen Tages innerhalb weniger Minuten. Die Lastwagen warteten schon; seine Mutter hatte nicht die Zeit, eine Nachricht zu schreiben.

»Aber sie kann doch nicht gehen...«, wiederholte Luc mißtrauisch.

Denn wenn seine Mutter mit kurzen – und grauen – Haaren heimkehrt, dann ist es ebensogut möglich, daß man ihr ein Bein amputiert hat, daß sie mit einem Holzbein zurückkommt. Schon sieht er unter ihrem Kleid genauso einen schwarzen Stumpf wie den von dem schnurrbärtigen Großvater der Flüchtlinge in Marles hervorschauen. Doch was macht das, nach allem was passiert ist, jetzt noch aus? Und wenn dem so ist, dann sollte man es ihm lieber gleich sagen. Das Wichtigste, Herrgott nochmal, ist doch, daß sie überhaupt zurückkommt, daß sie dort nicht alleine im Krankenhaus bleibt, in dieser Stadt mit dem unaussprechbaren, polnischen Namen, die er nicht auf der Karte findet und die, wie man ihm sagt, in der Nähe von Poznan liegt, die er allerdings als *Posen*, unter dem deutschen Namen suchen muß. Aber natürlich ist es ein gutes Krankenhaus: diese alte Leier kennt er schon.

Man muß das Unglück bannen. In diesen Tagen plärrt er überall, auf dem Schulhof, im Jardin du Luxembourg, auf den Bürgersteigen, unermüdlich sein neues Kriegslied:

Ein schönes Holzbein hatte sie,
doch das Holzbein zeigt sie nie,
damit es keiner sehen kann,
zieht sie Gummiringe drüber an.

*

Als die Frauen des Transports, der am 15. August Paris verlassen hatte, am 22. August in Ravensbrück aus ihren Viehwagen geholt wurden, begegneten sie düsteren Kolonnen weiblicher Gefangener, die an ihnen vorbeizogen und deutsche Lieder sangen. Als die dann durch das befestigte Tor das Lager betraten, sahen sie den Wagen, der die Leichen zum Krematorium transportierte. Sie mußten sich ausziehen, kamen unter die Dusche, wurden mit Nummern versehen und in groteske Lumpen gesteckt und fanden sich zu dritt pro Bettstelle im dunklen Quarantäneblock wieder.

Zwei Wochen später wurde Lucs Mutter mit den meisten Französinnen desselben Transports in ein Lager in der Mark Brandenburg verlegt, wo sie in einer Munitionsfabrik arbeiten sollten. Die Nacht verbrachten sie im Bombenhagel in ihren verriegelten Waggons auf dem Bahnhof Berlin-Tempelhof. Nach der Ankunft in diesem neuen Lager erklärten die Französinnen, daß sie sich weigerten, in einer Munitionsfabrik zu arbeiten; diejenigen, die sich doch dazu bereit erklärten, konnten ihre Arbeit zumeist erfolgreich sabotieren. Die Aufmüpfigen wurden nach Ravensbrück zurückgeschickt. Unter ihnen war auch Lucs Mutter; sie wurde bei Erdarbeiten und in einer Sandgrube eingesetzt. Diesmal hatte sie einen zu weiten Mantel bekommen und teilte ihn bei den Appellen mit einer der »kleinen, englischen Fallschirmspringerinnen«, die später erschossen wurde. Sie wurde in ein neues Außenlager für Frauen abkommandiert, das auf dem rechten Oderufer einen Flugplatz bauen sollte. Dort fanden sie auf einem sumpfigen Gelände verlassene, schwarze Baracken, dreistöckige Bettgestelle und Decken vor, auf denen es nur so von Läusen wimmelte. Sie waren insgesamt neunhundert Frauen: zwei oder mehr pro Pritsche. Lucs Mutter mußte unter der Peitsche des »Meisters« Schienen verlegen. Bis in den Dezember hinein mußten die Frauen ihre Sommerkleider tragen; sie hatten keinen Mantel, keine Strümpfe und trugen an den bloßen Füßen Holzpantinen. Anfang Dezember erhielten sie zusätzliche Kleidung aus Zellwolle. Zweimal am Tag bekamen sie eine Suppe zu essen: die Mittagssuppe an der Arbeitsstelle war immer kalt. Die Oberaufseherin ließ sie mehrere Male zur Strafe bei vollem Arbeitspensum vierundzwanzig Stunden lang fasten. Sie verstanden es, die Arbeit so in die Länge zu ziehen, daß der Flugplatz nie fertig wurde. Infolge des Hungers und der Kälte griffen Zellgewebsentzündungen, Ruhr und Typhus um sich. Im Krankenrevier, das endlich eingerichtet werden konnte, gab es weder Verbandsmaterial noch Medikamente; Umschläge machte man mit Papier, und im Eiter nisteten die Läuse. Für die Ruhrkranken war es ein zusätzliches Martyrium, daß es weder Eimer noch sonstige Behälter gab. Lucs Mutter, die wegen ihres vereiterten Knies nicht mehr gehen konnte, an Ruhr litt und hohes Fieber hatte, durfte schließlich ins Revier. Eine Zeitlang teilte sie ihre Pritsche und ihre Decke mit einer kleinen Griechin, die als einzige die Deportation ihrer ganzen Familie in Saloniki überlebt hatte und im Lager starb. Als am 1. Februar die Rote Armee heranrückte, ließen die Deutschen alle transportfähigen Frauen, es waren etwa hundert, antreten und brachten sie zu Fuß nach Ravensbrück. Viele starben in der Eiseskälte oder erhielten von ihren Wächtern den Fangschuß, wenn sie nicht mehr weiterkonnten. Morgens hörten die Frauen, die im Revier zurückgeblieben waren, Gewehrfeuer im Lager. Deutsche Soldaten kamen in alle Baracken, warfen die Öfen um, um Feuer zu legen, und verschwanden wieder. Der Wind flaute ab, das Revier brannte nicht nieder. Später kamen noch einmal Soldaten vorbei: mit Revolverschüssen streckten sie die Frauen nieder, die geflohen waren; die Leichen blieben im Schnee liegen. Drei Tage lang tobte über den Köpfen der Überlebenden eine Artillerieschlacht und das Geheul der Stalinorgeln. Sie hörten das Rasseln der Panzer. Dann kamen drei russische Soldaten angeradelt. Sie sahen sehr asiatisch aus, trugen Pelzmützen und Stiefel. Mehr als eine Woche blieben sie an Ort und Stelle, denn das Lager befand sich mitten in der Hauptkampflinie. Die Russen gaben ihnen zu essen, was sie fanden – deutsche Vorräte, die Kuh, die sie mit der Maschinenpistole erlegt hatten. Unter den Frauen regierte weiter der Tod: sie gingen an Entkräftung oder an Magenkoliken zugrunde. Eine verlor den Verstand und zog eines Nachts geradewegs in den Schnee hinaus, sie sagte, sie wolle nach Hause. Sie haben sie nie wiedergesehen. Schließlich wurden sie bei eisiger Kälte, es mochten zwanzig Grad unter Null oder noch mehr sein, auf offenen Lastwagen evakuiert. Sie waren der Rest: etwa dreißig Französinnen. Sie rasteten in zerstörten Dörfern. Sie mußten die Bombenangriffe der deutschen Luftwaffe über sich ergehen lassen und gerieten in das gewaltige Gewühl hinter den russischen Linien: Truppen rollten in amerikanischen Militärtransportern zur Front, ihnen folgten die unterschiedlichsten Motorfahrzeuge und Pferdegespanne, vollgestopft mit Frauen und Kindern. Und in der anderen Richtung marschierten

Kolonnen deutscher Kriegsgefangener, transportierten LkWs deutsches Material, Getreide und Stroh, wurden Viehherden nach Osten getrieben, und deutsche Frauen, die man aus ihren Häusern geholt hatte, arbeiteten mit der Schaufel am Straßenrand.

Als Lucs Mutter von den Russen in das polnische Krankenhaus eingeliefert wurde, als sie sich endlich nach langen Wochen mit der französischen Botschaft in Warschau in Verbindung setzen und sich nach dem Schicksal ihrer Familie erkundigen konnte, erhielt sie zur Antwort, ihre Angehörigen seien wohlauf. Professor Ponte-Serra sei befreit. Luc und Antoine erwarteten sie in Paris.

*

An diesem 1. Mai erfährt Luc, daß Antoine tot ist. In der letzten Zeit hat er viel über Antoine gesprochen. So als fühlte er, daß Antoine ihm entglitt und daß es darauf ankäme, ihn mit allen Mitteln festzuhalten; das letzte Mittel, das ihm übrigblieb, bestand darin, das Netz der Wörter über seinen Schatten zu werfen, ihn einzufangen in einem Gewebe aus Sprache und Bildern. So sagte er von da an mehrmals am Tag:

»Wenn Antoine zurückkommt...«

»Ich bin sicher, daß Antoine jetzt gerade...«

»Antoine meint bestimmt, daß...«

Vor kurzem hat er sogar damit angefangen, ganz einfach Geschichten zu erfinden. Als er eines Morgens in die Schule kam, verkündete er seinem Nachbarn, seinem Bruder sei das Kriegsverdienstkreuz verliehen worden. Er fand, das mache sich gut, aber vor allen Dingen verlieh es ihm noch etwas Leben. Verdient hatte er es ohnehin. Damit wird ein Tatbestand einfach nur vorweggenommen. Aber im Grunde weiß er, daß er sich da in billige Augenwischerei flüchtet.

Einmal bei Tisch – immer die gleiche Szene, das Mittagessen im Kreis der Familie, die Küche voller Essensdünste – ging seine Tante, als er überschwenglich von der Rückkehr seines Bruders sprach, darauf ein. Er sagte wohl, seine Großmutter habe Antoines Zimmer von ihrem Dienstmädchen aufräumen und das Bett neu beziehen lassen.

»Ich finde, deine Großmutter ist verrückt. Es ist verrückt, nach so viel Monaten so zu tun, als ob nichts wäre. Davon zu träumen, daß Antoine zurückkommt. Es ist verrückt.«

Zunächst hatte er sich nichts daraus gemacht. Wenn es um Lady Ponte-Serra geht, paßt die Tante nicht immer auf, was sie sagt. Solche

Sätze, die so scharf sind wie Ohrfeigen, ist er von ihr gewöhnt.

Während am frühen Nachmittag dieses ersten Mai, an dem zum erstenmal im befreiten Frankreich der Tag der Arbeit gefeiert wird, im Radio die Hochstimmung der im Schneematsch durch die Straßen ziehenden Arbeiter zu hören ist, klingelt seine Großmutter mütterlicherseits an der Tür. Er öffnet ihr. Seine Vettern sind zu irgendeiner Briefmarkenbörse gegangen. Ihr Gesicht ist verschlossen, der Mund zusammengekniffen. Sie scheint ihn nicht zu sehen. Sie geht geradeaus in die Wohnung, schiebt ihn fast mit der Hand zur Seite. Sie schließt sich mit der Tante ein. Luc geht wieder in sein Zimmer. Er kauert sich auf sein Bett. Er wartet. Bruchstückhaft hört er die Stimmen und das Schluchzen der beiden Frauen. Später kommt die Tante zu ihm. Die Großmutter ist verschwunden. Sie ist wieder nach Hause gegangen. Hatte sie vielleicht nicht den Mut, dazubleiben? Sie ist zu ihrem Mann zurückgekehrt: irgend jemand mußte es ihm ja sagen. Seit er erfahren hatte, daß seine Tochter in Freiheit war, schien es ihm besser zu gehen. Sein Blick war weniger starr, sein Reden weniger sinnlos. Man hätte lieber noch etwas warten sollen, bis er den Schock besser verkraften könnte. Aber war das möglich? »Diesmal kommt er nicht darüber hinweg«, hat sie zur Tante gesagt.

Die Tante ist mutig: man braucht bestimmt viel Mut, um es Luc zu sagen. Aber muß man es ihm überhaupt noch sagen? Sie sitzt am Bettrand. Luc hat sich mit aller Kraft in die äußerste Ecke verkrochen, er preßt die Schultern gegen das Messinggitter, die Knie hat er an die Brust gezogen, nein, man muß nicht viele Worte machen. Ist es wahr oder ist es nur ein Alptraum, sagt sie ihm wirklich:

»Siehst du, hatte ich es dir nicht gesagt ...?«

Bestimmt ist dies nur ein weiterer Alptraum. Diese Worte kann sie nicht gesagt haben. Sie ist genau so unglücklich wie er. Sie streichelt ihm den Arm. So weit es eben geht, zieht er den Arm zurück. Er beißt sich in die geballten Fäuste. Ein dumpfer, langer Schrei steigt in ihm hoch und bleibt ihm in der Kehle stecken, er bringt ihn nicht heraus, es ist vielleicht nur ein leises Stöhnen, aber in diesem Schrei liegt alles. Sie läßt ihn allein.

Allein, zusammengekauert auf seinem Bett im leeren Zimmer. Der Nebel der Tränen, die nicht fließen.

Nein, man braucht nicht viele Wörter, nicht viel Zeit, um es zu sagen. Einen Augenblick, einige Sekunden, um es zu hören. Und dann das ganze Leben, um zu begreifen, daß er nicht mehr da ist.

Wenn sie vor dem Krieg zusammen spielten, sagte Antoine zu ihm: »Heute bin ich König, und du mußt mir wie mein Schatten überall hin folgen. Ich werde dich zum Ritter schlagen. Ich werde dir ein Adlerwappen zeichnen. Du mußt mich Padischah, Eure Hoheit nennen, Kalif, Cheich-ülIslam, Beherrscher der Gläubigen, Emir, Mikado, Maharadscha, Dalai Lama, Großmogul, höchster Inka, Kaiser beider Indien und Papst der Bonzen.«

Jetzt weiß er es. Antoine ist tot.

*

Die Umschläge der an Antoine abgeschickten Briefe, die einer nach dem anderen zurückkamen, trugen unter den zahlreichen Stempeln der französischen und der amerikanischen Post (darunter waren auch zwei Aufdrucke unterschiedlichen Datums, aus denen hervorging, daß der Brief auf dem Hin- und Rückweg durch Camp Campbell in Kentucky gegangen war) auf Vorder- und Rückseite mehrere violette Abdrücke eines großen, verwischten, blassen Stempels: eine Hand, die aus einer Manschette ragte, deutete mit dem Zeigefinger ins Leere (anscheinend sollte sie auf die Adresse des Absenders verweisen), und unter den angezogenen Fingern standen in Druckbuchstaben die Wörter: »*Return to writer.*«. Darunter folgten Vermerke, die wegen der blassen Schrift kaum zu lesen waren:

Reason checked:
Unclaimed... Refused... Unknown – For better adress...
Moved – Left no adress... No such office in state.

Keiner dieser Vermerke war als zutreffend unterstrichen. In einem Winkel vermerkte eine schräge, sehr flüchtige Schrift, ein fast unentzifferbares Gekrakel: »*Deceased*, 9-44.« Es folgt eine Unterschrift oder eher ein Schnörkel mit dem Zusatz »*Capt inf*«. Darunter ein weiteres Datum. Diese winzigen, überladenen Zeilen, in denen das Wort *deceased* mit der Unterschrift zu einem unscheinbaren Buchstabengewirr verschmolz, gingen in den anderen Aufschriften, den Flecken, Knitterfalten und Beschädigungen des billigen Umschlagpapiers so völlig unter, daß man sie nur als einen nichtssagenden Dienstvermerk unter vielen auffassen konnte.

Um das Wirrwarr noch zu steigern, hatte die französische Post bei der Rücksendung auf jeden Umschlag sorgsam einen letzten Stempel angebracht:

Ein zurückgeschickter Umschlag
läßt sich
wiederverwenden.

Antoine ist im September gefallen. Er war tatsächlich in der Armee Patton: Luc hatte recht gehabt. Er war schon mehr als vierzehn Tage tot, als sich Luc auf die Suche nach ihm machte. In einem Monat hat er Frankreich von West nach Ost durchquert; er befand sich immer an der Spitze der großen Schleife, die die dritte amerikanische Armee von Alençon bis Le Mans, von Le Mans bis zur Loire und von Orléans bis Reims, von Reims bis Verdun zog. Ein Monat war für ihn Zeit genug, um im Battaillon Fuß zu fassen, um Freundschaften zu schließen. Sein Heißhunger war legendär; die Soldaten umringten ihn, um zuzusehen, wie er nacheinander mehrere Tagesrationen verschlang: genauso wie die Katze auf der Red Ball. Er hatte nur seinen Vornamen angegeben. Über seine Vergangenheit hatte er nur gesagt, daß er schon gekämpft und mit den *Krauts* eine eigene Rechnung zu begleichen habe. Er wollte immer in die vorderste Linie, und auch deswegen kannten ihn alle. Und da er kurzsichtig war, auf der Flucht seine Brille zerbrochen hatte und er deswegen wild durch die Gegend schoß, versuchten alle behutsam, seinen Tatendrang zu zügeln. Im Gespräch mit dem einen oder anderen kam er manchmal auf Ereignisse, Personen und Epochen der amerikanischen Geschichte zu sprechen, die er anscheinend viel besser kannte als sie; und da das ganz unaufdringlich geschah, erntete er Verblüffung und Sympathie. (Als Ende 1945 Sergeant Peter McLore nach seiner Entlassung nach Bangor in Maine zurückkehrt, geht er als erstes an seinen Bücherschrank, um nachzuschlagen, ob es wirklich stimmt, wie dieser verückte Frenchman gesagt hat, daß General Pershing, der Sieger von 1918, tatsächlich kurz zuvor an der mexikanischen Grenze von Pancho Villa Prügel bezogen hatte). Nach der Eroberung von Verdun und der Überquerung der Maas war seine Division in Richtung Metz marschiert. Der Vorstoß hatte sich verlangsamt. Aus Metz kamen dringende Meldungen: es galt, sehr rasch zu handeln; die Deutschen waren in völliger Auflösung begriffen, man durfte ihnen nicht die Zeit lassen, die Verteidigung der Stadt neu zu organisieren. Binnen weniger Stunden könnten sich die Amerikaner der wichtigsten Festung der Lothringischen Ebene bemächtigen.

Aber sie waren zwischen Verdun und Metz liegengeblieben. Die kritische Situation, die die Generalstäbe seit der Landung so sehr fürchteten, war eingetreten: die überlasteten Nachschublinien, deren allzu schmaler Faden sich mittlerweile über siebenhundert Kilometer von den engen Atlantikhäfen bis zur Spitze der Offensive erstreckte, waren zusammengebrochen. Es fehlte an Benzin. Diese Stunden waren entscheidend. Als die Panzerkolonnen weiterfahren konnten, war die Verteidigung der Forts wieder neu aufgebaut. Metz sollte erst zwei Monate später fallen, nachdem es zur Schlüsselstellung der gesamten linksrheinischen deutschen Verteidigung geworden war. Als Antoines Bataillon das Moselufer erreichte, geriet es auf seiner Nordflanke fast sofort unter das Feuer der schweren Artillerie der Forts, die Metz beherrschten. Die ersten Soldaten, die schon zur Überquerung des Flusses angesetzt hatten, mußten sich Hals über Kopf zurückziehen. Das Dorf, in dem sie sich befanden, verwandelte sich in ein Inferno. An einem einzigen Tag verlor das achthundert Mann starke Bataillon vierhundert Soldaten. Antoines Leiche blieb in dem verwüsteten Dorf zurück, das zum no man's land wurde. Der Hauptmann ließ von einer nächtlichen Patrouille seine Brieftasche bergen. Er hatte es ausdrücklich angeordnet in der Hoffnung, so auch das Heft zu erhalten, in das Antoine jeden Tag seine Aufzeichnungen niederschrieb, aber die Seite der Leiche, wo sich das Heft befand, hatte eine deutsche Patrouille schon durchsucht. In der Brieftasche fand der Hauptmann einen unvollendeten Brief an seine Großmutter und auf dem Brief deren Adresse und Antoines Namen. Der Hauptmann mochte Antoine sehr gerne.

Als das Regiment einige Zeit später abgelöst wurde und der Hauptmann auf Urlaub nach Washington fahren konnte, steckte er die Brieftasche in einen dicken Umschlag, legte einen langen Brief bei und schickte alles zusammen an Madame Ponte-Serra nach Paris. *»Why it had to be Antoine instead of me or the man next to me, or a man up in the street, I don't know«*, schrieb der Hauptmann. Und er sprach vom Willen Gottes. Im Januar kam der Umschlag samt Inhalt nach Washington zurück. Der Reigen der *Rücksendungen* war noch nicht zu Ende. Auf dem Umschlag stand: *»Return to sender. Reason for return: Weight of Letters addressed to France limited to 1 once.«* Pech? Was von Antoine übrigblieb, wog mehr als eine Unze. Der Hauptmann war schon wieder an der Front.

Erst im April führten die Schritte, die Lucs Familie unternahm, zu einem Ergebnis. Das amerikanische Rote Kreuz hatte die Spur

Antoines gefunden, und der Hauptmann, der auf seinem neuen Posten angeschrieben worden war, bestätigte seinen Tod.

In Antoines Brieftasche lagen zwischen den Fotos seiner Familie auch noch einige Brotmarken, die einen ungeschickten, fast unleserlichen Stempel trugen: »Französischer Staat. Bürgermeisteramt Choisel.«

*

Auch den Onkel Antoine hat die Familie früh verloren: der Onkel, der, als er 1915 im Alter von sechsundzwanzig Jahren fiel, schon seine dicken, gelehrten Bände über Ägypten unter den Ptolemäern veröffentlicht hatte, der Gedichte, Zeichnungen, Bilder hinterlassen hat, der für immer der junge Bruder von Lucs Vater geblieben ist. Wie um ihn zu verewigen, wurde Lucs Bruder nach dem Onkel benannt: um ihn in Antoine weiterleben zu lassen? Um sie voneinander zu unterscheiden, nannte seine Großmutter ihn den kleinen Antoine. Aber manchmal verwechselte sie beide auch: das geschah nicht völlig unbeabsichtigt. Jetzt führt sie das Schicksal zusammen. Der Schmerz der Großmutter ist – benutzt man ein genehmes Wort – unerträglich, was aber im Gegenteil bedeutet, daß sie ihn genau wie Luc, der ihre Tränen sieht, in seiner Unermeßlichkeit zu ertragen hat. In wenigen Tagen ihr Sohn, ihr Enkelkind. Seit fast dreißig Jahren hat sie für ihren eigenen Tod bis in die kleinsten Einzelheiten Vorsorge getroffen. Fast jeden Tag hat sie mit ihren Angehörigen darüber wie über etwas ganz Natürliches gesprochen. In all diesen Jahren hat sie zu jedem Gegenstand, an dem sie hing, ein langes Geleitwort an die zukünftigen Erben geschrieben: »Für meinen Sohn Victor diese Armbänder, die sein Vater im Alter von zwanzig Jahren aus Montevideo mitgebracht hat. Sie wurden ihm von M. Gonzales Fernandez zum Dank für die Unterstützung bei seinen semantischen Arbeiten zur Aymara-Sprache geschenkt...« »Für mein Enkelkind dieses Telegramm von Lord Carnavon, in dem er mir die Entdeckung des Grabes von Tut-ench-Amun meldet; möge er nicht vergessen, daß sein Großvater...« »Pfeifenstücke aus Terrakotta, die bei Grabungsarbeiten in der Nähe der Sphinx von Gizeh gefunden wurden; sie stammen von Soldaten der Ägyptenexpedition. Wenn Antoine sie nicht behalten will, bitte ich ihn, sie der Société La Sabretache zu stiften, die Erinnerungsstücke an den Kaiser sammelt.« Indem sie so gewissenhaft verfügte, was nach ihrem Tod bei ihren Angehörigen zu geschehen habe, sorgte sie mit Hilfe jener Gegenstände, die als stumme Zeugen die Etappen ihres Daseins begleiteten und ihren Lebensraum bildeten, ein wenig für ihr eigenes Überleben. Als sie mit soviel Liebe ihre Hinterlassenschaft ordnete, war es ihr unvorstellbar, daß diese Hinterlassenschaft für Tote bestimmt sein sollte. Sie kann nicht begreifen, warum sie die anderen überlebt, und diese Ungerechtigkeit beklagt sie in ihren Tränen gegenüber Luc. Und was kann dieser anderes tun, als stumm zu bleiben und vor ihr ebenfalls dem unerträglichen Schicksalsschlag standzuhalten? Lady Ponte-Serra selbst hat ihm stets nachdrücklicher als allen anderen dieses Grundprinzip einer guten Erziehung eingeschärft: es ist nichts so unpassend und so ungebührlich, als seinen Gefühlen durch unkontrollierte Gebärden Ausdruck zu verleihen: was auch immer geschieht, seine Großmutter unvermittelt zu küssen oder sie zu umarmen, wäre völlig undenkbar; so etwas ziemt sich nicht für ein wohlerzogenes Kind. Also bleibt er stumm und reglos in seinem überwältigenden Schmerz. Er leistet ihr bei ihren Monologen Gesellschaft. In manchen Augenblicken will sie es nicht wahrhaben, hegt sie Zweifel: es handele sich vielleicht um einen Irrtum. Antoine hatte nicht seinen richtigen Namen angegeben; vielleicht liegt eine Verwechslung vor. Nicht er ist gestorben, sondern ein anderer, ein Unbekannter. Der Brief, den er nach England schrieb, trug kein Datum: kam er nicht einen Monat nach dem angeblichen Todesdatum in London an?

»Es ist nicht möglich«, sagt sie immer wieder. »Wir müssen abwarten. Weiter abwarten. Noch ein Weilchen.«

Aber einen Augenblick später:

»Wir müssen etwas unternehmen. Wir müssen herausfinden, wo sie ihn begraben haben. Wir müssen seinen Leichnam finden.«

Nein, denkt Luc entsetzt. Nein, nur das nicht. Nicht den Leichnam. Nein.

*

8. Mai 1945, später Vormittag: die Sonne scheint durch die großen offenen Fenster ins Klassenzimmer. Plötzlich setzen die Sirenen auf dem Dach des Gymnasiums und alle Sirenen des Viertels mit einem Mal zu einem langgezogenen Heulton an. Das Entwarnungssignal: der Krieg ist aus. Alle stürzen in den Hof. Der Direktor hält eine Rede. Die Stunde der Musiklehrerin ist gekommen; das ganze Gymnasium

singt mehrstimmig die Hymnen, die sie im Winter eingeübt haben. Um dem Ganzen noch das richtige Gewicht zu verleihen, hat sie mit ihnen zu einer Melodie aus Händels Judas Makabäus folgenden, vielleicht aus eigener Feder stammenden Text einstudiert.

Streiter im Ruhmesglanz
Euch gilt unser Preis.
Des Triumphes Lorbeerkranz
Krönt ein neues Reis.

Des Vaterlandes Stimme
Ruft zu der Ehre Thron;
Der treue Held gewinne
Des Ruhmes ew'gen Lohn!

(Während der Proben hat sie geduldig erklärt, ein *neues* Reis sei etwas anderes als *neuer* Reis. Dieses Reis soll sich de Gaulle ruhig anstecken. Solche Sprüche nimmt ohnehin keiner ernst. Zudem singt Lucs bebrillter Freund mit dem großen Kopf diese Strophe als Solist; obwohl seit kurzem im Stimmbruch, verfügt er bei entsprechender Anstrengung noch immer über einen engelgleichen Sopran. Der Chor braucht also nur zu warten, bis er die erste Strophe geschafft hat, um dann einzustimmen: »Des Vaterlandes Stimme ...«)

»Meine Kinder, heute erlebt ihr den schönsten Tag eures Lebens ...«, hat der Direktor wohl gesagt. Und wenn er es nicht gesagt hat, dann ist er ein origineller Typ. Jedenfalls sprach er vom Frieden, den alle gemeinsam aufbauen müßten, von der Freundschaft zwischen den Völkern und von der Demokratie: »Nie wieder Krieg.«

»An diesem Festtag, liebe Kinder, dürft ihr jetzt zu euren Eltern nach Hause!«

Am Nachmittag geht Luc mit der Tante und den Vettern inmitten einer gewaltigen, tobenden Menge zu den Champs-Élysées. Einen so gewaltigen, alles mit sich reißenden Freudentaumel wie an diesem Tag wird er nie wieder erleben. Millionen Menschen lachen, singen und fallen sich um den Hals. Überall schießen Flakbatterien Raketen in den Himmel, die zu Feuergarben zerstieben. Unter dem Arc de Triomphe weht eine große Fahne. Luc geht so lange, bis ihm die Füße weh tun. Er findet das alles nicht sehr komisch. Er nörgelt.

»Luc«, sagt seine Tante freundlich zu ihm, als sie oben auf dem

Champs-Élysées stehen und im Strom der begeisterten Menge hin und hergeschoben werden, »Luc, wenn du müde bist, kannst du auch alleine nach Hause gehen.«

Er geht heim. Mühsam muß er sich den Weg bahnen. Auf der Place de la Concorde wird getanzt. Schritt für Schritt arbeitet er sich durch die dichtgedrängten Menschenmassen; er hält Kurs auf den Boulevard Saint-Germain.

Als es dämmert, liegt er auf seinem Bett, wieder einmal hat er sich zusammengekauert, wie es ihm seit dem letzten Winter zur Gewohnheit geworden ist. Er ist hungrig, hat aber keine Lust, aufzustehen. Es wird rasch dunkler. Unter dem Bersten der abgefeuerten Raketen erzittert das ganze Viertel, der Lichterglanz und der Funkenregen des Feuerwerks werfen ihren hellen Schein auf das Fenster. Scheinwerfer huschen über den Himmel. Ihre Strahlen blitzen in den Kastanien.

Er denkt an nichts Bestimmtes. Er will an niemanden denken, sondern einfach nur im Dunkeln, im Dämmer, im Nebel daliegen. Von Zeit zu Zeit murmelt er vielleicht vor sich hin:

»Die Drecksäue…«

Oder als Variante:

»Diese verdammten Arschlöcher.«

*

Der Französischlehrer stellt ihnen für den Aufsatz des dritten Trimesters das Thema: »Ein Junge eures Alters kommt in diesem Mai zum erstenmal nach Paris. Beschreibt seine Eindrücke.«

Nein, diesmal fällt er nicht darauf herein. Er hat es begriffen, er ist gut vorbereitet. Alles kommt an die Reihe: diese Tage und Wochen gehören dem Jubel; Paris sonnt sich im Glück des neuen Friedens, im Frühlingslicht, der Eiffelturm ist beleuchtet und der Arc de Triomphe mit Bändern geschmückt, Flugzeuge drehen Schleifen am Himmel, an den ergrünenden Boulevards spielt das Akkordeon… Paris wird wieder zur Lichterstadt, was – wie jeder weiß – auch im übertragenen Sinne aufzufassen ist: zur Stadt des geistigen Lichtes. Ja, dieser Junge hat Glück, daß er Paris in diesen frohen Tagen kennenlernt. Nichts darf der Kette der Perlen fehlen, die Luc zwei Stunden lang über sechs Seiten aneinanderreiht. Und vor allem nicht die Apotheose des Schlußakkords: das Herz dieses Jungen, der ein braver Junge ist, schwingt sich zu erhabenen Gefühlen auf; er zitiert das Gedicht Victor Hugos, das der Lehrer sie passenderweise einige Wochen vorher auswendig lernen ließ:

> Ewig lebe Frankreichs Ruhm
> In seiner tapferen Söhne Heldentum
> In ihrem Opfermut, in ihren Taten…

Dieses Mal ist die Moral mit von der Partie. Als der Lehrer die Hefte zurückgibt, verkündet er mit einem Unterton von Rührung in der Stimme, Luc Ponte-Serra sei mit sechzehn von zwanzig möglichen Punkten Klassenbester.

Wenn das Wetter schön ist, treibt er sich im Jardin du Luxembourg herum. Er und sein Freund mit dem großen Kopf leiten in den Alleen das Wasser aus den Gartenschläuchen um; mit dem Matsch bauen sie Kanäle, Seen und Wasserfälle. Im Becken der großen Fontäne spielen sie Strandräuber. Zwischen zwölf und zwei machen die Wächter Mittagspause, sie verschwinden dann in ihren grünen Häuschen, um sich ihr Essen aufzuwärmen. Das ist der geeignete Augenblick, sich die Sandalen auszuziehen und bis zu den Knien in das kalte, trübe Wasser hineinzuwaten. Mit ihren wie zu einem Schleppnetz gespreizten Fingern suchen sie den Boden nach Schiffen ab, die in den heftigen Böen der stürmischen Tage unter den herabprasselnden Wassermassen der windgepeitschten Fontäne gekentert und spurlos gesunken oder infolge eines Lecks auf Grund gegangen sind: Segelboote alle Art, stumpfnasige, himmelblaue und weiße Motorboote aus Weißblech, noch nicht verrostete *Jep 2* und *Jep 3*. Wenn sie so im Schlamm und im Abfall herumstochern, finden sie auch immer ein paar durchlöcherte Münzen. Die Wächter beschuldigen sie, die Fische aus dem Becken zu fangen. Dabei haben sie für die Goldfische, diese Albinokarpfen mit den moosigen Schuppen, überhaupt kein Interesse. Allein schon vor der schleimigen Berührung ekelt ihnen. Es besteht ohnehin keinerlei Aussicht, das kleine Goldene Vlies zu finden. Eines Tages umzingeln die Wächter das Becken von allen Seiten und stellen sie. Luc entkommt und läßt seinen Freund feige in ihren Klauen zurück. Der Vater des Freundes wird benachrichtigt. Er muß seinen Sohn abholen, der unter strenger Aufsicht in einem grünen Häuschen festgehalten wird. Protokoll, Pranger, Moralpredigt: der Vater ist protestantischer Pfarrer.

Im wiedereröffneten Jeu de Paume entdecken sie Van Gogh und Gauguin. Luc besitzt einige Büchlein der Sammlung Braun, aber die

Illustrationen sind alle nur schwarz-weiß. Er hat einige Farbreproduktionen von Impressionisten gesehen. Bei den Bildern Van Goghs erinnert er sich nur an die Wucht der mächtigen Farbmassen, die sich wie in einer großen Schlacht zu einem Kirchturm, einer Brücke, zu Mühlen, zu einem Himmel auftürmen. Vielleicht hat ihn am tiefsten der Mythos des Malers beeindruckt. Van Gogh mit dem abgeschnittenen Ohr, Van Gogh in einem Asyl wie dem von Chevigny, die drei Sonnen und der Selbstmord. Und Gauguin... Sein Freund hat diesen Winter *Le Grand Meaulnes* gelesen. Immer häufiger hält er sich für Augustin Meaulnes; Luc muß sein staunender Schatten sein. Er braucht nur noch den geheimnisvollen Park und das unbekannte Mädchen zu finden, aber das sind Kleinigkeiten; er ist schon ganz in Aufbruchstimmung. Wie Gauguin. Die wunderbaren Wolken... (diesen Winter begaben sie beide sich auch auf die Spuren Jack Londons: sie waren Smoke Bellew und Kurz, die in der endlosen Weite mühsam hinter ihren Hundeschlitten und ihren treuen Huskies über den verharschten, knirschenden Schnee stampften. Der hohe Norden war berauschend. Aber er verlangte ihnen auch sehr viele Entbehrungen ab. Im Frühling konnten sie sich schmerzlos von ihm trennen.)

»Aber schau zum Beispiel bei Gauguin«, führt Luc sein Büchlein ins Feld. »Du siehst doch, sein letztes Bild, das er in den Tropen gemalt hat, ist dieses verschneite Dorf; warum geht er dann in die Fremde, wenn er an seinem Todestag... und Meaulnes selbst, als er zurückkommen wollte, was für eine Katastrophe...«

»Man muß weggehen«, bekräftigt sein Freund, der sich sein Drahtgestell auf der Nase zurechtrückt. »Man muß weggehen.«

Wenn sie dann in dem fast menschenleeren Museum stehen, das nur von dem Tageslicht erhellt wird, das durch die schmutzigen Fensterscheiben dringt, wenn sie zwischen den Bildern umhergehen und spüren, wie aus dem Rahmen in großen Wogen Formen und Farben auf sie eindringen, um sie dann ganz allmählich in einer langsam ansteigenden Flut fast zu überschwemmen, wenn sie schließlich gelähmt vor Gauguins *Weißem Pferd* haltmachen, dann reden sie nicht mehr. Sie stehen wie angewurzelt da und ballen in den Taschen ihrer kurzen Hosen die Fäuste. Sie vergraben sich beide in ein finsteres, fast feindseliges Schweigen, so sehr fürchtet jeder, der andere könne stören, was er selber empfindet und was er mit niemand anderem, nicht einmal mit dem besten Freund teilen möchte. Vor Gauguins *Weißem Pferd* begreift Luc, daß sein Freund recht hat: man muß weggehen. Er sagt sich, es lohne sich, alles aufs Spiel zu setzen und alles zu verlieren, selbst das Leben, wenn man es nur schafft, so etwas zu machen, wie das, was er da sieht. In seinem Kopf wirbeln die Bilder wild durcheinander.

Aber das, was er sieht, wenn er nachts ins Dunkel starrt, das träumt er nicht. Es sind die Dinge, über die er tagsüber nachdenkt, über die er nachgrübelt, die vor seinem inneren Auge vorüberziehen: die immer gleichen Bilder, inzwischen so vertraut, daß sie schon beinahe alltäglich sind. Natürlich ist er nicht Herr über diese Bilder – aber ist er denn mehr Herr über die Bilder, die ihn am hellichten Tag umgeben, zwischen denen er wie selbstverständlich lebt und die als normal gelten? –, sie kommen auf ihn zu, sie hüllen ihn ein, sie bestürmen ihn, aber er weist sie nicht ab. Diese Bilder sind nicht erfunden. Dieses Grauen läßt sich nicht als unwirklich abtun: das Grauen existiert. Das Grauen ist real. Es sind Bilder der Wirklichkeit. Vielleicht reicht selbst seine Phantasie nicht an diese Wirklichkeit heran.

Immer wieder sein Vater, der klaffende Mund in dem eingefallenen Kopf, das Krematorium. Und Antoine? Antoines Leiche. Im Schlamm am Ufer der Mosel; regnete es an dem Septembertag? Ja, es hat wohl geregnet. Was hat er an diesem Tag gemacht? Er kann sich noch genau erinnern; an diesem Abend hat er seinen Pulvervorrat in den abgelegenen Brunnen geworfen und dabei die riesige Flamme ausgelöst. Zu dieser Stunde war Antoine wahrscheinlich schon gefallen. Antoines Leiche: ein unförmiger Haufen, ein besudelter Khakilumpen; ein zerfetzter Körper. Wie ist er gestorben? Sie lagen in dem Dorf an der Uferböschung des Flusses unter dem Feuer der schweren Artillerie. Sie wurden abgeknallt wie die Kaninchen. Eins nach dem anderen stürzten die Häuser ein. Er war unter den Trümmern eingeklemmt, lag mit zerbrochenem Rückgrat unter einem umgestürzten Baum, versuchte noch, sich fortzuschleppen, krallte sich ins Erdreich, in die Steine. Oder vielleicht war ihm der Kopf zerschmettert worden. Vielleicht wurde er noch minutenlang von krampfhaftem Zucken geschüttelt. Vielleicht noch länger. Wie ein Kaninchen unter den Schlägen des Schürhakens auf dem Bauernhof. Wenn er nicht sofort gestorben ist, hat er geschrien. Gerufen. Wen gerufen? Seine Kameraden, die anderen? Seine letzten Worte auf englisch? Gebrüllt.

Luc war nicht bei seinem Vater. Er war nicht bei Antoine. Sie sind alleine gestorben. Er hätte bei ihnen sein wollen, mit ihnen reden, sie anfassen wollen. Was hätte das verändert? Er weiß es nicht. Bestimmt träumt er. Aber diese Einsamkeit, ihre Einsamkeit, der Tod ... Das ist nicht menschlich. Aber was bedeutet das, menschlich? War Christus selber nicht genauso allein? Er müßte mit jemanden darüber sprechen. Er hat niemanden, mit dem er darüber sprechen kann. Vielleicht den Pfarrer von Magny.

Und jetzt? Jetzt müßte er bei seiner Mutter sein, das ist ganz klar. Diese Geschichte von dem *guten Krankenhaus* gefällt ihm gar nicht. Diese Geschichte von dem kranken Bein, das wieder heilen wird, ist eine verdammte Lüge. Ihm kann man nichts mehr vormachen. Er könnte natürlich nicht viel ausrichten. Er würde sich an den Bettrand setzen und sich nicht rühren. Er wäre da. Er würde ihre Augen, ihren Blick erhaschen wollen; er muß ihr unbedingt wieder in die Augen schauen: dieser Nebel, in dem die Erinnerungen sich auflösen, muß ein Ende haben. Er ist sicher, wenn er bei ihr wäre, würde sie sich sicher, ruhig, geborgen fühlen. Wenn ein Kind wortlos am Fußende des Bettes seiner Mutter wacht, dann hält alle Ruhe der Welt ihren Einzug. Sie würde schlafen. Sie würde gesund werden. Er würde ihr in großen Gläsern heißen schwarzen Tee ans Bett bringen; er hat sich erkundigt, das wird in Polen getrunken – natürlich mit Wodka. Er kennt sogar den Ausdruck: *Herbata.* Gibt es in Polen Samowars? Den Kupferhahn aufdrehen... Tee ohne Zucker; dort in Polen ist Zucker anscheinend noch schwieriger aufzutreiben als hier. Wahrscheinlich besteht der Tee aus Möhrenblättern. Aber er ist schwarz und kochend heiß.

Das alles hat jetzt lang genug gedauert. Seine Mutter muß zurückkommen.

Man sagt ihm, das sei einstweilen unmöglich. Man könne Deutschland nicht durchqueren, es führen keine Züge mehr, die Straßen seien aufgerissen, verstopft von Truppen, von befreiten Gefangenen, von Flüchtlingsmassen. Alle Brücken seien unpassierbar. Man sagt ihm, man müsse abwarten, bis seine Mutter wieder gehen könne. Man sagt ihm...

Nein, diese Geschichte hat wirklich zu lange gedauert.

Als er eines Nachmittags in den Fluren der Wohnung zum tausendstenmal seine Lieblingsmelodie geplärrt hat – »Ein schönes Holzbein hatte sie« –, hört er, wie seine Tante einem Besucher wie zu seiner Entschuldigung freundlich erklärt:

»Was wollen Sie, Luc ist noch ein Kind; das Leben geht weiter.«

*

Der schöne Mai ist zu Ende. An einem Donnerstag erlaubt ihm seine Tante, ganz allein nach Marles zu fahren. In den vergangenen Wochen hat er das auf den Namen Pegasus getaufte Fahrrad seines Vaters repariert, das im Keller der elterlichen Wohnung vergammelte. In Denfert steigt er mit ihm in die Linie Sceaux. Seine Tante hat ihn gebeten, Kartoffeln mitzubringen. Wenigstens Kartoffeln. Das Teilstück ab Massy-Palaiseau ist wieder in Betrieb, der Zug durchquert den noch von Bombenkratern übersäten Verschiebebahnhof. Er geht in das alte Haus, in dem immer noch die Flüchtlinge wohnen. In Boulogne-sur-Mer ist von ihrer Wohnung kein Stein mehr auf dem anderen geblieben, sie warteten lieber in Marles, bis man dort, wo einmal ihr Viertel stand, vorgefertigte Baracken errichtet, die aus Amerika eintreffen sollen. Luc wird mit einer Flut von Tränen und mit Umarmungen empfangen, er erneuert seine Bekanntschaft mit der schmierigen Schürze der Großmutter. Ihr Sohn ist aus der Kriegsgefangenschaft zurückgekehrt. Er drückt Luc kräftig die Hand und schaut ihm von Mann zu Mann in die Augen:

»Schöner Mist, was, mein Junge!«

»Ja«, sagt Luc. »Schöner Mist.«

»Was willst du machen, so ist's nun mal. Passiert ist passiert. Glaub mir, wir waren alle genauso im Schlamassel. Jetzt soll mir einer sagen, warum es deinen Vater getroffen hat und nicht mich. Ich kann mich noch erinnern, wie Ende 43 der Bauernhof, auf dem ich arbeitete, von den Engländern bombardiert wurde, und ich sag dir...«

»Was willst du machen«, wiederholt er. »Dein Bruder...«

Luc sagt nicht, daß er gar nichts will. Daß man ihn nur in Ruhe lassen soll. Er erkundigt sich, wie es seinen Tieren geht. Über Patachous und Timochenkos Schicksal machte er sich keine Illusionen. Aber die Meerschweinchen?

»Ach! Mein armer Junge, die Meerschweinchen... Hat man es dir also nicht gesagt? Als die letzten Deutschen da waren – denn hier haben sich noch einmal Deutsche einquartiert – da haben sie alle Meerschweinchen geschlachtet! Wir haben uns schon gedacht, daß dir das wehtun würde.«

»Diese Scheißdeutschen«, sagt der ehemalige Kriegsgefangene im Brustton der Überzeugung.

»Diese Scheißdeutschen«, wiederholt Luc.

Er sieht, daß die Hühner und Kaninchen der Flüchtlinge noch alle da sind. Sie sind gesund und fett und haben sich gut vermehrt; alle sind sie dem Mord an den heiligen unschuldigen Meerschweinchen entronnen. Wie jeder weiß, sind Meerschweinchen das Leibgericht der fliehenden Barbaren.

Beladen mit frommen Wünschen und Kartoffeln geht er aus dem Haus. Er hat nicht den Mut, noch zu dem nahegelegenen Bauernhof zu fahren. Es ist schon nicht einfach, unglücklich zu sein, aber am schwierigsten ist es, die zugewiesene Rolle standhaft zu spielen, das Mitleid und die Kommentare der anderen mit Fassung über sich ergehen zu lassen und dabei keine Antwort schuldig zu bleiben. Die anderen wirken immer so, als seien sie sich ihrer Rolle sehr viel sicherer als er. Er fürchtet solche Szenen. Selbst dann, wenn es sich um Leute handelt, die er mag.

Im Sonnenschein radelt er den Hügel nach Montainville hinauf. Hier hat er gesehen, wie Antoine verschwand. Das ist jetzt fast ein Jahr her. Es ist noch nicht die Zeit der Heuernte, aber schon liegt ein Duft von gemähtem Gras in der lauen Luft. In Magny hält er auf dem kleinen, stillen Platz, der der Kirche und dem Friedhof gegenüberliegt. Er lehnt sein Fahrrad an einen Fensterladen des Pfarrhauses und klopft an die Haustür. Ein junger Pfarrer öffnet ihm, ein blonder Mann in einer sorgfältig zugeknöpften Soutane, der leicht vornübergebeugt dasteht.

»Ich möchte zum Herrn Pfarrer«, sagt Luc.

»Aber das bin ich, junger Mann. Kommen Sie doch herein.«

Mit einem breiten Lächeln tritt er in der offenen Tür zur Seite, um ihn hineinzulassen

»Kommen Sie herein, mein Junge.«

»Nein«, sagt Luc und bleibt wie angewurzelt stehen. »Nein. Das heißt, Sie wollte ich nicht sehen.«

»Lieber Gott, mein armes Kind, Sie wollten zu Abbé Malbry.«

Er lächelt noch immer.

»Ja, ich wollte zu Abbé Malbry.«

»Mein armes Kind. Der Abbé Malbry hat uns diesen Winter verlassen. Gott ... Also, er ist letzten Winter gestorben. Ich bin sein Nachfolger. Aber kommen Sie doch herein. Ich habe gerne junge Leute zu Besuch. Sie habe ich noch nie gesehen.«

Warum hört er nicht auf zu lächeln?

»Nein«, sagt Luc. Und er steigt auf sein Fahrrad.

Der junge Pfarrer geht einen Schritt auf ihn zu, streckt die Hand aus, eine freundliche Geste, um ihn zurückzuhalten.

»Nein«, wiederholt Luc lauter.

Er tritt heftig in die Pedale. Er ist schon mitten auf der Straße. Hinter sich hört er, wie die Stimme ihm nachruft:

»Mein Kind, wenn Sie sein Grab sehen wollen...«

Und in noch weiterer Ferne:

»Kommen Sie wieder. Kommen Sie wieder, wann immer Sie wollen.«

Mit zusammengebissenen Zähnen strampelt Luc so schnell er kann im Gegenwind über das Plateau. Er knurrt in sich hinein:

»So ein Arschloch!«

(Der Pfarrer von Magny kam nie von selbst auf Fragen der praktischen Religionsausübung zu sprechen. In diesem Punkt ließ er die Katze völlig in Ruhe. »Der Glaube«, hatte er zu ihm gesagt, »das ist etwas, was du allein mit dir ausmachen mußt; allein mit dem lieben Gott. Das ist eine Frage zwischen dir und ihm. Alles übrige...« Er zuckte die Achseln.

»Hier ist Religion für die meisten Leute so etwas wie ein Versicherungsunternehmen. Noch ein Vertrag mehr, den sie unterschreiben. Nachher machen sie die Klauseln für sich mehr oder weniger passend. Sie mogeln sich durch. Die Gegend hier ist hart und verschlossen. Und weil ich kein Versicherungsvertreter bin, sind sie mir oft böse.«

»Es ist mir noch nicht ganz klar«, hatte sich die Katze einmal vorgewagt. »Gott ist Mensch geworden, dann ist Christus in den Himmel aufgefahren. Und danach ist er in Gestalt des Heiligen Geistes wieder zu den Menschen hinabgestiegen...«

Der Pfarrer hatte auf den Tisch gehauen.

»Du verstehst es nicht. Du verstehst es nicht. So kannst du es ja auch nicht verstehen: 'Er ist aufgefahren..., er ist hinabgestiegen...' Was soll denn dieses Rauf und Runter? Hältst du denn Gott für einen Fahrstuhl? Wenn du es dir so klarmachen willst, dann wirst du das Evangelium nie begreifen. Und dann diese Manie, die ihr alle habt, immer alles erklären zu wollen. Merkst du denn nicht, daß Gott gerade das ist, was sich nicht erklären läßt, denn sonst wäre er ja nicht Gott?«

Was könnte ihm der Pfarrer von Magny heute sagen? Was möchte er gerne von ihm hören? Er weiß es selbst nicht. Er hätte nur mit ihm sprechen oder ihm zuhören wollen. Jedenfalls hat er niemand anderen, mit dem er reden kann. Aber eigentlich ist es ein komischer Gedanke: warum soll er mit jemandem reden wollen? Überall ist er von Wänden umgeben: so ist es nun einmal. Daran etwas ändern zu wollen, was für ein komischer Einfall.)

Er hat noch etwas vor. Er fährt die Straße lang nach Dampierre. Die kurvenreiche Strecke unter den Bäumen. Der Nachmittag geht schon zu Ende, die Luft ist mild. Nur mit Mühe findet er das gesuchte Haus, das er nur kurz einmal in der Morgendämmerung gesehen hat. Endlich entdeckt er an der Abbiegung nach Chevreuse das niedrige Gebäude mit den kleinen Fenstern und dem vorspringenden Dach. Er klopft, und der Alte öffnet; er ist in Pantoffeln und trägt eine braune Wollweste. Durch seine runden Brillengläser schaut er ihn fragend an.

»Guten Tag, Monsieur«, sagt Luc, der mit einer Hand noch das Fahrrad hält. »Erkennen Sie mich nicht?«

»Nein«, sagt der kleine Mann unentschlossen, ohne die Tür richtig zu öffnen.

»Mein Bruder und ich, wir sind letztes Jahr um ungefähr dieselbe Zeit bei ihnen vorbeigekommen. Es war nachts.«

»Richtig. Natürlich. Ich erinnere mich daran; richtig. Nun sag einmal...«

»Mein Bruder hatte gesagt, nach der Befreiung müßten wir uns bei ihnen bedanken. Darum.«

»Aber bleib doch nicht da draußen stehen. Komm herein. Komm doch herein.«

Er zwinkert ihm zu:

»Du kommst wohl von eurem Onkel in Cernay, was?«

Im Halbdunkel der Werkstatt ist alles immer noch an seinem alten Platz. Der Tisch mit dem Wachstuch, die Gartenstühle, die Werkbank mit dem Schraubstock, die Werkzeuge, die sorgfältig nebeneinander an der Mauer hängen. Die Topfpflanzen. Und Zöpfe frisch geernteter Zwiebeln.

»Wir haben Besuch!« ruft der Mann.

Sie erscheint in der Innentür, mustert ihn und lacht:

»Ich wußte doch, daß ihr zurückkommen würdet. Wir haben oft von euch beiden gesprochen.«

»Kein Wunder«, sagt der Mann, »du hättest die Gesichter der Gendarmen sehen sollen, als sie einen Tag nach euch aus Choisel hier vorbeikamen.«

»Bist du alleine gekommen? Und dein Bruder?«

»Er ist nicht da«, sagt Luc. »Er... also das ist so: er ist tot. Er ist gefallen, verstehen Sie.«

»Setz dich doch«, sagt die Frau.

»Gib ihm ein Glas Grenadine, er muß Durst haben. Er ist mit dem Fahrrad gekommen.«

»Meine armen Kinder«, sagt die Frau.

In einem großen Glas bringt sie ihm die mit Wasser vermischte Grenadine, schneidet einige Scheiben von dem Kleiebrot ab, das sie wohl selbst gebacken hat, und stellt einen angebrochenen Marmeladetopf vor ihn hin.

»Weißt du, fast hätte ich euch damals rausgeworfen«, sagte der Mann. »Wenn damals irgendwelche Lausbuben noch nach der Sperrstunde unterwegs waren, ging es meist um krumme Sachen. Denn was es hier an Résistance gab... Aber dein Bruder war so höflich, da konnte man einfach keine Bedenken haben.«

»Das stimmt«, sagt die Frau. »Man merkte ganz einfach, daß ihr gut erzogene Jungen wart.«

»Nur als dein Bruder mir in Politik Nachhilfe geben wollte, also wirklich, da mußte ich lachen.«

»Meine armen Kleinen«, sagt die Frau noch einmal.

»Und Ihr Sohn?« fragt Luc.

Da fängt die Frau an zu weinen, sie setzt sich, schlägt die Hände vor's Gesicht, und ihre Schultern zucken. Und als er sie so sieht, merkt Luc plötzlich, daß er selber den Tränen nahe ist, daß sich etwas in seiner Kehle löst, er fängt an zu schluchzen, die Tränen rollen ihm auf die Marmelade, er hat das Gefühl, als falle ihm ein Stein vom Herzen, fast fühlt er sich glücklich.

Erst da sieht er neben der Werkbank auf einem Regalbrett das Foto mit den Orden in der linken Ecke des Rahmens.

»Als im August die Amerikaner über die Straße von Cernay ankamen«, sagt der Mann, »und alle merkten, daß es Franzosen waren, standen die Leute johlend auf der Straße. Wir sind vor der Tür stehengeblieben und schauten uns jeden vorüberfahrenden Panzer, jeden Soldaten an. Wenn es irgendwie ging, riefen wir ihnen den Namen unseres Sohnes zu. Sie hatten es eilig, sie hatten Mühe, all die Leute von der Straße zu bekommen, die ihnen den Weg versperrten, verstehst du, und dann bei dem Gejohle und dem Motorenlärm... Wir haben sein Foto geholt und es denen gezeigt, die wir zu greifen bekamen. Niemand unter ihnen kannte ihn. Und in den folgenden Tagen und in den folgenden Wochen... All die Jungen seines Alters, die uns besuchen kamen, die wieder zu ihrer Arbeit, zu ihrer Familie zurückkehrten, sagten zu uns, natürlich schon ein wenig verlegen: 'Er sollte nicht so lange ausbleiben, ohne etwas von sich hören zu lassen.' Und dann wurde uns irgendwann im letzten Winter mitgeteilt, daß er am 18. August in der Provence gefallen war. In Draguignan. Beim Vormarsch in einem Wald hatte seine Maschinenpistole Ladehemmung. Das ist alles, was wir wissen. Sie haben ihn nicht gefunden. Die Gendarmen haben es uns gemeldet. Stell dir vor, die Gendarmen. Nachher kamen die Orden. Und offizielle Briefe.«

Er steht auf, durchstöbert eine Schublade und wirft der Katze ein Bündel mit Papieren hin.

»Da.«

Die Katze liest:

»Sehr geehrter Herr D.,

ich habe die Ehre, Ihnen den Wortlaut der Verfügung mitzuteilen, in der Ihrem Sohn Ferdinand D. posthum das Kriegsverdienstkreuz mit Palme verliehen wird.

Nachdem er 1941 aus der Kriegsgefangenschaft geflohen war, schloß er sich in Nordafrika...«

Luc überspringt den Rest und liest den Schluß:

».... allen, die ihn kannten, bleibt er als tapferer Soldat in Erinnerung. Als Hauptmann der ersten französischen Armee mit Sonderauftrag beim Verteidigungsministerium grüße ich die sterbliche Hülle eines ruhmreichen Kämpfers der französischen Armee.

Erlauben Sie mir, Monsieur, Ihnen meine aufrichtige Hochachtung auszusprechen.«

»Der Trottel«, sagt der Mann, als er sich wieder hinsetzt, »so ein Trottel. Hast du das gelesen? Er grüßt die sterbliche Hülle. Verstehst du, seine Leiche haben sie nie gefunden.«

»Wenn ich ihn wenigstens hier auf dem Friedhof hätte«, sagt die Frau, »ich weiß nicht, ich glaube, das wäre wenigstens etwas.«

»Das kann niemand verstehen«, sagt sie dann. »Niemand kann verstehen, was das für einen bedeutet.«

»Nein«, antwortet die Katze. »Niemand...«

Es ist schon nach sechs. Höchste Zeit, in Saint-Rémy in den Zug zu steigen.

»Komm ruhig wieder«, sagen die beiden Alten, die zwischen den mit rotblühenden Geranien geschmückten Fenstern auf der Schwelle stehen und ihm nach sehen. »Schau einmal bei uns vorbei.«

»Ja«, sagt die Katze. »Ich werde wiederkommen.«

Eine Katastrophe. Eine echte Katastrophe.

Spät kommt er bei seiner Tante an.

»Hast du einen schönen Tag gehabt?« fragt sie ihn in der Küche, während er die Nudeln verschlingt, die sie ihm aufgewärmt hat.

»Nein«, sagt Luc.

»Wann bist du auch einmal mit etwas zufrieden...«, seufzt sie. Und die Vettern kichern und stoßen sich mit den Ellbogen an.

»Ist es wegen der Meerschweinchen?« erkundigt sich die Tante. »Ich hatte nicht den Mut, es dir zu sagen..

»Ja«, sagt die Katze. »Es ist wegen der Meerschweinchen.«

*

Eines Donnerstagnachmittags in der Rue de la Petite-Truanderie:

»Max ist wieder da«, verkündet ihm Diane, ohne von den Karten aufzuschauen, die vor ihr ausgebreitet auf dem Tisch liegen. »Setz dich und rühr dich nicht. Die Karten sind sehr schwarz. Rabenschwarz.«

Die Atmosphäre im Petit Roscoff ist drückend. Am Nebentisch sitzt kerzengerade zwischen den leeren Bänken und Stühlen ein schlankes Mädchen da. Sie ist noch jung, fast genauso jung wie Diane. Sicherlich größer als sie. Sie hat ein ernstes, feingeschnittenes Jungengesicht, kurze blonde Haare, die hinten in kleinen, vollen Strähnen abstehen. Unter dem Tisch sieht er sehr lange, nackte, glatte Beine; ihr Rock ist sehr kurz und zeigt die schlanken, hellbraunen Schenkel, zwischen denen der weiße Schlüpfer hervorschaut. Er wagt nur einen kurzen Blick. Ihre Hände liegen flach auf dem Tisch, sie reckt die schmalen Schultern vor und schaut unverwandt geradeaus ins Leere; sie hat riesige, graugrüne Augen, umrahmt von schwarzer Schminke, die ihr in den Wimpern klebt. Ihr zielloser Blick schwimmt in Tränen. Sie schnieft schweigend vor sich hin, ihre feinen Nasenflügel zittern. Von Zeit zu Zeit läßt ein Schluchzer ihre Schultern beben. Sie schließt die Augen, zuckt dann zusammen und reißt sie ganz weit auf, der Blick wird wieder starr, Tränen fließen. Was die Katze in diesen großen, weit geöffneten Augen sieht, ist der große Schmerz eines geschlagenen Kindes. Und schlimmer noch: Angst.

Hinter sich hört er rohes Gelächter. Er dreht sich um; in der gegenüberliegenden Ecke des Cafés sieht er die übliche Gruppe Kartenspieler, vielleicht sind es diesmal ein paar mehr, und sie sind lauter.

Gerade als er aufschaut, deutet einer mit dem Finger auf das Mädchen und alle grölen los. Er versteht nur undeutlich, was sie sagen, aber ein Wort taucht immer wieder auf und dringt bis hin zu ihm:

»Deutschenschlampe.«

Derjenige, der den Finger ausgestreckt hat, ein kleiner fülliger Mann in einem dunklen Anzug und mit fettigen, glatt zurückgekämmten Haaren, steht auf und geht auf das Mädchen zu. Er packt sie am Arm. Er lacht immer noch.

»Komm mit.«

Das Mädchen bleibt stocksteif sitzen. Der Mann packt sie mit beiden Händen am Arm, drückt offensichtlich sehr fest zu und zwingt sie aufzustehen. Mit ihren Korksohlen und ihren langen Beinen mit den runden Knien ist sie größer als der Mann. Während er sie immer noch mit einer Hand festhält, legt er die andere auf ihren vom Rock kaum bedeckten Hintern. Dann greift er ihr roh zwischen die Beine und stößt sie derb zur Tür. Kerzengerade geht sie mit mechanischen Bewegungen voran, ihr Blick schaut immer noch ins Leere. Sie schnieft weiter leise vor sich hin. Der Mann lacht:

»Du wirst schon sehen, das treibe ich dir noch aus. Du wirst schon sehen.«

Im allgemeinen Gelächter fällt die Tür zur Straße hinter ihnen ins Schloß. Die Männer grölen noch lauter, klopfen sich kräftig auf die Schenkel, hinter der Theke kugelt sich der Wirt vor Lachen, als habe er eben die lustigste Szene seines Lebens miterlebt und ruft ihnen zu:

»Die nächste Runde geht auf meine Rechnung.«

Diane hat nicht aufgeschaut. Sie wischt die Karten auf dem Tisch zusammen und knurrt:

»Die Schweine, diese Schweine.«

»Was ist los?« fragt die Katze.

»Frag nicht.«

Aber noch einmal wiederholt sie mit zusammengebissenen Zähnen:

»Diese Schweine.«

Auf dem klirrenden Tablett bringt der Wirt die Gläser. Die Männer zählen ihre Punkte zusammen und grölen weiter. Die Katze spürt in dieser Gruppe von Männern etwas Hartes, etwas Gefährliches. Etwas Tödliches. Männer unter sich. Ein stählerner, unmenschlicher Block. Es müssen gar nicht unbedingt SS-Männer sein, sie müssen gar keine Uniformen, Stiefel und Waffen tragen. Diese Männer dort strahlen dieselbe brutale Anmaßung, dieselbe Verachtung aus, die ihm eiskalte

Schauer einjagen. Sie sind vulgär und stinken nach Tod.

»Ich kann nicht mehr«, sagt Diane. »Hauen wir ab.«

Sie packt die Karten ein.

»Aber sachte. Wir brauchen nicht aufzufallen.«

Sie gehen quer durch den Raum. Diane öffnet die Tür. Es hagelt Kommentare.

»Na, Diane, verläßt du uns?«

»Schleppst du den Bengel ab?«

»He, Diane, wenn du einen Freier suchst, ich bin noch da.«

»Willst du nicht meinen Stift? Auf den ist mehr Verlaß.«

Diane ist schon draußen, geduckt folgt ihr die Katze dicht auf den Fersen. Noch einmal hört er in dem Feixen und dem lauten Gelächter:

»... Schlampe.«

Sie sind auf der Straße. Ihm ist übel, er zittert ein wenig. Diane dreht ihm ihr verschlossenes Gesicht zu und streckt ihr kleines, dreieckiges Kinn vor.

»Wir gehen zu mir.«

Ein Stück weiter: eine enge Tür, eine finstere Treppe mit bräunlichem, abblätterndem Marmorimitat und vergipsten Wandrissen, gelben Glühbirnen, die noch schäbiger sind als die in der Metro; auf jedem Stockwerk führen Flure oder vielmehr Schläuche in der Dunkelheit zu zahlreichen Türen, von denen er nur die nächstliegenden vage erkennen kann. Auf halber Höhe eines jeden Stockwerks stinkt es aus den offenstehenden Stehklosetts. Diane stößt eine Tür auf. Es ist ein winziges, ebenfalls finsteres Zimmer. Die Katze geht zum schmutzigen Fenster und sieht auf einen schmalen Hof hinunter, der von schwarzen Mauern eingeschlossen ist; er ist mit Papieren, Abfällen, alten Handtüchern und zerbrochenen Flaschen übersät, als ob jeder seinen Müll einfach zum Fenster hinauswürfe. Der Himmel ist nicht zu sehen.

»Setz dich aufs Bett«, sagt Diane. »Ich ziehe mich nur rasch um.«

Es ist ein schmales Bett, auf dem eine grellgelbe, geblümte Decke liegt, deren Frische in der Öde des Zimmers angenehm überrascht. Die Sprungfeder geben quietschend nach.

»Ich habe die Nase voll«, sagt Diane. »Ich habe die Nase voll und will weg. Ich muß weg. Denn sonst ...«

Er schaut zu, wie sie sich umzieht. Sie macht es wie die Jungen, die zu mehreren in einem Zimmer übernachten müssen: sie dreht ihm den Rücken zu und achtet darauf, daß er nichts von ihrem Körper zu sehen bekommt. Er ist enttäuscht. Sie zieht zuerst einen leichten, geblümten Faltenrock über, der zusammengeknäuelt auf dem einzigen Stuhl lag. Erst dann läßt sie darunter ihre Hose auf die nackten Waden fallen. Weil sie sich in ihrer Bewegung verrechnet hat, sieht die Katze einen Augenblick lang das Oberteil des gerippten, weißen Schlüpfers, der gar nicht so anders aussieht als sein eigener. Sie zieht sich ihren Jerseypullover über den Kopf. Er betrachtet ihren Rücken, ihre nackten Schultern. Die weiße, glatte, sommersprossige Haut. Die schmale Linie der Wirbelsäule, die sich unter der Haut abzeichnet, wenn sie sich bückt. Ein fast noch kindlicher Mädchenrücken ohne jedes Geheimnis, den er aber unverwandt anstarren muß.

»Ich spüre dich hinter mir«, sagt Diane. »Ich mag es nicht, wenn man mich so anstarrt.« Sie dreht sich plötzlich um und schaut ihm ins Gesicht. Er sieht die kleinen, weit auseinanderliegenden Brüste und noch mehr Sommersprossen. Auch darin liegt keinerlei Geheimnis. Es ist ein ganz normaler Körper. Er möchte die Brüste noch etwas länger anschauen, aber sie fixiert ihn so unverwandt, daß er aufschauen und ihr in die grünen Augen blicken muß. Sie zieht sich eine weiße Bluse über, er stottert:

»Ich, äh...«

»Nein.« Sie lächelt ihn an und blinzelt mit ihren mandelförmigen Augen. »Du nicht. Du wirklich nicht.«

Sie setzt sich neben ihn auf das knarrende Bett, um sich ihre Leinenschuhe zuzubinden. Luc spürt, wie ein Schauer ihm über die Haut läuft, als bekäme er überall eine Gänsehaut. Er ist unglücklich.

»Damit bist du bei mir an der falschen Adresse«, setzt sie hinzu.

Sie begeben sich wieder nach draußen in die Sonne, die auf die alten, eng zusammengedrängten Häuser scheint, und gehen durch den Müll der Rue Saint-Denis, die sehr viel belebter ist als im vergangenen Winter. Schon werden Stapel von Gemüsekisten aufgefahren und Handkarren, deren Ladung sich zu schwankenden Bergen auftürmt, mit lautem Gepolter zu den dunkelgrünen Ständen am Ende des Gassengewirrs geschoben.

»Ich bin mit Max verabredet«, sagt Diane. »Komm mit.«

Sie überqueren den Boulevard Sébastopol und gelangen in eine Gegend, die der Katze völlig unbekannt ist: ruhige Straßenschluchten, in denen Kinder spielen, Häuser, die immer noch so dichtgedrängt und so schwarz sind und in denen sich biedere Läden mit halbgeschlossenen, hölzernen Windklappen aneinanderreihen; manchmal lassen ausladende, tiefe Vorbauten mit verwitterten Statuen auf verfallene Höfe blicken, in denen Baracken und Schuppen stehen und wo reges Treiben herrscht. Man hört das Klopfen von Werkzeugen, das Dröhnen von Hämmern und das Quietschen von Metallsägen. Männer schieben Wagen und Sackkarren oder tragen schwere Stoffballen auf der Schulter vorbei. Ein ganzes, in sich abgeschlossenes Viertel, das ruhig und emsig seiner Arbeit nachgeht.

Sie überqueren eine riesige, menschenleere Fläche, ein unbebautes Gelände voller Pflastersteine und Erdhaufen, zwischen denen hohe, fensterlose, durch mächtige Holzbohlen abgestützte Häusermauern stehen. Umrisse eingestürzter Kamine sind an ihnen zu sehen, blaue und braune Tapetenreste zeichnen sich ab, helle Streifen lassen alte Blumenmuster erraten, und dort, wo einmal eine Küche war, zeigen Wandfliesen ins Leere. Inmitten dieses Steingewirrs stehen einige Lastwagen. Eine vorzeitliche Katastrophe scheint sich hier abgespielt zu haben.

»Das ist das Beaubourg«, sagt Diane. »Ich weiß nicht, warum es hier so aussieht. Ich dachte immer, die Deutschen hätten das Viertel bombardiert, aber anscheinend war es schon vorher so. Mir gefallen diese Mauern, die Spuren all dieser Wohnungen, dieses ganzen verschwundenen Lebens. Es ist wie eine untergegangene Stadt. Du mußt dir vorstellen, manchmal gehen alte Leute vorbei und zeigen dort oben auf einen Fleck an der Mauer: »Schau, das war unser Zimmer. Man sieht noch, wo das Bett stand.«

Sie gelangen auf einen Platz mit einem Garten, in dem dichtbelaubte, von rostigen Gittern eingefaßte Bäume stehen. Er ist auf allen Seiten von hohen Arkadenhäusern umgeben, deren schwarze Dächer einander überragen und alle nur denkbaren Arten von Kaminen tragen: Steinkamine, Rundkamine, Kamine, die so schwarz und so lang sind, wie die Schlote der alten Dampfschlepper auf der Seine. Die verrotteten Mauern schimmern in allen Farbtönen von rosa bis grau, und in den leeren Fensteröffnungen hängen zerfetzte Jalousien. Sie gehen durch die menschenleeren Arkaden, die so aussehen und so riechen wie eine riesige Bedürfnisanstalt

»Kennst du die Place des Vosges? fragt Diane. »Es ist seltsam, kein Pariser kennt die Place des Vosges. Max sagt, hier würde er gern hundert Jahre lang leben. Ich weiß, daß er eine Wohnung sucht. Es ist nicht schwer, eine zu finden, auch eine billige. Aber sie haben fast nie fließend Wasser, sondern nur ein Waschbecken auf dem Treppenflur. Sie sind vermodert und voller Küchenschaben. Schlimmer als in der Rue Saint-Denis.«

Sie setzen sich auf eine Gartenbank neben einem Sockel, der – wie auf der Inschrift zu lesen steht – die Reiterstatue König Ludwig XIII trug (schon seit langem stehen in Paris nur mehr leere Sockel. Hunderte von leeren Sockeln), inmitten lärmender Gassenjungen, denn donnerstags ist schulfrei, die Kinder sind auf der Straße. Eine Gruppe von Jungen spielt mit Stöcken. Einige sind so alt wie die Katze.

»Ich weiß nicht, was aus mir werden soll«, sagt die Katze.

»Ja«, sagt Diane. »Es ist sehr traurig, was dir passiert ist. Eine richtige Sauerei. Eine ganz große Scheiße.«

Eine Zeitlang bleiben sie stumm. Luc grübelt über sein Schicksal nach.

»Aber weißt du«, fängt Diane wieder an, die mit ihrer Schuhspitze irgend etwas in den Sand zeichnet, »weißt du, du darfst es aber nicht noch schlimmer machen, als es ist. Zugegeben, du bist unglücklich, und dafür kannst du nichts. Dafür kann niemand etwas. Das mußt du dickköpfige Katze dir ein für allemal hinter deine Schneckenhörner schreiben, du griesgrämiges Kamel. Damit mußt du einfach leben. Denn sonst...«

Luc hat sich zu Boden gebeugt, und was er mit dem Finger zwischen seinen Füßen in den Sand malt, ist ein Schiff. Ein Schiff, wie Kinder es malen, mit einem einzigen Mast und einer Spiere; zwei geschwungene Dreiecke bilden die windgeschwellten Segel. Ringsum kräuseln sich kleine Wellen.

»Weißt du, es ist schon komisch. Die Welt ist wirklich eine Fehlkonstruktion. Es gibt so viele in deinem Alter, und auch viel ältere, vor allem ältere, wenn du wüßtest, was ich alles zu hören bekomme, sie beschweren sich die ganze Zeit über ihre Eltern, über ihre Familie. Sie stöhnen, daß man meinen könnte, sie würden alles geben, um ihre Alten loszuwerden. Wenn du sie hören könntest: »Mein Vater ist ein Dreckskerl, meine Mutter fällt mir auf den Wecker, sie verstehen mich nicht, diese Spießer, sie lassen mir keine Freiheit; die sollen sich doch um ihren eigenen Dreck kümmern! Und du... Diese Arschlöcher!«

»Ich weiß«, sagt die Katze. Und es stimmt. Sogar bei seinen Klassenkameraden hat er ein eigenartiges Gefühl, wenn er hört, wie sie über die Tyrannei ihrer Familie lamentieren. Selbst sein Freund mit dem großen Kopf: wenn er seinen Vater, den Pastor, um etwas Wichtiges bitten will, traut er sich nicht, es ihm zu sagen, er wartet tagelang in Angst und legt ihm schließlich abends einen Brief auf den Schreibtisch. Und er träumt davon, auszureißen.

»Und ich?« redet Diane weiter. »Was glaubst du, wie ich im Petit Roscoff gelandet bin? Meine Eltern wohnen in Versailles. Ich war bei Nonnen im Internat. Immer schön zu Boden schauen. Letztes Jahr bin ich kurz vor dem Abitur abgehauen. Weißt du, wie es bei den Nonnen zugeht? Einmal in der Woche durften wir baden, dazu hatten wir ein besonderes Hemd, ein überweites Hemd aus grobem Leinen, es war ärmellos und ließ sich am Hals zuschnüren, es fiel über die ganze Badewanne. Scheiße. Eines Tages habe ich gesagt: Scheiße. Einfach so. Mein Vater war Kollaborateur. Ein waschechter. Aus Überzeugung. Er hatte eine schöne blaue Milizuniform, die meine Mutter jeden Samstag gebügelt hat. Er sagte, wir seien von den Juden verseucht. Lieber dürfte ich noch einen Neger heiraten als einen Juden. Und dabei waren schon Neger für ihn so ziemlich... Deswegen konnte er auch die Amerikaner nicht ausstehen; denn die waren für ihn von den Negern *und* von den Juden verseucht. Ich konnte ihm noch so oft sagen, daß es drüben für die Neger so toll auch nicht wäre, es gäbe den Ku-Klux-Klan und alles das... Nein, nichts zu machen. Was die Juden angeht, es ist komisch, ich glaube, da hatte er einen Komplex, denn unser Familienname endet auf *-mann*, verstehst du, er konnte es nicht ausstehen, wenn jemand fragte, wo denn sein Name herkäme; er sagte immer, aus dem Elsaß. Er war wohl ein besonders eifriger Hasser, weil er davon ablenken wollte. Ja, er war besonders eifrig. Er sagte, wir seien noch viel zu gut zu den Juden, man solle keinen Unterschied machen, ob nun Franzose oder Nichtfranzose, man müßte sie alle fortschicken, um in Polen Land urbar zu machen, und das wäre noch viel zu gut für sie: 'Gebt sie den wahren Patrioten', sagte er immer, 'gebt sie den wahren Franzosen, und ihr werdet schon sehen, was wir mit ihnen machen.' Heute, wo jeder weiß, was man mit den Juden gemacht hat, muß er eigentlich zufrieden sein. Mein Vater ist bei der Befreiung verschwunden. Das war auch dringend nötig. Letzten Winter habe ich in einer Zeitung gelesen, daß sie ihn in Abwesenheit zum Tode verurteilt haben. Auf und davon. Abgehauen. Vielleicht nach Spanien.«

»Scheißspanier«, lautet Lucs überzeugter Kommentar.

»Mein Vater war kein böser Mensch. Ich bin sicher, Leute seines Schlages gibt es zu Millionen. Ich muß es ja wissen, in der Rue Saint-Denis sitze ich schließlich mitten drin. Wenn er mit den Leuten im Viertel sprach, dann hörte man ihm zu. Er war geachtet. Er hätte sein ganzes Leben so weitermachen, seinen Mist erzählen und seine dreißig Arbeiter striezen können; er war in seiner Firma Leiter für irgendwas. Dummerweise kam dann Pétain, Darnant, sein Abgott, und die ganze Scheiße. Das stieg ihm zu Kopf. Er mußte mit seinen Kameraden aufmarschieren. Seine Kameraden waren ihm heilig. Und dann war auch noch meine Mutter da. Er hat das alles gemacht, um ihr zu imponieren. Um ihr zu beweisen, daß er ein Mann war, ein richtiger Mann. Ansonsten war mein Vater schon nett. Vor allem mochte er Weihnachtsbäume. Wenn er Weihnachtsbäume sah, mußte er heulen ...«

»Ich kann sie nicht ausstehen.«

»Und ich erst. Siebzehn Jahre *O Tannenbaum* mit Kerzen, es stand mir bis hier! Und meine Mutter hat alles eingesteckt und ihn bewundert und ihm seine kleinen Abzeichen angenäht. Als ich abgehauen bin, habe ich einen Zettel geschrieben: ‚Ich will nicht länger mit Kollabos zusammenwohnen, tschau!' Das klang politisch, das paßte gut ins Bild, aber ich bin nicht sicher, ob es wirklich das war, Kollaboration hin oder her ... Ich habe versucht, meine Mutter wiederzusehen. Sie hat mir idiotische Sachen an den Kopf geworfen, sie würde mich verfluchen, ich sei nicht mehr ihre Tochter, und dabei hat sie geweint und mir Geld zugesteckt. Und für meine Brüder war ich eine Nutte. Nachher habe ich erfahren, daß man meiner Mutter übel mitgespielt hat. Sie haben ihr die Haare abgeschnitten, sie nackt auf die Straße geschickt und sie mit einem Feuerwehrschlauch bespritzt: Männer, die angeblich in der Résistance waren, denkste, Leute aus dem Viertel, diejenigen, die meinem Vater zuhörten, brave Leute, diejenigen, denen man begegnete, wenn sie mit ihrem Köter Gassi gingen, der Wirt, der Lebensmittelhändler, Männer wie die im Petit Roscoff. Ich kenne sie, arme Würstchen, die immer den Schwanz einziehen müssen.

Ich habe kleine Arbeiten in den Hallen angenommen. Es war schwierig, ich war noch nicht volljährig, hatte keine Erlaubnis der Eltern. Der Wirt im Petit Roscoff hat sich um mich gekümmert. Anfangs hat er natürlich ständig an mir rumgefummelt. Ich habe mich gewehrt. Er hat mich in Ruhe gelassen. So geht das schon ein Jahr. Er sagt, ich wäre seine Nichte; deswegen gibt es keine Scherereien mit der Polizei. Nachts helfe ich mit. Ich bediene an der Bar, ich animiere die Leute zum Trinken, ich unterhalte mich mit den Gästen, ich tanze mit ihnen, wenn Musik gemacht wird, obwohl in Lokalen das Tanzen eigentlich verboten ist. Ich verstehe mich gut mit den Mädchen. Ich kenne die Geschichten aus allen Straßen der Umgebung. Ich schreibe ihnen ihre Briefe. Ich führe die Klatschspalte der Bordelle, ein schönes Aufsatzthema für meine Nonnen. Ich bin sicher, eines Tages werde ich Bücher schreiben. Die Mädchen machen sich Sorgen, es heißt, die Häuser würden zugemacht. Schließlich haben mich auch ihre Typen akzeptiert. Irgendwo schmeichelt es wohl ihren männlichen Instinkten, für eine Minderjährige richtig den Beschützer zu spielen. Vielleicht denken manche auch, es sei eine gute Investition. Wenn mir ein Kerl lästig wird, der es nicht geschnallt hat und mir zu nahe auf die Pelle rückt, dann dauert es nicht lange und sie haben ihm die Flausen ausgetrieben, sie bringen die Sache wieder ins Lot. Ich kann mich nicht beklagen. Auf die ist Verlaß. Ordnung, das ist ihnen ein Begriff. Ordnung muß sein; in dem Milieu ist das die Hauptsache. Und wenn du dann sagst: 'Was soll denn aus mir werden?' verstehst du... Du darfst nicht alles durcheinanderbringen. Du wirst weiter in die Schule gehen. Du wirst studieren. Du hast eine Familie. Deine Mutter wird zurückkommen, und du wirst dich um sie kümmern.«

»Leicht gesagt«, knurrt die Katze. »Zunächst einmal: ich werde nicht studieren. Ich habe keine Lust dazu. Dieser ganze Mist steht mir bis hier. Ich werde nie wissen, was aus mir werden soll. Wenn ich vier Jahre älter wäre...«

»Und ob du es wissen wirst. Du bist schlau wie ein Luchs. Du spielst es einfach. Du wirst so tun als ob. Keiner wird es merken. Nur du selber. Und du wirst sie alle reinlegen. Was würdest du denn machen, wenn du vier Jahre älter wärst? Ich bin gerade vier Jahre älter als du. Und habe ich das Recht zu fragen: 'Was soll bloß aus mir werden?' Hier kann ich nicht bleiben. Ich will nicht. Ich würde doch bloß als Nutte enden. Max ist wieder zurück, er hat sich verändert. Er ist hart. Nett, lieb, aber innerlich hart. Man beißt sich die Zähne an ihm aus. Er erzählt immer noch seine verrückten Geschichten. Geschichten, die zu ihm passen: nett, lieb, verrückt. Er sagt, er will sein ganzes Leben auf der Place des Vosges verbringen. Er will einen Radiosender errichten, quer über den Springbrunnen des Parks eine Antenne spannen und surrealistische Gedichte in alle Winkel Frankreichs und in die ganze Welt senden. Er sagt auch, wie jetzt das Radio wird es eines Tages überall das Fernsehen geben, einen Apparat, mit dem du zu Hause Bilder sehen kannst, ein Heimkino; er sagt, in Amerika wäre es schon so, er sei als erster darauf gekommen und er werde es als erster machen. Und dann erzählt er, er werde Tibet auf dem Kamel durchqueren, mit Lamas über die Anden reiten oder umgekehrt, ich blicke nicht mehr durch. Aber ich merke, daß bei all diesen Geschichten kein Platz für mich ist.

»Wenn ich vier Jahre älter wäre«, sagt die Katze mutig, »dann würde ich dich mitnehmen.«

»Dummkopf«, sagt Diane. Sie küßt ihn zärtlich und sehr sanft in den Augenwinkel.

»Denk immer daran«, fängt sie wieder an. »Schnecke, du hast zwei Augen, ziehe deine Fühler nicht ein. Das mag ich an dir: du sagst nichts, aber du bist nicht blind. In deinem Alter weißt du schon jede Menge Dinge, für die die anderen ihr ganzes Leben brauchen. Selbst wenn du nach außen hin zumachst, sieht es so aus, als hättest du Antennen, mit denen du die Dinge spürst. Zieh sie nicht ein. Behalte sie.«

»Was für Dinge?«

»Ich weiß es nicht. Dinge halt. Wichtige Dinge. So was merke ich.«

Ein Schatten taucht über ihnen auf, eine lange Gestalt im Gegenlicht. Es ist Max. Er zieht zwei rostige Stühle heran, auf den einen setzt er sich und auf dem anderen streckt er seine Füße aus. Es stimmt, er hat sich verändert. Statt der blonden Schmachtlocken hat er kurze Haare, sein Gesicht ist knochig, glatt, klar, seine Züge wirken wie ausgewaschen, und seine Augen sind immer noch hell, golden, ohne Schatten, glasklar. Er ist in Zivil. Er trägt eine geringelte, graue Hose und eine blaue, verschlissene Jacke mit herabhängenden Knöpfen, die so ähnlich aussieht wie die von Antoine.

»Hallo«, sagt er mit einer unbestimmten Handbewegung.

Fast ohne die Zähne auseinanderzunehmen, fügt er hinzu:

»Die Arschlöcher. Jetzt wollen sie uns in den Krieg gegen Japan schicken. Indochina zurückerobern. Ich sollte mich bei ihnen weiterverpflichten.«

Mit einem fast unmerklichen Lächeln, beinahe widerstrebend, bringt er die Worte heraus; man versteht ihn kaum.

»Ich werde frei sein.«

»Luc sagt, er weiß nicht, was aus ihm werden soll.«

»Diane erzählt mir oft von dir. Auch ich weiß nicht, was aus mir werden soll. Man muß frei bleiben, das ist alles.«

»Frei?«

»Heute weiß ich nur, daß die Freiheit darin besteht, daß ich hier bin. Hier auf der Place des Vosges um sechs Uhr nachmittags im Sonnenschein. Hat Diane es dir erzählt? Ich könnte es fertigbringen, hier Wurzeln zu schlagen. Was mir hier gefällt, ist, daß die Spieler sich nicht halten konnten. Vielleicht war es zu schön für sie. Hier ist alles einfach, alles ist schön – für jemanden, der sich die Zeit dazu nimmt.

Es ist komisch. Es kommt mir so vor, als hätte ich nie so gut gewußt, was Freiheit ist, wie damals, als wir sie nicht hatten und um sie kämpfen mußten. Es war ein Traum. Heute könnte man meinen, daß sie uns schon unter den Händen zerrinnt. Vielleicht deswegen, weil wir keine Revolution gemacht haben. Aber auch nicht die Spur. Und dann gibt es die Leute, die mit ihrer neuen Freiheit so umgehen, wie man ein paar alte Pantoffeln wieder anzieht: na, da hätten wir sie ja wieder, die Freiheit; wie eine alte Gewohnheit. Nein, man darf sich nicht an sie gewöhnen. In dem Punkt zumindest bin ich mir sicher. Was ich möchte, das ist mein Leben lang immer wieder neue Dinge entdecken, sie kennenlernen, sie verwirklichen. Neue Sachen machen und sie gut machen. Nicht unbedingt wichtige Sachen. Und ich möchte immer die Möglichkeit behalten, wegzufahren, wenn ich mich nicht mehr frei fühle. Aber wegfahren, ohne jemandem wehzutun. Darauf kommt es an. Und wo du doch Katze heißt, eine Katze muß es wissen: wann immer sie will, in jedem Augenblick, muß sie weggehen können.«

»Mein Bruder hat viel über die Freiheit gesprochen«, sagt die Katze. »Und über die Revolution. Das hat er jetzt davon!«

»Hör zu«, sagt Max. »Du wirst groß werden, du wirst älter werden. Du hast dein ganzes Leben noch vor dir. Dein eigenes Leben. Dein Bruder bleibt immer an deiner Seite, ohne je alt zu werden. Du stirbst und kannst ihm die Hand halten, du wirst vielleicht sehr alt sein; er bleibt immer neunzehn. Seine Freunde werden bejahrte Herren, manche ganz wichtige Leute, Präsidenten für dies und das, andere werden Versager sein, arme Würstchen; sie bekommen es an der Leber, kriegen eine Glatze oder werden dick. Deinem Bruder passiert das alles nicht. Seine Freunde werden ihren Weg machen, und um Erfolg zu haben, müssen sie deinen Bruder so weit wie möglich vergessen. Nicht aus Bosheit, sondern ganz einfach, weil alles andere ihrer Karriere hinderlich wäre. Bei dir ist es anders. Deswegen wirst du nie den gleichen Weg nehmen wie sie. Was auch immer du machst, und wenn es der größte Mist ist, du machst es immer ein bißchen anders. Das ist auch deine Chance.«

»Nein«, sagt die Katze, die versucht, die Wortsalven an sich abprallen zu lassen. »Nein. Das ist alles Gerede. Ich wollte, Antoine wäre noch am Leben. Das ist alles.«

»Du hast recht«, sagt Max. »Du hast wirklich recht.«

*

Eines Abends ruft Julius Kleinberg an.

»Luc, es ist für dich«, sagt die Tante. »Ich glaube, es ist ein Schulkamerad.«

»Erinnerst du dich noch an mich?« fragt Julius. »Und an Bob? Die zweite Panzerdivision.«

Julius ist nur für ein paar Tage in Paris. Er möchte ihn besuchen.

»Nein«, sagt die Katze. »Treffen wir uns lieber morgen abend um sieben Uhr.«

Er gibt ihm die Adresse des Petit Roscoff.

»Merkwürdig«, sagt Julius. »Das ist ein komisches Lokal.«

»Natürlich«, sagt die Katze. »Du wirst schon sehen.«

Am folgenden Tag nimmt Luc an einem gesellschaftlichen Ereignis teil. Er geht mit seinen Vettern zu einem Verlobungsempfang im siebzehnten Arrondissement, zu Angehörigen seiner für ihn unüberschaubaren Verwandtschaft mütterlicherseits. Er trägt den Golfanzug eines seiner Vettern, am Revers ist ein schwarzer Kreppstreifen befestigt. Er hat sich die Haare mit Wasser geglättet, um einen Seitenscheitel zu ziehen. Der Verlobte trägt eine Offiziersuniform; es heißt, er sei auf der École Polytechnique. Die Verlobte trägt ein rosa Kleid. Wieder einmal drücken ihn alte Damen an ihren duftenden Busen. Er wehrt sich, so gut er kann. Er wird mit Tränen begossen.

»Ach, wenn ich dieses unglückliche Kind vor mir sehe...«

In Wahrheit fällt es ihm nicht schwer, Fassung zu bewahren. Die Tränen und Beileidsbekundigungen gelten ja nicht ihm: in diesem Ritual ist er nur ein Statist; er muß sich nur zusammenreißen und abwarten, bis Umarmungen, Schluchzer und Tränenströme vorüber sind.

»Es gibt tolle Sachen zum Essen«, verkünden die Vettern und stoßen ihn mit dem Ellenbogen an, »kleine Kuchen mit einer komischen weißlichen Creme, die herausquillt, wenn man draufdrückt.«

»Pfui Teufel!«

»Ja, aber sie schmecken gut.«

In den miteinander verbundenen Salons ertönt das lautstarke Stimmengewirr vieler Leute. Aus einem entfernten Zimmer erklingt bruchstückhaft Klaviermusik. Durch die Grüppchen hindurch geht Luc den

Klängen nach. In einem sonnigen Eckzimmer sitzt ein Mann allein am Klavier; von hinten sieht Luc, wie er eine Partitur – die Nase fast auf den Noten – vom Blatt spielt. Es ist eine Art schneller, sehr rhythmischer Walzer, der ganz plötzlich von dissonanten Akkorden unterbrochen wird. Der Pianist hört unvermittelt auf, stößt einige undeutliche Flüche aus, von denen Luc nur die Worte *Mist* und *Scheißklavier* mitbekommt und läßt mit einem Stoß seinen Hocker kreisen:

»Beethoven, Sonate Nummer neunundzwanzig, auch die *Kuckuckssonate* genannt... Seit fünf Jahren habe ich auf keinem gestimmten Klavier mehr gespielt. Du bist die Katze, stimmt's?

»Ja«, sagt Luc. »Und Sie?«

»Ich bin Gabriel. Hast auch du mich vergessen?«

»Nein. Natürlich nicht. Ich wußte nicht, daß du zurückgekommen bist.«

»Ich bin nicht zurückgekommen. Ganz und gar nicht. Es ist eine Fata Morgana. Ein Irrtum. Ich bin nur auf der Durchreise. Ich bin Leutnant Gabriel Delage, im Dienst der ruhmreichen Roten Armee, zur Zeit stationiert in Berlin unter den Linden, ja ganz recht, und abkommandiert nach Kiew, Nishnij-Novgorod und vielleicht sogar nach Archangelsk, in die Weite der Steppe, und für zwei Tage auf Durchreise in Paris. Heimlich. Fast ein Deserteur. Bei meiner Rückkehr werde ich vielleicht eingelocht. Und ich kehre gern zurück. Ich fahre morgen früh. Hier habe ich nichts verloren. Ich bin ein Marsmensch. Ich komme aus einer anderen Welt. Ich bin ein Transitreisender.«

»Kein Wunder, daß du mich nicht erkannt hast«, fügt er hinzu. »Du warst neun Jahre alt, als wir uns das letzte Mal gesehen haben.«

»Das war auch an einem Klavier.«

»Ja. Damals konnte ich auch noch spielen.«

Er steht auf. Er ist nicht sehr viel größer als die Katze. Das ist nicht mehr der magere, drahtige Junge, der in La Valerane auf die Bäume kletterte. Er ist füllig geworden, über seiner Stirn liegt eine hufeisenförmige, kahle Zone. Er trägt dunkle, gestreifte Kleidung, eine ungebügelte Jacke mit Kreuzmuster, eine Krawatte, die wie ein Bindfaden schief herunterhängt, die Katze schnuppert den Geruch von Naphtalin.

»Was zum Teufel soll ich hier?« fragt Gabriel. Er spricht laut, um den Schwall der Stimmen aus den benachbarten Zimmern zu übertönen. »Gestern habe ich erfahren, daß Antoine gefallen ist. Seither muß ich immer an ihn denken. Ich sehe, wie die Leute hier leben, und denke an ihn. Habt ihr meine Briefe bekommen?«

»Ja. Aber weißt du, Antoine...«

»Ich weiß. Meine Briefe waren lächerlich. Und gefährlich noch dazu. Aber verstehst du, wie sollten wir dort in Deutschland erraten, was hier vorging. Wenn ich bleiben würde, wie lange würde ich wohl brauchen, um mich nicht mehr so fremd zu fühlen wie jetzt? Und wenn ich dann wirklich zurückkomme...«

In diesem Augenblick erscheint der Vetter Bernard Maury im Türrahmen des Salons. Er trägt eine elegante Offiziersuniform, einen khakifarbenen Waffenrock aus weichem Stoff, der eng an der Taille anliegt, ein weißes Hemd und eine dazu passende Krawatte.

»Gabriel, was für eine Überraschung. Bist du aus der Armee entlassen? Fünf Jahre Lager, ganz schön hart, was?«

»Nein«, sagt Gabriel. »Im Gegenteil. Morgen fahre ich nach Berlin zurück.«

»Mein armer, kleiner Luc«, sagt Bernard Maury. »Antoine hat kein Glück gehabt.«

»Nein. Er hat kein Glück gehabt. Und Sie? Was haben Sie denn da für ein Ding am Arm?«

Der Vetter Bernard Maury trägt eine große, goldene, mit einem roten Faden durchwirkte Tresse.

»Ich bin Anwärter. Die Dinge entwickeln sich gut. Für Studenten, die gedient haben, gibt es an den Grandes Écoles einen eigenen Prüfungsgang; ich bin sicher, ich schneide an der Bergbauschule ganz gut ab. Dann habe ich das Jahr doch nicht ganz verloren. Und ich fahre nach Vaufoin in Ferien.«

»Es stimmt«, sagt die Katze. »Die Dinge entwickeln sich gut.«

Er dreht dem Vetter Bernard Maury den Rücken zu. Die Stirn an die Fensterscheibe gedrückt, schaut er auf die sonnige, menschenleere Straße hinunter. Er hört, wie Gabriel einige Akkorde auf dem Klavier anschlägt.

»Er ist weg. Aber was hast du gegen ihn?«

»Nichts«, sagt die Katze. »Nichts. Er hat eine Schwäche für Uniformen. Doch, ich habe sehr wohl etwas gegen ihn: er ist ein Arschloch.«

»Ich blicke jedenfalls nicht durch. Aber weißt du, ich habe auch eine schöne Verkleidung. Als ich gestern morgen bei meiner Mutter geklingelt habe, und sie mich in der Uniform der russischen Armee sah, hat sie einen Schrei ausgestoßen: ‚Mein Gott! Wie gräßlich!', und erst dann hat sie mir einen Kuß gegeben. Ich glaube, lieber hätte sie mich tot gesehen als in einer Bolschewikenverkleidung. Eine komische Heimkehr.«

» Du hättest in Uniform hierhier kommen sollen.«

»Fünf Jahre ohne Zivilkleider. Das kannst du dir nicht vorstellen. Ich wollte feststellen, ob ich mich in anderen Kleidern wirklich frei fühlen würde.«

»Na und?«

»Ach, ich kann es nicht sagen. Ich häng in der Luft.«

»Ich wußte nicht, daß in der russischen Armee auch Franzosen sind.«

»Da bist du nicht der einzige. Seit gestern höre ich nichts anderes. Im Kriegsministerium haben sie mich von Büro zu Büro geschickt. Alle sagten das gleiche. Ich wäre eine richtige Jahrmarktsattraktion. Sie haben eigens den Minister herbeigeholt, damit er sich meine Nummer anschaut.«

Gabriel erzählt, im Januar hätten die Deutschen sein Oflag evakuiert und die Gefangenen in einer Kolonne bei zwanzig Grad unter Null über die Straßen Ostpreußens marschieren lassen. Endlich gelang es ihm, gemeinsam mit mehreren Kameraden zu fliehen. Sie überlebten, indem sie sich wie Tiere versteckt hielten und sich nur nachts fortbewegten, bis die Russen kamen. Gabriel sagte, er hätte sich nie vorgestellt, daß man bei einer solchen Kälte überleben könne. Sie haben den Russen vorgeschlagen, eine Einheit aus befreiten französischen Kriegsgefangenen zu bilden. Für die Russen gab den Ausschlag, daß der ranghöchste Offizier, ein Hauptmann, Fochs Enkel war. Es gefiel Schukow, einen Foch als Offizier in der sowjetischen Armee zu haben. Und so zogen sie von der Oder bis nach Berlin wieder in den Krieg; sie waren ein ganzes Bataillon, fast tausend wohlausgerüstete Männer mit Pelzmützen und Tereschnikows. Von Schlacht zu Schlacht rückten sie in der unvermindert anhaltenden Kälte mit den russischen Panzern vor.

»Während des großen Durchbruchs fuhren wir eine Zeitlang auf ganzen Kolonnen niedergemähter deutscher Soldaten, über die die Panzer walzten.«

»Wie kam euch das vor?« fragt die Katze neugierig.

»Es war, als läge auf der Straße ein gefrorener, grauer Filz.«

»Als sie in Berlin ankamen«, erzählt Gabriel weiter, »glaubten sie, das Kriegsende bedeute auch das Ende ihrer Dienstzeit. Mitten in Berlin schlugen sie ihr Biwak auf; 'Unter den Linden' ist ein Ruinenfeld, soweit das Auge reicht. Sie hausen in einem richtigen Zigeunerlager. Unterwegs haben sie alle möglichen versprengten Franzosen aufgelesen, hilflose Flüchtlinge, Frauen vom Arbeitsdienst, die sich nicht den Russen anvertrauen wollten, einen achtzehnjährigen Milizsoldaten, der nicht aus noch ein wußte...«

»Einen Milizsoldaten? Aber hast du nicht gewußt...«

»Nein. Ich habe es nicht gewußt. Überleg doch einmal: wir waren fünf Jahre lang von Frankreich abgeschnitten. Die Kollaboration hätte man erleben müssen, um sie zu begreifen. Wir wurden auch stetig mit Propaganda berieselt, Scapini mit seiner Politik der kleinen Schritte, und Pétain war anfangs bei den Offizieren gar nicht so schlecht angesehen. Aber dadurch, daß alles durch deutsche Kanäle ging, wurden wir irgendwie immun gemacht. In gewisser Weise waren wir geschützt. Natürlich: die tägliche Feigheit, die Selbstaufgabe, die Drückeberger und Kriegsgewinnler, darüber machten wir uns keine Illusionen; so geht es in jedem Krieg, das war schon im Winter 39 gut ins Kraut geschossen. Und je mehr Vichy von neuer Ordnung und Erlösung sprach, je deutlicher merkte ich, daß wir selber Dreck am Stecken hatten. Aber nicht, daß es so schlimm war: die französische Gestapo, die Miliz, die Judendeportationen... Wirklich betroffen waren wir erst, als wir KZ-Häftlinge trafen, die sie auf einer Straße zurückgelassen hatten. Wir kamen sehr spät. Es waren nur noch Skelette: sie starben vor unseren Augen weg. Sie waren schon hinüber, man konnte sie nicht mehr zurückholen. Sie hörten uns nicht einmal mehr. Bis dahin hatten wir eher den Haß anderer nachempfunden: wir hatten Russen, Ukrainer und Polen kennengelernt, die den totalen Naziterror, die Massenvernichtung, die Erniedrigung am eigenen Leib erfahren hatten. Wir hatten zwar Feinde, aber wir haßten sie nicht wirklich. Heute glaube ich zu wissen, was Haß ist; und ich hasse nicht die Deutschen, sondern etwas, was weit über sie hinausgeht. Etwas, das diesen Krieg überdauern kann. Wenn man nicht alles ändert. Aber auch wirklich alles ändert... Ich glaube, erst heute verstehe ich Antoine wirklich. Und jetzt hänge ich hier in diesem Salon mit diesen Mickymäusen herum. *Sie* haben sich nicht verändert. Ein Alptraum! In Berlin wache ich in meinem Zigeunerlager unter lauter Verrückten auf, die sich als Popoffs verkleidet haben; dort weiß ich wenigstens, woran ich bin.«

»Aber ihr kommt doch alle wieder heim.«

»Stell dir vor, um das herauszufinden, bin ich hier. Es sieht so aus, als hätten die Russen es nicht so eilig, uns loszuwerden. Sie reden davon, uns mit der Division ins russische Hinterland zu schicken und uns da zu entlassen. Aber bis wohin geht bei den Russen das Hinterland? Ich bin hergekommen, um unseren Fall den französischen Behörden darzulegen. In einem französischen Flugzeug, mit französischen Reisepapieren, die in Berlin von de Lattres Generalstab ausgestellt worden sind. Natürlich ohne vorher die Russen zu fragen. Deswegen fahre ich morgen zurück. Aber das alles erklärt mir nicht, warum der Vetter Bernard Maury, der zugegebenermaßen eine Fresse wie ein fescher Pfadfinder und eine lächerliche Uniform und Schweinchenaugen hat, ein ... na, du weißt schon was, ist.«

»Es ist nichts Schlimmes.« (Im Winter hatte Luc Zeit, seine Information zu vervollständigen und sich alles durch den Kopf gehen zu lassen.) »Es geht ungefähr so: Ingenieur in der Organisation Todt: braune Uniform. Widerstandskämpfer im September 44, Dienst in der Untergrundarmee: Khakiuniform. Und jetzt.. Ich sage dir, er sammelt Uniformen. Wie gesagt: alles entwickelt sich gut.«

»Ich möchte frische Luft schnappen. Hier stinkt's. Sollen wir nicht irgendwo anders hingehen?«

»Ja. Ich weiß sogar wohin.«

»Schon 1939, als ich in Charleville in der Garnison war, konnte ich die Stadtsalons nicht ertragen. Wir Offiziere der einheimischen Truppen waren ohnehin nicht gerne gesehen; uns empfing man nicht. Der einzige Ort, an dem ich mich einigermaßen wohlfühlte, war schließlich der Puff. Da hatte man seine Ruhe.«

»Das paßt gut«, sagt die Katze.

»Eine Sache ist noch so wie früher«, sagt Gabriel in der Metro. »Es riecht noch immer nach Zitronenkraut. Das mag ich gerne.«

»Fünf Jahre lang«, fügt er hinzu, »habe ich davon geträumt, auf den Boulevards einen Kaffee mit Sahne zu trinken.«

»Ja. Mit Croissants. Und am Meer vor den Inseln Klavier zu spielen.«

»Gestern habe ich einen Kaffee bestellt. Zum Kotzen. Vielleicht habe ich den Geschmack verloren. Croissants gab es keine.«

»Weißt du, in La Valerane steht nur noch das Klavier. Aber sonst ist nicht viel übriggeblieben.«

»Das Meer ist immerhin noch da. Aber vielleicht ist es damit wie mit dem Kaffee. Vielleicht schmeckt es bitter.«

»Was wirst du machen, wenn du endgültig zurückkommst?«

»Ich weiß es nicht. Ich glaube, ich würde gerne schweigen. Den anderen zuhören und versuchen, sie zu verstehen. Was ich eigentlich nötig hätte, wäre die Möglichkeit zu beten. Dabei stellt sich natürlich die Frage nach Gott. Wenn man beten will, sollte man schon an ihn glauben. Na ja, so, wie es jetzt in mir aussieht, fällt mir das sicher leichter als alles übrige.«

»Das ist aber kein Beruf.«

»Es ist seltsam, wie du das sagst: kein Beruf... Und du?« fragt Gabriel. »Als ich dich das letzte Mal sah, warst du in dem Alter, in dem man Feuerwehrmann, General oder Lokomotivführer werden will...«

»Nein. Damals wollte ich Seemann werden. Ich kann mich noch ganz genau erinnern, ich wollte auf einem Kriegsschiff dienen. Ich habe es mir anders überlegt.«

»Warum?«

»Eine dämliche Geschichte. Heute möchte ich vor allem weit weg fahren. Es heißt, im Kongo kann man mit riesigen Tomatenplantagen ein Vermögen machen. Die Tomaten werden im Winter reif, man verschickt sie nach Europa, und es gibt zwei Ernten im Jahr. Zwischen den Ernteperioden werde ich malen.«

»Und du wirst die Neger mit dem Knüppel zur Arbeit antreiben. Bravo.«

»Nein. Du hast recht. Dann gehe ich nach Kambodscha. Wenn ich es könnte, würde ich Archäologie studieren und Angkor zu Ende restaurieren.«

Der Schatten Bahadur Schahs versucht, sich in den Metrowagen zu drängeln; aber es ist zu voll, die Leute weigern sich, ihm Platz zu machen. Im Jahr 1945 ist die Metro nicht so gebaut, daß Elefanten darin spazieren gehen könnten; er gibt auf und steigt an der Station Solférino aus.

»Aber du kannst es doch. Hast du keine guten Noten?«

»Das ist nicht das Problem. Ich kann es nicht, das ist alles.«

»Warum? Du bist intelligent. Und Geschichte ist doch in deiner Familie...«

»Nein. Das kotzt mich an. Das alles kotzt mich an.«

Die Katze lächelt ein wenig:

»Die können mich alle mal.«

»Hast du diese Typen gesehen, die ein Stückchen Stacheldraht im Knopfloch tragen?« fragt Gabriel, als sie wieder ins Freie gehen.

»Natürlich. Das sind die ehemaligen Gefangenen.«

»Das gibt's doch nicht.«

Sie stehen vor dem Petit Roscoff. Es ist Abend, auf der Straße herrscht schon reges Treiben. Man sieht Stapel von Lattenkisten, Wagen und Sackkarren. Die Mädchen stehen draußen, die Männer grüßen sich im Vorübergehen.

»Also wirklich«, sagt Gabriel immer noch nachdenklich, während Luc gegen die Glastür drückt, »diese Katze ist wirklich ein komischer Vogel.«

Drinnen im Café ist es noch ruhig. Julius sitzt allein an einem roten Tisch und liest den *Combat.* Er ist in Zivil. Dabei ist sich Luc gar nicht sicher, ob er ihn auch wirklich erkennt; alles, woran er sich noch erinnert, ist eine Brille und ein Schnurrbart unter einer Matrosenmütze, und beides sah er nur nachts im Schein eines Feuerzeugs. Doch nun sitzt in dieser menschenleeren Ecke des Cafés ein einzelner Mann mit Brille und Schnurrbart. Die Katze geht auf ihn zu.

»Julius?«

Der Mann hebt den Kopf.

»Ich hatte es dir ja gesagt: es ist wirklich ein seltsames Lokal.«

»Ich habe meinen Vetter Gabriel mitgebracht. Er ist nur kurz in Paris. Er kommt aus Berlin.«

»Auch ich bin nur kurz hier.«

»Bist du aus der Armee entlassen?«

»So schnell geht das nicht. Unsere Einheit ist gerade nach Frankreich zurückverlegt worden. Vielleicht danach ... oder aber wir melden uns freiwillig nach Indochina.«

»Weißt du, ich habe immer noch dein Feuerzeug. Aber ich habe kein Benzin mehr.«

»Ich habe diesen Winter oft an dich gedacht«, sagt Julius. »Bob machte sich Sorgen. Er sagte immer wieder: ‚Der Junge hat mir einen Bären aufgebunden. Ich bin sicher, er hat gar keine Verwandten in Nancy. Und dann habe ich auch nicht gewußt, daß die Deutschen nur fünfundzwanzig Kilometer entfernt waren. Da habe ich Mist gebaut.' In einer alten Zeitung habe ich vor einiger Zeit durch Zufall die Nachricht vom Tod deines Vaters gelesen. Ich dachte immer an die Nacht der Befreiung in Paris, als ich nicht den Mut hatte, mich zu freuen, wo wir doch so lange davon geträumt hatten. Wenn ich Amerikanern begegnet bin, habe ich oft nach deinem Bruder gefragt. Natürlich wußte keiner etwas. Es wäre auch ein Wunder gewesen. Als ich dann nach Paris kam, habe ich bei dir angerufen. Ich glaube, ich bin an das Dienstmädchen deiner Großmutter geraten. Sie hat mir auch das mit deinem Bruder gesagt.«

»Und Bob?« fragt die Katze. »Wie geht es Bob?«

»Bob ist gefallen. Im letzten Winter. Im Elsaß.«

(Aber wie soll man Bobs Tod erzählen, wie er in jener eisigen Nacht im Schnee und im gefrorenen Schlamm mitten in einem Dorf in einen Hinterhalt geriet und voll von einer Mörsergranate getroffen wurde, wie er mit abgerissenem Arm aus seinem brennenden Panzer sprang und brüllend in ein Loch stürzte, in ein Loch, das in Wirklichkeit eine tiefe Jauchegrube war; bevor er starb, schrie er den Namen eines Mädchens, den noch nie jemand aus seinem Munde gehört hatte, schrie ihn endlos lange mit der brüllenden Stimme eines getroffenen Tieres; sie mußten mehrere Anläufe machen, um seine Leiche aus der Grube zu holen, so entsetzlich war der Gestank, in dem er lag. Der Morgen dämmterte schon. Er hatte seit langem zu schreien aufgehört. So. Seine Geschichte ist erzählt.)

»Und Janusz?«

»Oh, von Janusz habe ich Neuigkeiten. Er ist auf Urlaub. Anscheinend ist er recht sonderbar geworden. Immer abwesender, immer weiter weg. Er blieb einfach auf der Stelle stehen und wartete. Ja, er sagte, er warte. Niemand konnte aus ihm herausholen, worauf eigentlich. Mit seinem netten Lächeln schwankte er von einem Fuß auf den anderen, er tanzte seinen polnischen Bärentanz. Nur einmal hat er gesagt, er werde in Spanien erwartet... Ich glaube, er ist in einer psychiatrischen Klinik.«

»Wirt!« ruft die Katze in selbstsicherem Ton. Wirt. Drei Rotwein!«

»Du wirst doch keinen Rotwein trinken?« fragt Gabriel besorgt.

»Mach mal halblang«, sagt die Katze.

Julius erzählt, wie er in die Rue Vieille-du-Temple nach Hause kam. Seine Eltern wohnen wieder in ihrer alten Wohnung. Aber von den Mietern kennt er keinen einzigen mehr. Diejenigen, die früher dort gewohnt haben und nacheinander bei den Deportationen verschwunden sind, die werden nie wiederkommen.

»Als ich das Viertel verlassen habe, war ich siebzehn. Es ist nicht mehr mein Viertel. Es sind nur noch Häuser und Mauern übriggeblieben. Ich war in der Rue de Rosiers und in der Rue des Écouffes, mich überlief es kalt. Ich bin bis zur Musikhochschule gegangen und habe mich nicht getraut hineinzugehen. Die Hausmeisterin bringt wie früher meinen Eltern jeden Tag die Post hoch: ‚Guten Morgen, Herr Kleinberg, schönes Wetter haben wir heute.' Ich habe mich nicht getraut, ihr ins Gesicht zu sehen. Nein, deswegen habe ich nicht gekämpft. Ich weiß nicht, ob ich in Paris bleiben werde. Nach Indochina will ich nicht. Ich sehe bestimmt mal nach, was sich in Palästina tut.

Julius spricht von Berchtesgaden und Gabriel von Berlin; von Stens und von Tereschnikows, von Panzerplattenstärken und von Katjuschas.

Hinter sich hört die Katze eine vertraute, abgehackte und sarkastische Stimme:

»Na, ein Veteranentreffen?«

Es ist Max. Er setzt sich, lächelt kaum. Stotternd stellt die Katze sie einander vor. Max feixt:

»Die Elite der zweiten Panzerdivision, die Prätorianergarde. De Gaulles SS ... Aber ich habe nicht gewußt, daß es in der Roten Armee Franzosen gab. Hier kommen wieder die Reaktionäre, die Kommißköppe, die Vichyleute ans Ruder. Ihr werdet sehen, Pétain wird nicht zum Tode verurteilt. Aber in der sowjetischen Armee zu sein: die Offiziere werden demokratisch von ihren Soldaten gewählt ... Was für ein Erlebnis.«

»Ich weiß nicht, wo du deine Informationen herhast«, sagt Gabriel. »Die Russen sind großartige Kameraden, die Russen sind totale Spinner, aber mir ist nicht aufgefallen, daß sie ihre Offiziere wählen, ob demokratisch oder nicht.«

»Dann hast du nicht genau hingeschaut.«

»Bestimmt«, seufzt Gabriel höflich. »Wahrscheinlich habe ich nicht genau hingeschaut.«

»Ich begreife das nicht«, sagt Max. »Alle Leute, die ich treffe, reden vom Wegfahren. Sie sagen, hier lasse es sich nicht leben, sie seien enttäuscht. Dabei kommt es doch darauf an, die Dinge hier zu ändern. Wegfahren ... Kleinbürgerträume.«

Die Katze lacht. Mit verkniffener Miene und zusammengebissenen Zähnen fragt Max ihn, worüber er sich lustig mache.

»Weil ich an dein Radio denke, an die Gedichte.«

»Da kannst du ruhig grinsen, du Bürgersöhnchen. Für dich ist sowas wie Dichtung so natürlich, daß es schon wieder lächerlich ist. Bei dir zu Hause liegen die Bücher massenweise herum ... In der Schule wirst du mit großen Schriftstellern gefüttert. Du kannst dir nicht vorstellen, daß Millionen Leute das alles nicht haben; mit der Kultur verhält es sich genauso wie mit allem übrigen auch. Ich weiß nicht, ob ich ein Radio, eine Zeitung, Bücher oder Kino oder sogar Fernsehen machen werde, falls es das wirklich eines Tages gibt. Aber ich weiß, daß es Wörter und Bilder gibt, die die Welt verändern können. Man muß das alles über den Haufen werfen ...«

»Hals- und Beinbruch«, sagt Gabriel. Und er lacht.

»Du bist doch bei der Roten Armee ...«

»Du hast ja recht.« Nachdenklich reibt sich Gabriel sein bleiches Gesicht. »Du hast ja recht. Jedenfalls höre ich mir lieber das an, was du sagst.«

Gabriel steht plötzlich auf. Er hält sein Glas Rotwein fest in der Hand. Er ruft:

»*Za Stalina!*«

Sie schauen ihn ein wenig verblüfft an.

»Nein«, sagt Max. »Auf das sowjetische Volk!«

»Das ist dasselbe. *Da sdrastvujet tovaritsch Stalin!*«

»Na dann!« sagt Max. »Wenn das so ist.« Sie trinken. Das Café hat sich gefüllt. Männer kommen vorbei und klopfen Max herzhaft auf den Rücken. Die Rufe und Diskussionen werden lauter, der Qualm dichter. Der Wirt hat alle Hände voll zu tun.

»Wo ist Diane?« fragt die Katze Max.

»Diane ist seit zwei Tagen verschwunden.«

Max steht auf und geht an das Klavier mit den gelben Tasten. Er spielt Jazz. Gabriel steht auf, geht zu ihm hin und nimmt einen Augenblick lang seinen Platz ein. Auch er spielt Jazz. Auf dem roten Tisch trommelt Julius träumerisch mit den Fingern den Takt und spielt imaginäre Akkorde. Dann kommt ein Mann in einer nicht ganz sauberen amerikanischen Jacke mit einer Klarinette zu Max, und später ein zweiter mit einer Gitarre. Zum erstenmal hört die Katze den *Basin Street Blues.* Und auf einmal gibt es nur noch den anschwellenden Ton der Klarinette und den Zusammenklang aller Instrumente im Finale; eine neue Welt eröffnet sich ihm. Alles ist noch möglich, es gibt noch Hoffnung, das Leben wird anders werden.

Später sitzen sie alle um den Tisch, und der Wirt bringt Weißwürste. Alle, auch die Katze, sprechen ausgiebig dem Rotwein zu, sie reden und gestikulieren. Die Katze fühlt sich wohl. Aber warum ist Diane nicht da? »Schnecke, du hast zwei Augen...« Er sagt nichts mehr. Halb macht er die Augen zu. Später stehen sie alle auf der Straße, sie reden lautstark. Luc hatte das nächtliche Treiben der Hallen noch nie gesehen. Er macht große Augen. Mit Freundschaftsschwüren verabschieden sie sich voneinander. Luc wankt. Besorgt begleitet ihn Gabriel nach Hause, aber er hat selber eine leichte Schlagseite. Er verabschiedet sich vor der Haustür. Luc schleppt sich mühsam die Treppen hoch, schleicht sich in sein Zimmer und fällt um. Er hat keine bösen Träume. Kein Bild des Todes sucht ihn heim. Es ist sein erster Rausch. Ein Rotweinrausch: er ist angenehm.

*

Am Donnerstag der folgenden Woche geht Luc wieder ins Petit Roscoff. Der Wirt sonnt sich auf der Türschwelle und reckt seine struppig behaarte Brust behaglich in die Luft.

»Schau an, du hier? Diane ist weggefahren.«

»Wohin ist sie gefahren?«

»Ich weiß es nicht. Sie hat nichts gesagt. Nur auf Wiedersehen. Das war alles. Nicht einmal ein Dankeschön.« Er schaut die Katze mit seinen kleinen Schweinsäuglein an, in die plötzlich Leben, ja fast menschliche Wärme kommt.

»Sie hat nichts gesagt. Und weißt du, ich glaube, eigentlich ist es auch besser so.«

Anfang Juli dreht sich alles nur noch um die Ferien. Im Gymnasium schleppt sich das Schuljahr träge dem Ende entgegen. Die Reihen der Schüler lichten sich, die Lehrer werden leutselig, der grüne Affe erzählt den Jungen schlüpfrige Geschichten. Es ist herrliches Sommerwetter, man kann die kurzen Hosen und durchlöcherten Leinenschuhe hervorholen. Im Jardin du Luxembourg rösten die Blätter der Bäume unter der Sonne. Selbst der Papierflugzeugklub hat an Zugkraft verloren; trotz Lucs anfeuernder Reden schwinden seine Truppen dahin. Sein Freund mit dem großen Kopf ist noch da, aber seine Fluchtpläne beschränken sich für's erste auf die Vorbereitungen eines Familienurlaubs an einem weißen, und wie es heißt, noch nicht von Minen geräumten Strand der Atlantikküste.

Auch Lucs Tante spricht zu Hause davon, in die Ferien zu fahren: ob sie sich wohl noch einmal in Chevigny bei den Irren verhätscheln lassen?

Oft versucht er, sich an La Valerane zu erinnern. Es fällt ihm schwer, die Augen zu schließen und daran zu denken, ohne das Bild eines eingestürzten Hauses zu sehen, dessen Mauern von den Flammen geschwärzt und dessen Fenster nur mehr klaffende Löcher sind, das Bild großer kahler Bäume, die von Granatsplittern ins Herz getroffen sind. Wird er jemals wieder über die Straße mit den glitzernden weißen Quarzkieseln gehen? Wird er je wieder an windstillen Tagen flache Steinchen mit einem einzigen Wurf viermal hintereinander über das wellenlose Wasser hüpfen lassen? Wird am großen Strand noch der *Bargin* an Land gezogen? Schon hört er nicht mehr die Schreie der Kinder, wenn die ersten Fische glitzernd zum Vorschein kommen. Man hat ihm gesagt, mittlerweile arbeiteten die Fischer mit Dynamit: ein einziger Wurf, eine dumpfe Explosion in der Tiefe, das Wasser wirbelt auf, und Tausende von Fischen, darunter auch die allerschönsten, treiben mit dem Bauch an der Wasseroberfläche, so daß man nur die Hand auszustrecken braucht: ein Wunder an Fischfang. Manchmal rollt er die von braunem Gestein umschlossenen Granatkörner, die er aus dem Schrank seines Bruders genommen hat, zwischen den Fingern hin und her; aber der Zauber will nicht wirken, drei Körner, die so rund sind wie goldschimmernder Kaninchenkot, können das ferne Land nicht zum Leben erwecken; er spürt, daß die Vergangenheit in ihm stirbt.

Als er eines Nachmittags aus dem Gymnasium nach Hause kommt, sagen ihm seine Vettern, seine Mutter sei angekommen. Sie sei im Lutetia. Seine Tante sei schon hingefahren.

Vom Haus bis zum Lutetia sind es kaum zehn Minuten zu laufen. Er wußte nicht, daß er so heftig und so überschwenglich glücklich sein konnte. Außer Atem und mit dröhnenden Ohren kommt er an, sein Hemd ist naßgeschwitzt, die Haare kleben ihm am Kopf. Am Schalter fragt er nach seiner Mutter. Man schlägt im Register nach, er muß warten, und dieses Warten macht ihm Bauchweh. Schließlich hört er durch den Nebel, wie ihm jemand sagt, seine Mutter sei schon weg, sie sei abgeholt worden. Er fragt noch, wer sie abgeholt habe:

»Ihre Familie natürlich.«

Er läuft zurück. Seine Vettern sagen ihm, die Tante habe angerufen: die Mutter sei bei den Großeltern. Er nimmt die Metro. Die Fahrt dauert eine Ewigkeit.

Er steht vor der großen, dunklen Wohnungstür. Seine Großmutter öffnet ihm. Schon seit mehreren Wochen ist sein Großvater nicht mehr da; man hat ihn in eine Klinik gebracht. Sie sagt ihm leise, seine Mutter liege im Bett, sie sei sehr müde, und er könne sie nicht lange sehen. Sie hat vierzehn Tage dazu gebraucht, auf dem Lastwagen und im Zug Polen und Deutschland zu durchqueren, und erst gestern habe sie beim Grenzübertritt vom Tod ihrer Angehörigen erfahren. Er folgt ihr durch die langen Flure zu dem Raum, der früher einmal das Mädchenzimmer seiner Mutter war. Er tritt in das Halbdunkel des Zimmers: staubige Vorhänge halten das Licht zurück. Er sagt einfach guten Tag. Vielleicht gibt er ihr einen flüchtigen Kuß auf die Wange. Er setzt sich an das Bettende. Traut er sich, ihre Hand zu nehmen? Er schaut sie an: es stimmt, sie hat graue, kurzgeschnittene Haare. Sie sieht abgespannt aus, ihre Züge treten stärker hervor, sie sind wie mit dem Messer geschnitzt, die Haut trägt seltsame Flecken, die größer sind als Sommersprossen. Und ihre blauen Augen. Sie schaut ihn an, lächelt und sagt:

»Guten Tag, Katze. Wie groß du geworden bist.«

Da bemüht er sich zu lächeln. Es fällt ihm nicht ganz leicht.